JN001727

スティーヴン・キングの本

ミスター・メルセデス 上・下

スティーヴン・キング
白石朗訳

巨匠がミステリに挑む。暴走車で大量殺人を犯して消えた男を追う退職刑事の執念の追跡。各種ランキング上位獲得の傑作。

ファインダーズ・キーパーズ 上・下

スティーヴン・キング
白石朗訳

多額の現金と幻の原稿を拾った少年。だが、それは凶悪な強盗の盗品だった。退職刑事たちは少年を守るため立ちあがる。

任務の終わり 上・下

スティーヴン・キング
白石朗訳

奇怪な能力で大量殺人を企む殺人鬼を阻止せよ。傷だらけの退職刑事は追跡を開始する。ミステリとホラーを融合した大作。

アウトサイダー 上・下

スティーヴン・キング
白石朗訳

恐怖の帝王の面目躍如。惨殺事件の日、逮捕された男は旅行に出ていたはずだった。無実の男を陥れた〈アウトサイダー〉とは?

スティーヴン・キングの本

アンダー・ザ・ドーム　全4巻
スティーヴン・キング
白石朗訳

破壊不能の透明な壁に幽閉された町。その中で悪意と恐怖のドラマが沸騰する。巨匠の新たなる代表作。スピルバーグTV化。

11／22／63　全3巻
スティーヴン・キング
白石朗訳

ケネディ暗殺を阻止するため、僕は時をさかのぼる旅に出た――構想40年、巨匠が放つ感動大作。「このミス」1位獲得。

ドクター・スリープ　上・下
スティーヴン・キング
白石朗訳

名作『シャイニング』待望の続編。かつての惨劇から三十年、ダニーは能力「かがやき」を持つ少女と新たな悪しき敵に挑む。

眠れる美女たち　上・下
スティーヴン・キング
オーウェン・キング
白石朗訳

女だけが眠りつづける奇病が蔓延。唯一病の影響を受けない女をめぐり、男たちに不穏な空気が。親子共作のSFホラー大作。

スティーヴン・キングの本

ミザリー
スティーヴン・キング
矢野浩三郎訳

重傷を負った作家ポールを熱狂的ファンと名乗る女が監禁する。息づまる恐怖を徹底的に描いた不朽の名作。解説・綿矢りさ

シャイニング 上・下
スティーヴン・キング
深町眞理子訳

雪に閉ざされたホテルに棲む悪しきもの……。これぞ史上最高の幽霊屋敷小説。極限の絶対恐怖を体験せよ。解説・桜庭一樹

悪霊の島 上・下
スティーヴン・キング
白石朗訳

小さな島に移住したエドガーが描く絵には不可解な「力」があった。島には何が隠されているのか。「恐怖の帝王」復活。

リーシーの物語 上・下
スティーヴン・キング
白石朗訳

悲しみに沈むリーシーに今は亡き夫から届けられるメッセージ。キングが自分の作品で最愛だと言い切る愛と不思議の物語。

わが孫たちに。
イーサン、エイダン、そしてライアン。

装画　藤田新策
装幀　石崎健太郎
DTP製作　エヴリ・シンク

目次

（下巻に続く）

主な登場人物

【デュプレイ住民】

ティム・ジェイミースン……………フロリダ州サラソタから流れ着いた元警察官
ジョン・アッシュワース……………フェアリー郡警察署長
タッガート（タグ）・ファラデイ……フェアリー郡警察巡査
ウェンディ・ガリクスン……………フェアリー郡警察のパートタイム巡査
アニー・レドゥー……………………ホームレスの女性、通称〈みなしごアニー〉
コーベット・デントン………………理髪店店主、通称〈ドラマー〉
ノーバート・ホリスター……………〈デュプレイ・モーテル〉支配人

【エリス一家】

ルーク・エリス………………………12歳の天才少年
ハーバート（ハーブ）・エリス……ルークの父
アイリーン・エリス…………………ルークの母

【〈研究所〉】

ミセス・（ジュリア・）シグスビー……首席統括官
トレヴァー・スタックハウス………保安主任
ドクター・ダン・ヘンドリクス……医学研究部門責任者
ドクター・ジェイムズ・エヴァンズ……眼科医

ドクター・フェリシア・リチャードスン……医師
モーリーン・アルヴォースン……部屋係
グラディス・ヒクスン……世話係
ジーク・イオニーディス……医療技師
デニー・ウィリアムズ……回収チーム〈ルビーレッド〉メンバー
ミシェル・ロバートスン……同右

【〈研究所〉の少年少女】
カリーシャ・ベンスン……黒人の少女、愛称〈シャー〉
ニック（ニッキー）・ウィルホルム……反抗的な18歳の少年
ジョージ・アイルズ……小太りでおしゃべりな少年
ヘレン・シムズ……緑と青紫の髪の少女
アイリス・スタンホープ……テキサス州出身の少女
エイヴァリー・ディクスン……10歳の少年、愛称〈エイヴァスター〉
ハリー・クロス……巨体の少年
ガーダ／グレタ・ウィルコックス……双子の姉妹
フリーダ・ブラウン……ミズーリ州出身の少女

サムソンは主に叫んだ。「主なる神よ。どうか、私を思い起こしてください。神よ、どうか、もう一度私を強めてください。私の両目のうち、片方のためだけにでも、ペリシテ人に復讐させてください。」
サムソンは、神殿を支えている真ん中の柱二本を探り当て、一方を右手で、もう一方を左手で支えてもたれかかった。
サムソンは「ペリシテ人と共に死のう」と言い、力を込めて突っ張った。すると神殿は、領主たちを含め、その中にいたすべての民の上に崩れ落ちた。彼が自らの死と引き換えにして殺した者は、生きている間に殺した者よりも多かった。

——旧約聖書「士師記」第十六章

「しかし、私を信じるこれらの小さな者の一人をつまずかせる者は、ろばの挽く石臼を首に懸けられて、深い海に沈められるほうがましである。」

——新約聖書「マタイによる福音書」第十八章

（聖書協会共同訳『聖書』日本聖書協会、二〇一八年）

全米行方不明・被搾取児童センター（ＮＣＭＥＣ）の統計によれば、
アメリカ合衆国内では一年間に約八十万人の児童が
行方不明になったと報告されているという。
その大多数は発見されている。
数千人単位の児童は行方不明のままだ。

異能機関

夜まわり番（ナイトノッカー）

1

ティム・ジェイミースンの乗ったデルタ航空機はきらびやかに輝くニューヨークの摩天楼を目指してフロリダのタンパ空港を離陸するはずだったが、出発予定時刻を三十分すぎてもまだゲート前にとどまっていた。デルタ航空の職員とセキュリティバッジを首から下げたブロンドの女性スタッフが機内に姿を見せると、エコノミークラスを埋めつくしていた満席の乗客たちから先を予想した不満のうめき声があがった。

「すみません、ちょっとお耳を貸してください！」デルタ航空の職員がいった。

「どのくらい遅れそうなんだ？」そうたずねる声があった。「ごまかさず答えてくれ」

「遅延時間はごくわずかですみますし、機長からはこのフライトが予定どおり到着できる旨を乗客のみなさんに知らせてほしいと頼まれています。ただし、どうしても当機に乗らなければならない連邦政府職員がおられまして、どなたかにお席をお譲りいただきたいのです」

乗客たちがいっせいにうめき声をあげた。ティムが見まわすと、数人の乗客がトラブルにそなえて携帯電話を手にかまえていた。以前おなじような事態になったときにトラブルが勃発した例があるのだ。

「デルタ航空には、次のニューヨーク便の航空券を無償で提供するご用意がございます。ちなみに次の便は明朝の午前六時四十五分発で――」

ここでもうめき声があがった。だれかが「いいから、とっとと飛ばせ」といった。

デルタの職員は怯むことなく話をつづけた。「譲ってくれた方には、今夜のホテル宿泊券にくわえて現金四百ドルを進呈します。わるい条件ではありませんよ。お望みの方はいませんか？」

応じる者はいなかった。セキュリティ担当のブロンドはなにもいわず、すべてを見とおすようでいながら、なぜか生気の感じられない目で混みあったエコノミークラスのキャビンをながめわたしているだけだった。

「八百ドルでは？」デルタ航空の男はいった。「ホテルの宿泊券と無料の航空券をおつけします」

「なんだかクイズ番組の司会者みたいだな」ティムの前列にすわる男がぶつくさいった。

これでも応じる者はいなかった。

「千四百ドルでは？」

それでも声はあがらなかった。ティムはこれに興味を引かれたものの、とりたてて驚きもしなかった。朝六時四十五分の飛行機に乗るとなったら、とんでもない時間に起床するほかないが、事情はそれだけにとどまらない。ティムといっしょにエコノミークラスに乗っているのは、その大半がフロリダ各地の観光地をめぐりおえて家を目指す家族連れや、いかにもビーチ三昧で過ごしたらしい日焼けしたカップル、それにたった千四百ドルではとても引きあわないビジネスがニューヨークで待っているとおぼしき、赤ら顔に怒りを浮かべた体格のよい男たちで占められていたからだ。

ずっとうしろのほうから、こんな声があがった。「どうせなら、ムスタングのコンバーティブルとアルーバ島までのペア旅行券をつけてくれ！　それなら、おれたちの席を譲ってもいいぜ！」

この冗談が笑いを誘った。といっても、とりたてて好意的な笑い声ではなかった。

デルタ航空の出発ゲート担当職員は、バッジをつけたブロンド女性に目をむけた——助力を求めてのことだったかもしれないが、そんなものは見あたらなかった。女性は目だけを動かして客席観察をつづけていただけだ。男はため息をつくと、こういった。「では千六百ドル」

なんの前ぶれもなく、ティム・ジェイミースンは一刻も早くこの飛行機を降り、北へむかってヒッチハイクをしたい気分におそわれた。この瞬間まで、そんな考えは頭に毛筋ほども存在していなかったが、いまはそのとおりに行動している自分の姿をありありと、曖昧さの一点もなく脳裡に浮かべることができた。そう、フロリダ州から一路北へむかっている国道三〇一号線、それもヘルナンド郡のまんなかあたりに立って、片手の親指をぐいっと突きあげている自分の姿。あたりは暑くてケバエの群れが飛び、道路わきには少額の転倒事故案件を専門にしている弁護士の広告看板が立っている。近くのトレーラーハウスの出入口に通じるコンクリートブロックの階段に置かれた大型ラジカセからは、ＲＥＯスピードワゴンの〈テイク・イット・オン・ザ・ラン〉が大音量で流れ、近くでは上半身裸の男が車を洗っている。やがて食肉会社のイメージキャラクター〝農夫のジョン（ファーマー・ジョン）〟そのままの男がやってきて、ティムをピックアップトラックに乗せてくれる。柵柱で囲われた荷台にはメロンが積まれ、ダッシュボードにはキリストのマスコット人形がマグネットで固定してあるようなトラックだ。このイメージの最良の部分は、決してポケットに詰まった現金ではない。最良の部分は、いま自分がいるこのイワシの缶詰――香水と汗とヘアスプレーのにおいが覇権を争っているようなキャビン――から何キロも何十キロも離れたところで、たったひとり立っていられることだ。

ただし、その次に最良の部分となると、連邦政府の財布を締めつけて数ドルばかりのよぶんの金をせしめられるところだ。

ティムは平均身長そのもの（百七十五センチ強）の体をすっくと起こすと、鼻の上の眼鏡を指で押しあげ、片手をかかげた。「金額を二千ドルにあげて、飛行機のチケット代を払いもどしてもらえるなら、この席はそちらに譲るよ」

2

無料宿泊券の対象になっていたのは、タンパ国際空港でも離着陸がもっとも立てこんでいる滑走路の終端にほど近い、うらぶれた安ホテルだと判明した。ティムは飛行機の音をききながら眠りこみ、さらに増えた飛行機の音に目を覚まし、部屋から下へおりて無料の朝食ビュッフェで固茹で卵とゴムのようなパンケーキを二枚食べた。グルメの食事からはほど遠かったが、ティムはたらふく食べてから客室に引き返し、九時になるのを待った――銀行が営業を開始する時間を。

思いがけず転がりこんできた小切手はあっさり換金できた――銀行側がティムの来店をあらかじめ知っていて、小切手の承認を事前にすませていたからだ。小切手の承認待ちのために安ホテルでただ待っているつもりはなかった。ティムは二千ドルを五十ドルと二十ドルの紙幣で受けとって折り畳み、左の前ポケットに押しこみ、預けたダッフルバッグを銀行の警備員から返してもらうと、Ｕｂｅｒで呼んだタクシーでエレントンまで行った。運転手に運賃を払うと、三〇一号線の北上車線を示す標識までぶらぶら歩き、親指を突きあげた。十五分後、農器具メーカーのケイス社が無料でくばっている野球帽（キャップ）をかぶった老人が乗せてくれた。ピックアップトラックには柵柱はなかったし、荷台にメロンも積まれていなかったが、それ以外は前夜ティムが見た想像の光景に一致していた。

「どこへ行きたいんだ、若いの？」老人はそうたずねた。

「そうだね」ティムは答えた。「いずれはニューヨークまで行ければいいかな」

老人が吐いた噛みタバコが茶色いリボンになって窓の外へ流れていった。「まともな頭のもちぬしが、またどうしてあんな街へ行きたがる？」老人は〝まとーまな・あたーま〟と発音した。

「さあ、自分でもわからないよ」ティムは答えたが、本当はわかっていた。古いつきあいの同僚から、ビッグアップルには民間警備会社の仕事がたくさんあるという話をきかされたからだ。そのなかには、フロリダでの警察官としてのキャリアをおわらせた複雑で無意味な事情のあれこれよりも、ティムのこれまでの経験に重きを置く企業もあるだろう。「でも、今夜のうちにジョージア州まで行ければいいと思っててね。そっちが気にいるかもしれないし」

「その話のついでだが」老人はいった。「ジョージアもわるいところじゃない。とくに桃が好物なやつだったらね。おれは桃を食うと腹をくだしがちだ。音楽をかけてもいいかい？」

「ああ、もちろん」

「前もって注意しておくが、デカい音でかけるぞ。なにせ耳が半分馬鹿になりかけてるんでね」

「こっちは乗せてもらえるだけでうれしいよ」

流れてきたのはＲＥＯスピードワゴンではなくウェイロン・ジェニングスだったが、ティムに否やはなかった。ウェイロンのあとはシューター・ジェニングスとマーティー・スチュアート。泥にまみれたダッジラム車内の男ふたりは、音楽をきき、国道の路面が後方へ走り去るのをながめた。国道を百十キロばかり北上したところで、老人はトラックを道端へ寄せてとめると、ケイス社のキャップのつばに手をかけ、ティムがすばらしい一日を過ごせるようにといってくれた。

夜のうちにジョージア州にたどりつくことはできなかったが——この夜もうらぶれた安モーテル泊まりで、ここはオレンジジュースの露店の隣だった——翌日には州境を越えられた。州南東部のブランズウィックの街(街の名を冠した美味なるシチューが考案されたところ)では、リサイクル工場での二週間の仕事についた。働くことを決めたときには、タンパ発のデルタ航空の座席を譲ったときにも増して、事前になにも考えていなかった。金を必要としていたのではなかったが、自分には時間が必要に思えた。いまは移行期間だ——そして変身は一夜にしておわるものではない。おまけにこの街の〈デニーズ〉は、すぐ隣がボウリング場だった。こんな組み合わせを素通りできるものではない。

3

航空会社からの臨時収入にくわえてリサイクル工場の給料をふところに入れて、ティムはブランズウィックにある州間高速道路九五号線の北向車線に通じる入口ランプの前に立ち、さすらいの旅の男にしては裕福になった気分を味わっていた。その場で日ざしを浴びながら立つこと一時間以上になり、そろそろあきらめて〈デニーズ〉に引き返し、よく冷えた甘いアイスティーを飲もうと思ったそのとき、ボルボのステーションワゴンが寄ってきて停止した。運転席にすわっていた妙齢の女性がパワーウィンドウをあけ、眼鏡のぶあついレンズごしにじっとティムを見つめた。

「決して大柄ではないけれど、しっかり筋肉がついているみたい」女性はいった。「あなたは強姦魔でもなければ、いかれ男でもないのね?」

「ええ、ちがいます」ティムはそう答えながら思った。

《そんな質問にほかにどう答えろというんだ?》

「もちろん、そう答えるに決まってる、そうでしょ? サウスカロライナあたりまで行くつもりなんでしょう? そのダッフルバッグがそう語ってるわ」

一台の車が女のボルボの横を轟然と走り抜け、けたたましくクラクションを鳴らしながら入口ランプをのぼっていった。女は気にするようすもなく、ひたすらその落ち着いた視線をティムにむけていた。

「ええ、そうです。最終的にはニューヨークまで」

「サウスカロライナまで乗せていってあげる。あの未開の州のそんなに奥地までとはいかないけど、少しは先へ進む足しになる——でも、あなたが少しばかりわたしに手を貸してくれればの話よ。よくいうでしょう、困ったときはおたがいさま、って」

「あなたがおれの背中を掻いて、おれがあなたの背中を掻くわけですね」ティムはにやりと笑いながらいった。

「本当にどこかを掻くような真似はいっさいなし。でも、乗ってちょうだい」

ティムはボルボに乗りこんだ。女はマージョリー・ケラーマンといい、ブランズウィック図書館の運営者だという。さらに南東部図書館連盟という組織のメンバーでもあった。この組織は資金不足にあえいでいる、とマージョリー・ケラーマンは話した。なぜかといえば——「ドナルド・トランプとその仲間たちが予算をぜんぶ取りあげたから。あの連中には文化が理解できない——そう、ロバには代数がさっぱり理解できないのとおんなじよ」

百キロと少し北上したところで——まだジョージア州内だった——女はプーラーという街のちっぽけな図書館の前で車をとめた。ティムは車から本のつまった箱を降ろし、台車で図書館に運びこんだ。そのあと十あまりの本の箱を、図書館からボルボまで台車で運んだ。マージョリー・ケラーマンの話では、運びだした箱はこのあと約六十五キロ先、州境を越えてサウスカロライナ州にはいったところにあるイェマシー公共図書館まで運ぶという。しかし、ハーディーヴィルを過ぎてほどなく、ふたりの乗った車は先へ進めなくなった。二本ある車線のどちらも乗用車やトラックでぎっしり埋めつくされ、後方にも見る見るうちに車の列ができはじめていた。

「つたく。こうなるのがいちばんいや」マージョリーはいった。「サウスカロライナはいつだって渋滞してるみたい。州がお金をケチって、道路の車線を増やそうとしないからね。この先で事故があったんだと思う。でも二車線しかないから、迂回しようがないわけ。このまま半日動けなくてもおかしくないわ。ミスター・ジェイミースン、あなたには残りの仕事を免除してあげてもいいかも。わたしだったら車を降りてハーディーヴィルの出口まで引き返し、国道一七号線で運試しをしてみるところよ」

「でも、積んであるたくさんの本の箱はどうします？」

「それなら、腰が丈夫で荷下ろしを手伝ってくれそうな人をまた見つくろうだけ」マージョリーはそういうと、にっこり笑った。「ほんとのことを話してあげる――さっき日向(ひなた)の暑いところに立っているあなたを見て、ふと少しばかり危険な生き方をするのもわるくないって思っただけよ」

「あなたがそれでいいというのなら」いっこうに車が動かない渋滞に、ティムは閉所恐怖を誘発されていた。デルタ航空機のエコノミークラスの中ほどあたりで身動きがとれなくなったときとおなじ気分だった。「でも、ご希望があれば車に残ります。締切や期日に追われている身ではないので」

「降りてもらっていいの」マージョリーはいった。「あなたと会えてよかったわ、ミスター・ジェイミースン」

「こちらもおなじ気持ちです、ミズ・ケラーマン」

「お財布が寂しいということはない？　寂しければ、十ドルなら融通してあげられるけど」

ティムは――これが初めてではなかったが――ごく普通の人々が、それも他者に分け与える余裕もあまりない人々が、さりげなく他者にのぞかせる親切と気前のよさに胸が熱くなるのを感じた。たしかに異論の声をあげる者はいるだろうが（ほかならぬティム自身もときにはそんな声をあげたが）、それでもアメリカはいまでもいい国だといえる。「いえ、大丈夫です。お気持ちだけ、ありがたくいただいておきます」

ティムはマージョリーと握手をかわし、車を降りると、州間高速九五号線の路側帯を歩いてハーディーヴィルの出口まで引き返した。しかし国道一七号線で待ってもヒッチハイクをさせてくれる車にめぐりあえず、さらに三キロ強歩いて一七号線と州道九二号線の合流点にまでやってきた。ここに、デュプレイという町の方角を示した標識があった。このときにはもう時刻は夕方近くなり、今夜泊まるためのモーテルをさがしたほうがいいと思えてきた。どうせ今夜もうらぶれた安モーテル泊まりになりそうだが、それ以外の選択肢——野宿をして藪蚊に生きながら食われるとか、農家の納屋で夜を明かすとか——はなおさら敬遠したかった。そこでティムは、デュプレイを目指して歩きはじめた。

大きな出来事でも、動きの軸になるのは小さな蝶番(ちょうつがい)だ。

4

そして一時間後、ティムは片側二車線道路の道端の岩に腰を降ろし、無限につづくようにさえ思える長編成の列車が通過して踏切があくのを待っていた。列車は時速五十キロ弱のスピードで悠々と急がずにデュプレイ方面にむかっていた。有蓋貨車、自動車を輸送する車運車(しゃうんしゃ)(といっても、新車より事故車を多く運んでいるように見えた)、タンク車、屋根も側壁もない長物車、そして、どんな有害物質を積みこんでいるともわからない大型無蓋貨車など——積荷は、ひとたび脱線事故でも起ころうものなら、松の仲間が多い周囲の森林に火災を引き起こす物質かもしれず、有害な煙なり致死性の煙なりがもくもくと出て、デュプレイの住民に影響をおよぼす物質かもしれない。やがて最後尾のオレンジ色の車掌車が目の前を通過していった——オーバーオール姿の男がローンチェアに腰かけ、ペーパーバックを読みながらタバコを吸っていた。男は本から顔をあげ、ティムにむかってさっと手をふった。ティムもおなじように手をふりかえした。

町はそこからさらに三キロ半弱先にあり、州道九二号線（町のなかではメイン・ストリートと名を変える）とほかの道がまじわっているふたつの交差点のまわりにつくられていた。もっと大きな街をすっかり乗っ取っているかのような大規模チェーンストアから、まだ逃げきっている町のように思われた。自動車用品の〈ウエスタン・オート〉があるにはあったが、すでに店を畳んだようで、窓が白く塗られていた。ティムがざっと見たところでは、食料品店とドラッグストアが一軒ずつ、それにいろいろな品を少しずつ売っている〝よろず屋〟のような店があり、さらに美容院が二軒あった。映画館もあるにはあったが、入口上から歩道の上に突きだしたひさしに**《売却物件（賃貸可）》**と大書されていた。また〈デュプレイ・スピード・ショップ〉と称する自動車部品店や、〈ベヴのうまいもの屋〉を自称するレストランがあった。教会は三軒——一軒はメソジスト教会で、残るふたつはあまり有名でない宗派のもの。三軒いずれもが〝イエスのもとへ来たれ〟と人々を誘っている教会だった。車を斜めにいれるタイプの商業地区の駐車スペースには、乗用車と農家のトラックをあわせても二十台に満たない車がぽつぽつととめてあるだけだった。歩道は無人といってもいいほど閑散としていた。

そこから三ブロックほど歩いて、また別の教会を通りすぎたところで、ティムは〈デュプレイ・モーテル〉なる宿泊施設を見つけた。その先——メイン・ストリートがふたたび州道九二号線の名前をとりもどすとおぼしきあたりを見ると、そこにもまた踏切があり、駅舎があり、日ざしをうけてぎらぎらと光る金属の屋根が何列も見えていた。こういった建造物を越えていった先には、またしても松の多い森林が迫っていた。ひっくるめていえば、ティムの目にこの町はカントリーのバラードソングからそのまま出てきたように見えた。それもアラン・ジャクソンやジョージ・ストレイトが歌うノスタルジアあふれた歌だ。モーテルの看板は古くて錆だらけになっており、映画館とおなじようにもう廃業しているかとも思えたが、午後の日ざしがたちまち薄れていこうとしているいま、このモーテルが町で雨風をしのげる唯一の場所のようだったので、ティムはモーテルを目指した。

モーテルまでの道のりを半分進み、デュプレイ町庁舎の前を通りすぎたところで、煉瓦づくりの建物に行きあたった。左右の壁は、梯子のようにのぼっていく蔦に覆われていた。そしてきれいに刈りこまれた芝生には、ここがフェアリー郡警察署であるという標識が立っていた。もしこの町が郡都なら、フェアリー郡はよっぽど貧しい土地にちがいない、とティムは思った。

建物の前に二台の警察車両がとまっていた。一台は新しめのセダン、もう一台は泥はねだらけになった年代物の4(フォー)ランナーで、ダッシュボードに着脱式の緊急灯が置いてあった。ティムは警察の玄関に目をむけ――それはポケットに多額の現金を詰めこんだ流れ者ならではの、ほぼ無意識の視線の動きだった――いったん数歩進んだあとでふりかえり、観音びらきのドアの左右にかかげられた掲示にあらためて目をむけた。とりわけ、ふたつのうちの片方に。自分の読みまちがいにちがいないとは思っても、確認しておきたかったのだ。

いまが何年でどんな時代だと思っているんだよ――ティムは思った。まちがいに決まってる。

しかし、まちがいではなかった。《**サウスカロライナでマリファナが合法だと思っているのなら考えなおせ**》というポスターの隣には、あっさりこう書いてあるポスターが貼られていた。《**夜まわり番（ナイトノッカー）募集。受付は署内にて**》

驚いたな――ティムは思った。これこそ、過去からの一撃だ。

いったんは錆だらけのモーテルの看板にむきなおったものの、そこでふたたびアルバイト募集の掲示のことを思って足をとめた。ちょうどそのとき警察署のドアの片側がひらいて、痩せぎすの警官が赤毛の頭にかぶった制帽をととのえながら外に出てきた。薄れゆく夕陽を受けて、警官のバッジがきらりと光った。警官はティムのワークブーツと埃だらけのジーンズ、青いシャンブレーのシャツを目にとめた。視線はティムが肩にかけたダッフルバッグにひとときとどまったのち、移動して顔にむけられた。

「なにかお力になれますか？」警官はいった。

飛行機内で座席から立ったときに感じたのと同種の衝動が、いままたティムの全身を洗っていった。「それは無理かもしれないが、先のことはわからないな」

5

赤毛の警官はタッガート・ファラデイ巡査といった。

ファラデイはティムを署内に案内した。建物の奥の留置房エリアには監房が四つあり、そこからティムにも馴染み深い消毒薬とアンモニアの沈澱物のにおいがオフィスへただよってきていた。ティムをヴェロニカ・ギブスン――この日の午後、通信指令係として働いていた中年の女性巡査で、愛称はロニー——に紹介すると、ファラデイはティムに運転免許証と、最低でももうひとつ、身分を証明する書類を見せてくれと頼んできた。ティムが運転免許証といっしょに差しだしたのは、フロリダ州のサラソタ警察署の職員証だった——そのときには、職員証が九カ月前に失効していることを隠そうともしなかった。それでも警察の身分証を目にすると、ふたりの警官の態度はほんのわずかだが変化した。

「じゃ、あなたはフェアリー郡の住人じゃないのね」

「ああ」ティムはうなずいた。「いまはちがうな。でも、夜まわり番のアルバイト仕事をもらえるのなら住民になるよ」

「給料は安いぞ」ファラデイがいった。「いずれにしても、決めるのはおれじゃない。雇ったりクビにしたりするのはアッシュワース署長の仕事だ」

　ロニー・ギブスンが口をひらいた。「ひとり前の夜まわり番が辞職して、ジョージア州に引っ越していったの。エド・ホイットロック。野球選手のルー・ゲーリッグがかかった筋萎縮性側索硬化症（ALS）になってしまって。気のいい人だった。なんて運がわるいのかしら。でも、ジョージアに行けば介護をしてくれる人がいるんですって」

「あのクソな病気は決まって気のいい人を襲うんだよ」タグ・ファラデイはいった。「ロニー、この男に応募書類を出してやれ」そういってティムにむきなおる。「ここは少人数の警察でね、ミスター・ジェイミースン。スタッフが七人で、そのうちふたりはパートタイムだ。この町の納税者がまかなえるのは、それが限界でね。署長のジョンは、いまパトロールに出てる。五時か五時半になっても署に帰ってこなければ、署長は自宅に帰って夕食にしてるってことで、あしたの朝まで顔を見せないね」

「いずれにしても今夜はこの町で過ごそうと思ってる。あのモーテルが営業していればだけどね」

「ああ、ノーバートのところだったら空き部屋はあるでしょうよ」ロニー・ギブスンはそういうと、赤毛の警官と目を見かわし、声をそろえて笑った。

「どうやら、四つ星ホテルなみの宿泊施設とはいえないみたいだな」

「とりあえずノーコメント」ロニー・ギブスンはいった。「でもわたしだったらベッドで横になる前に、あのちっこくて赤い虫がいないかどうか、シーツを調べるでしょうね。ところで、ミスター・ジェイミースン、サラソタ警察を辞めたのはどういう事情で？　引退にはまだ若いみたいだけど」

「その件については、署長さんに直接話したい――面接に応じてくれたらだけど」

ふたりはふたたび――先ほどよりも長いあいだ――目を見かわしていた。ついでタグ・ファラデイがいった。

「さあ、この男に応募書類をわたしてやれよ、ロニー。ようこそ、デュプレイへ。まっとうにふるまっていれば、おれたちは仲よくやっていけるさ」

ファラデイはそれだけいうと、行儀のいいふるまいをしなければどうなるかをティムの自由な解釈にゆだねたまま、署から出ていった。鉄の面格子がはまった窓から外を見ていると、4ランナー（フォー）がバックで駐車スペースから出て、デュプレイのさして長くないメイン・ストリートを走っていった。

必要な書類はクリップボードにはさまれていた。ティムは左側の壁ぎわに三つならんだ椅子のひとつに腰かけると、ダッフルバッグをしっかり両足ではさみ、書類に記入しはじめた。

夜まわり番か――ティムは思った。いまどきびっくりだ。

6

アッシュワース署長――やがてティムにもわかるのだが、部下の警官たちはもちろん、町の住民の大多数からも、ファーストネームでジョン署長と呼ばれていた――は大きな太鼓腹を突きだして、悠々と歩く男だった。あごの下にはバセットハウンドを思わせる肉の袋が垂れ、たっぷりとした白髪を生やしていた。制服のシャツの胸もとにはケチャップのしみ。腰に帯びている拳銃はグロックで、小指にはルビーの指輪。言葉の訛（なまり）がきつく、立ち居ふるまいは気さくで陽気な南部人そのものだったが、たっぷりついた肉に深く埋もれた金壺眼（かなつぼまなこ）は鋭く、好奇心をたたえていた。黒人だという事実がなかったら、〈ワイルド・タウン／英雄伝説〉のような陳腐そのものの南部映画の出演者でも通用しそうだった。ただし、それだけにとどまらなかった。壁にかかげられたトランプ大統領の公式肖像写真の隣に、ヴァージニア州クアンティコにある捜査官訓練施設、FBIナショナル・アカデミーの卒業証書が額におさめられて飾ってあったのだ。これは、シリアルのふたを集めて郵送すればもらえるプレゼント品とはわけがちがう。

「ようし、わかった」ジョン署長はオフィスの椅子を前後に揺らしながらいった。「あまり時間がなくてね。女房のマーセラは、わたしが夕食に遅れるのをきらってるんだ。もちろん、緊急事態なら話は別だが」

「わかります」

「だからとっとと本題にかかるぞ。どうしてサラソタ警察を辞め、この土地でなにをしているのかを知りたい。サウスカーライナにはたくさんの人が往来するような道がたくさんあるわけじゃないし、デュプレイは数少ないそんな道沿いの町でもないしな」

ジョン・アッシュワースが今夜のうちに電話でサラソタに問いあわせることはないかもしれない。しかし、あしたの午前中には電話をかけるだろう。だから、ここで変に話をごまかしても意味がない。そもそも、ごまかしたくはなかった。夜まわり番のバイトに就けなくても、ひと晩をデュプレイで過ごしたら、ニューヨークを最終目的地とした旅――少し進んでは足をとめることの繰り返しの旅――をつづけるだけだ。いまになればわかるが、昨年暮れのある日にサラソタの〈ウェストフィールド・モール〉で起こった出来事と、この先起こる出来事のあいだの休憩期間として、ティムにはこの旅が必要だった。そういったことすべてを別にすれば、正直はすべてにまさる方針だ。なによりも、嘘はいずれかならず嘘をついた当人にしっぺ返しをもたらす――キーボードとWi－Fi接続さえあれば、だれもがほぼあらゆる情報を入手できる時代なのだから、なおさらそうだといえる。

「辞職か免職か、いずれかを選べと迫られました。それで辞職を選びました。おれ自身はいうにおよばず、喜んだ人間はひとりもいなかった――おれはあの仕事が好きで、メキシコ湾沿岸地帯のことも好きでしたからね。でも、とにかくおれが辞めるのがベストの解決法だった。おかげで、それなりの金も受け取れた。満額の退職金には遠く及びませんが、それでもなにももらえないよりましだ。金は別れた女房と等分しました」

「で、辞職の理由は？　頼むから手短にまとめてくれ——夕食が冷めないうちに家へ帰れるようにな」

「たいして時間はかかりません。去年の十一月のある日、勤務おわりに〈ウェストフィールド・モール〉に立ち寄りました。靴を買いたかったんです。結婚式に出ることになっていたので。そのときはまだ警察官の制服姿でした——いいですね？」

「ああ」

「靴屋の〈シュー・デポ〉から出ると、ひとりの女性が駆け寄ってきて、映画館の近くでひとりのティーンエイジャーが銃をふりまわしていると知らせてきました。そこで、大急ぎで現場へ駆けつけました」

「そのときはもう銃を抜いていた？」

「いえ、そのときは抜いていません。銃をふりまわしていた少年は見たところ十四歳前後で、おれは少年がアルコールか薬物の影響下にあると推定しました。少年はすでにもうひとりの少年を床に倒して蹴りつけていました。同時に、倒れた少年に銃をむけていました」

「例のクリーヴランドの事件に似ているな。ほら、エアガンをふりまわしていた十二歳の黒人少年を警官が撃った事件だ」

「少年に近づくあいだ、おれもその事件を思い出していました——しかしクリーヴランドでタミール・ライス少年を撃った警官は、少年が本物の銃をふりまわしているとばかり思った、と証言しています。おれは自分が見ている銃が本物でないことをほぼ確信していましたが、しかし百パーセントの断言はできませんでした。署長なら理由もおわかりでしょう」

ジョン・アッシュワース署長は、夕食のことも頭から消えたような顔になっていた。「きみの対象人物が、床に倒れた少年に銃をむけていたからだね。おもちゃの銃を特定の人物にむけても意味はない。いや、床に倒れていた少年がおもちゃだと知らない場合は、そのかぎりではないが」

「こちらの犯人の少年はあとあと、自分は銃を倒れた少年にむけていたのではなく、ふりたてていただけだと供述しました。『あの銃はおれのものだ、クソ野郎、おれのものをとりあげるなんて許さねえ』といって。おれにはそうは見えなかった。そこでおれは、武器を捨てて両手をあげろと大声で叫びかけました。少年にはその声がきこえなかったのか、きこえていても無視していたようで、ただ倒れた少年を蹴りつづけ、銃の狙いをつけつづけていました。いえ、本人の言葉に従えば、銃をふりたてつづけていた。いずれにしても、おれは携行していた銃を抜きました」ティムは言葉を切った。「これで話にちがいが出るかもしれないのでいっておけば、少年はふたりとも白人でした」

「わたしにとっては、それでちがいが生まれはせん。少年ふたりが争っていた。ひとりは倒れて怪我をしていた。もうひとりの手には、本物の銃かもしれず本物ではないかもしれないものが握られていた。で、きみはその少年を撃ったのか？　頼むから、そんな結末にはならなかったと話してくれ」

「だれも撃たれませんでした。でも、署長ならご存じでしょう――素手での殴りあいがはじまると見物人がわらわらと群がり、ひとたび銃器がとりだされるなり、その人たちがわらわらと散っていくと？」

「もちろん。多少なりとも考える頭があれば、命あってのものだねとばかりに逃げて当然だ」

「まさにそういう事態になったんです。ところが、それでもまだ現場に残っている連中がいました」

「現場を携帯で撮影しようとしていた連中だな」

　ティムはうなずいた。「ええ、四人か五人のスピルバーグ志願者（ワナビー）が残っていました。それはともかく、おれは銃を天井へむけ、威嚇射撃のつもりで発砲しました。あとから考えれば、まちがった選択だったかもしれない。しかし、その場では正しい選択にしか思えなかった。唯一のね。そして、ショッピングモールのそのあたりの天井には、照明器具が吊られていたんです。銃弾がそのひとつに命中して、それが真下にいた野次馬のひとりを直撃しました。少年はもっていた銃をとり落とした。落ちた銃が床を打つなり、本物じゃないことがはっきりわかりました。床にバウンドしたからです。結局、四五口径のオートマティックに似せてつくられたプラスティックの水鉄砲でした。床に倒れて蹴りとばされていた少年は多少の打ち身と切り傷をつくってはいましたが、縫う必要がありそうな傷はひとつもなかった。しかし、例の野次馬は意識をうしなって、それから三時間はその状態でした。脳震盪です。顧問弁護士によれば、男は記憶喪失を発症したほか、目がくらむような激しい頭痛にも悩まされたとのことです」

「じゃ、署が訴えられた？」

「ええ。訴訟はまだしばらくつづくでしょうが、最後には男がいくらか手にするんでしょうね」

ジョン署長は考えをめぐらせていた。「そもそもその野次馬は現場に残って喧嘩を撮影していたわけだから、いくらその頭痛がひどいものだったとしても、それほどの賠償金をせしめられるはずもない。あちらの警察署は、きみに〝銃器の不適切な使用〟という罪をかぶせたわけだな」

それはそのとおり。そして、そこで話をおわらせられれば丸くおさまったはずだ、とティムは思った。しかし、話をおわらせるわけにはいかなかった。この署長はテレビ番組〈爆発！デューク〉の悪徳政治家〝ボス〟ホッグの黒人バージョンのような風貌だが、決して愚か者ではない。いまのティムの境遇に同情しているのは明らかだったが——警官ならほぼだれでもティムに同情するだろう——それでも自分でファクトチェックをするに決まっている。だったら、いまこの場で自分の口から話の残りも明かしたほうがいい。

「靴屋に行く前に、実は〈ビーチコーマーズ〉に立ち寄って二杯ばかり飲んでいたんです。通報に応じて現場に駆けつけて少年の身柄を確保した警官たちは、おれの息が酒くさいことに気づいて呼気検査をしました。結果は〇・〇六、容認基準値をずっと下まわっていましたが、銃を発砲して人ひとりを病院送りにしてしまった直後となると、どう考えてもよくは思われませんでした」

「ふだんから酒をよく飲むタイプなのかな、ミスター・ジェイミースン？」

「離婚のあと半年ばかりはかなり大酒を飲んでましたが、それはもう二年も前の話です。いまはそんなに飲んでません」もちろん、これはいかにもおれがいいそうな答えだ——ティムは思った。

「ほうほう、なるほどね。わたしが話を正しく受けとったかを確かめようか」署長は太い人さし指を立てた。「きみは非番だった——つまりもう制服から私服に着替えていれば、そもそも女性がきみに駆け寄ってくることもなかった、ということになる」

「ええ、それも考えられます——しかし、それがなくても騒ぎをききつけたおれが、自分で現場にむかったかもしれません。警官なら、完全に職務を離れることはない。いえ、あなたならご存じでしょうが」

「ほうほう、なるほど。しかし、着替えていた場合でも拳銃は携行していただろうかね？」

「いえ、着替えていたら、銃は車に置いてドアをロックしていたはずです」

アッシュワース署長はこの答えをきいて二本めの指を立て、さらに三本めも立てた。「少年が手にしていた銃はおそらく模造品と思われたが、本物だという可能性もあった。きみにはどちらとも見きわめられなかった」

「ええ」

ここで四本めの指が立った。「きみが威嚇で撃った弾丸は照明器具に命中した。それが照明器具の落下を招いたのみならず、罪もない傍観者の頭を直撃する事態も招いた。まあ、携帯電話で現場を撮影していた人でなしを〝罪もない傍観者〟といえればの話だ」

ティムはうなずいた。

署長の親指がぐいっと上に突き立てられた。「そしてこの騒ぎが起こる前、たまたまきみはアルコール飲料を二杯ほど飲んでいた」

「ええ。それも制服姿で」

「褒められた行動ではなかったし、なんというか……見場（みば）もよろしくはないな。それでもわたしなら、きみはとびきりの悪運つづきに見舞われたというね」ジョン署長はデスクの端を指でとんとんとドラムのように叩いた。小指にはまったルビーの指輪がドラムロールに〝かちかち〟という金属音を添えていた。「そこまで荒唐無稽な話となると、とてもでっちあげとは思えない。それはそれとしても、きみの前の勤め先に電話をかけて、わたしから確かめさせてもらうつもりだ。もう一度きみの話を耳にして、もう一度驚き呆れたいという程度の理由しかなくてもね」

ティムはほほえんだ。「おれのボスはバーナデット・ディピーノという女性でした。サラソタ警察署長です。でも、そろそろお帰りになったほうがいいのでは？　でないと、奥さまがご機嫌をそこねそうだ」

「まあまあ、女房のマーシーの心配はわたしにまかせておきたまえ」署長は自分の腹の上に身を乗りだした。その目がこれまで以上に輝いていた。「いまこの場でわたしがきみの呼気検査をしたら、ミスター・ジェイミースン、どういう結果が出るかな？」
「実行して確かめてみては？」

「いや、そんな気はない。そもそもそんな必要を感じないね」署長はうしろに身をそらした——すわっているオフィスチェアがまたもや長々ときしみ音をたてた。「そもそもきみはどうして、こんなシケた小さな町の夜まわり番になりたいと思った？　給料は週あたりせいぜい百ドルで、日曜日から木曜日まではトラブルの数もそんなにたいしたことはないが、金曜と土曜の夜はぐっと増えることもないではない。ペンリーにあったストリップクラブは去年店を畳んだが、いかがわしい安酒場や居酒屋はこの付近一帯に数軒はあるしね」

「祖父がミネソタ州のヒビングという町で夜まわり番をやっていましてね。ほら、ボブ・ディランが少年時代を過ごした町です。祖父は州警察を辞めたあと、夜まわり番をしていたんです。子供のころ警官になりたいと思いはじめたのは祖父がいたからです。ここの外に出ている掲示を目にして、おれは思いました……」ティムは肩をすくめた。あのとき自分はなにを思っていたのか？　リサイクル工場で働こうと思い立ったときと、ほとんどおなじことだ。つまり、ほとんどなにも考えていなかったということ。ふと、自分はいま——あくまでも精神的な意味だけかもしれないが——難所にさしかかっているのではないかという思いが頭をかすめた。

「なるほど、お祖父さんの志を継いだということだね」ジョン署長はかなり立派な太鼓腹の上で両手を組み、じっとティムを見つめた——脂肪のせいで深くなった眼窩に埋もれている、好奇心に満ちたきらきら輝くあの目。「つまり、自分ではもう現役を退いたと考えているわけかな？　それで、ひまな時間をつぶせるような仕事をさがしているとか？　だが、そんなことをするにはいささか若すぎるんじゃないか？」

「警察からはもう引退です。復帰はしません。友人からニューヨークの警備員の仕事を世話するといわれて、ちがう土地でやりなおしたくなりました。でも、それならわざわざニューヨークまで行かなくてもいいかもしれません」ただし、自分が本心で望んでいるのは住む土地ではなく、気分転換だろうとティムは思った。夜まわり番の仕事につけば、その目的が達成されるとはかぎらない……だが、達成されるかもしれないではないか。

「離婚したといっていたね？」

「ええ」

「子供は？」

「いません。妻は欲しがったんですが、おれにその気がなくて。親になる心がまえができていないように思えたんです」

　ジョン署長はティムが書いた応募書類に目を落とした。

「ここには、いま四十二歳とあるな。ほとんどの場合――まあ、すべての場合とはいわないが――その年になるまでに心がまえができていなければ……」

　署長は言葉を尻すぼみにして途切らせた――優秀な警官ならではの流儀で、うまくティムに言葉で沈黙を埋めさせようとしたのだ。しかし、ティムは無言をつらぬいた。

「ミスター・ジェイミースン、きみはいずれニューヨークへむかうかもしれない。しかし、いまは足のむくまま気のむくままの流れ者暮らしをしている。そういってもいいか？」

　ティムは考えをめぐらせ、そうもいえると同意した。

「きみをこの仕事に就けたとしよう。しかし二週間後なり一カ月後なりにきみが気まぐれを起こして、この町からふらりと旅立つようなことがないと、どうすれば納得できるだろうか？　デュプレイは地球上で最高に楽しい土地とはいえない――いや、サウスカーライナ随一とさえいえない。なにがいいたいかというと――どうすればわたしにも、きみが信頼できる男だとわかるのだろうか？」

「しばらくはこの町にいますよ。おれがきちんと仕事をしていると署長が感じているかぎりは、ということです。おれが仕事をしていないと感じたら、クビにしてくれてかまいません。ほかの土地へ行きたくなったら、前もって充分な予告期間を置きます。約束しますよ」

「この仕事の給料じゃ食っていけんぞ」

　ティムは肩をすくめた。「必要に迫られたら、仕事を見つくろいます。まさか、ふたつの仕事をかけもちしているのは、ここらへんではおれひとりしかいないなんて、そんなことはいわないでしょう？　それに、新生活をはじめるのに充分な貯（たくわ）えはあります」

　ジョン署長はいましばらく椅子にすわったまま考えをめぐらせたのち、おもむろに立ちあがった。これだけ体重のある男にしては、驚くほど敏捷な動作だった。「では、あしたの朝ここへ来てもらって、この件をどうするかを決めようじゃないか。午前十時ごろだといろいろ都合がいいな」

そうすればサラソタ警察署に電話をかけて、おれの話が事実どおりかを確かめる時間が充分とれるわけだ——ティムは思った。それだけじゃない、おれの経歴にほかにも汚点があるかどうかも調べがつく。

ティムは立ちあがって、握手の手を差しだした。ジョン署長の握手にはしっかりと力がこもっていた。「ところで、今夜はどちらに泊まるのかな、ミスター・ジェイミースン？」

「空き部屋があれば、この道の先にあるモーテルに泊まるつもりです」

「ああ、ノーバートのところだったら空き部屋に不足があるわけがない」署長はいった。「きみなら、あの男にハーブを売りつけられる心配はないしな。わたしが見たところ、きみにはまだ警官らしい面がまえが残っているからだ。炒めものや揚げものを食べても胃腸がなんともなければ、道の先にある〈ベヴのうまいもの屋〉が七時まであいてる。わたしが特に好きなのは、レバーと玉ねぎの炒めものだ」

「ありがとうございます。話をきいてくださったことにもお礼をいわせてください」

「礼なんか気にするな。楽しい会話だったよ。それから〈デュプレイ・モーテル〉にチェックインするときには、きみにはいい部屋を用意しろとジョン署長がいっていたと、支配人のノーバートに伝えるといい」

「そうさせてもらいます」

「いい部屋に通されても、わたしだったら寝る前に妙な虫がベッドにいないかどうかを確かめるがね」

ティムはにこりと笑った。「そのアドバイスなら、もうほかの人からきかされました」

7

〈ベヴのうまいもの屋〉での夕食は、小麦粉の衣をつけた牛肉を揚げたチキンフライドステーキと添え物のサヤインゲン、デザートにピーチコブラーというメニューだった。味はわるくなかった。〈デュプレイ・モーテル〉で割り当てられた客室はまた別問題だった。北を目指すこれまでの気ままなさすらい旅で泊まってきたモーテルも、ここと比べれば宮殿だった。窓はめ式のエアコンはがたがたと忙しげな音を立てているばかりで、部屋はあまり涼しくならなかった。錆の浮いたシャワーヘッドからは水が洩れ、どうやってもとめられなかった（時計のように規則正しい水滴の音を消すのに、結局は下にタオルを敷くしかなかった）。ベッドサイドに置いてあったスタンドは、シェードに二カ所もタバコの焼け焦げがあった。部屋に一枚だけかかっていた絵は斜めにかしいでいた——しかも、にたにた笑っている殺人鬼じみた黒人船員だけが乗りこんでいる帆船という、なにやら人を不安にさせる絵だった。ティムがまっすぐに直しても、手を離すなり絵はたちまち斜めに逆もどりした。

客室の外にローンチェアがあった。座面は窪み、脚は水漏れするシャワーヘッドにも負けないほど錆びていたが、ティムの体を支えてくれた。その椅子にすわって足をまっすぐ前に投げだし、肌にとまる虫を手のひらで叩きつつ、木の間ごしに炉を思わせる燃えるような橙色の光を投げてくる太陽をながめた。夕陽を見ていると楽しい気分になると同時に、その気分が逆に沈んでもきた。八時を十五分まわったころ、またもや無限につづくように思える長い貨物列車がやってきて、州道を横切り、町の郊外にならぶ倉庫群のほうへと走っていった。

「ジョージア・サザーン鉄道の列車ときたら、いつだって遅れてやがる」

ティムは顔をうしろにめぐらせ、このすばらしき宿泊施設のオーナーであり唯一の夜間スタッフでもある人物を見つめた。レールのような痩身だった。上半身から、ペイズリー柄のベストが垂れ落ちていた。穿いているチノパンの裾は尋常でないほど短く、白いソックスと年季のいったコンバースのスニーカーがすっかり見えていた。どことなく鼠を思わせる顔を縁どる髪は、昔懐かしきビートルズのマッシュルームカットだった。

「どういうことか話してくれ」ティムはいった。

「たいした話じゃない」ノーバートという男は肩をすくめながらいった。「夕方の列車はたいていここを通りすぎていく。真夜中の列車もだいたい全部が通過していくんだが、荷のディーゼルオイルや食料品店むけの新鮮な果物や野菜をおろすときは別だ。ここを行った少し先に鉄道の連結駅があってね」いいながら、左右の人さし指を交差させて線路の具合を示した。「片方の線路は、アトランタやバーミングハムやハンツヴィルといった土地へむかう。もう一本はジャクスンヴィルからここへやってきて、チャールストンやウィルミントン、ニューポートニューズなんていう土地へむかう。ここの駅にとまるのは、だいたいが昼間の貨物列車だ。あんたも倉庫で働こうと考えてるのか？　倉庫じゃいつだって人手不足で、ひとりふたり雇いたがってる。ただし、腰が丈夫でないとつとまらん。だから、おれには無理だ」

　ティムはノーバートに目をむけた。ノーバートはスニーカーの足を小刻みに動かして、にやりと笑い、ティムが歌の題名にひっかけて〝消えゆく国(ゴーン・カントリー)の歯〟と内心で名づけている歯をのぞかせた。ちなみにこれは、まだ口のなかにあるものの、近いうちに抜け落ちることが目に見えている歯のことだ。

「あんたの車はどこにある？」

　ティムは前を見つめていただけだった。

「あんたは警官なのか？」

「いまは木立の向こうで沈んでゆく夕陽を眺めているだけの男だよ」ティムはいった。「それに、まもなくひとりで夕陽を眺めている男になるんだ」

「ああ、みなまでいうな、みなまでいうなって」ノーバートはいうと、一回だけふりかえって細めた目で値踏みする視線をむけてきたが、それっきり引きさがっていった。

　やがて貨物列車は通りすぎていった。踏切の赤い警告ライトが消えた。遮断機のポールがあがった。踏切で待っていた二、三台の車がエンジンをかけて動きだした。ティムが見ている間にも沈んでいく太陽は橙色から赤に色を変えた。《夜の赤い空は水夫の喜び》――夜まわり番を仕事にしていた祖父なら、真っ赤な夕焼けが翌日の好天を約束するというこの文句を口にしたことだろう。見ているうちに、松の木々の影が州道九二号線をわたって伸びていき、やがてひとつに溶けあっていった。自分が夜まわり番の仕事に就くことはないだろうという確信めいた思いがあった。それがいちばんかもしれない。デュプレイの町は欠けているものばかりが多いように感じられた――ただの寄り道にとどまらず、むしろ道がないも同然のところだ。あの四軒の倉庫がなかったら、町そのものが存在していなかっただろう。その倉庫にしても存在意義はどこにある？　ウィルミントンなりノーフォークなりといった北にある港から荷揚げされたテレビを、そののち時機を見てアトランタやマリエッタに送りだすまで保管することか？　コンピューター関連の消耗品が詰まった箱を保管し、いずれ時機を見てまた貨車に積みこみ、ウィルミントンやノーフォークやジャクスンヴィルに運ぶためか？　あるいは肥料を貯蔵しておくとか、アメリカ合衆国でもこの地域には禁止する法律がないという理由で、危険な物質を保管しておくため？　考えはぐるぐるまわるだけ、まわる円にはひとつも尖った角がない――どんな馬鹿でも知ってるさ。

　ティムは客室にもどってドアに施錠し（ひと蹴りで簡単に破れるほど薄っぺらいドアなので錠前は無意味そのものだった）、服を脱いで下着姿になってベッドに横たわった。ベッドのマットレスはへこんでいたが、（少なくともティムの目で確認できたかぎりという条件つきだが）怪しげな虫はいないようだった。それから組みあわせた両手の上に頭を載せ、にたにた笑っている黒人たちが船をあやつっている絵を見つめた――フリゲート艦なのか、それともあの手の帆船にはほかの名前があるのかは知らないが。連中はどこを目指している？　連中は海賊か？　ティムの目には海賊に見えた。乗組員たちの正体がなんであれ、次の寄港地に到着すれば、荷物の揚げおろしをするにちがいない。船にかぎらず、あらゆるものがそうなのかもしれない。人はだれでもそういうものかもしれない。ティムが自分という荷物をデルタ航空の旅客機から運びおろしたのも、そう昔のことではない。そのあとは、リサイクルする缶や瓶を自動選別機に運びこんだ。そしてきょうは親切なご婦人のために、ある土地で本を車に積みこみ、ある場所で車からおろしもした。そしてこの町になぜ来たかといえば、不運な事故車を現場から牽引するレッカー車の到着を待つあいだ――到着前にまず事故車の運転者を救急車に積みこみ、病院でおろすという作業があるのだろうが――州間高速道路九五号線に、乗用車やトラックという荷物がぎっしり詰まっていたからにすぎない。

　しかし、夜まわり番は荷物の積みおろしをしない――

ティムは思った。夜まわり番はただ歩いて、家々をノックしてまわるだけだ。祖父なら、それこそこの仕事のいいところだ、というだろう。

ティムはいったん眠りこんだが、真夜中に目を覚ました――またしても貨物列車がごとごと音をたてて通過していったからだ。トイレで用をすませてベッドにもどる前に、斜めになってしまう絵を壁からはずして裏返し、にたにた笑う黒人たちを壁にむかせて立てかけた。

この絵が見えると背すじが寒くなった。

8

翌朝になって客室の電話が鳴ったとき、ティムはすでにシャワーをすませてまたローンチェアに腰かけ、前日の夕暮れどきに路面を覆ってきた黒い影がいまは逆向きに溶けていくのをながめていた。電話はジョン署長だった。署長は時間を無駄にしなかった。

「こんなに朝早くだとサラソタの署長もつかまらないだろうから、きみのことをネットで調べさせてもらったよ、ミスター・ジェイミースン。きみの応募書類には書き漏らしが二件あるようだな。わたしと話したとき、きみはこの二件のことを黙っていた。まず二〇一七年に人命救助をしたことで表彰された。そのあと二〇一八年にはサラソタ警察署の年間最優秀警察官に選ばれた。どちらもうっかり忘れていたのかな?」

「いえ」ティムは答えた。「あの場で衝動的に応募したからです。もう少し考える時間がとれたら、そのふたつの件を書類に書きこんだはずです」

「アリゲーターの話をきかせてほしいね。わたしはリトル・ピーディー川ぞいの湿地近くで育ったもので、アリゲーターのいい話は大好きだ」

「そんなにいい話じゃありませんよ。そもそも、あまり大きなワニじゃなかった。それに、少年の命を助けたのもおれじゃない。でも、この話には愉快な面もありましてね」

「きかせてもらおう」

「通報は、会員制ゴルフコースの〈ザ・ハイランズ〉から寄せられました。で、最寄りの場所にいた警官がおれだった。少年はコース内にいくつかある障害水域のひとつの近くの木にのぼっていた。年は十一歳か十二歳だったかな、頭のてっぺんがふっ飛びそうな悲鳴をあげてました。真下にアリゲーターがいたんです」

「なんだか童話の『ちびくろ・さんぼ』みたいだな」ジョン署長はいった。「もっとも、わたしの記憶が正しければ、あの話で木の下にいたのはワニではなく虎だったし、現場が会員制のゴルフコースだったのなら、木にのぼっていた少年は黒人ではなかったんだろうね」

「たしかに。おまけにアリゲーターは半分寝ているような状態でした」ティムはいった。「体長もせいぜい百五十センチ程度。まあ、大きく見ても百八十センチといったところ。おれは少年の父親から五番アイアンを借りると――おれの名前を表彰状に載せたのはこの父親ですが――そいつで二度ばかり、やつをぶっ叩きました」

「ぶっ叩いたのはアリゲーターだろうね？　父親のほうじゃなく」

ティムは笑った。「そのとおりです。アリゲーターは障害水域に引き返していき、少年が木から降りてきて一件落着です」ティムは言葉を切った。「ただ、その件が夕方のニュースに出たんです。ゴルフクラブをふりまわしている姿も。それを見てニュースキャスターは、見事なナイスショットを決めましたね、などとゴルフがらみのジョークを飛ばしてました。笑える話ですよ」

「ほうほう、なるほど。で、年間最優秀警察官のほうは？」

「ええ」ティムはいった。「おれはいつも遅刻しないで出勤し、それればかりか病欠もしたことがなかった。上のほうは、とにかく受賞者を出しておく必要があったわけです」

電話線の反対側では、ひとしきり沈黙がつづいた。それからジョン署長は言葉をつづけた。「そういった態度をきみが謙遜と呼んでいるのか、それとも自己評価が低いからなのか、わたしにはわからない。だが、呼び名はどっちでもいいとも思っている。近づきになったばかりでこんなことをいうのは出すぎたことだとわかっているが、わたしは思ったことをずけずけ口にする男でね。唇から言葉の弾を撃つ男だという者もいるくらいだ。ま、そのひとりは妻だがね」

ティムは道路に目をむけ、線路に目をむけ、撤退しつつある影に目をむけた。それから、ＳＦ映画に出てくるロボット侵略者のようにそそりたっている町の給水塔に視線を投げる。きょうもまた暑い一日になりそうだ、とティムは思った。思ったのは、それだけではなかった。夜まわり番の仕事に就けるか就けないかは、いまここで決まるのだろうとも思っていた。すべては、自分の次の発言にかかっている。問題は――自分は本心から夜まわり番の仕事を望んでいるのか、それともあの仕事に就きたいと思ったのは、家族に語り継がれている祖父トムの話に触発された、ただの一時の気まぐれだったのか。

「ミスター・ジェイミースン？　まだそこにいるのか？」

「あの賞はおれが自力で得たものです。表彰されてもいい警官はほかにもいたし、同僚のなかには優秀な警官が何人もいた。でも、ええ、あの賞は自力で得たんです。サラソタを旅立つにあたっては、そんなに多くの荷物をもってきたわけではありません――ニューヨークで足がかりが得られたら別送させるつもりでした。でも、表彰状はもってきてます。ダッフルバッグのなかに。お望みでしたらお見せしますよ」

「見せてほしいね」ジョン署長はいった。「でも、決してきみを信じていないからじゃない。見たいからだよ。きみは夜まわり番の仕事にはもったいないほど有能な男だ。しかし、本気でこの仕事をしたければ、今夜の十一時から仕事にかかってくれ。十一時から朝六時まで――それが条件だ」

「ぜひやらせてください」ティムはいった。

「話は決まりだ」

「こんなにあっさり決めていいんですか？」

「わたしは、本能を信じる男でもあるんだよ。それにわたしが雇い入れるのは夜まわり番のアルバイトであって、現金輸送の仕事も請け負うブリンクス警備会社のガードマンじゃない。だから、あっさり決めたっていいんだ。十時に署へ来る必要はないぞ。あと少し朝寝をして、昼ごろ顔を出してくれ。ガリクスン巡査が仕事のあらましを説明する。いや、時間はそんなにかからない。決まり文句じゃないが、ロケット科学者でなくてもできる仕事さ。ま、土曜の夜にバーが店じまいしたあと、メイン・ストリートをロケットなみにぶっ飛ばしてる連中を見ることになるかもしれないが」

「わかりました。ありがとうございます」

「まあ、最初の一週間がおわった時点で、きみがどのくらいの感謝の念をいだいているかを確かめよう。あともうひとつ。きみは郡警察の正規の警官じゃないし、銃器を携行する権限も与えられない。自分ひとりでは対処できない事態に行きあたったり、きみが事態を危険と判断したりしたら、無線で署に連絡をすること。この点について、わたしたちのあいだに誤解はないね?」

「はい」

「わかっていたほうがいいぞ、ミスター・ジェイミースン。もし銃をもち歩いているきみを見つけたら、銃の代わりに荷物一式もたせて町から叩きだしてやる」

「わかりました」

「それなら、少しでも休んでおくことだ。これからきみは、もっぱら夜に生きる人間になるんだから」

ドラキュラ伯爵みたいにね——ティムは思った。それから電話を切り、ドアの外に《入室ご遠慮ください》のプレートをかけ、くたびれた薄っぺらいカーテンで窓を閉ざし、携帯のアラームをセットしてから二度寝をしはじめた。

9

ウェンディ・ガリクスン巡査はロニー・ギブスンの十歳年下、郡警察に勤務するパートタイム警官のひとりであり、ブロンドの髪の毛を——それこそ悲鳴をあげているように思えるほど——きつくうしろへ引っぱって束髪に結っていたが、それでもなおノックアウト級の美人だった。ティムはガリクスン巡査を口説こうとはしなかった。口説き予防シールドが最大出力で張りめぐらされていると感じたからだ。同時に、ガリクスンが夜まわり番の候補者として、ティム以外の人間——おそらく兄弟かボーイフレンド——を念頭においていたのかもしれない、という思いもちらりと頭をかすめた。

ガリクスンはティムに、それほど特筆すべきこともないデュプレイの商業地区の地図とベルトに装着するタイプのトランシーバー、およびやはりベルトに装着する小型のタイムレコーダーを手わたした。レコーダーはバッテリー式ではなかった。ガリクスン巡査の説明では、毎日の勤務開始時に手動で充電する必要があるという。

「一九四六年には、これも最先端の品だったんだろうね」ティムはいった。「いまになればかえってクールだ。レトロ趣味でね」

ガリクスン巡査はにこりともしなかった。「タイムカードをパンチするのは、まず〈フロミーズ〉。小型エンジンの販売と修理の店。そのあともう一回、メイン・ストリートの西端にある鉄道駅でもパンチする。これで片道二キロ半。前の夜まわり番のエド・ホイットロックは一回の勤務でここを四往復してたわ」

ということは一勤務で約二十キロ歩く計算になる。

「だったら、〈ウェイト・ウォッチャーズ〉のダイエット食品を買う必要はなさそうだ」

やはり笑みひとつ見せない。「ロニー・ギブスンとわたしは勤務スケジュールを作成する。あなたには一週間あたり二日の休みが与えられる。都合がいいのは月曜と火曜ね。週末がおわった直後は町もかなり静かになるからだけど、休みの日に勤務してもらう場合もあるかもしれない。あなたが町に残っていればだけど」

ティムは両手を膝で重ねて、淡い笑みをたたえたまま相手を見つめた。「おれになにか含むところがあるのかな、ガリクスン巡査？　もしそのとおりなら、思いきっていまこの場で打ち明けてもらおうじゃないか」

ガリクスンは北欧系の顔だちのもちぬしであり、左右の頰が朱に染まったのを肌の色が隠すことはいっさいなかった。頰の赤みもガリクスンの美しさを増すだけだったが、本人がいやがっていることも察せられた。

「含むところがあるかないかも、わたしにはわからない。時間だけが明らかにすることだと思う。わたしたちは優秀なチームよ。少数だけれど精鋭。チームワークも抜群。でもあなたは、外の通りからふらりとやってきて、その仕事に就いただけの見知らぬ男なの。町の人は夜まわり番の人のことをよく冗談のネタにする。エドは本当に気だてのいい人で、その手のからかいもうまくあしらってた。でも、それも大事なこと——なんといっても、ここはわたしたちのような少人数の警察しかいない小さな町だから」

「一グラムの予防策は一キロの治療薬にまさる、だね」ティムはいった。「おれの祖父の口癖だよ。祖父も夜まわり番の仕事をしていたんだ、ガリクスン巡査。それが、おれがこの仕事に応募した理由だよ」

この言葉をきいて、ガリクスンはわずかながら気持ちをやわらげたのかもしれなかった。「タイムレコーダーについては、たしかに時代遅れだってことは認める。わたしにいえるのは、とにかく慣れなさいということだけ。夜まわり番は、デジタル時代に残されたアナログ仕事なの。少なくとも、ここデュプレイでは」

10

ウェンディ・ガリクスン巡査の言葉の意味は、ティムにもすぐにわかった。仕事は基本的に、一九五四年当時の巡邏(じゅんら)警官とおなじで、ちがうのは銃はおろか警棒さえ携行しないことだけだった。また逮捕権限もなかった。町の商業施設のなかでも規模が大きな数軒には防犯システムがそなわっていたが、大半の小規模な商店はテクノロジーと無縁だった。〈デュプレイ・マーカンタイル・ストア〉や〈オバーグズ・ドラッグストア〉のような商業施設に立ち寄ったときには、防犯システムが正常に動作していることを示す緑のライトが点灯していることと、侵入者がいないことを確認する。もっと小さな店の場合にはドアのノブやハンドルを揺すって施錠されていることを確認し、外からガラスごしに店内をのぞいて、昔ながらの合図どおりに三回つづけてノックする。このノックに応答があることもないではない――人が手をふったり短い言葉をかけてきたりする。しかし、たいていは無反応で、これはいいことだった。ティムはチョークでしるしをつけて先へ進んだ。引き返してくるときにも、おなじ手順で仕事をこなした。ただし帰路ではチョークのしるしを消した。この仕事の進め方にティムは、アイルランドの昔からのジョーク――《おまえが一番にたどりついたら、パディ、ドアにチョークでしるしをつけてくれ。おれが一番にたどりついたら、チョークのしるしを消しておく》――を思い出していた。しるしにはとりたてて実用的な意味はなさそうだった――南北戦争後の再編時代にまで何世代もさかのぼる夜まわり番に、連綿と受けつがれてきた伝統にすぎないのだろう。

パートタイム警官のジョージ・バーケットのおかげで、ティムはまずまずの住まいを見つけることができた。バーケットはティムに、母親が自宅ガレージの上に家具つきの狭い貸し間を所有していて、ティムさえよければ安く貸すのもやぶさかではない、という話を伝えてきた。

「たった二部屋だが、とても住みやすいぞ。二年ばかり前まで兄貴が住んでたんだが、いまはフロリダへ引っ越してる。オーランドにあるユニバーサルのテーマパークの仕事にありついてね。そこそこの給料を稼いでるよ」

「お兄さんにとってはよかったな」

「まあね。でもフロリダってところは物価がとにかく……目の玉が飛び出るほど高い。ティム、これだけは注意しておく。もしいま話した部屋に住むのなら、夜は大きな音で音楽を鳴らしちゃいけない。母は音楽があまり好きじゃなくてね。兄貴のフロイドのバンジョーだってきらってたくらいだ――まあ、兄貴は家が火事になったような勢いでバンジョーを鳴らしまくってたんだが。ふたりはいつもそのことで派手な喧嘩をしてたよ」

「ジョージ、おれは夜はほとんど家にいないんだぞ」

バーケット巡査――二十代なかば、気だてのいい陽気な男で、地元の知恵とやらを頭に詰めこみすぎていることもない――はこの言葉にぱっと顔を輝かせた。「ああ、そうだった、うっかり忘れてたぜ。ともかく、ガレージ上の貸し間にはキャリーア製の小さなエアコンもついてる。それほどの性能じゃないが、寝られる程度には部屋を冷やしてくれる――少なくとも兄貴は寝てた。どうだ、興味あるかな？」

　興味はあった。窓はめ式のエアコンは、話のとおり、あまり涼しくならなかったが、ベッドの寝心地はよかったし、居間はくつろぎやすく、シャワーが水漏れすることはなかった。キッチンといっても、電子レンジとホットプレートがあるだけだったが、ティムは食事の大半を〈ベヴのうまいもの屋〉でとっているので、これは問題でもなんでもなかった。しかも、賃料はこれ以上ないほど安かった――週あたり七十ドル。ジョージからは、母親が強気な女傑のような人物だときかされていたが、いざ会ったミセス・バーケットは気のいい老婦人で、南部訛のその言葉はあまりにも訛がきつすぎて、ティムには半分しか理解できなかった。ときおり、ワックスペーパーにくるんだコーンブレッドやケーキのひと切れをガレージ上の玄関前に置いていってくれもした。南部の妖精が大家になってくれたようだった。

鼠めいた顔のモーテル支配人、ノーバート・ホリスターが〈デュプレイ物流倉庫会社〉について話していたことは正しかった。この会社は慢性的に人手不足であり、いつでもスタッフを募集していた。肉体労働ばかりの職場で、法律が定める最低賃金（サウスカロライナ州では時給七ドル二十五セント）しか払っていなければ、いきおい離職率が高くなるのも仕方ないことだろう、とティムは察した。ティムは現場監督のヴァル・ジャレットに会いにいった。ジャレットは朝八時からの三時間労働という条件で、ティムを喜んで採用した。この条件なら、夜まわり番の仕事をおえたあとで身なりをととのえ、食事をすませる余裕もできる。これで夜の仕事にくわえて、ティムはまた荷物の積みおろしをすることになった。

それこそが世のならいだ、とティムはひとりごちた。これこそが世のならい。いましばらくにかぎっては。

11

南部の小さな町で過ごす時間が積み重なるにつれ、ティム・ジェイミースンの暮らしは心なごむ単調なルーティンに落ち着いてきた。この先死ぬまでデュプレイの町に住むつもりはなかったが、クリスマスになってもこの地を離れない自分が想像できたし（ひょっとしたら、ガレージの上にある小さな貸し間に小さな模造ツリーでも飾るのかもしれない）、それどころか来年の夏もまだここで暮らしていてもおかしくない。デュプレイは決して文化面ではオアシスではなかったし、大半の若者たちがこの単調で退屈な町からがむしゃらに逃げようとしている気持ちもわからないではなかったが、ティム自身は町のそんな雰囲気を享受していた。いずれその気分も変わるだろうが、当面は満足だった。

夕方の六時に起床。〈ベヴのうまいもの屋〉で夕食をとる——ひとりで食べる日もあれば、同僚の警官のだれかれといっしょの日もある。そのあと七時間は夜まわり番としての職務にはげむ。勤務明けには〈ベヴ〉で朝食。十一時まではデュプレイ物流倉庫会社でフォークリフトをあちこちへ走らせる。昼食は鉄道駅の日陰にすわって、サンドイッチとコーク、あるいは甘いアイスティー。ミセス・バーケットの貸し間に帰って、夕方六時まで寝る。休日には、ぶっつづけで十二時間眠ることもある。ジョン・グリシャムのリーガル・サスペンスを読み、〈氷と炎の歌〉シリーズの既刊分を読破した。登場人物ではティリオン・ラニスターの大ファンだった。ジョージ・R・R・マーティンのこのシリーズを原作にしてテレビドラマがつくられたことは知っていたが、あえて見るまでもなかった。自身の想像力が見せてくれるドラゴンたちがいれば充分だった。

　警官時代のティムは、サラソタの夜の顔を熟知するようになっていた。サーフィンと太陽というリゾートタウンの昼の顔と夜の顔は、ジキル博士とハイド氏ほどにも異なっていた。夜の顔が忌むべきものであることは珍しくなく、ときには危険でさえあった。さすがに、死亡した被害者がドラッグの依存症者や売春婦だった場合に警官たちの例のスラング——〝人的被害なし（ノー・ヒューマン・インヴォルヴド）〟、略してNHI——を口にするほど堕落してはいなかったが、警察につとめて十年にもなると斜にかまえる態度が身につきもした。そういった感情を家にまでもちこむこともあったし（いや、〝ひんぱんにもちこんだ〟と認めろ——正直になりたい気分のときは自分にそう命じた）、その態度はティムの結婚生活を蝕みゆく酸の一部になった。このたぐいの感情が、子供をつくるという考えをかたくなに拒んでいた理由のひとつでもあったのだろう。外の世界には、忌まわしいものがあまりにも多すぎる。外の世界には、一歩まちがえば取りかえしのつかなくなるものが多すぎる。ゴルフコースに出現したアリゲーターは、そのもっとも些細な例にすぎない。

　夜まわり番の仕事に就いたときには、人口がわずか五千四百人の町に（しかも住人の大半は郊外の田園地帯に住んでいる）夜の顔があるはずはないと思っていた。しかし、デュプレイには夜の顔があった。おまけにティムは夜の顔が気に入りさえした。デュプレイが夜の顔を見せているときに会う人々こそ、この仕事の最上の醍醐味だといえた。

そのひとりがミセス・グールズビーだ。この女性とはティムが夜まわり番の仕事をはじめてすぐのころから、会うたびに手をふりあったり、静かな声で挨拶をかわしたりしていた。夜はいつもポーチに置いてあるぶらんこ椅子に腰かけ、静かにぶらんこを前後に揺らしつつ、ウイスキーか炭酸飲料かカモミール茶かはわからないが、手にしたカップの中身をちびちび飲んでいた。二巡めのパトロールのときにも、まだ外でぶらんこ椅子にすわっているこどもあった。ときたま昼食をともにする警官のひとりであるフランク・ポッターが、ミセス・グールズビーは去年夫に先立たれたと教えてくれた。亡夫のウェンデル・グールズビーの大型トラックがウィスコンシン州を走っているときにブリザードに遭い、幹線道路からはみだして転落してしまったのだという。

「あの人はまだ五十にもなってない。でもウェンデルとアディーのグールズビー夫婦は、もうずっと昔から長いあいだ夫婦なんだ」フランクはいった。「つきあいはじめたのは、ふたりがまだ投票もできず、アルコール類も買えないくらい若いときだった。十代で結婚するふたりを歌ったチャック・ベリーのヒット曲そのままさ。そんなふうに若くして結ばれると、たいてい長つづきしないが、あのふたりは長くつづいたね」

ティムはまた、〈みなしごアニー〉という通称で呼ばれているホームレスの女性とも知りあいになった。アニーはいつも、警察署と〈デュプレイ・マーカンタイル〉にはさまれた路地にエアマットレスを敷いて寝ていた。ほかにも鉄道駅の裏の野原に小さなテントを張ってもいて、雨の夜にはそちらで寝ていた。

「あの女の本名はアニー・レドゥーだ」ティムの質問にそう教えてくれたのはビル・ウィックロウ。デュプレイの警官たちのなかでは最年長のパートタイマーで、町の住人のことは残らず知っているかのような男だった。「もう何年も前から、あそこの路地で寝てる。テントよりも路地が好きなんだ」

「もっと寒い季節になったらどうしてるんだろう？」ティムはたずねた。

「イエマシーに行ってる。たいていはロニー・ギブスンが連れていくな。ふたりは親戚なんだよ。またいとこのいとこの子供にあたるとかなんとか。イエマシーにはホームレスの保護施設（シェルター）がある。アニーは、本当にどうしようもなくなるまでシェルターはつかいたくないと話してた。頭のおかしな連中がいっぱいいるから、という理由でね。だからいってやったさ、あんたも人のことはいえないぞ、とね」

　ティムは路地にあるアニーの隠れ家をひと晩に一回はチェックし、ある日の工場勤務のあとでアニーのテントを訪ねてもみた。もっぱら好奇心からだった。テント前面の地面の土に三本の竹の旗竿が立っていた。ひとつはアメリカ国旗の星条旗。もうひとつは南部連合旗。残るひとつがなんの旗か、ティムにはわからなかった。

「これはね、ギアナの国旗だよ」ティムがたずねると、アニーはそう答えた。「コンビニの〈ゾニーズ〉の裏にあったごみ回収容器から拾ってきた。きれいな旗じゃろ？」

　このときアニーは透明なビニールシートに覆われた安楽椅子に腰かけ、ジョージ・R・R・マーティン作品に出てくる巨人にも充分な長さのように見えるスカーフを編んでいた。それなりに人なつこく、またティムのサラソタ時代の同僚警官が〝ホームレス型妄想シンドローム〟と名づけた症状はまったくうかがわせなかったが、WMDK局の深夜ラジオのトークショーのファンで、会話が空飛ぶ円盤や魂の乗り移り、さらには悪魔憑きといった奇怪な横道にそれることもなくはなかった。

　ある夜、路地のエアマットレスに背中を預け、小型ラジオに耳を傾けているアニーを見かけたティムは、とびきり上等のように見えるテントがありながら、どうしてこんな路地で寝ているのかとたずねた。〈みなしごアニー〉——六十歳でも八十歳でもおかしくない——は頭の足りない人間を見る目でティムを見つめた。「ここにいれば、けーさつの近くにいられるじゃないか。あんた、駅舎やらあの倉庫やらの裏になにがあるかを知ってるのかい、ミスターJ？」

「森があるんじゃなかったかな」

「森と沼だよ。何キロ行っても、ずぶずぶの湿地や泥地、それに倒木とからみあった藪ばかりの土地がジョージア州までつづいてる。あそこにはきゃい物どもが棲んでるし、腹黒い人間もだ。ざんざん降りの夜にはテントにいるほかはないし、こんな雨風の強い夜ならなにかが出てくる気づかいはないって、そう自分に教えてやるんだが、それでもあんまりよく寝られやしない。ナイフはあるから手の届くところに置いておくけど、あんなもの、気がふれたみたいに飛びはねる沼地の蛙には、なんの役にも立たんじゃろ」

アニーは病気かと見まがうほどに痩せこけていた。ティムは倉庫のある物流センターで荷物を積んだりおろしたりする仕事にはいる前に、〈ベヴ〉の店でちょっとした食べ物を買ってアニーに差し入れるようになった。あるときは茹でたピーナツをひと袋、またあるときは〈マックズ〉の豚皮スナック（クラックリンズ）、ときにはムーンパイやチェリータルト。一度、〈ウィックルズ〉のピクルスをひと瓶差し入れたことがあった。アニーは瓶をひっつかむと、喜びでいっぱいの笑い声をあげながら、肉の落ちきった胸に瓶を抱きとめた。

「〈ウィッキー〉だ！　最後にこのピクルスを食べたのは、トロイ戦争の勇士ヘクトールがまだ青二才だったほど大昔だよ。なんであたしにこれほど親切にしてくれるんだい、ミスターJ？」

「さあね」ティムはいった。「あなたのことが好きだからじゃないかな。それをひとつ、おれにも味見させてもらえるかい？」

アニーは瓶を差しだした。「ああ、ご遠慮なく。でも、ふたはあんたがあけておくれ。あたしの手はリューマチで痛くて痛くて」いいながら今度は手を差しだし、流木もどきにひどくねじくれてしまった指をティムに見せた。「いまはまだ縫いもんも編みもんもできる。でも、いつまでつづけられることやら、ねえ」

瓶をあけたティムはつんと鼻を刺す酢のにおいに顔をわずかにしかめ、ピクルスの一片を指でつまみあげた。ピクルスからは液体がぽたぽたと滴り落ちていた――その液体がホルムアルデヒドでも自分にはわかりっこないとティムは思った。

「返しとくれ、返しとくれったら！」

ティムは瓶をアニーに返し、ピクルスを口にいれた。

「まいったな、アニー。これじゃ口がすぼまったまま直らなくなりそうだ」

アニーは声をあげて笑い、わずかばかり残った歯をのぞかせた。「バターつきパンにはさんで、〈ロイヤルクラウン〉のコーラをおともにすれば最高に旨いよ。ま、ビールでもいいけどね。でも、あたしはもうビールを飲まないし」

「それはなにを編んでるんだい？　スカーフかな？」

「主はおのれのおべべにて姿をあらわさず、というだろ？」アニーはいった。「さあ、あんたはもうお行き。行って、仕事をきちんとすることだ。黒い車に乗ってる男たちには気をおつけ。ラジオでジョージ・オールマンが連中のことをいつも話してる。あんただって、連中がどこから来たか知ってるんだろ？」アニーは小首をかしげて、わけ知りな目をティムにむけた。冗談をいっているだけかもしれない。そうではないかもしれない。〈みなしごアニー〉が相手だと、どちらとも容易には判別できなかった。

　コーベット・デントンもまた、デュプレイの夜の側の住民だった。デントンは町の理髪店の店主で、みんなからはドラマーという愛称で呼ばれていた。この愛称はティーンエイジャーだったころにやらかした行為に由来するとのことだが、それによって地元ハイスクールを一カ月間停学になったこと以外、だれもくわしくは知らないようだった。なるほど、青二才時分にはやんちゃをやらかしていたのかもしれないが、それももう遠い過去になった。いまのドラマーは五十代のおわりか六十代にさしかかった年頃、太りすぎで頭も禿げつつあり、不眠症に悩まされている。そして眠れぬ夜にドラマーは店の入口前の階段に腰をおろし、人っ子ひとりいないデュプレイのメイン・ストリートをながめて過ごした。人っ子ひとりいないといってもティムだけは例外だ。ふたりはただの顔見知り同士らしく、あたりさわりのない会話をかわす策をとった——天気や野球の話、それから町が年一回ひらく〈夏の青空歩道マーケット〉の話題だ。しかし、ある夜デントンが口にした言葉が、ティムの頭に黄色い警告ライトを点灯させた。

「知ってるか、ジェイミースン。われわれはそれぞれの人生を生きていると考えているが、そんなものは現実じゃない。人生はしょせん影絵芝居さ。この舞台の明かりが消えれば、おれは喜ぶ側のひとりになるぞ。闇のなかなら、影は残らず消えるからな」

　ティムは理髪店のポールが立っている店の入口前に腰をおろした。無限に上昇をつづけるポールの螺旋模様も、夜間のいまは動きをとめている。眼鏡をとってシャツでレンズを拭き、ふたたびかけなおす。「自由にしゃべってもいいだろうか？」

ドラマー・デントンは吸っていたタバコを指ではじいて、道路わきの排水溝に投げ入れた。タバコは一瞬だけ火花を散らしてすぐに消えた。「ああ、好きに話すがいい。夜中の〇時から朝の四時までは、だれもが自由にしゃべる権利をもっているべきだ。いや、まあ、これはおれの考えってだけだが」

「なんだか、憂鬱症に悩まされている人のような口ぶりだね」

ドラマーは笑った。「よし、あんたをシャーロック・ホームズと呼ぼう」

「ドクター・ローパーに診てもらうといい。あの先生のところには、あんたの気分を明るくしてくれる薬がきっとある。別れた女房もその手の薬を飲んでた。だけど女房の気分を明るくしたのは、薬じゃなく、おれとすっぱり縁を切ったことのほうかな」そういってティムはにやりと笑い、この言葉が冗談だと示した。しかし、ドラマー・デントンは笑い返しもせずに立ちあがっただけだった。

「その手の薬なら知っているよ、ジェイミースン。あれは酒や麻薬とおんなじだ。たぶん、エクスタシーだかなんだか呼び名は知らないが、いまどきの若者がクラブで騒ぎに繰りだすときに飲むものとも似てるな。たしかにあの手の薬を飲めば、そのときばかりは身のまわりの世界が現実だと信じられるようになる。意味ある世界だとね。でも、ここは現実じゃないし意味なんかないんだ」

「落ち着きな」ティムは穏やかに話しかけた。「そんなはずないじゃないか」

「おれの意見では、そうでないはずはないんだよ」デントンはそういうと、理髪店の二階にある自宅に通じる階段のほうへ歩きはじめた。のろのろとした足を引きずる歩き方で。

ティムは胸騒ぎを感じながらデントンを見送った。ティムにはドラマー・デントンが、いずれ雨の夜にでも思い立って自殺を遂げそうな人物に思えた。もし犬を飼っていれば、その犬も道連れにしそうだ。大昔のエジプトのなんとかいうファラオのように。ティムはこの件をジョン署長に話しておこうかと考え、つぎにいまもまだ打ち解けてくれないウェンディ・ガリクスンに話すのはどうかと考えた。しかし、ガリクスンをはじめとする警官たちから、いい気になっていると受けとめられる事態は避けたかった。いまの自分はもう法執行官ではなく、町の夜まわり番にすぎない。だから、よけいなことはしないにかぎる。

　しかし、ドラマー・デントンのことは頭の隅にしつこく残りつづけた。

12

　六月もおわりに近いある夜の巡回のおり、ティムはメイン・ストリートを西へ歩いていくふたりの少年の姿を目にとめた。ふたりはナップザックを背負い、ランチボックスを手にさげていた。まるで学校へ行くような姿だったが、時刻は夜中の二時だ。ふたりの夜間通行人は、ビルスン家の双子だと判明した。ふたりは両親の仕打ちに怒り狂っていた。通知表の成績が許せないものだったので、ふたりを〈ダニング農業フェスティバル〉に連れていかないといっている、というのだ。

「ふたりとも、だいたいの科目はCだったし、赤点はひとつもなかったんだよ」ロバート・ビルスンはいった。「どっちもちゃんと進級できた。それのどこがわるいっていうんだろう？」

「ひどい話だよね」ローランド・ビルスンが口をはさんだ。「だから、フェスティバルに朝いちばんで入場して、仕事にありつこうと思って。サーカスのふなかたさんはいつだって人手不足だっていう話をきいたしね」

　ティムはふたりの少年に、正しい表現は〝裏方(うらかた)さん〟だと教えようと思ったが、そんなことは本質ではないと考えなおした。「いいか、きみたちの気持ちに水をぶっかけるようで気が引けるんだが……いま何歳だ？　十一歳かな？」

「十二歳！」ふたりは異口同音にいった。

「わかった、十二歳だ。でも、大声を出さないように気をつけろ。寝ている人がいっぱいいるからね。あいにくフェスティバルへ行っても、きみたちを雇ってくれる人なんかいない。じゃ、どうなるかというと、きみたちはフェスティバルのルール違反を口実にして、〝有料監獄(ダラー・ジェイル)〟に投げこまれるだろうね。両親がやってくるまで牢屋から出られないぞ。それまでたくさんの人たちが牢屋の前を通っては、囚人姿のきみたちをじろじろ見物していくわけだ。ピーナツやポークリンズを投げこむ人も出てくるかもね」

ビルスンの双子は不安そうな顔で（同時におそらく安堵も混じった顔で）ティムを見つめていた。

「きみたちがこれからどうすればいいのかを教えるぞ」ティムはいった。「いますぐ家に引き返すんだ。でも、おれがそのあとをついていく。きみたちが途中で〝集合意識〟の心変わりを起こさないようにね」

「集合意識ってなに？」ロバートがたずねた。

「双子がともにもっているとされているものだよ——民間伝承の世界だけかもしれないけどね。家を出たときは玄関からか？　それとも窓から抜けだした？」

「窓」ローランドがいった。

「オーケイ、だったら帰るときも窓をつかえ。運がよければ、きみたちが外に出たことを家族に知られずにすむ」

ロバートがいった。「親には話さないでいてもらえる？」

「話さないよ——ただし、きみたちが懲りずにおなじことをしているのを見つけたら、そうもいってられないね」ティムはいった。「そうなったら、きみたちがなにをしたかをご両親に話すだけじゃないぞ。おれがつかまえたとき、ふたりが生意気に口ごたえをしたとも話してやろう」

ローランドがびっくりした顔になった。「口ごたえなんかしてないもん！」

「嘘をついてやるのさ」ティムはいった。「おれは嘘が得意でね」

ティムは双子のうしろを歩いていった。見ているとロバート・ビルスンが両手を組みあわせて足がかりをつくり、ひらいた窓から屋内にもぐりこむローランドを助けていた。つづいてティム自身がおなじようにロバートを助けた。そのあともティムは家の前にとどまって、屋内の明かりがつくかどうかを確かめていたが——明かりがつけば双子の無許可外出がたちまち露見したことになる——結局明かりはつかず、夜まわり番を再開した。

13

金曜と土曜の夜は――少なくとも夜の十二時や一時くらいまでは――外出している人も多かった。その大半が交際中のカップルだった。その時刻を過ぎると、ジョン署長が〝道路ロケット〟と呼んだものが町に侵略してきた。若い男たちが改造した乗用車やトラックに乗りこみ、デュプレイの人けのないメイン・ストリートを時速百キロ以上の猛スピードで突っ走り、横ならびでレースを繰り広げ、グラスパックマフラーの珍妙な騒音で眠っていた人々を叩き起こしたのだ。郡警なり州警なりの警官がそのうちの一台を追いかけてつかまえ、罰金の切符を切る（あるいは呼気検査で〇・〇九以上の濃度のアルコールが検出されれば留置房に収容する）こともあったが、週末の夜には四人のデュプレイ警察の警官が勤務についているとはいえ、逮捕者は比較的少なかった。そんなわけで、道路ロケット族はおおむね大目に見てもらっていた。

ティムは〈みなしごアニー〉に会いにいった。アニーはテント前にすわって室内履きを編んでいた。リューマチがあろうとなかろうと、アニーの指は電光石火の速さで動いていた。ティムはアニーに二十ドル稼ぎたくないかとたずねた。アニーは、ちょっとした現金収入はいつでも大歓迎だが、やはり仕事の中身によると答えた。そこでティムが説明すると、アニーはけらけらと笑った。

「喜んでやらせてもらうよ、ミスターJ。ついでに〈ウイックルズ〉のピクルスを二瓶ばかり追加してくれたらいうことなしだ」

《でっかくなけりゃ、やめちまえ》がモットーのアニーは、幅二メートル×長さ十メートルの横断幕をつくった。ティムはこれに、自作のスチールローラーをとりつけた――小型エンジンの販売と修理の店〈フロミーズ〉で買ってきた短いパイプを熔接した品だ。そのあとジョン署長に自分たちの狙いを説明し、とりあえず一回やってみる許可を得たのち、ティムはタグ・ファラデイといっしょに、メイン・ストリートの丁字路の上にケーブルをわたして――片端は〈オバーグズ・ドラッグストア〉の見せかけの正面外壁に、反対の端は廃業した映画館の建物に固定した――スチールローラーに通した。

金曜と土曜の夜、それもバーが店じまいをするころを見はからってティムがコードを引っ張ると、横断幕が窓のカーテンのようにするすると広がった。横断幕の左右両方の端に、アニーは古めかしいフラッシュつきカメラの絵を描いていた。その下にこんなメッセージが書いてあった。

《スピード落とせ、馬鹿ども！　ナンバープレート撮影中！》

もちろん、じっさいには撮影などしていなかったが（ただし、見てとる時間があればティムはそういった車のナンバーを書きとめていた）、アニーのつくった横断幕にはそれなりに効果があった。完璧ではなかったが、そもそも人生に完璧なものがあるだろうか。

七月上旬、ジョン署長がティムを署長室に呼びだした。ティムは、自分がなにか問題を起こしたのかとたずねた。

「いやいや、その反対だよ」ジョン署長はいった。「きみの仕事ぶりはすばらしい。あの横断幕の話、最初はいかれた考えに思えたものだが、わたしがまちがっていて、きみが正しかったことは認めるほかはないな。いずれにしても気がかりだったのは、真夜中の暴走レースでもなければ、レースをやめさせせないのは警察の怠慢だと苦情を寄せてくる連中でもなかった。警察官の給料を下げるほうに投票するのもあの手あいで、しかも、いいか、こいつらが年々増えてるんだよ。わたしが苦でならなかったのはそういうことではなく、あの手の暴走連中が木や電柱にぶつかったあと、ぐちゃぐちゃになった現場のあと始末をしなくちゃならんことでね。たしかに事故死は悲しむべきことだが……〝ひゃっはー！〟と馬鹿みたいに騒いだ一夜のせいで変わりはてた姿になった連中……。そのほうが、死よりもなお悲惨に思えることすらある。しかし、今年の六月はよかった。よかったという言葉じゃ足りないくらいだ。たしかに定例からはずれた例外にすぎないのかもしれないが、わたしはそうは思わん。あの横断幕の効果だ。きみからもアニーに、あなたは何人もの人命を事前に救ったのかもしれないので、寒い季節になって屋根の下で寝たくなったら署の建物の奥にある監房でいつでも寝てもいいぞ、と伝えてくれないか」

「わかりました」ティムはいった。「ここに〈ウィックルズ〉の買い置きがあるかぎり、アニーはちょくちょく監房に寝にくるでしょうよ」

ジョン署長は椅子の背によりかかった。椅子がこれまで以上に苦しげなうめき声をあげた。「以前わたしは、きみが夜まわり番の仕事にはもったいない人材だと話したことがあったが、そのときのわたしは言葉の意味を半分もわかっていなかったな。きみがいずれニューヨークへ行くとなったら、われわれはずいぶん寂しい思いをしそうだ」

「おれは急いでませんよ」ティムは答えた。

14

デュプレイの町で二十四時間営業をしている商店は、町はずれの物流倉庫センター近くにあるコンビニエンスストア、〈ゾニーズ・ゴーマート〉だけだった。ビールやソーダ、チップス類にくわえて、ノーブランド品のガソリンを〝ゾニー・ジュース〟と名づけて売っていた。この店で夜中の十二時から朝八時までの深夜シフトを交替でつとめていたのは、ソマリア系のいずれもハンサムなアブシミルとグタアレのドビラ兄弟だった。七月中旬のある蒸し暑い夜、メイン・ストリートの西側の巡回コースをチョークでしるしをつけたり扉をノックしたりしながら歩いていたティムは、〈ゾニーズ〉のあたりから銃声が響いてきたのを耳にした。とりたてて大きな音ではなかったが、銃声なら耳にすればそれとわかる。銃声につづいて、苦痛か怒りの叫び声とガラスの割れる音もきこえてきた。

ティムは一気に走りはじめた——吊るしたタイムレコーダーが太腿に強く当たり、手はもうそこに存在しない拳銃のグリップをさぐっていた。給油につかうガソリン計量器のそばに一台の車がとまっていた。ティムがコンビニエンスストアに近づくと同時に、ふたりの若い男が猛然と店から飛びだしてきた。そのうちひとりは片手いっぱいになにかを——おそらく現金を——握りしめていた。ティムは地面に片膝をつき、ふたりが車に乗りこんで急発進で走り去るのを目におさめていた——車のタイヤが、オイルやグリースで染みだらけのタールマカダム舗装から青い煙を噴きあげていた。

　ティムはベルトからトランシーバーを抜きだした。

「署、こちらティム。署に詰めているスタッフ、応答してくれ」

　応答してきたのはウェンディ・ガリクスンだった。眠くて不機嫌そうな声だ。「なんだっていうのよ、ティム？」

「〈ゾニーズ〉で２１１（トゥー・イレブン）発生」ティムは警察無線でつかうコードで〝武装強盗〟の発生を伝えた。「発砲が一回あった」

　これをきいてウェンディは一気に目を覚ました。「なんてこと、強盗？　わたしもすぐそちらへ――」

「いや、それはいいからおれの話をきいてくれ。犯人は二名。白人男性で十代から二十代。コンパクトカー。車種はシボレークルーズかもしれない。ガソリンスタンドによくある蛍光灯照明のせいでボディカラーは判別できなかったが、最新モデルでナンバープレートはノースカロライナ州、ナンバーは《ＷＴＢ‐９》ではじまっていたが、うしろの三桁は読めなかった。きみがなにをするにしても、その前にまずこの情報をパトロール中の警官と州警察に伝達してくれ！」

「なんですって――」

　ティムは無線を切ってトランシーバーをホルスターにもどすと、〈ゾニーズ〉に全速力で駆けこんだ。カウンター前面のガラスが粉々に砕け、レジが引きあけられていた。ドビラ兄弟の片割れが横向きになって床に横たわり、そのまわりに血だまりが広がりつつあった。苦しげに息をあえがせ、息を吸うたびに最後は口笛のような音を洩らしている。ティムはその横にひざまずいた。「これから仰向けになってもらうよ、ミスター・ドビラ」

「頼む、やめてくれ……痛いんだ……」

　痛いことはわかっていたが、それでも傷の具合を確かめる必要があった。弾丸はドビラが羽織っている〈ゾニーズ〉の青いスモックの右胸の肩に近いあたりに命中していた。スモックはすでに血に染まって濁った紫色に変わっていた。さらに口からも血があふれ、あごひげを濡らしていた。ドビラが咳きこむと、血が霧のような飛沫となってティムの顔や眼鏡にふりかかった。

　ふたたびトランシーバーを抜きだしたティムは、ウェンディ・ガリクスンが持ち場を離れていなかったことに安堵した。「救急車が必要だ、ウェンディ。ダニングから一刻も早くこっちに来るように伝えてほしい。ドビラ兄弟のひとりが撃たれて倒れてる――見たところ弾丸が片肺をかすってるようだ」

　ウェンディは情報を復唱してから質問をしはじめた。しかし、今回もティムはその言葉を途中で切ってトランシーバーを床に落とし、着ているTシャツを脱ぐと、それをドビラの胸にあいている穴に押しつけて話しかけた。

「ミスター・ドビラ、少しでいいから、こいつを自分で傷に押し当ててもらえるか？」

「息が……く、苦しい……」

「ああ、苦しいよな。しっかり押さえてろ。それで楽になるから」

　ドビラは丸めたTシャツを自分の胸に押し当てた。ティムはこの男がそれほど長いあいだTシャツで銃創を押さえていられるとは思っていなかったし、救急車が二十分以内にここへ到着することはまずあるまいとも思っていた。二十分で着いたら奇跡だろう。

　ガソリンスタンドを併設しているこのコンビニには大量のスナック類こそあれ、救急用品の備蓄は少なかった。しかしスキンクリームの〈ヴァセリン〉はあり、ひとつを手にとった。つづいて隣のラックから、紙おむつの〈ハギーズ〉をひと箱。箱を破いてあけながら、ティムは床に倒れた男のもとへ走って引き返した。たっぷり血を吸って重くなったTシャツを胸からとりのけ、おなじく慎重な手つきで同様に血で濡れたスモックをもちあげると、ドビラがその下に着ていたシャツのボタンをはずしはじめた。

「よせ、よせ、よせ」ドビラがうめいた。「痛いんだ、触らないでくれ、頼む」

「やむをえないんだ」ティムの耳が近づく車のエンジン音をとらえた。大当たりを告げるスロットマシンめいた青い光が明滅しはじめ、散乱するガラスの破片の上で踊りはじめた。ティムはふりかえらなかった。「しっかり踏んばれよ、ミスター・ドビラ」

　ティムは指先で〈ヴァセリン〉をたっぷりすくいとると、銃創に塗りこめはじめた。ドビラは痛みに悲鳴をあげ……大きく見ひらいた目をティムにむけた。「息ができる……少し楽になった」

「ただの応急措置だけど、少しでも息ができるようになったのなら、きみの肺が潰れてしまうことは避けられそうだ」完全に潰れることだけはね――ティムは思った。

ジョン署長が店に足を踏み入れて、ティムの隣に膝をついた。下は制服の青いスラックスだったが、上半身には帆船のいちばん大きな帆にも匹敵するサイズのパジャマを着ていた。髪は四方八方に突き立っていた。

「ずいぶん早く来たんですね」ティムはいった。

「起きていたからね。眠れなかったのでサンドイッチをこしらえているところへ、ウェンディが電話をよこしたんだ。さて、きみはグタアレとアブシミルのどちらかな？」

「アブシミル」いまも呼吸には喘鳴が混じっていたが、言葉は先ほどより力づよくなっていた。ティムは紙おむつを箱からひとつ出すと、いちいち広げないまま銃創に押し当てた。「わ、そいつは痛いよ」

「弾丸は貫通したのか？　それともまだ体内に残ってる？」ジョン署長がティムにたずねた。

「わかりません。この人をうつぶせにすればわかりますが、そんなことはしたくない。とりあえず、いまは状態が比較的安定しているようなので、あとはなにもせず救急車を待ちましょう」


ティムのトランシーバーからがりがりという雑音がきこえた。ジョン署長が散乱するガラスの破片のなかからトランシーバーを慎重に拾いあげた。連絡してきたのはウェンディだった。「ティム？　ビル・ウィックロウが犯人ふたりをディープメドウ・ロードで見つけて、スポットライトを当てたわ」

「ウェンディ、ジョンだ。ビルには慎重に動けと伝えてくれ。ふたりは武装しているからね」

「ふたりとも、もう抵抗できる状態じゃない」先ほどはたしかに眠そうだったウェンディだが、いまは完全に目を覚ましていて、おまけに満足そうな声を出していた。「逃げようとして、車を道路わきの溝にはまらせてしまったの。ひとりは腕の骨を折り、もうひとりはビルの車のフロントグリルガードに手錠でつないである。州警が現場に急行中。ティムに、車種はあなたがいったとおりクルーズだったと伝えて。ドビラの具合はどう？」

「ちゃんと元気になる」ジョン署長はいった。ティムにはそこまできっぱり断言できなかったが、署長がウェンディ・ガリクスン巡査に話しかけながら同時に怪我人のアブシミル・ドビラにも言葉をきかせていることはわかっていた。

「おれ、あいつらにレジの金をわたしちまった」ドビラがいった。「金をわたせって、あいつらにいわれたからだ」それでもなお、自分の行為を恥じているような声音だった。それも心の底から恥じているような。

「ああいった場面では、それこそが正しい行動だよ」ティムはいった。

「そんなことにはおかまいなしで、銃をもっていた男はおれを撃った。もうひとりがカウンター内に押し入ってきた。あ、あれを奪うため――」ここでもまた咳きこむ。

「もう黙っていろ」ジョン署長はいった。

「あれ……宝くじを奪うためだった」アブシミル・ドビラはいった。「表面を削る……スクラッチ式のくじだ。だれかに買われるまでは……宝くじは、サ、サウ……」弱々しく咳をする。「サウスカロライナ州の……財産だから……」

ジョン署長はいった。「さあ、もう黙っているんだ、ミスター・ドビラ。スクラッチ式のくじのことなんか心配しなくていいから、体力を大事にしておけ」

ミスター・ドビラは目を閉じた。

15

その翌日、ティムが鉄道駅のポーチで椅子にすわって昼食をとっていると、私用車を走らせていたジョン署長が近づいてきた。署長は階段をあがってきて、もう一脚ある椅子の座面が沈みこんでいるのを目にとめた。「わたしがすわっても、あの椅子は無事だと思うかね?」

「それを確かめる方法はひとつしかありませんね」ティムはいった。

ジョン署長はおそるおそる椅子に腰をおろした。「病院できいた話だと、ドビラはいずれ元気になるそうだ。弟のグタアレが付き添っていたよ。そのグタアレは、犯人のふたり組を以前にも店で目にしたことがあると話してる。二回ばかりね」

「犯行前の下見でもしてたんでしょう」ティムはいった。

「まちがいないな。タグ・ファラデイをドビラ兄弟の供述をとりにいかせた。うちのスタッフじゃピカ一だからね——ま、きみにはいわずともわかるだろうが」

「ギブスンとバーケットもわるくない警官ですよ」

ジョン署長はため息を洩らした。「たしかに。しかしふたりのどちらも、ゆうべのきみのように迅速かつ果断な動きはとれそうもない。かわいそうなウェンディだったら、仮に現場でぶっ倒れて即死しなくても、目を丸くしてその場に茫然と立ちすくんでいただけだったろうよ」

「通信指令係としては優秀ですよ」ティムはいった。「あの仕事のために生まれたみたいだ。ま、おれの意見にすぎませんが」

「ほうほう、なるほどね。事務仕事一般については、たしかに右に出る者はいないな——去年は署内の記録文書類をすっかり整理しなおして、すべてをUSBメモリに記録してくれた。しかしいざ外の現場に出ると、役に立たないも同然になる。しかしチームの一員でいることを愛しているんだね。チームの一員になることについて、きみならどんなふうに思うのだろうか？」

「そうはいっても、正規の警官を増やせるような金の余裕は署になかったんじゃないですか？　それともつかえる人件費の枠が増えたりしたとか？」

「そうなればどんなにいいか。そうではなくて、ビル・ウィックロウが今年いっぱいでバッジを返納するんだよ。そこで、きみとビルが仕事を交換したらどうかと考えていてね。ビルが夜まわり番をこなし、きみは制服を着て銃器を携行する身分に返り咲くわけだ。ビルにはもう打診した。夜まわり番は——少なくとも当面のあいだなら——自分にも合っているだろう、という答えだった」

「考える時間をもらえますか？」

「ああ、もちろんだとも」ジョン署長は椅子から腰をあげた。「年末までには、まだ五カ月もあるからね。しかし、きみを仲間に迎えられたら、われわれは大喜びだ」

「その〝われわれ〟に、ウェンディ・ガリクスンも含まれますかね？」

ジョン署長はにやりとした。「ウェンディの攻略はひと筋縄ではいかんぞ。しかしゆうべの一件で、きみはその方向に大きく近づいたぞ」

「ほんとに？　それじゃ、もしおれが夕食に誘ったら、ウェンディはなんと答えると署長は思います？」

「誘いに応じてイエスと答えるんじゃないか。ただし、ウェンディを〈ベヴ〉へ連れていこうと考えているのなら無理だな。ああいった別嬪さんは、デートなら最低でもダニングの〈ラウンドアップ〉あたりを期待しているもんだ。ハーディーヴィルのメキシコ料理屋もいいかもしれん」

「ご忠告に感謝します」

「いいってことよ。じゃ、仕事について検討してもらえるね？」

「はい、考えておきます」

その言葉のとおりティムは考えた。それからしばらくたった夏のある暑い夜、地獄のふたがいっせいにひらいたような騒ぎが起こったときも、まだ結論に達してはいなかった。

神童

1

その年の四月のある快晴の朝のミネアポリス――ちなみにティム・ジェイミースンがデュプレイにたどりつくのはまだ数カ月先だ――ハーブことハーバート・エリスと妻のアイリーンはジム・グリアの執務室に通された。ジム・グリアは、ブロデリック特待学童専門校に三人いる指導カウンセラーのひとりだった。

「まさかルークが問題を起こしたのではないでしょうね」ふたりで席につくと、まずアイリーンがそうたずねた。「そうだとしても、あの子からはなにもきいてませんし」

「そういうことではありません」グリアはいった。年齢（とし）は三十代、茶色い髪が薄くなりかけ、学者めいた風貌のもちぬしだ。きょうは襟もとをひらいたスポーツシャツとプレスの効いたジーンズという服装だった。「おふたりとも、ここがどういうところかをご存じでしょうね。わが校の生徒たちの知的能力を勘案して、どのような運営をしなくてはならないかも。ここの生徒たちはきわめて優秀ですが、その度合いは学年別に分類できるものではありません。分類不可能です。わが校には軽度の自閉症をわずらう十歳児がおります――この生徒はハイスクール・レベルの数学を理解できますが、文章理解では三年生レベルにとどまっています。また四カ国語を流暢にあやつることができながら、分数でつまずいている生徒も複数おります。わが校では生徒たちにあらゆる教科を教えておりますし、生徒の九十パーセントには寄宿舎も提供しています――生徒がアメリカ合衆国全土からあつまっていますが、そのほか外国からも十人前後の生徒を受けいれておりますので、寄宿舎は必須です。しかしながら、わたしたちは生徒それぞれの特別な才能に――それがどのような才能であっても――しっかりと焦点をあわせてもいます。彼らのそういった才能は、幼稚園から十二年生まで順々に進級していく伝統的な教育システムを無用のものにしてしまいます」

「そのあたりはわかってます」ハーブはいった。「それにルークが優等生だってことも知ってます。だから、この学校に通っているわけで」

ハーブがつづけなかった言葉も（そしておそらくグリアにはお見通しだった言葉も）あった。エリス家には、この学校の天文学的な学費を支払う余裕など本来ならなかったことだ。ハーブは箱類の製造を専門にする工場の現場責任者で、妻アイリーンは小学校の教師。ルークはブロデリック校の数少ない通いの生徒のひとりであり、それよりもさらに数少ない奨学生のひとりだった。

「優等生？　いいえ、それはちがいます」

グリアは、なにも置いていないデスクにひとつだけ置いてあるファイルのひらいたページに目を落とした。アイリーンの頭にひとつの予感がいきなり浮かんだ。学校側から息子ルークの自主退学を要請されるか、そうでなかったら奨学金の撤回を申し出られるにちがいない、と。後者になれば自主退学のほかに道はない。ブロデリック校の年間の学費はおおざっぱにいって四万ドル。ハーヴァード大学にほぼ匹敵する額だ。これからグリア先生はわたしたちに、すべては手ちがいの産物だった、ルークは自分たちが信じていたほど優秀な生徒ではなかった、というにちがいない。年齢不相応に高度な本を読み、その内容をすっかり記憶しているように見えるだけで十人並の生徒でしかない、と。自身いろいろな本を読んでいたこともあって、アイリーンは写真のような記憶力が幼い子供たちのあいだでは決して珍しくはないことを知っていた。ごく平均的な児童の十から十五パーセントには、ほぼあらゆることを記憶する能力がある。これには落とし穴があった——思春期に達すると、通常この記憶力が消えてしまうことだ。そしてルークは、その思春期にさしかかりつつあった。

グリアはにっこりと笑った。「おふたりには率直に申しあげましょう。わたしたちは非凡な英才児たちの教育に自負を抱いています。しかしこれまでブロデリック校が、おたくのルークのような生徒を迎えたことはありません。わが校の名誉教師のひとりで、すでに八十代を迎えているフリント先生が、みずからバルカン半島の歴史をテーマにしたルークの個人指導を引き受けてくれました。じつに難解なテーマですが、こんにちの地政学的な現状を考えるさいに大きな光を投げかけてくれるテーマでもあります。まあ、これはフリント先生の受け売りですがね。個人指導の最初の一週間をおえると、フリント先生がわたしのもとを訪れて、こんな話をしました。ルークを相手に授業をするという経験は、イエス・キリストに教えを授けられたばかりか叱責までされたユダヤ人の長老たちの経験とおなじものだ、と。イエスが、〝口に入るものは人を汚さない、口から出てくるものが人を汚すのだ〟と語った逸話ですね」

「わたしにはさっぱりわかりません」ハーブはいった。

「ビリー・フリントも同様です。わたしがいいたいのもその点です」

そういってグリアは身を乗りだした。

「話をよくきいてください。ルークは大学院レベルのきわめて難解な文献、それも二学期分に匹敵する大量の文献をわずか一週間で読みこなし、さらに多くの結論を導きだしました――それも、当初フリント先生が適切な歴史の基礎知識をつちかったうえで到達することを予定していた結論です。こうした結論のいくつかについて、ルークは説得力にあふれた筆致で〝独自の思索というよりは受け売りの叡知ではないか〟と論じていました。とはいえフリント先生がおっしゃるには、決して無礼ではなく、それどころか恐縮しているようでさえあったとのことでした」

「そのような話をうかがっても、どう答えればいいかがわかりません」ハーブはいった。「あの子はうちで学校の話をろくにしないんですよ。どうせ、わたしたちにはわかりっこないからといって」

「ほんと、そのとおりです」アイリーンがいった。「昔だったら二項定理のことを多少は知っていたかもしれません。でも、それはもう大昔の話です」

ハーブはいった。「うちに帰ってきたあとのルークは、ほかの子供とおなじようなものですよ。宿題と家の手伝いをおわらせると、Ｘｂｏｘを起動させるか、友人のロルフとドライブウェイに出てバスケットボールをしています。それに、いまでもアニメの〈スポンジ・ボブ〉を見てますよ」ちょっと考えてから言葉をつづける。「ただし、そういうときでもかならず膝に本を広げていますね」

そのとおり――アイリーンは思った。つい最近は『社会学の原則』。その前は心理学者のウィリアム・ジェイムズ。その前は〝ビッグブック〟と呼ばれる〈無名のアルコール依存症たち（アルコホーリクス・アノニマス）〉の基本書籍で、さらにひとつ前はコーマック・マッカーシーの全作品だった。ルークの本の読み方は、いうなれば放牧の牛そのままだった――そのとき緑がいちばん濃いところへむかっていく。ただし夫のハーブは、その事実をわざと無視していた――いかにも奇怪なその事実に怖気（おぞけ）をふるっているからだ。夫だけでなくアイリーンも怖気をふるっていた。ルークがバルカン半島史の講義を受けていることは知らなかったが、それはルークが話さなかったからであり、もとをただせばアイリーンがたずねなかったからだ。

「わが校には天才児が何人もいます」グリアはいった。「それどころかわたしが見たところでは、ブロデリック校の生徒の半数以上が天才児だと思えます。しかし、彼らの才能は限定的なものです。ところがルークはちがう。ルークの才能は全方位的だ。才能はひとつの分野にかぎらない。あらゆる面におよぶのです。ルークがいずれプロの野球やバスケットボールの選手として身を立てるとは思えませんが――」

「あいつがうちの家系の血を濃く受け継いでいたら、どう転んでもプロのバスケ選手には背が届かないはずですよ」ハーブがにやにや笑いながらいい、小柄でもプロとして活躍している選手の名前を引きあいにだした。「ま、あいつが二代めのスパッド・ウェブになるのなら話は別ですな」

「黙ってて」アイリーンはいった。

「しかし、ルークは熱心にプレイしています」グリアはつづけた。「スポーツを楽しみ、時間の無駄と考えてはいません。決してスポーツ音痴などではありません。チームメイトたちとも仲よくやっています。決して内向的な性格ではありませんし、感情面での働きにはいかなる欠陥もありません。いってみればルークは、ロックバンドのTシャツを前後逆にかぶっている、それなりにクールなアメリカの若者そのものだ。普通の学校に通っていれば、そんなふうにクールにふるまうことは無理だったかもしれません――日々の退屈さに、頭が変になりそうな思いをさせられるでしょうからね。しかし、そういった場に置かれても、ルークなら大丈夫だとも思います――自分で自分なりの勉強をつづけるはずだからです」グリアは急いでいい添えた。「いえいえ、それを実地に確かめようとなさらないように」

「いいえ、あの子がこちらの学校へ通えることはわたしたちの喜びですから」アイリーンはいった。「心の底から。ルークがいい子なのもわかっています。わたしたちはあの子に惚れこんでいるんです」

「ルークのほうもご両親を心底愛してますよ。ルークとは何度か面談の機会をもうけたのですが、そのことを明言していました。これほど優秀な児童はめったに見つかりません。そしてルークほど心のバランスがとれていて、ルークほど堅牢な足場を築いている子供は――みずからの頭のなかの世界ばかりか、外に広がっている世界をも見すえている子供は――さらに稀な存在です」

「もしなにも問題がないというのなら……わたしたちはなぜ、きょうここへ呼ばれたんでしょう?」ハーブがたずねた。「いえ、あなたが息子を褒める言葉をききたくないわけじゃない――そんな勘ちがいはしないでください。それに……またまた話はずれますが、バスケのシューティングゲームのHORSE(ホース)じゃ、おれはまだルークには負けません――いくらあいつが、まずまずのフックシュートを決めるといってもね」

グリアは椅子に背中をあずけた。笑みはもう消えていた。「おふたりにおいでいただいたのは、わが校がルークにしてあげられることはもう底を尽き、またルークもそのことを知っているからです。さらにルークは、大学でかなり独創的な研究をしたい意向を表明してもいます。まずケンブリッジにあるマサチューセッツ工科大学で工学を専攻し、川をはさんで対岸にあるボストンのエマースン大学で英文学を研究したいそうです」

「どういうことですか?」アイリーンはたずねた。「ふたつを同時に?」

「ええ」

「大学進学適性試験(SAT)はどうするんです?」アイリーンには、この質問しか思いつけなかった。

「来月、つまり五月にその試験を受ける予定になっています。会場はノースコミュニティ・ハイスクール。ルークなら、あんな試験はやすやすとパスするに決まってます」

だったら、お弁当をつくってあげなくちゃ――アイリーンは思った。前にきいたけど、ノースコミュ・ハイのカフェテリアはまずいので有名らしいのだもの。

驚きがもたらしたひとときの静けさののち、ハーブがいった。「グリア先生、うちの坊主は十二歳です。それも、つい先月なったばかりだ。セルビアについての内部情報だかなんだかを知っているかもしれませんが、口ひげが生えてくるまであと三年はかかる。それなのに先生は……その……」

「お気持ちはわたしにもわかります。また、指導カウンセラーをつとめているわが同僚たちをはじめとする教師一同が、ルークには学術面の知識も社交能力でも、さらには感情面でも、そういった学業を充分こなせる能力があると考えていなければ、そもそもおふたりをお呼びしてこんな話をしてはおりません。ええ、両方のキャンパスでの学業のことをお話ししています」

アイリーンはいった。「わたしは十二歳の子供を大陸の半分も遠くへ送りだし、お酒も飲めればクラブにも出入りできる年齢の大学生たちといっしょに住まわせるような真似は断じてしません。向こうに頼れる親戚でもいれば話は変わるかもしれません。でも……」

グリアはアイリーンの言葉にあわせてうなずいていた。

「お気持ちはわかりますし、ご意見には同意するほかありません。さらにルーク本人が、たとえ監督下の環境であっても、自分ひとりでは暮らしていけないことを承知しています。その点については明確な意見をもっていますよ。同時に自分の置かれている現況へはしだいに不満と苛立ちを強めつつあります。学ぶことに飢えているからです。いや、はっきりいえば餓死寸前だ。わたし自身、ルークの頭のなかにどんなすばらしい新たなアイデアが詰まっているのか見当もつきません――見当のつく者など、わたしたちのなかにはひとりもいないでしょう。おそらく、長老たちを叱ったイエスの話を例にとったときのフリント先生が、理解にいちばん近いところにいたのかもしれない。しかし、わたしがそれを思い描くときに見えてくるのは、きらきら輝いている巨大な機械です――しかもその機械はフル稼働時のわずか二パーセントを動かしているだけだ。大きく見つもっても、せいぜい五パーセント。しかし、同時にそれが人間の機械である以上、ルークは感じているのです……飢えを」

「不満と苛立ち？」ハーブがいった。「どうかな。わたしたちは、そんなルークの顔は見たこともありませんが」

わたしは見てる――アイリーンは思った。いつもじゃないけど、見えてしまうときもある。そう。たとえばお皿がかたかた小さく鳴るときや、ドアがひとりでに閉まるときに。

つづいてアイリーンは、グリアのいう〝きらきら輝いている巨大な機械〟を思い描いた。想像内の機械は倉庫なみの大きな建物を三つ、いや、四つまでもひとつにあわせたほどの威容を誇り、しきりに動いてはいるが……はて、いったいなにをしているのやら。せいぜい紙コップをつくるとか、ファストフード店用のアルミのトレイを成形するといったあたりか。自分たちはグリアにもっと感謝するべきだが、これについても感謝するべきなのか？

「ミネソタ大学はどうなんです？」アイリーンはたずねた。「あるいはセントポールのコンコーディア大学は？もしそういった大学にあの子が進むのなら、自宅に暮らしながら通うこともできます」

グリアはため息をついた。「それでは、ルークをブロデリック校から連れだして、ありきたりのハイスクールに入れるのとおなじことです。いま話題にしているのは、知能指数の物差しそのものが役に立たないほどの少年ですよ。その少年は自分がどこに進みたいかを正確に知っています。自分になにが必要かを知っているのです」

「でも、わたしたちにはどんな対処ができるものか、それがさっぱりわかりません」アイリーンはいった。「たしかにルークは行きたい学校の奨学金を受けられるかもしれない。でも、わたしたちはこの街で働いています。さらにいっておけば、とても裕福だとはいえません」

「では、これからそのあたりのことを話しあいましょう」グリアはいった。

2

その日の午後、ハーブとアイリーンが学校にもどると、ルークは〝お迎えレーン〟で四人の仲間の子供たち——ふたりは男の子でふたりが女の子——とふざけあっていた。五人は笑い声をあげ、元気にしゃべっていた。アイリーンには彼らがごく普通の子供たちとしか見えなかった。女の子たちはスカートやレギンス姿で、胸はふくらみはじめたばかり。ルークと友人のロルフは、コーデュロイのバギーパンツという今年の若い男たちの〝ファッション宣言〟に即した服にTシャツをあわせていた。ロルフのTシャツには**《ビールは初心者の飲み物さ》**という文字がある。ロルフはキルトのケースにおさめたチェロを手にしていて、そのケースをポール代わりにしてダンスをするような動きを見せながらなにやら夢中でしゃべっているが、話題は春のダンスパーティーでも、あるいはピタゴラスの定理でも不思議はなかった。

　ルークは両親の姿を目にとめると、ロルフとハイタッチを決めるあいだだけその場にとどまっていたのち、バックパックをつかみあげ、アイリーンが運転する4（フォー）ランナーの後部座席に躍りこんできた。

「おっと、両親そろってお出迎え。最高だね。ここまで特別あつかいしてもらったお礼に、ぼくはなにをしたらいい？」

「おまえは本気でボストンくんだりの学校に行きたがってるのか？」ハーブがたずねた。

　ルークはうろたえなかった——それどころか両の拳を突きあげて宙をパンチした。「もちろん！　いいよね？」

　金曜の夜、ロルフの家にお泊まりをしてもいいかとたずねるような口調だ——アイリーンは驚嘆した。グリア先生がルークがそなえている能力をどんな言葉で表現していたかを思い出す。あの先生は〝全方位的〟といっていた。まさに完璧な表現だった。ルークは天才だが、なぜか自身の巨大すぎるほどの知性に歪められることなく育っていた。そのため、スケートボードに乗って、十億人にひとりの頭脳をいただいたまま無鉄砲にも急斜面の歩道を滑りおりていくような行為にも、いっさい気がとがめないようだった。

「じゃ、まず早めの夕食をとって、そのあとでいまのことを話しあいましょうか」アイリーンはいった。

「〈ロケット・ピザ〉！」ルークが歓声をあげた。「あそこのピザはどう？　もちろん父さんがちゃんと胃酸抑制薬（プリロセック）を飲んでいればの話。飲んでる？」

「掛け値なしにいうけど、きょうの話しあいのあと、父さんはその薬に頼りっきりになるだろうね」

3

注文したのはLサイズのペパロニのピザで、ルークは半分をひとりでたいらげた。くわえてジャンボサイズのピッチャーからコークを三杯も飲んでいた。両親は息子の知能だけでなく、消化管と膀胱がハイスペックであることにも驚かされていた。ルークは自分がまず最初にグリア先生に相談をもちかけた理由を、こう説明した。

「だって、父さんと母さんにあたふたしてほしくなかったから。先生との話は必要最低限の予備的会話だけだよ」

「猫が餌に食いつくかどうかを試したわけか」ハーブがいった。

「そんなところ。まわりの反応を確かめるために、その猫を旗竿に吊るしたといってもいい。五時十五分の列車に猫を乗せて、エダイナ駅で降りるかどうかの実験ともいえる。それか、猫を壁に投げつけて、どんな反応が——」

「もういい。先生から、わたしたちがどうすればおまえといっしょに行けるのかを説明してもらったわ」

「じゃ、そうしてよ」ルークは熱のこもった口調でいった。「ぼくはまだ子供だから、わが尊敬する立派なパパとママがいなくちゃ、どうにもならない。それにさ……」ルークはピザの残骸ごしに両親を見つめた。「ぼくは働けない。父さんと母さんがめちゃ恋しくなるに決まってるし」

アイリーンは自分の両目に涙を流すなと命じたが、もちろん目からは涙があふれた。ハーブがナプキンをわたしてくれた。アイリーンはいった。「グリア先生が提案してくれたけど……そのシナリオ——おまえならシナリオっていうんだろうけど——わたしたちがどこかに……ええと……」

「再配置（リロ）だね」ルークはいった。「ピザの最後のひと切れ、だれか食べる?」

「おまえが食べるといい」ハーブはいった。「でも、例のいかれた大学入学試験をこなす前におまえが死なないことを祈るよ」

「三角関係（メナージュ・ア・トロア）なら三人だけど、大学二校とぼくだったら大学関係（メナージュ・ア・カレッジ）だ」ルークはそういって笑い声をあげた。「グリア先生は富裕層の学友たちの話をしたんでしょう？」

　アイリーンはナプキンをテーブルにもどし、「あきれたわ、ルーキー」と愛称で呼んだ。「保護者の経済状態について学校の指導カウンセラーに話したのね？　この会話に参加している大人はいったいどっち？　そのあたりからして、わたしにはもうわからなくなってきた」

「落ち着いてよ、ママシータ」ルークはスペイン語をつかった。「こうするのが理にかなってるんだからさ。そりゃぼくだって、最初は寄付基金かなって思ってた。ブロデリック校には巨額の基金があるから、母さんたちの住まいや仕事をひっくるめての再配置（リロケーション）の費用くらい出せるし、それで学校が金欠になるわけない。で、たしかにこの案は筋が通ってるけど、学校の評議会の承認はおりそうもないんだって」

「筋が通っているというのは本当かい？」ハーブがたずねた。

「そりゃそうさ」ルークは熱心な顔で口のなかのピザを噛み、ごくりと飲みこんでから、音をたててコークをストローで吸った。「ぼくは投資案件なんだ。成長する可能性をたっぷりそなえた株式。少額投資で、がっつり儲ける。それがアメリカを動かしてる。評議会だって、そこまではちゃんと見えてる。でもあの連中は、経験則認識の箱におさまってて外へ出てこられないんだな」

「経験則認識の箱……」父のハーブがいった。

「そう、わかるよね。先祖伝来的弁証論がみちびく結論でつくられてる箱。さらに昔っていう意味では、部族伝来的といってもいいかもだけど、評議会を部族だと考えるのは、まあ、馬鹿馬鹿しいよね。あの連中はさ、〝この措置をあの生徒に適用すれば、ほかの生徒にも適用せざるをえなくなるんじゃないか〟って考えるんだ。それが箱。おまけにこの箱は代々受け継がれる」

「受け売りの叡知」アイリーンはいった。

「そう、大正解だよ、ママ。評議会はこの件を裕福な学友たちのところへ蹴りとばすだろうね——うん、箱から外に出て考えることでどっさり（ムーチョ）うなるほどの大金を稼ぎだしていながら、古き良きブロデリック校の伝統を愛してやまない人たちにね。先頭の旗ふり役はグリア先生。先生がその役になってくれたらいい。どういう仕組みかっていえば、学校がいまぼくを助けてくれたら、いずれぼくが有名な大金持ちになったときには、今度はぼくが学校を助けるってわけ。そりゃ本音では、有名にも金持ちにも特になりたいわけじゃない。ぼくは根っからの中産階級だからね。でも、まあ、金持ちにはなるよ。副作用のひとつとして。もちろんどんな場合にも、ぼくがおぞましい病気にならず、テロ攻撃だのなんだので命を落とすこともないっていうのが前提条件だけど」

「そういう、災いを招くようなことを口にしてはだめ」アイリーンはいい、散らかったテーブルの上で十字を切るしぐさをした。

「それって迷信だよ」ルークは年長者がやさしく諭すような口調でいった。

「頼むから茶化さないで。それから口もとを拭きなさい。ピザソースがついてる。歯茎から血が出てるみたいに見えるから」

ルークは口もとを拭った。

ハーブがいった。「グリア先生の話では、この件に関心をもっている人たちのグループが再配置のための資金を提供してくれるというし、最長十六カ月にわたって、われわれに資金援助をするというじゃないか」

「父さんたちと交渉する人たちが、同時に父さんたちが新しい仕事をさがす手伝いもしてくれるかもしれないという話は、もう先生からきいてる?」ルークは目をきらきらさせていた。「それも、もっといい仕事になるかもって? だって、うちの学校の学友にはダグラス・フィンケルがいるんだからね。アメリカン製紙工業社のオーナーだよ。それなら父さんの得意ジャンルだ。本領発揮できるところ。いってみれば水を得た魚――」

「たしかにフィンケルの名前も話に出てきた」ハーブはいった。「一種の仮定条件の話としてだけど」

「それにさ……」ルークは目を輝かせて母親にむきなおった。「教職にかぎっていうと、いまボストンは売り手市場だよ。母さんくらいの経験者なら、初年度の平均給与は六万五千ドルだね」

「おやおや、なんでそんなことまで知ってるんだ?」ハーブがたずねた。

ルークは肩をすくめた。「最初に見るのはウィキペディアかな。そのあと、ウィキペディアの記事に添えてある主要な参考リンクを参照してみる。これって基本的には、自分が置かれている環境の現状をいつも把握しつづけること。で、ぼくの環境はブロデリック校でしょ。だから評議会メンバーは全員知ってるし、調べておくべき裕福な学友たちのことも知ってる」

アイリーンはテーブルの反対へ手を伸ばして、息子の手から最後のピザの残った部分をとりあげ、硬く焦げた食べ残しが載った薄いアルミ皿にもどした。「ルーキー、もしそういったことが現実になるとして、お友だちと別れるのは寂しくない？」

ルークの目が曇った。「うん。ロルフと別れるのは特にね。マヤもだ。女の子を春のダンス大会に誘っちゃいけないことになってるけど、マヤはほんとはぼくの相手なんだよね。だから、うん、寂しい。それでも」

ふたりは言葉の先を待った。いつもは話し好きで饒舌気味でさえある息子が、いまは言葉に詰まっているようだった。口をひらいて話しかけては黙り、またなにかいいかけては口を閉じていた。

「どういえばいいかがわかんないんだ。っていうか、そもそも口に出せるかどうかさえわかんないときてる」

「がんばるんだ」ハーブがいった。「おれたちはこの先大事な話しあいを何度も何度もくりかえす。でも、いまの時点ではここでの会話がなによりも重要なんだ。だから、がんばって話してみろ」

レストランの入口側では、一時間に一回出てくるリッチー・ロケットが姿をあらわし、〈マンボ・ナンバー5〉にあわせて踊りはじめた。アイリーンが見ていると、銀色の宇宙服姿のリッチーは手袋をした手で最寄りのテーブルの客をダンスに手招きしていた。数人の幼児がリッチーと合流し、音楽にあわせて体をくねらせていた。一方その親たちは子供をながめ、写真を撮り、拍手をしていた。ついこのあいだまで——たった五年という短い年月——ルークもあの子供たちのひとりだった。それなのにいま、家族三人はありえないような変化について話しあっている。ルークのような天才児が、いったいどうして自分たちのようなカップル——ごくありふれた夢と希望を抱いていたカップル——から生まれたのか、アイリーンにはさっぱりわからなかったし、こんなことにならなければよかったのにと思うこともあった。さらには、自分たち夫婦が押しこめられた役割を積極的に憎むことさえあったが、それでもルークを憎んだことはただの一度もなかったし、この先もないはずだった。ルークは自分のベビー、たったひとりのかけがえのない息子だ。

「ルーク?」ハーブがいった。おそろしく静かな声だった。「どうした?」

「次はどうなるかに尽きるんだよ」ルークはそういうと顔をあげ、両親の顔をまっすぐ見つめてきた。両目には両親もめったに見たことのない強い輝きが宿っていた。これまでルークはこの目の輝きを両親から隠していた。数枚の皿が小さくかたかた鳴ることとは比べものにならないほど両親を怯えさせるとわかっていたからだ。

「わからないかな? 次はどうなるかっていうことだよ。ぼくはあっちへ行きたい……あっちで学び……さらにその先へ行きたい。ふたつの学校はブロデリック校とおなじだよ。ゴールじゃない……ゴールに行き着くための飛び石だ」

「で、そのゴールというのは?」アイリーンはたずねた。

「わからない。とにかく学びたいことや解き明かしたいことがめっちゃ多すぎる。ぼくの頭のなかには怪物がいるんだよね……そいつが手を伸ばす……そいつが満ち足りた気分になることもあるけれど、でもたいていは満足してない。自分がものすごくちっぽけに思えることや……猛烈に馬鹿なんじゃないかと思えるときもあってさ……」

「なにをいうかと思えば。おまえは馬鹿からいちばん遠いところにいるっていうのに」アイリーンは手を伸ばした。しかしルークは頭を左右にふって手を引っこめた。アルミの薄いピザ皿がテーブルで小さく震えていた。ピザ生地の硬いかけらが小刻みに跳ねていた。

「深淵があるんだよ、わかる? それを夢に見ることもある。深淵は果てしなく、深く深くつづいてて、なんだかわからない怪物がいっぱい棲んでる。なんで深淵が怪物でいっぱいなのかはわからない――そもそも形容矛盾だよね。でも、とにかくそうなんだ。深淵を思うと、自分がちっぽけで馬鹿に思える。でも、深淵の向こうへわたるための橋があって、ぼくはそれをわたりたい。橋のちょうど真ん中まで来たら、両手をあげてみたい……」

ハーブとアイリーンがすっかり魅入られて――同時にわずかに怯えつつ――見ているうちに、ルークは真剣な表情をのぞかせているほっそりした顔をはさむように両手をもちあげた。ピザのアルミ皿はただ震えている段階を過ぎ、小さな音をたてて揺れていた。ときおり食器棚のなかの皿がそうなるように。

「……そうすると暗闇に潜んでいた怪物のありったけが浮かびあがってくる。ぼくにはそれがわかってる」

ピザのアルミ皿がテーブルを滑って床に落ちた。ハーブもアイリーンも、ろくに気づいていなかった。ルークが苛立ちを見せたときには、似たようなことが起こったからだ。しじゅう起こるわけではないが、起こるのは事実だった。そしてふたりはもう慣れっこになっていた。

「ああ、わかった」ハーブがいった。

「お父さんはそういってるだけよ」アイリーンがいった。「ふたりともまったく理解できてないの。でも、おまえはこの話を進め、書類仕事にとりかかるべきね。SATを受けなさい。試験を受けても、考えが変わればそのときはそのとき。考えが変わらず、やっぱりおなじ希望をもちつづけていたのなら……」そこでハーブに目をむける。ハーブはうなずいた。「……わたしたちは全力でその実現に努力するわ」

ルークはにっこりと笑って、ピザのアルミ皿を床から拾いあげ、リッチー・ロケットに目をむけた。「ぼくも小さなころは、あんなふうにリッチーと踊ってたのにな」

「ええ」アイリーンはいった。またナプキンで目もとを拭うほかなくなっていた。「ほんとにそう」

「深淵にまつわる有名な言葉を知っているか？」ハーブがたずねた。

ルークはかぶりをふった——珍しく本当に知らなかったのか、あるいはこれから父親が口にするはずの〝決めの文句〟を台なしにしたくなかったのだろう。

「おまえが深淵をのぞくとき、深淵もおまえを見かえしているのだ」

「うん、それってほんとだよ」ルークはいった。「ね、みんなでデザートを食べない？」

4

小論文まで含めれば、SATの試験は全部で四時間かかる。しかし慈悲深いことに、中盤に休憩時間がはさまれていた。ルークは会場になったハイスクールのロビーのベンチに腰かけて、母親がもたせてくれたサンドイッチを食べながら、読む本が欲しいと痛切に思っていた。試験会場には『裸のランチ』を持参していたが、試験監督官のひとりに（携帯電話をはじめ、ほかの所持品のあれこれとともども）あとで返却するという言葉とともに没収されてしまった。監督官が『裸のランチ』のページをぱらぱらめくっていたのは、猥褻な言葉でもさがしていたか、さもなければカンニングペーパーの一、二枚もはさんでいないかを確認したのだろう。

そのあとアニマルクッキーの〈スナッキマルズ〉を食べていたとき、ルークはほかの受験者たちがまわりに立っていることに気がついた。大きな少年や少女、ハイスクールの二年生や三年生だ。

「よお、ちび」ひとりがたずねた。「ここでなにしてる？」

「試験を受けてる」ルークは答えた。「あなたたちとおなじだよ」

受験生たちはこの言葉に考えこんだ。ひとりの少女がいった。「まさか天才ってわけ？　映画に出てくるみたいな？」

「ちがうよ」ルークは笑顔で答えた。「答えはノー。でもゆうべホリデイイン・エキスプレスに泊まったかといえば、答えはイエスさ」

年上の少年少女たちが笑った。これはいいことだった。少年のひとりが手のひらをかかげ、ルークはハイタッチをした。「で、おまえはどこに行きたい？　どの学校に？」

「マサチューセッツ工科大学。はいれればの話」ルークはいった。この言葉はちょっとした嘘だった。ルークはすでに志望していた二校から仮合格通知をもらっていて、きょうの試験の成績が優秀なら本合格になる。そしてきょうの試験が問題になることはなかった。これまでのところ、試験は簡単そのものだった。試験問題よりも、いま周囲に立っている年上の連中のほうがよほど手ごわそうだ。秋の新学期には、ルークはこういう若者たちでいっぱいの教室に身を置くことになる――ずっと年上で、体が二倍も大きな若者たち。もちろん、その若者たちはいっせいにルークをじろじろ見てくるだろう。このことはすでにグリア先生に相談していた。年上の学生たちには、自分が珍奇な動物のように思えるのではないかと。

「肝心なのは、きみがどう感じるかということだけだ」グリア先生はそういった。「そのことを肝に銘じておくんだね。もしカウンセリングが必要になったら――自分の気持ちをだれかに打ち明けたくなったら――いいか、なにがなんでも人に相談しなさい。わたしならいつでもメッセージを送ってくれていい」

女子生徒のひとり――愛らしい赤毛の少女――が、数学の試験にあったホテルの問題の答えがわかったかとルークにたずねた。

「アーロンくんが出てた問題？」ルークはたずねた。

「うん、解けたと思うけど」

「あの選択問題で正解を選べたってこと？　答えはどれだったか覚えてる？」

問題は、アーロンくんという人物のモーテルの宿泊料金を計算する場合の正しい計算式を選択肢から選べ、というものだった。ただし、一泊あたり九十九ドル九十五セントの部屋にx泊するものとし、宿泊税は八パーセント、さらにサービス料として宿泊日数にかかわらず一律五ドルを請求されるものとする。ルークがこの問題を覚えていたのは、足をすくわれやすい、いささか意地悪な問題だったからだ。答えは金額ではなく計算式だった。

「正解はBだよ。ほら」ルークはペンをとりだし、弁当の袋に以下の式を書きつけた。

$$1.08(99.95x)+5$$

「本気でいってる？」女子生徒がいった。「わたしはAだと思った」そういって身をかがめ、ルークの袋を手にとり――その拍子に、女子生徒がつけているライラックの香水の香りが甘く届いた――こう書いた。

$$(99.95+0.08x)+5$$

「きれいな式だね」ルークはいった。「でもこの試験問題をつくった人たちは、そうやってみんなの足をすくおうって考えてる」いいながら、女子生徒が書いた式をとんとんと叩く。「この式だと、一泊ぶんの料金しか反映されてないし、宿泊税だって計算に入れてないことになるよ」

女子生徒がうめき声をあげた。

「大丈夫だよ」ルークはいった。「お姉さんならほかの問題はみんな解けてるはずさ」

「でも、おまえがまちがってて、この女の子が正解ってこともあるだろ？」男子生徒のひとりがいった。ルークとハイタッチをした生徒だった。

　女子生徒が頭を左右にふった。「ううん、その子が正解。わたしったら、クソったれ（ファッキン）な税金の計算をすっかり忘れてた。ったく最悪」

　ルークは、顔を伏せてこの場を歩き去っていく女子学生を見おくった。男子生徒のひとりがあとを追いかけ、女子生徒の腰に腕をまわした。ルークはその男子を羨んだ。

　別の男子生徒——背の高いハンサムな男で、デザイナーズブランドのしゃれた眼鏡をかけていた——がルークの隣にすわり、「しんどいだろ？」とたずねてきた。「ほら、きみみたいな子はさ——わかる？」

　ルークは考えをめぐらせた。「たまにね。でも、たいていは……こう生まれてきたってだけ」

　試験監督官のひとりが教室から身を乗り出してハンドベルを鳴らした。「さあ、部屋にはいりなさい、受験生の諸君」

　ルークは少しだけほっとして立ちあがると、体育館の入口脇にあったごみ箱に昼食がはいっていた袋をぽんと投げ捨てた。最後にもう一度だけ、愛らしい赤毛の少女に目をむけてから建物にはいった——同時に、ごみ箱がかすかに震えながら左に十センチばかり動いた。

5

　試験の後半も前半に負けず劣らず簡単で、小論文はまずまず巧みに書けたように思えた。当否はともあれ、簡潔な仕上がりだった。会場の学校をあとにするとき、例の愛らしい赤毛の女子生徒がひとりベンチに腰かけて泣いているのが見えた。あの人は試験にしくじったんだろうか？　もしそうなら、どのくらいしくじったのか？　第一志望に進学できなくなる程度にしくじった？　それとも、地域のコミュニティカレッジに進むほかないところまでしくじったのか？　わからない答えがある頭脳しかないのは、どんな気分なのだろう？　あそこに行って女子生徒を慰めたほうがいいのか？　相手からすれば自分はちっこいガキでしかなく、そんな自分の慰めを女子生徒は受け入れるだろうか？　どうせ、とっとと目の前から失せなと、アメーバなみのいわれようをされるのがおちではないか。さらにルークは、ごみ箱がひとりでに動いたことも考えた――じつに不気味だった。ふと、基本的に人生は長くつづく一回だけの大学進学適性試験（ＳＡＴ）そのものだ、という思いが（啓示に匹敵する力づよさで）頭をよぎった。本物のＳＡＴとは異なり、選択肢が四つや五つではなく何十とある。おまけにそこには〝そのうちいつか〟とか〝そうかもしれないし、ちがうかもしれない〟などというクソな変数もある。

　母親が手をふっていた。ルークも手をふりかえして車に駆け寄った。ルークが車に乗りこんでシートベルトを締めると、母親のアイリーンが試験の出来ばえはどうだったと思うかとたずねてきた。

「ばっちりだよ」ルークはそう答えて、とっておきの晴れやかな笑顔をのぞかせたが、赤毛の女子生徒のことがどうしても頭から離れてくれなかった。泣いている姿にも胸が痛んだが、計算式のまちがいをルークが指摘したときに力なくうなだれた姿には――日照りつづきのときの花のようだった――それ以上に胸が痛んだ。

　いつまでも考えていちゃだめだと自分にいいきかせたが、もちろん考えるのをやめるのは不可能だった。《北極熊のことを考えないように努めよ》かつてフョードル・ドストエフスキーはいった。《そうすれば、かの忌まわしきけだものが一分おきに脳裡に見えてくる》

「母さん？」

「なに？」

「母さんは、記憶力は幸せなものだと思う？　それとも不幸せかな？」

　アイリーンにとっては、考えるまでもなく答えられる質問だった――自分がなにを覚えているかを知っているのは神だけだ。「両方よ、ルーク」

6

　六月のある日の午前二時、ティム・ジェイミースンがデュプレイのメイン・ストリートのパトロールをしているころ、ミネアポリスの北側にある郊外住宅地のひとつを通るワイルダースムート・ドライブに一台の黒いSUVが乗り入れてきた。道路の名前でありながら〝道に迷(ワイ)わせる(ルダー)〟とは正気の命名とは思えなかった。ルークと友達のロルフはこの通りを、ふざけて〝ワイルダースムーチ・ドライブ〟と呼んだ。ひとつにはこのほうがもっとイカれた名前に思えたからだし、またふたりとも女の子と〝キス(スムーチ)〟を、それも激アツ(ワイルド)なキスをしたくてたまらなかったからだ。

SUV車内には男がひとりと女がふたり乗っていた。男はデニー、女はミシェルとロビン。デニーがハンドルを握っていた。静まりかえったカーブしているこの道を半分ほどまで来たところで、デニーはライトを消し、車を歩道に寄せてエンジンを切った。「で、今度の相手がTPじゃないのは確かなんだな？　というのも、うっかりしてアルミホイルの帽子を忘れてきたからでね」

「ははは、笑えるね」ロビンが抑揚のいっさいない声でいった。後部座席にすわっている。

「今度の男の子はごく標準的なTKよ」ミシェルがいった。「びびってパンツを濡らす心配なんかない。さあ、とっとと仕事にかかるよ」

デニーは前部座席にはさまれたコンソールボックスをひらいて、一九九〇年代から逃げてきた難民のような携帯電話をとりだした――ごつごつした長方形の本体から、ずんぐりとした短いアンテナが突き出ている。デニーはその携帯をミシェルに手わたした。ミシェルが番号を打ちこんでいるあいだ、デニーはコンソールボックスの底をもちあげ、二重底のスペースからゴム手袋と二挺のグロック・モデル37、そしてスプレー缶をとりだした。ラベルによれば、スプレー缶の中身は〈グレード〉の室内芳香剤とのこと。デニーは片方の拳銃を後部座席のロビンにわたし、スプレー缶をミシェルに託した。

「さあ、行くぞ、ビッグチーム。さあ、行くぞ」手袋をはめながら、デニーはシュプレヒコールのようにいった。「ルビーレッド、ルビーレッド、それがおいらの合言葉」

「高校生みたいなおふざけはやめて」ミシェルがいった。それから、手袋をはめるために肩にはさんでいた携帯電話にむかって話しかけた。「シモンズ、きこえる？」

「きこえる」シモンズが答えた。

「こちらルビーレッド。目的地に到着。作戦を進め、システムの遮断を乞う」

ミシェルは電話の反対側にいるジェリー・シモンズの声をききながら待っていた。ルークとその両親が眠っているエリス家で、正面玄関脇とキッチンに設置されているデヴォルト製の防犯アラーム制御盤のライトがすべて消えた。ミシェルは作戦開始の合図を受け、ふたりのチームメイトに親指を突きあげるサインを送った。「オーケイ。準備完了」

ロビンは作戦バッグを肩にかけた——見た目は中程度の大きさの女性用ショルダーバッグそのものだった。三人がミネソタ州ハイウェイパトロールのプレートがついたSUVから降りても、エリス邸の明かりはひとつもつかなかった。三人は一列になって、エリス邸とデスティン邸（ここではロルフがやはり眠っていた——おそらく、女の子と激アツ（ワイルド）なキスをする夢でも見ていたのだろう）のあいだの隙間を歩き、キッチンからエリス家にはいっていった。先頭はロビン——というのも、この家の鍵をもっていたからだ。

三人はガスレンジの前で足をとめた。ロビンが作戦バッグからふたつの小型サイレンサーと、ゴムのストラップがついた三つの軽量ゴーグルをとりだした。ゴーグルをかけると、三人の顔がそろって昆虫めいた風貌を帯びたが、薄暗いキッチンでも明るく見えるようになった。デニーとロビンはスクリュー式のサイレンサーを固定した。ミシェルが先頭に立ち、ファミリールームを通り抜けて玄関ホールに出てから、さらにふたりを階段へと導いた。

三人はゆっくりと、しかし迷いのいっさいない足どりで二階の廊下を歩いていった。廊下に敷かれたカーペットが足音をくぐもらせた。デニーとロビンは最初の閉まっているドアの前で足をとめ、ミシェルはさらに歩いてふたつめのドアの前へ進んだ。それからパートナー二名をふりかえり、スプレー缶を腋の下にはさみこんで、両手の指を広げて見せてきた——《十秒の時間をくれ》という合図だ。ロビンはうなずき、親指を突きあげるサインを返した。

ミシェルがドアをあけて足を踏み入れたのはルークの寝室だった。蝶番がごくかすかに軋んだ。ベッド上の人影（といっても見えていたのはひと房の髪だけだった）がわずかに身じろぎして、すぐ静かになった。夜中の二時ともなれば、子供なら一夜のうちでもいちばん深い眠りに沈み、周囲の世界のこともまったく気づかないはずだが、このルークという少年は明らかにそうではなかった。神童ともなると、普通の子供たちとは睡眠習慣も異なっているのか？　いや、だれがそんなことを知っている？　ミシェル・ロバートスンが知らないのは確かだ。壁には二枚のポスター。どちらもゴーグルのおかげで、昼間の光で見るようにはっきりと見えていた。一枚は空中高く飛んでいるスケートボーダー――膝を折り曲げて両腕を大きく伸ばし、手首をくいっと曲げている姿。もう一枚はラモーンズのポスターだった――ミシェルがミドルスクール在学中によくきいていたパンクバンドだ。いまではもうメンバー全員が死んで昇天し、大空のロッカウェイ・ビーチあたりにいるのではなかろうか――ミシェルは思った。

ミシェルは部屋の反対へむかった。歩きながら、声に出さず歩数をカウントする――四……五……。

六歩めでミシェルの腰が少年の衣類箪笥にぶつかった。上に置いてあったなにかのトロフィーが床に落ちた。落下音はそれほど大きくなかったが、少年は寝返りを打って仰向けになり、目をひらいた。「母さん？」

「そうよ」ミシェルはいった。「どんな願いもかなえてあげる」

少年の目に警戒の光が宿りはじめ、なにかをいおうとしたのだろう、口がひらきかけた。ミシェルは息をとめ、スプレー缶を少年の顔から五センチほどに近づけて中身を噴射した。少年は明かりが消えるように意識をなくした。相手がだれであれ効果は変わらないし、被害者は五、六時間後になんの副作用もなく目を覚ます。薬物漬けになって生きるよりもずっとまし――ミシェルは思いながらカウントをつづけた。七……八……九。

十までカウントすると同時に、デニーとロビンがハーブとアイリーンの寝室に踏みこんだ。踏みこむなり、問題が発生したことがわかった――女がベッドにいなかった。バスルームのドアがあいていて台形の光が床に落ちていた。ゴーグルごしだと眩しすぎる光だった。ふたりは急いでゴーグルを引き剝がして床に落とした。部屋の床は磨かれた硬木で、ふたつのゴーグルの〝かたん〟という落下音は静けさのなかではっきりと響いた。

「ハーブ？」バスルームから低い声がきこえた。「水のコップでも落としたの？」

　ロビンはスラックスの背中のくぼみ部分のベルトからグロックを抜きだしながらベッドに近づき、デニーはバスルームのドアに歩み寄った。もう足音を殺そうともしていないのは、そんなことをしても手おくれだからだ。デニーはドアの横に立って、拳銃を顔の横にかまえた。

　女が寝ていた側の枕は、いまもまだ頭の形にへこんでいた。ロビンはその枕を手にとって男の顔にあてがい、枕ごしに発砲した。グロックからはくぐもった咳のような銃声があがったにとどまり、あとは排気口から出た茶色い煤が枕を汚しただけだった。

　アイリーンが心配顔でバスルームから出てきた。「ハーブ？　どうかした――？」

　その目がデニーをとらえた。デニーはすかさず伸ばした手でアイリーンののどをつかむと、反対の手でグロックの銃口をこめかみに押しつけざま引金を引いた。先ほどとおなじ、抑えた咳のような音があがった。アイリーンの体が滑って床に倒れた。

　そのあいだもハーブ・エリスの両足は意味もなく蹴りだす動作をくりかえし、妻とふたりでつかっていた上掛けを膨らませ、波打たせていた。ロビンはさらに二発を枕ごしに撃ちこんだ。二発めの弾丸は咳より大きな怒鳴り声めいた音をあげ、三発めはさらに大きな音を出していた。

　デニーが枕をとりのけた。「おいおい、おまえは〈ゴッドファーザー〉の見すぎじゃないのか？　あきれたな、ロビン、こいつの頭が半分吹き飛んじまった。このありさまで、いったい葬儀屋がなにをどうすればいい？」

「あたしは仕事をすませた。大事なのはそれだけ」本当のことをいえば、ロビンが枕をつかうのは人を撃ち殺すときに相手を見ていたくないから、命の明かりがすっと消えていくのを見たくないからだ。

「もっと気合いをいれろよ、お嬢さん。それに三発めの銃声は少し大きすぎた。さあ、行くぞ」

　ふたりはゴーグルを拾いあげ、少年の寝室へ急いだ。デニーはルークを両腕でかかえあげてから――少年の体重は四十キロにも満たなかったので造作もなかった――ふたりの女に先へ進めとあごを動かして命じた。一行は来たときのルートを逆にたどり、キッチンを通り抜けた。隣家には明かりひとつついていなかったし（三発めの銃声ですら、隣家の住民を起こすほど大きくなかったのだ）、あたりからきこえるサウンドトラックといえば蟋蟀（こおろぎ）の鳴き声と、はるか遠く――ひょっとしたらセントポールあたり――から響くサイレンの音だけだった。

ミシェルが先頭に立って二軒のあいだの隙間を進み、道路のようすを確かめてから、残るふたりに進んでくるよう合図した。この仕事でデニー・ウィリアムズがきらっていたのはこの部分だ。もし不眠症もちの者がなんの気なしに窓から外をのぞいたところ、夜中の二時だというのに隣家の庭の芝生を三人の人間が歩いていたら、いかにも怪しく見えるだろう。そのうちひとりが死体に見えるものをかついでいたら、いいや、とんでもなく怪しく見えるはずだ。

しかし、ミネアポリスとセントポールをあわせた〝双子都市（ツイン・シティーズ）〟の、ずいぶん昔に他界した大物政治家に由来する名前をもつここ、ワイルダースムート・ドライブはぐっすり眠りこんでいた。ロビンがＳＵＶの歩道に面した側の後部ドアをあけてまず乗りこみ、両腕をさしのべた。デニーがその両腕にルークの体を委ねる。ロビンが抱き寄せると、少年の頭部がロビンの肩の上でぐらりと揺れた。ロビンはシートベルトを手でさぐった。

「やだ、この子ったら涎（よだれ）を垂らしてる」ロビンはいった。

「ええ、人事不省で眠りこんでる人間は涎を垂らすものね」ミシェルはそういって後部ドアを閉め、助手席に乗りこんだ。デニーは運転席に身を滑りこませる。デニーが徐行運転でエリス家から離れるあいだ、ミシェルは銃器類とスプレー缶をしまいこんだ。最初の交差点が近づいてくると、デニーはやっとヘッドライトを点灯した。

「連絡を入れろ」デニーはいった。

ミシェルが前とおなじ番号を携帯に打ちこんだ。「こちらルビーレッド。荷物は入手した、ジェリー。空港への到着予定時刻（ＥＴＡ）は二十五分後。システムの再起動を頼む」

エリス家の防犯アラームが再起動した。いずれ警察があの家に到着したときに見つけるのは、二体の遺体とひとりの行方不明者。いなくなっている少年が必然的に容疑者視されるだろう。あの家の息子は天才少年だというふれこみだったし、その手の子供はいささかいかれたふるまいをしがちなのではないか？　いくぶん精神が不安定だったとか？　いずれ少年を確保したら尋問しよう。なに、あの少年なら苦もなく見つかるはずだ。子供たちが家出をすることはあるが、たとえ天才少年でも隠れてはいられない。

それほど長いあいだは。

7

ルークは自分が見た夢を思い出しながら目を覚ました——悪夢とまではいえないが、あまり愉快ではない夢だったことはまちがいない。夢では見たことのない妙な女がルークの部屋にはいりこみ、顔の左右両側にブロンドの髪を垂らしてベッドにかがみこんで、顔を寄せていた。《そうよ、どんな願いもかなえてあげる》女はそういっていた。たまにロルフとふたりで見るポルノ動画に出てくる女そっくりに。

ルークは上体を起こして、周囲を見まわした。最初はまたちがう夢を見ているのだろうと思った。たしかにここは自分の部屋だった——おなじ青い壁紙、貼ってあるポスター類もおなじ、リトルリーグのトロフィーがならぶ衣類箪笥もおなじ。でも窓はどこにあるんだ？　自室からロルフの家を見渡せる窓がどこにもなかった。

ルークは力いっぱい目をつぶり、一気に瞼をひらいた。変化なしだ——窓のない部屋は、変わらず窓がないまま。自分で自分をつねってみようかと思ったが、あまりに陳腐な手口に思えた。代わりに指先で頰をとんとんと叩いてみた。やはり、なにもかも以前のままだった。

ルークはベッドから降り立った。服は前の晩に母親がまとめて置いたとおりの場所にあった——下着、ソックス、Tシャツは椅子の座面に、ジーンズは折り畳まれて椅子の背にかけてある。ルークは窓があるべき箇所を見つめたまま、ゆっくりと服を身につけていき、最後に腰かけてスニーカーを履こうとした。側面に名前の頭文字が《LE》と書きこまれていた。それはいい。しかし、《E》の字の中央の横線がわずかに長すぎる。そのことには確信があった。

ルークはスニーカーをひっくりかえし、靴底にあるべき砂粒や汚れをさがした。ひとつも見つからなかった。これで確信は百パーセントになった。これは自分のスニーカーではない。靴紐もおかしい。あまりにもきれいすぎる。それでいて、スニーカーは足にぴったりだった。

ルークは壁に近づいて両手をあてがい、ぐいっと押しつけ、壁紙の下にあるはずの窓の感触をさぐった。窓はなかった。

ひょっとしてぼくは、いきなりぷっつんと正気をなくしたのだろうか？　M・ナイト・シャマラン監督のおっかない映画に出てくる子供みたいに？　高度な知能をそなえた子供たちは、精神が崩壊しやすいのではなかったか？　しかし、ルークは正気をなくしてはいなかった。ゆうべ眠りについたときと変わらず、正気をたもっていた。映画では頭のいかれた子供たちはみな、自分は正気だと思いこむ——シャマランならではのひねりはそこから生まれる。しかし、これまで読んだ心理学関係の本によれば、正気をなくした人々の大多数は正気をなくしたことに自覚的だという。しかし、ルークにそんな自覚はなかった。

小さな子供だったころ（十二歳からすれば五歳は小さな子供だ）、ルークは政治家が選挙運動にあたって配るバッジのコレクション熱に浮かされていた時期があった。父親はルークのコレクションを充実させることに喜んで手を貸してくれた。ほとんどのバッジは、ネットオークションのeBay(イーベイ)で安く入手できた。ルークがひときわ夢中になったのは（とはいえその理由は、自分自身にさえ説明がつかなかったのだが）、大統領選挙に出馬して負けた候補者のバッジだった。収集熱はやがて冷め、あつめたバッジの大多数はいまでは這わずには進めない屋根裏か地下室にしまいこまれたままだろうが、幸運のお守り代わりに手もとに置いていたバッジがひとつだけあった。青地で周囲を**《ウィルキーに翼(ウイングス)を》**という文字が取り巻いていた。ウェンデル・ウィルキーは一九四〇年の大統領選挙にあたって当時現職だったフランクリン・ルーズヴェルトの対立候補として出馬したが、選挙人投票では得票が八十二票、四十八州のうち十州しか勝てずに大敗を喫した。

ルークはウィルキーの選挙バッジを、リトルリーグで獲得したトロフィーのカップに入れていた。いまカップをさぐってもバッジはなかった。

次にルークがむかったのは、〈バードハウス〉のスケートボードに乗っているトニー・ホークの写真のポスターだった。一見なにも問題はなさそうだったが、そうではなかった。ポスター左側に小さく破れた箇所があったはずだが、これにはなかった。

自分のスニーカーじゃない。自分のポスターじゃない。ウィルキーのバッジがない。

ここはルークの部屋ではなかった。

胸の奥でなにかが落ち着きなくはばたきはじめた。その動きをとめようとして、ルークは何回か深呼吸をくりかえした。それからドアに近づき、ドアノブをつかんだ。どうせ施錠されていると知らされるだけだろうと思った。

ところが鍵はかかっていなかった。しかしドアをあけた先にあった廊下は、ルークが十二年プラスアルファを過ごした家の二階の廊下とはまるきり異なっていた。木のパネルが張られていた壁はコンクリートブロックを積んだ壁に変わっていて、おまけにブロックは工場を思わせる緑色のペンキを塗られていた。ドアの向かいの壁には、ルークと同年代とおぼしき三人の子供たちが、丈の高い草が生えている草原を走っている写真があしらわれたポスターが貼ってあった。ひとりの子供は高々とジャンプしたまま凍りついていた。三人とも頭がいかれているか、さもなければ楽しすぎてハイになっているのだろう。写真の下に書かれたメッセージからは、後者の見立てが正しいことが察せられた。そこには《**きょうも楽しい楽園の一日**》とあった。

ルークは廊下に踏みだした。右を見ると、廊下の突き当たりに病院などの施設にあるような両びらきのドア——プッシュバーがそなわっているタイプ——があるのが見えた。左を見ると、やはり病院にあるようなおなじドアがあって、そこから三メートルばかり手前の床にひとりの女の子がすわりこんでいた。ベルボトムジーンズを穿き、袖がふわふわに膨らんだブラウスを着ていた。黒人だった。見たところルークとほぼ同年代らしかったが、少女はタバコを吸っているようだった。

8

ミセス・シグスビーはデスクについて、コンピュータの画面を見つめていた。着ているのはＤＶＦ——〈ダイアン フォン ファステンバーグ〉——の誂えのビジネススーツだが、この服も痩身という言葉ではあらわせないほど痩せた体をカバーできてはいない。白髪混じりの髪は完璧に整えられている。ドクター・ヘンドリクスは、ミセス・シグスビーの肩の後方に立っていた。やあ、おはよう、かかし女――胸の裡でそう思うものの、そんな言葉を口に出すことはなかった。

「さてと」ミセス・シグスビーはいった。「あの男の子の到着ね。ここへの最新の到着者。名前はルーカス・エリス。生まれて初めて、そして生涯ただ一度になるガルフストリーム型のプライベートジェットのフライトを体験していながら、そのこともまったく知らない。どこからどう見ても天才児そのもの」

「天才でいられるのも、そう長いことではないだろうね」ドクター・ヘンドリクスはいい、トレードマークになっている笑い声をあげた――最初に息を吐き、つづけて息を吸いこむ笑い方で〝ヒー・ホー〟ときこえる。これが突きでた前歯と極端な長身――身長は約二メートル――とあいまって、この技術者にぴったりのニックネームのもとになっていた。すなわち〝ドンキーコング〟だ。

ミセス・シグスビーは顔をうしろへむけ、ドクター・ヘンドリクスにいかめしい顔をむけた。「費用はわたしたちの経費から出てるのよ。安っぽい冗談のネタにしていい話じゃないわ、ダン」

「すまない」ドクター・ヘンドリクスは、そのあとに《でも、だれを騙そうとしてるんだい、シグちゃん？》とつづけたくなった。

そんな言葉を口にするのは得策ではないし、そもそもがレトリックにすぎなかった。ミセス・シグスビーが自分自身はもちろん、だれかを騙そうとしてなどいないことはわかっていた。このミセス・シグスビーという女は、たとえるなら氏名不詳のナチの悪党と同様の人物である――アウシュヴィッツ収容所の入口に《労働は自由への道（アルバイト・マハト・フライ）》という標語をかかげる決定をくだした人物と。

ミセス・シグスビーは、新顔の少年の身柄受入書をかかげた。書類の右上の隅に、ヘンドリクスがピンクの丸い付箋を貼りつけていた。「このピンクの付箋からなにかを学んだためしがあるの、ダン？　およそどんなことでも？」

「学んでいることとは、あなたも知っているはずだよ。結果を目にしているんだから」

「ええ、たしかに。でも価値が立証されたことはある？」

有能なるドクターが答えに詰まっているあいだに、秘書のロザリンドが部屋に顔を突きいれてきた。「ミセス・シグスビー、ごらんいただきたい書類があります。さらに五人が到着予定です。そちらのスプレッドシートには表示されていると思いますが、予定よりも早まったので」

ミセス・シグスビーは満足顔だった。「五人全員がきょうのうちに？　わたしが正しく暮らしてきたことのおかげね」

ヘンドリクス（別名ドンキーコング）は思った。せめて〝まっとうな暮らし〟といえないのか？　どこかでほころびをつくってるかもしれないぞ。

「きょう来るのはふたりだけです」ロザリンドはいった。「正確には今夜ですね。エメラルド・チームからです。残り三人はあした――こちらはオパール・チームです。四人がＴＫ。ひとりがＴＰで、この少年が大収穫です。ＢＤＮＦ値が九十三ナノグラムですもの」

「エイヴァリー・ディクスンでしょう？」ミセス・シグスビーはいった。「ソルトレイクシティの」

「オレムです」ロザリンドはおなじユタ州の別の都市の名前を口にした。

「オレムから来たモルモン教徒か」ドクター・ヘンドリクスがいい、〝ヒー・ホー〟という笑い声をあげた。

その少年が大収穫。なるほど――ミセス・シグスビーは思った。ディクスンのファイルにはピンクの付箋は貼られない。そんなことをするには貴重すぎる才能だ。注射する薬剤は最少量にとどめ、痙攣発作の危険を避け、溺死による臨死体験はさせない。ＢＤＮＦ値が九十以上なのだから。

「すばらしいニュース。ほんとにすばらしい。ファイルを用意したら、わたしのデスクに置いておいて。メールでも送ってもらえる？」

「もちろんです」ロザリンドはほほえんだ。世界の趨勢は電子メールだが、ミセス・シグスビーが画素（ピクセル）よりも紙を好んでいることはふたりとも知っていた――その意味では守旧派だ。「ファイルは〝なるはや（ＡＳＡＰ）〟でお届けします」

「コーヒーもお願い――そっちも〝なるはや（ＡＳＡＰ）〟でね」

それからミセス・シグスビーはドクター・ヘンドリク

スにむきなおった。かなりの長身でありながら、この科学者はずいぶんな太鼓腹でもあるのね、とミセス・シグスビーは思った。医師として肥満が危険だということは本人も承知しているはずだ。これだけ長身の男ならなおさらだ——そもそも、血管とリンパ管から成る脈管系の負担が最初から大きいからだ。しかし医学的な現実を無視することにかけては、医療関係者にかなう者はいない。

　ミセス・シグスビーもヘンドリクスもTPではないが、この瞬間にかぎってはおなじことを考えていた——おたがいこうして憎みあっているのではなく、むしろ好意をいだきあっていれば、どれほど仕事が簡単に進められることか、と。

　部屋にまたふたりだけになると、ミセス・シグスビーは椅子の背にもたれ、のしかかるようにして立つドクター・ヘンドリクスを見あげた。「若きマスター・エリスの知性が、この〈研究所(ジ・インスティテュート)〉でのわたしたちの仕事に影響しないという意見には賛成よ。IQが七十五程度ならそうなっていたでしょうけど。でも、エリス少年を早めに回収してきた理由もそこにある。あの少年はAクラスの大学から入学許可を得ていた。それも一校ではなく二校から——MITとエマースンよ」

　ヘンドリクスは目をぱちくりさせた。「たった十二歳で?」

「ええ、本当。エリス少年の両親が殺され、そののち少年本人が行方不明になった事件はニュースで報道されるでしょう。一週間ばかりはネットの世界で波紋が広がりこそすれ、しょせん〝双子都市(ツイン・シティーズ)〟の外ではそうビッグなニュースにはなりっこない。でも、ボストンのアカデミックな世界で派手な騒ぎのひとつも起こしたあとで失踪したとなれば、かなり大きなニュースとして報道されるはず。あの手の子供はニュースでとりあげられがちよ——とりわけ、〝世界びっくり仰天!〟系のニュース番組にね。わたしがいつも口にしているのはどういう言葉だったっけ、ドクター?」

「わたしたちの仕事の場では、ニュースがないのがよいニュース」

「そのとおり。世界が完璧だったら、この男の子には手出しをせずにほうっておいたでしょうね。それでなくてもTKはそれなりに潤沢に確保しているし」ミセス・シグスビーは身柄受入書のピンクの丸い付箋を指で叩いた。

「ここからもわかるとおり、エリス少年のＢＤＮＦ値はそれほど高くない。ただし……」

　最後まで口に出す必要はなかった。世の中にはどんどん稀少になっている品がある。象の牙。虎の毛皮。犀の角。レアメタル。さらには石油さえも。そこに、こうした特別な子供たちを追加してもいい。そんな子供たちの特殊能力は、彼らのＩＱとはなんの関係もなかった。今週はディクスン少年を含めて、あと五人の子供たちがやってくる。かなりの収穫だ。しかし二年前なら、三十人が運ばれてきてもおかしくなかった。

「ほら、見て」ミセス・シグスビーはいった。コンピューターの画面に、新しく到着したばかりの少年が〈前半分（フロントハーフ）〉の最古参の居留者のもとに近づいていくようすが映っていた。「あの男の子は、もうじき〝頭が切れすぎて自分のためにならない〟ベンスンの女の子と会うのね。で、カリーシャ・ベンスンは男の子に情報を……あるいはあの子なりの情報をきかせるわけ」

「まだ〈フロントハーフ〉にいるのか」ヘンドリクスがいった。「これならあの女の子をいっそ公式の新人出迎え係に任命するべきなのかも」

ミセス・シグスビーはもっとも冷ややかな笑みをむけた。「その役目なら、あの子のほうがあなたより巧くこなせるわね、ドク」

　視線を下へむけたヘンドリクスは、こんな言葉を吐きたくなった。《こんなふうに高い視点で見おろすとね、あんたの髪の毛がどれほど速いペースで薄くなってるかがよくわかるよ。これはね、軽症とはいえ長くつづいている食欲不振の影響だ。あんたの頭皮ときたら、アルビノの兎の目みたいなピンクじゃないか》

　ヘンドリクスがこの女に――文法の正確さを旨としつつ胸のふくらみの皆無な〈研究所〉の首席統括官に――いってやりたい言葉は多々あったが、それを口に出したためしはなかった。口に出すのは賢明とはいえなかったからだ。

9

コンクリートブロックづくりの廊下には、ほかのドアやさらなるポスターがならんでいた。少女は、おたがいにひたいをつけあい、にたにたと馬鹿丸出しに笑っている黒人少年と白人少女をとらえた写真のポスターの下にすわっていた。写真の下には《**わたしは幸せを選んだの!**》という文字があった。

「このポスター、気にいった?」黒人少女がいった。近づいてから改めてよく見ると、少女の口にぶらさがっているタバコと見えたものは菓子だとわかった。「できることなら《**幸せ**(ハッピー)》を書き換えて《**わたしはクズ**(クラッピー)**を選んだの!**》とでもしたいけれど、そんなことをしたらペンをとりあげられちゃうかも。いたずらをしても大目に見てもらえることもある。でも、見逃してくれないこともあるんだ。で、めんどくさいのは、どっちに転ぶのかが前もってわかりっこないこと」

「で、ぼくがいるのはどこ?」ルークはたずねた。「ここはなに?」いいながら泣きたくなってきた。そんな気持ちになったいちばん大きな理由は、方向や時間の感覚を完全になくしたことだろうとも思った。

「ようこそ、〈研究所〉へ」

「ぼくたちはまだミネアポリスにいるの?」

少女は笑った。「まさか。〈オズの魔法使い〉じゃないけど、ここはもうカンザスでさえないんだよ、トト。わたしたちがいるのはメイン州。それもど田舎・山のなか。っていうか、モーリーンによればそういうことになってる」

「メイン州だって?」ルークはこめかみにパンチを食らったかのような気分で頭をふった。「まちがいない?」

「まあね。なんだか顔色がすっごく白いよ、いくら白人坊やでもね。ぶっ倒れる前に腰をおろしたほうがいいみたい」

ルークはすわろうとしたが両足がうまく曲がらなかったので、片手を壁について体を支えた。結果、すわるというよりもへたりこむような動作になった。

「ぼくは家にいた」ルークはいった。「家にいたんだ。で、目が覚めるとここにいた。部屋はぼくの部屋そっくりだったけど、でもぼくの部屋じゃない」

「うん、知ってる」少女がいった。「そりゃもうショックだよね」いいながら少女は自分のスラックスのポケットをもぞもぞと手でさぐって箱を抜きだした。箱には投げ縄をくるくるとまわしているカウボーイのイラスト。

《ラウンドアップ・キャンディ・シガレット》と商品名が書いてある。**《父さんみたいに一服しよう！》**とも書いてあった。「一本どう？　ちょっとばかり糖分を体に入れると頭の働きに効き目があるかも。わたしの場合にはいつも効くんだ」

　ルークは箱を受けとり、フラップ式のふたをあけた。箱のなかには六本のタバコが残っていた。どれも先端が赤く着色されているのは熾（おき）のつもりだろう。ルークは一本抜きだすと、唇にくわえて、ぽきんと半分に折った。口のなかに甘味が一気にあふれた。

「本物のタバコでそんな真似をしちゃだめ」少女はいった。「半分もおいしい味がしないから」

「いまでもこんなお菓子が売られてるなんて知らなかった」ルークはいった。

「売られてないに決まってる」少女はいった。「父さんみたいに一服しよう？　冗談きつすぎ。まちがいない、アンティークだよ。でも、ここの売店はマジで変てこな品も売ってる。信じてもらえないかもだけど、マジもんのタバコもね。どれも本物、ラッキーストライクにチェスターフィールドにキャメル。〈ターナー・クラシック・ムービー・チャンネル〉でやってる昔の映画に出てくるタバコそのまんま。吸ってみたくなったけど、でも無理無理、すごくたくさんのトークンがかかるんだから」

「本物のタバコ？　まさか子供たちに売ってるんじゃないよね？」

「ここに暮らしてるのは子供たちだけだよ。っていっても、いまじゃこの〈フロントハーフ〉に暮らしてる子はあんまり多くないけど。モーリーンはもうじき仲間が増えるって話してる。あの人がどこから情報を仕入れてるかは知らないけど、いつも確実な話なんだ」

「子供相手にタバコを売ってる？　ここはなんなんだよ？　〈遊びの島（プレジャー・アイランド）〉かい？」そうはいったが、いまのルークはあまり遊んでいる気分ではなかった。

　このルークのひとことが少女の心を一気にひらいた。

「それって〈ピノキオ〉に出てきた島だ！　すっごくわかる！」

　少女が手を伸ばした。ルークはその手にハイタッチをした。多少は気分が晴れた。理由はよくわからないが。

「あんた、名前は？　この先ずっと白人坊やって呼ぶわけにもいかないでしょ？　それって人種的ステロタイプだもんね」

「ルーク・エリス。きみの名前は？」

「カリーシャ・ベンスン」少女は指を一本立てた。「さてと、しっかり話をきいてね、ルーク。わたしをカリーシャと呼んでもいいし、省略してシャーと呼んでもいい。でも、〝いい子〟とだけは呼ばないで」

「それはどうして？」いまも自分の置かれた立場を把握しようとしていたが、なにもわからなかった。手がかりすら得られていない。ルークはタバコの残り半分――先端に燠が描かれている側――を食べた。

「ヘンドリクスとそのお仲間のぼんくら連中が、わたしたちに注射をしたり検査をしたりするときにつかう呼びかけだから。『さあ、これから腕に針を刺すよ。ちくんと痛いけど、いい子にしてるんだ。これから、のどの組織のサンプルをとるよ。クソったれ(ファッキン)な蛆虫みたいで〝おえっ〟てしちゃうけど、いい子にしてるんだ。それからきみをタンクに沈めるよ。でもきみは息をとめて、いい子にしてるんだ』てな感じ。だから、あんたには〝いい子〟って呼ばれたくない」

　検査がらみの話はろくに耳に入れていなかったが、ルークはこの件をあとあと考えることになる。思わずぎょっとしたのは〝クソったれ(ファッキン)〟という卑語だった。たくさんの男の子の口からきいたことはあったし（そもそもルークだってロルフと外出したときには、しじゅうその単語を口にしていた）、大学進学適性試験(SAT)でしくじったかもしれない赤毛の愛らしい少女も口にしていたが、同年代の女の子の口からはきいたことがなかった。それもこれも、自分が世間から守られて暮らしてきたからだろう。

　カリーシャがルークの膝に手をかけて――その感触に体がぞくりと震えた――真剣な顔で見つめてきた。「でも、アドバイスしとくね。とにかく調子をあわせ、どんなに腹が立っても、のどになにを押しこめられ、ケツ穴になにを突っこまれても〝いい子〟にしてること。タンクのことはよく知らない――まだその検査をされたことがなくて、話をきいただけだから。でも、これだけは知ってる。あいつらがいろんな検査をつづけてるかぎり、その子は〈フロントハーフ〉にとどまっていられるってこと。〈うしろ半分(バックハーフ)〉でなにがおこなわれてるかは知らないし、知りたくもない。知ってるのは、〈バックハーフ〉がごきぶりホイホイ(ローチ・モーテル)同然ってことだけ――子供たちがはいっていくことはあっても、ひとりも出てこない。とにかく、こっちへ帰ってくることはないの」

ルークは自分が歩いてきたほうをふりかえった。啓発標語の書かれたポスターがほかに何枚も貼られていた。ドアもたくさんあった——左右両側に八つばかりのドアがならんでいる。「ここには何人の子供がいるの？」

「五人——あんたとわたしを入れて。〈フロントハーフ〉が混みあうことはないけど、いまはまるでゴーストタウンね。子供たちがあらわれては去っていく」

「ミケランジェロについて語りながら」ルークはぼそりとT・S・エリオットの詩の一節をつづけた。

「はあ？」

「いや、なんでもない。それでさ——」

廊下の近いほうの突き当たりにある両びらきのドアがあいて、茶色の服を着た女が姿をあらわした。女はルークたちに背をむけていた。ドアを尻で押さえてあけたまま、なにかと格闘しているようだった。「ねえ、モーリーン、ちょっと、ちょっと待ってなよ。わたしたちが手伝うからさ」カリーシャがすかさず立ちあがった。

〝わたし〟ではなく〝わたしたち〟だったので、ルークも立ちあがってカリーシャのあとを追った。近づくと、茶色の服がじっさいには制服の一種だとわかった。それも一流ホテルの部屋係が着るような制服だ——いや、そこそこの一流ホテルだろうか。ギャザーのような飾りがいっさいない。モーリーンと呼ばれた女は洗濯物のバスケットを引っぱり、この廊下とドアの向こう側の広い部屋を仕切っている床の金属レールを乗り越えさせようと四苦八苦していた。向こうの部屋はラウンジの一種のようだった——テーブルと椅子がならび、窓からは日ざしがふんだんに射しこんでいた。それから映画のスクリーンほどのサイズがある大型テレビ。カリーシャは両びらきのドアの残り半分をあけて、スペースをつくった。ルークは洗濯物バスケットの把手をつかみ（側面に帆布メーカーのブランド〈ダンダックス〉の文字があった）、女を手伝ってバスケットを内側の廊下に引きいれた。こちらの廊下をルークは〝寄宿舎の廊下〟と考えるようになっていた。バスケットのなかにはシーツやタオルが詰まっていた。

「ありがとう、坊や」モーリーンはいった。髪にかなりの白髪がまじった高齢の女性で、いかにも疲れた顔つきだった。左の乳房がつくるスロープにかかった名札には《**モーリーン**》とあった。「あんたは新顔だね。そう、ルークだろ？」

「ルーク・エリスです。どうしてぼくの名前を？」

「業務日程表に書いてあったよ」モーリーンはポケットから折り畳んだ紙を半分引きだし、すぐまた押しこめた。

ルークは教わった作法どおりに手を差しだした。「お会いできてうれしいです」

モーリーンがその手を握った。親切そうに見えた――だから、この女性と会えてうれしいと思っているのは事実だろう。しかし、こんな場所にいることにはうれしさを感じていなかった――いまルークは怯え、自分の身ばかりか両親のことも心配していた。いまごろ両親はぼくがいなくなったことに気づいているだろう。両親ならぼくが家出をしたとは信じないだろうが、もぬけのからになった寝室を目にしたら、家出以外にどんな結論を出せるというのか？　もうじき警察がぼくのことを捜索しはじめる。でもカリーシャのいうことが正しかったら、警察はここからずっと遠く離れたところをさがすだけだ。

モーリーンの手のひらは温かくて乾いていた。「あたしはモーリーン・アルヴォースン。家事だのなんだの、よろず雑用引き受け係さ。あんたの部屋も、あたしがいつもきれいにしとくよ」

「いっておくけど、モーリーンの仕事を余計に増やすような真似はやめときな」カリーシャはいい、脅しつけるような顔でルークをにらんだ。

モーリーンはにっこり笑った。「あんたはやさしい子だね、カリーシャ。ニッキーとちがって、この男の子は部屋を汚すようなことはなさそうだ。あの子は、スヌーピーの漫画に出てくるピッグペンって男の子にそっくり。いまあの子は部屋かな？　外の運動場にジョージとアイリスはいたけど、ニッキーは見かけなかったからさ」

「ニッキーがどんな子かは知ってるでしょ」カリーシャはいった。「午後一時前に起きられたら、その日は早起きの日だっていう子」

「だったら、あたしはほかの部屋を片づけちゃおう。でもドクたちがニッキーを一時に呼んでる。そのときになってもまだ起きてなければ、ドクたちが起こすね。あんたに会えて、あたしもうれしかったよ、ルーク」そういうとモーリーンはバスケットを引っぱるのではなく、うしろから押して先へ進んでいった。

「おいでよ」カリーシャがそういってルークの手をとった。両親のことを心配していようといまいと、素肌の触れあいにまたルークの体がぞくりと震えた。

　カリーシャはルークをラウンジエリアに引っぱりこんだ。ルークはこの広い部屋をすっかり見てまわりたかったし、わけても自動販売機を調べたかったが（本物のタバコを売ってるなんて、そんなことがあるか？）、ふたりの背後でドアが閉まるなりカリーシャが顔をルークの顔にぐっと近づけ、それこそ怖いくらい真剣な顔で見つめてきた。

「あんたがこの先どのくらいここにいるかはわからない――それをいうなら、わたし自身があとどのくらい、ここにいるかもわかんない。でも、ここにいるあいだは、モーリーンと仲よくしておくこと――わかった？　ここには陰険なクソ頭たちがどっさりいるけど、モーリーンはちがう。親切なの。おまけに悩みごとを抱えてるし」

「どんな悩みごと？」そう質問したが、これはもっぱらお義理の質問だった。ルークは窓の外、先ほど話に出た運動場とおぼしき場所を見つめていたのだ。運動場にはふたりの子供がいた――ひとりは少年、もうひとりは少女。どちらもルークと同い年か、わずかに年上だろう。

「モーリーンはね、自分が病気なんじゃないかって思ってて、でもお医者に行きたいとは思ってない。それはね、病気になっていられるほどのお金の余裕がないから。ここで一年にもらえるのは四万ドル。なのに、あの人が一年に受けとる請求書はぜんぶあわせればその二倍にはなる。ううん、それ以上かも。結婚相手がお金をぜんぶつかっちゃったあげく家出しちゃった。しかも借金はどんどん増えていくんだよ。利息でね」

「ヴィグってやつだ」ルークはいった。「父さんがそんなふうに呼んでた。高利貸しに払う利息（ヴィゴリッシュ）っていう単語を縮めた言葉。もともとは利益とか勝利とかをあらわすウクライナ語だったんだ。ヴィグは、ギャング連中がつかうギャング語。父さんは、クレジットカード会社なんか基本的にはギャング商売だっていってる。で、クレカの会社から請求される複利の金額に応じて、父さんが受けとるのは……」

「なにを受けとるの？　ポイント？」

「まあね」ルークは運動場で遊んでいるふたり――おそ

らくジョージとアイリスだろう——を見るのをやめてカリーシャに視線をむけた。「でも、そんな話をモーリーンからそっくりきいたの？　子供にそんな話を？　きみって、個人内関係性（イントラパーソナル・リレイションシップス）をつくる達人にちがいないな」

　カリーシャは驚きにきょとんとした顔になり、つづいて笑いはじめた。派手な高笑いだった——それも両手を腰にあてがって、顔を大きくうしろに反らせながら笑っている。そんなふうに笑うと、カリーシャは子供ではなく一人前の女に見えた。「個人間関係性（インターパーソナル・リレイションシップス）とはね。あんたって口がすごく達者じゃん、ルーキー」

「〝個人内（イントラ）〟だよ、〝個人間（インター）〟じゃない」ルークはいった。「きみが……その……ひとつのグループ全員と会っているのでないかぎりね。そのグループの人たちにクレジット関連のカウンセリングなんかをしてるとか、そういうケース」ルークはいったん言葉を切った。「えっと、ただのジョークだよ」しかも不出来なジョークだった。オタクっぽいジョーク。

　カリーシャは賛嘆しきりの目つきでルークをまじまじと見つめた——頭のてっぺんから足先まで視線を落としたあとで、ふたたび顔を見る。視線をむけられたことで、ルークはふたたびあの決して不愉快ではない体の震えに見舞われた。「あんたって、どこまで頭が切れるんだろうね？」

　ルークはいささか面はゆいものを感じながら肩をすくめた。ふだんなら知識をひけらかすような真似は控えている——この世界で友人をつくったり他人を動かしたりするには最悪の方法だからだ——いまは狼狽し、気が動顚し、不安に苛まれ、おまけに（いっそみずから認めたほうがましだ）クソをちびりそうなほど怯えきっていた。いま体験している事態に《誘拐》というラベルを貼らずにすませていることが、ますます困難になっていた。なんといっても自分はまだ子供で、眠っていた。それなのに——カリーシャの言葉が正しければ——目を覚ましたときには自宅から二千キロばかりも遠く離れたところにいた。両親は反対をとなえることもなく、実際に抵抗することもないまま自分を引きわたしたのか。そんなことはありそうもない。自分の身になにが起こったにしても、その事態が進行しているあいだ両親が眠ったままだったことをルークは祈った。

「めっちゃくちゃ頭がいいんだろうね、きっと。あんたはＴＰなの？　それともＴＫ？　ＴＫじゃないかなって思ってるけど」

「きみがなにを話してるか、さっぱりわかんない」

いや、本当はわかっているのかも。ルークは、たまに食器棚のなかで皿がかたかたと鳴ることやときおり自室のドアがひとりでに開閉することを思い、〈ロケット・ピザ〉の店でアルミ皿が小刻みに震えていたことを思い出していた。ＳＡＴの当日にゴミ箱がひとりでに動いていたことも。

「ＴＰはテレパシー。ＴＫは――」

「念動力(テレキネシス)」

カリーシャはにっこり笑って、ルークに指をつきつけた。「ほら、あんた、マジで博士くんじゃん。そうだよ、念動力。ここに来る子供はみんなそのどっちか――両方の力をもってる者はいない。っていうか、医療技師はそういってる。わたしはＴＰ」最後の言葉にはいささかの自負の響きがあった。

「きみは人の心を読めるんだ」ルークはいった。「なるほど。祈りの文句じゃないけれど、毎日ずっと心が読める、日曜日には二倍も読める、ってわけね」

「疑ってるならいうけどさ、モーリーンのことをわたしがどうやって知ったと思う？　あの人はここのだれにも悩みを打ち明けていなかった。そういうタイプの人じゃないから。それにわたしも、そんなに詳しく知ってるわけじゃない――知ってるのは大まかなことだけ」カリーシャは考えこんだ。「ほかには赤ちゃんのことがある。気味わるいんだよ。前にいっぺん子供がいるのかってきいたことがある。子供はいないって答えだった」

カリーシャは肩をすくめた。

「ずっと前から読めたんだ――読めたり読めなかったり、いつもってわけじゃない。でも、心が読めたからってスーパーヒーローなんかじゃなかった。もしそうなってれば、こんなところから脱走してやる」

「じゃ、本気で話してるんだね？」

「うん。じゃ、最初のテストをしてみようよ。これから何度もあるテストの第一回。いまわたしは一から五十までの数字のうち、ひとつを考えてる。その数字はなに？」

「ぜんぜんわかんない」

「ほんとに？　嘘じゃなく？」

「嘘なんかじゃないって」ルークは部屋のいちばん奥に

あるドアに歩みよった。外では少年がバスケットボールのゴールにむかってボールを投げ、女の子はトランポリンの上でぴょんぴょん跳ねていた——といっても高度なテクニックを披露するのではなく、腰落ち(シートドロップ)をくりかえし、たまに体をツイストさせる程度だ。ふたりとも運動を楽しんでいるようには見えなかった——どちらも時間をつぶしているだけにしか見えなかった。「あそこにいるのがジョージとアイリスだね？」

「そうだよ」カリーシャがルークの隣にやってきた。「ジョージ・アイルズとアイリス・スタンホープ。ふたりともTK。TPのほうがより珍しい(レアラー)。ねえ、博士くん、言葉はこれでいいの？　それとも〝もっと珍しい(モア・レア)〟っていう？」

「どっちでもまちがいじゃないけど、ぼくなら〝もっと珍しい(モア・レア)〟をつかうな。〝より珍しい(レアラー)〟は、なんだか船外モーターを動かしはじめるときの音みたいだ」

カリーシャはこの言葉に数秒ばかり考えこんでから笑い声をあげ、またルークに指を突きつけた。「うまいね」

「ぼくたち、外に出られる？」

「もちろん。運動場のドアは、いつでも鍵があきっぱなし。でも、あんまり長いこといたいところじゃないよ。ここってすごい山奥だから、とにかく虫がやたらに多いんだ。バスルームの薬品戸棚(メディスンキャビネット)に、虫よけ剤の〈ディート〉がある。ちゃんとつかったほうがいい。それも本気でたっぷりとね。モーリーンは、トンボが羽化しはじめたら虫もだんだんましになるって話してるけど、まだトンボは一匹も見かけてない」

「いっしょにいて楽しい子たちかな？」

「ジョージとアイリスのこと？　うん、そうだね。だってほら、わたしたち野獣とかじゃないし。ジョージは会ってから一週間。アイリスのほうは、ここへ来たのが……んーと……十日前か。ま、そのくらい。わたしのあとから来て、ここでいちばん長いのはニッキー。ニック・ウィルホルム。〈フロントハーフ〉では、意味のある関係を結ぼうなんて夢をもっちゃだめだよ、博士くん。さっきもいったけど、子供たちがあらわれては去っていくの。ついでだけど、だれもミケランジェロの話なんかしないよ」

「きみはここへ来てどのくらいになるの、カリーシャ？」

「だいたい一カ月。ここじゃ古株ね」

「だったら、ここでなにがおこなわれているかをぼくに教えられる？」ついでルークはあごを動かして、外にいるふたりを示した。「あのふたりはどうかな？」

「わたしもあのふたりも、知ってることは話してあげられるし、雑務係や技師からきかされた話も教えられる——でも、あいつらの話はほとんど嘘だと思うな。ジョージもおんなじふうに感じてる。アイリスは、いまはもう……」カリーシャはけたけた笑った。「うん、いまじゃドラマ〈X‐ファイル〉に出てくるFBIのモルダー捜査官そっくり。つまり、信じたがるようになっちゃった」

「信じるってなにを？」

ルークにむけた目つき——知恵深くもあり寂しくもある目つき——のせいで、カリーシャはこのときも子供ではなく、一人前の大人になったように見えた。「つまり、ここにいるのも人生という壮大なハイウェイのちょっとした寄り道にすぎないし、最後の最後でみんな丸くおさまって、〈スクービー・ドゥー〉みたいにめでたしめでたしになるはずだって、そう信じたがってるわけ」

「きみの家族はどこに？　きみはどうやってここへ来たの？」

大人っぽい顔つきが消えていった。「その手の話、いまはしたくない」

「オーケイ」ひょっとしたらルークもその話題は避けたいのかもしれない。すくなくとも、いまのところは。

「それからニッキーと会ったら、大声でわめきだしても心配しないで。大声でわめくのはニッキーのガス抜きの方法だし……それに怒鳴り文句のなかには……」カリーシャは考えこんだ。「すっごくおもしろいものもあるんだから」

「きみがいうならそうなんだろうね。ひとつ、お願いしてもいい？」

「もちろん——わたしにできることなら」

「ぼくを博士くんって呼ぶのをやめてほしい。ぼくにはルークという名前がある。だから名前で呼んでくれ」

「それならできる」

ルークはドアに手を伸ばした。しかし、カリーシャがルークの手首に手を置いてとめた。

「外に出る前に、あとひとつだけ。ね、こっちむいて、ルーク」

ルークはその言葉に従った。背はカリーシャのほうが二、三センチ高かったかもしれない。カリーシャがキスをするつもりだということは、現実にキスされるまではわからなかった――しかも唇と唇をしっかり重ねる本格的なキス。そればかりか、一、二秒とはいえルークの唇の隙間に舌先まで滑りこませてきた。これがただの体の震え以上のものを、それこそ指先を電気のソケットに突っこんでしまったかのようなショックをもたらした。これこそルークにとって本物のファーストキス。これぞ正真正銘の〝激アツなキス（ワイルダースムーチ）〟だ。ロルフのやつ、さぞや羨むだろうな、とルークは思った（といっても、ショックの余波が許してくれた範囲内だけで思っただけだ）。

カリーシャは満足顔で離れた。「勘ちがいしないで――真実の愛とか、そんなんじゃない。好意があるかどうかもわかんないけど、ま、そうかもしれないね。ここに来てから最初の一週間、わたしは隔離されてた。〝粒々の注射（ショッツ・フォー！ドッツ）〟もされなかった」

カリーシャは菓子類の自動販売機の横の壁に貼られているポスターを指さした。椅子に腰かけた少年が、白い壁に描かれた色とりどりの点々を楽しそうに指さしている絵がつかわれていた。笑顔の医者（白衣を着て、首に聴診器をぶらさげている）が少年の肩に片手をかけていた。絵の上に**《粒々の注射！》**と書いてあり、絵の下には**《早く見つければ、それだけ早くおうちに帰れるぞ！》**とあった。

「あれ、いったいどういう意味？」ルークはたずねた。

「いまは気にしなくていい。うちの両親は徹底した反ワクチン教徒でさ、おかげでわたし、〈フロントハーフ〉に来て二日めに水疱瘡（みずぼうそう）になっちゃって、咳が出て、高い熱が出て、大きくて醜い赤い発疹が出て……あの病気のフルコースになったんだよね。もう病気は乗り越えたと思うけど――隔離部屋から出て歩きまわれるし、医者にも検査されたし。でも、ひょっとしたら多少の感染力はまだ残ってるかも。だから、あんたも幸運なら、わたしの水疱瘡が感染（うつ）ったかもよ。そうなれば二週間ばかりは注射やMRIから逃げられて、ジュースを飲みながらテレビを見て暮らせるってこと」

外にいた女の子がふたりに目をとめて手をふった。カリーシャは手をふりかえし、ルークがなにもいえずにいるうちにドアを押しあけた。

「さ、行くよ。間抜け面をきれいさっぱり拭きとったら、コメディ映画の一家の子供たちみたいな連中に会いにいきな」

粒々の注射（ショッツ・フォー・ドッツ）

1

〈研究所〉の売店コーナーとテレビがあるラウンジの外に出ると、カリーシャはルークの肩に腕をまわして体を引き寄せた。ルークはてっきりカリーシャがまたキスをするつもりなのかと思ったが――本心ではそれを望んでいたが――こっそり耳打ちをされただけだった。カリーシャの唇が肌をかすめると、ぞくぞくして鳥肌が立った。

「なんでも好きなことを話していい。でも、モーリーンに関係することだけは話しちゃだめ、わかった？　あいつらだってずっと盗聴してるわけじゃないとは思うけど、気をつけるに越したことはないから。モーリーンには面倒に巻きこまれてほしくない」

モーリーンはわかる。部屋係の女性だ。しかし〝あいつら〟とは？　四歳のときに広大な〈モール・オブ・アメリカ〉で、永遠にも思える十五分のあいだ母親とはぐれたことがあるが、いまはそのときと比べものにならないほどのよるべない気分だった。

しかも先ほどのカリーシャの話のとおり、虫たちがルークを見つけていた。小さな黒い羽虫が群れをつくって、雲のようにルークの頭をとりまいて飛んでいた。

運動場は、ほぼすべてが細かい砂利で覆われていた。ジョージという少年があいかわらずボールをシュートしているバスケットのゴール周辺はアスファルト舗装で、トランポリンのまわりはジャンプに失敗して外に転がり落ちても衝撃を和らげられるようにスポンジ状の物質が敷いてあった。そのほかシャッフルボードのコートがあり、バドミントンのネットが設置され、アスレチックのロープコースもあれば、あざやかな原色の円筒がどっさり積んであったりもした。最後の品は、小さな子供たちが組み立ててトンネルをつくるための遊具だったが、見たところ、これで遊ぶような年頃の子供の姿はなかった。ぶらんこやシーソー、滑り台もあった。左右をピクニックテーブルにはさまれた横に長い緑色のキャビネットがあり、そこにかかげられたプレートには**《ゲーム類およ**

び道具》とあり、さらにその下に《**使用後は元の場所にもどすこと**》とも書いてあった。

運動場は、少なくとも三メートルの高さがある金網フェンスで囲まれていた。ルークはフェンスの二カ所の隅に監視カメラがそなえつけられていることを見てとった。カメラはずいぶん長いこと掃除されていないかのように埃をかぶっていた。フェンスの先には、ほぼ松などの常緑針葉樹の森が広がっているばかりで、なにもなかった。樹齢ルークは松の樹齢を八十年前後だと見当をつけた。樹齢を求める公式は簡単だった――ルークが十歳かそこらのころ、土曜日の午後に読んだ『北アメリカ大陸の樹木』という本に出ていたのだ。いちいち年輪を数える必要はない。木の外周がどのくらいかを推定したら円周率で割って直径を求め、さらにその数字に北アメリカの松の平均的な年間成長係数――四・五――を掛ければいい。実に単純明快だし、そこから推論で導かれる結論もまた同様だ。ここの森の木々は長いこと伐採されずに育ってきた。おそらく人間の二世代ほどの長きにわたって。この〈研究所〉がなんの施設かはともかくも、樹齢のきわめて高い樹木からなる森林の奥深くにあることはまちがいないし、つまりは人里遠く離れたとんでもない山奥の僻地にあるということだ。そしてこの運動場についていえば……六歳から十六歳の子供専用の刑務所に運動のための中庭がもうけられたら、ここの運動場そっくりな場所になるにちがいなかった。

少女――アイリス――がふたりの姿に目をとめて手をふった。トランポリンで二回つづけてジャンプしたあと、最後のジャンプで横へ跳び、両足を広げて膝を曲げた姿勢でスポンジ状の緩衝材の上に着地すると、「シャー！」とカリーシャのことを愛称で呼んだ。「だれを連れてきたの？」

「この子はルーク・エリス」カリーシャが答えた。「きょうの朝来た新顔だよ」

「こんちは、ルーク」アイリスが近づいてきて握手の手をさしのべた。カリーシャよりも五センチばかり背の高い痩せた少女だった。人好きのする愛らしい顔だちのもちぬしで、両頰とひたいがてかてか光っているのは、汗と虫よけスプレーが肌で混ざっているせいだろう。「わたしはアイリス・スタンホープ」

ルークはアイリスと握手をかわしながら、その一方で虫たちが――ミネソタでは俗に〝クソ女（ミンジ）〟と呼ばれていた虫だが、ここでどう呼ばれているかは知らない――自分の味見をしはじめていることを意識していた。「ここに連れてこられたのはうれしくないけど、きみと知りあいになれたのはうれしいな」

「わたしはテキサス州のアビリーンに住んでた。あなたは？」

「ミネアポリス。あの街があるのは――」

「どこにあるかは知ってる」アイリスが答えた。「百億の湖の地とか、そんなふうに呼ばれてるところ」

「ジョージ！」カリーシャが大声を出した。「お作法を忘れたの、ぼくちゃん？　さ、早くこっちにおいで！」

「行くよ。でもちょっと待ってて。いま大事なところだからさ」ジョージはアスファルト舗装のへりに引かれたファウルライン上に爪先立ちし、バスケットボールを胸もとにあてがうと、緊張もあらわな低い声で話しはじめた。「オーケイ、みんな。七回のめちゃくちゃハードな試合をやり抜いて、ついにいまこの瞬間を迎えたんだ。ダブル・オーバータイム、ウィザーズは一点リードのセルティックスを追いあげ中。そしていましがたベンチから出てきたジョージ・アイルズがファウルラインからのシュートでこの試合をものにするチャンスを手にしています！　一点いれればウィザーズは同点に追いつきます。二点決めればジョージ・アイルズの名前は歴史に残り、〈バスケットボール名誉の殿堂〉いりも夢ではありませんし、テスラのコンバーティブルだって獲得できるかも――」

「だとしたら、賞品はカスタムモデルになるよね、きっと」ルークはいった。「いまのところ、テスラはコンバーティブルタイプをつくってないから」

ジョージは耳を貸さなかった。「アイルズがこの場に立つとは、当のアイルズはいうまでもなく、だれひとり予想もしていませんでした。キャピタル・ワン・アリーナはいま、不気味なほどの静寂に覆われています……」

「そしていま、だれかが屁をこきました！」アイリスがそう叫び、上下の唇で舌をはさむと、ぶくぶく泡立つような音を長々と出した。「まさしくトランペットのファンファーレ！　それにしても強烈な悪臭です！」

「さあ、アイルズが深呼吸をした……ボールを二回つく……この選手のいつものルーティンです……」

「べらべら舌がよくまわるけど、それだけじゃない、ジョージはすごく生き生きした幻想世界を生きてるんだ」アイリスがルークにいった。「あなたもいずれ慣れるけど」

ジョージがちらりと三人に視線を投げた。「野次を飛ばしたひとりだけのセルティックス・ファンに、いまアイルズが怒りの目をむけました……いかにも馬鹿っぽいだけじゃなく、およそ信じられないほど不細工な女子です……」

アイリスがここでも舌を唇ではさんで、〝ぶるるるる〟という嘲りの音を出した。

「さあ、アイルズがゴールにむきあって……アイルズがボールを投げた……」

バックボードにも当たらない外れのシュートだ。

「あきれた、ジョージ」カリーシャがいった。「下手っぴもいいところ。クソなゲームが引き分けでもいいし、負けてもいいから、早く話をしよう。この男の子は自分の身になにがあったかを知らないんだよ」

「わたしたちが知ってるみたいな言いぐさ」とアイリス。

ジョージは膝を曲げ伸ばししてからボールを投げた。ボールはなにやら熟考しているかのようにゴールのリム上をぐるぐる回り……外側に落ちた。

「セルティックスの勝ち、セルティックスの勝ち！」アイリスがそう叫び、想像上のポンポンをふりまわしながら、チアリーダーのようにジャンプした。「さあ、もうこっちへ来て新顔の男の子に挨拶しなよ」

ジョージが手をふって羽虫を払いのけながら歩いて近づいてきた。背が低く小太りの体形。ジョージがバスケットボールをプレイできるのは、本人の幻想世界のなかだけだろう、とルークは思った。ジョージの目は透き通ったブルーで、ルークはかつてロルフといっしょに〈ターナー・クラシックムービー・チャンネル〉で見た昔の映画のポール・ニューマンやスティーヴ・マックィーンを思い出した。ふたりでテレビの前に寝そべってポップコーンを食べながら映画を見ていたことを思い出すと、胸がむかむかしてきた。

「よお、坊主。おまえの名前は？」

「ルーク・エリス」

「おれはジョージ・アイルズ。でも、もう女の子たちから教わってるんだろうな。なにせおれは、女の子たちの神だからさ」

　カリーシャが頭をかかえた。アイリスはジョージにむかって中指を突き立てた。

「それも愛の神さまだぞ」

「でもアドニスだね、キューピッドじゃなく」ルークはいった。多少は調子をあわせられるようになってきた。いや、その方向で努力しているだけか。「アドニスは欲望と美の神だから」

「おまえがそういうならそうなんだろ。で、これまでのところ、ここのことはどう思う？　ひでえところだろ？」

「いったいここはなんなの？　カリーシャは〈研究所〉っていってたけど、それってどういう意味？」

「だったらいっそ、〈迷える超能力少年少女のためのミセス・シグスビーの家〉とでも呼べばいい」アイリスはそういって唾を吐き捨てた。

　これは、途中から映画を見るような体験ではなかった――連続テレビドラマを第三シーズンの途中からいきなり見せられるようなものだ。しかも、複雑怪奇なプロットのドラマを。

「ミセス・シグスビーってだれ？」

「女王気どりのクソ女」ジョージがいった。「ま、そのうち会うよ。おれからのアドバイスをひとつ。ぜったいに口答えしちゃいけない。口答えが大きらいな女だからね」

「あなたはＴＰ、それともＴＫ？」アイリスがたずねた。

「ＴＫ……だと思うよ」そう答えたものの、いまはもう〝思う〟以上に確信していた。「ときたま身近な品物が勝手に動くことがあるんだ。で、騒霊（ポルターガイスト）なんてもののしわざじゃない以上、ぼくがやってることなんだろうね。でも、ほんとにそれほどのものじゃなくて……」ルークの言葉が途切れた。本音では《ここに連れてこられるほどのものじゃない》といいたかった。けれども、現実に自分はいまここにいる。

「ＴＫポジティブ？」ジョージがたずねね、ピクニックテーブルのひとつへむかった。ルークはそのあとを追い、ふたりの少女もあとにつづいた。いま周囲に広がっている森林の木々の樹齢を推測することはできるし、百種類におよぶバクテリアの名前も知っているし、ここにいる子供たちにヘミングウェイとフォークナーとヴォルテールについて教示することもできるが、それでも話の流れに乗り遅れているという感覚は強まるばかりだった。

「なんの意味なのか、ぼくにはさっぱりわからない」ルークはいった。

カリーシャがいった。「〝ポジ〟っていうのは、あいつらがわたしやジョージみたいな子供につけてる呼び名。技師や世話係や医者ども。表むき、わたしたちはその呼び名を知らないことになってる――」

「――けど、わたしたちは知ってる」アイリスが言葉を引き取った。「よくいう〝公然の秘密〟というやつ。TKポジティブとかTPポジティブは、いつもじゃなくても、自分が望むときに力を発揮できる子たちのこと。それ以外の子は、そういうことができない。わたしのことをいえば、物を動かせるのは本気で頭にきてるときか、本気で楽しいとき、それかびっくり仰天させられたときだけ。くしゃみとおんなじで、自分じゃコントロールできないの。だから、わたしはただの並。そういう子のことを、やつらはTKピンクとかTPピンクって呼んでる」

「どうして？」ルークはアイリスにたずねた。

「能力がしょせんは並だと、その子の個人ファイルの書類に小さなピンクのしるしがつけられるから。表むき、わたしたちは自分のファイルなんか見ちゃいけないことになってるよ。でも、わたしはあるとき見ちゃった。あいつら、注意がおろそかになることもあるし」

「くれぐれも用心深く行動すること――そうすれば、あいつらの注意がおろそかになって、そううるさくいわれることもなくなるから」カリーシャがいった。

アイリスがいった。「ピンクのほうが検査の回数が多いし、注射の回数も多くなる。わたしはタンクを食らった。さんざんな目にあった。それだって、ひどいほうじゃないけど」

「それって、いったい――？」

ジョージはルークに、質問を最後まで口にする機会を与えなかった。「おれはTKポジ。おれのファイルにはピンクなし。ここにいるのがゼロピンク小僧だ」

「きみは自分のファイルを見たの？」ルークはたずねた。

「そんなことをする必要なんかない。おれは凄腕なんだ。見てろよ」

ジョージがヨガの行者のように、精神集中を示す表情をつくることはなかった――この少年はただその場に立っていただけだ。しかし、思わず目を奪われるような現象が起こった（というか、少なくともルークには超常現象に思えたのだが、少女たちはふたりとも格別感心した顔を見せたりはしなかった）。ジョージの頭部のまわりを飛んでいた〝クソ女（ミンジ）〟虫の群れが後方へ押し流されて、彗星の尾のような形になった――強風に吹き飛ばされたときに似ていたが、風はまったく吹いていなかった。

「わかった？」ジョージがいった。「これがＴＫポジの能力。ただし、あんまり長つづきはしないけどね」

そのとおりだった。〝クソ女（ミンジ）〟虫は早くももどってきて、ジョージのまわりを飛びまわっており、肌に塗った虫よけ薬の効き目で遠ざけられているにすぎなかった。

「さっき二回めにゴールへ投げたボールだけど」ルークはいった。「あれもその気になればリングに入れられた？」

ジョージは悔やむような表情でかぶりをふった。

「今度こそ、ほんとに力の強いＴＫポジが連れてこられたらよかったんだけどな」アイリスはいった。〝新顔少年との初対面〟に感じていた昂奮も、いまは萎んでしまったようだった。いまでは疲れと怯えもあらわで、実際の年齢よりも年かさに見える顔つきになっている――そのアイリスの実年齢をルークは十五歳前後だと見積もっていた。「わたしたち全員をテレポートでここから一瞬で外に出してくれるくらい力の強い子がよかったな」そういってピクニックテーブルのひとつの前にあるベンチに腰をおろし、片手を目もとにあてがった。

カリーシャもベンチにすわるとアイリスの肩に腕をまわした。「泣かないで、いい子だから。大丈夫、心配事なんかそのうち消えるよ」

「消えるもんですか」アイリスはいった。「ほら、これを見て。いまのわたしったら、まるで針刺しみたい！」そういって両腕を前に突きだす。左腕には二枚、右腕には三枚のバンドエイドが貼ってあった。ついでごしごしと目もとをこすったアイリスの表情が変わった――負けん気を出したときの表情なのだろうとルークは思った。

「ね、新入り――あんたは心の力だけで物を動かせるの？」

ルークはこれまで、物体を精神の力で動かす能力――別名念動力（サイコキネシス）――について両親以外の人たちと話したことは一度もなかった。母親は、おまえにそんな能力があると知ったら、まわりの人はみんな狼狽してしまうと話していた。父親は、おまえという人間のなかではいちばん重要度が低いことだと話していた。しかし、ここではだれも狼狽などしてはいなかったし、ここではこの能力がまちがいなく重要だった。その点は明白だった。

「ううん、無理。自分の耳だって動かせない」

三人は笑い、ルークは肩の力を抜くことができた。ここはとにかく奇妙で不気味な場所だったが、ここにいる子供たちは問題ないように思えた。

「ほんとにときどき、身のまわりの品物が動くことがあるっていうだけ。お皿とか、ナイフやフォークとか。ドアがひとりでにばたんと閉まることもある。勉強机のスタンドが勝手に明るくなったことが一、二度。派手なことはいっぺんもなかった。だいたい、そういうのがぼくのせいかどうかもわかんないんだよ。急に風が吹いてきたのかもしれないとか……地球の深いところから伝わってきた震動のせいかもしれないとか……」

三人とも、知恵をうかがわせる目でじっとルークを見つめていた。

「オーケイ」ルークはいった。「自分でもわかってる。うちの家族もわかってる。でも、大騒ぎされるようなことはいっぺんもなかった」

ただし、大騒ぎになってもおかしくなかったのかもしれない、とルークは思った。ならなかったのは、ぼくが異常といってもいいレベルで頭がよかったから、たった十二歳でカレッジに――それも一校ではなく二校も――同時に合格するほどの天才だったからだ。たとえば七歳にして、伝説のピアニストのヴァン・クライバーンなみにピアノが弾ける子供がいたとしよう。その子供が、ちょっとしたトランプ手品もこなせるかどうかをだれが気にかけるだろう？　あるいは耳を動かせるかどうかを。しかしルークは、ジョージとアイリスとカリーシャにそんな話をきかせられなかった。話せば自慢しているようにきこえただろう。

「ほんとにそう、ぜんぜん大騒ぎすることじゃない！」カリーシャが吐き捨てるようにいった。「そこがいちばん腹が立つところ！　わたしたちは〈ジャスティス・リーグ〉でも〈X‐MEN〉でもないんだよ」

「ぼくたちは誘拐されたの？」三人に声をだして笑ってほしいと願いながら。三人が《まさか、そんなわけあるかよ》といってくれることを祈りながら。

「そのとおり」ジョージがいった。

「羽虫を一秒か二秒のあいだ遠ざけておける能力があるっていうだけの理由で？　それとか……」ルークは〈ロケット・ピザ〉の店でテーブルから落ちたアルミ皿のことを思った。「部屋にはいっていくと、たまにうしろでドアがひとりでに閉まるってだけの理由で？」

「まあね」ジョージがいった。「そりゃ、あいつらがルックスで人を誘拐してるんなら、アイリスやカリーシャがここにいるわけはないもんな」

「ありえない馬鹿」カリーシャがいった。

ジョージはにっこり笑った。「これは鋭いツッコミをいただいたもんだ。おれのウィンナーにがぶりと嚙みつかれた気分だね」

「たまに、あんたが早く〈バックハーフ〉に行っちまえばいいのにって思う」アイリスはいった。「そんなことを考えた罰として、神さまに命を奪われるかもしれない。でもね――」

「待った」ルークはいった。「とにかく待った。最初から話してほしいな」

「これこそ最初だよ、相棒」背後から声がきこえた。「あいにく、これが終わりになるかもしれないけどね」

2

新しくこの場にあらわれた人物の年齢をルークは十六歳だと見つもったが、あとでさらに二歳年上だとわかった。ニッキーことニック・ウィルホルム、長身で瞳はブルー、乱れきったもじゃもじゃの髪の毛は黒よりもなお黒く、人の二倍のシャンプーをよこせと叫んでいた。皺だらけのショートパンツを穿き、そこにかぶさるような皺だらけのボタン式のシャツを着て、白いスポーツソックスはくるぶしが出るタイプ、スニーカーは汚れていた。ルークは先ほどのモーリーンの発言、〝スヌーピーの漫画に出てくるピッグペンって男の子にそっくり〟という発言を思い出していた。

ほかの三人が警戒まじりの尊敬ともいうべき表情でニックという少年を見つめているのを見て、ルークにも瞬時にわかった。カリーシャとアイリスとジョージの三人も、ここにいることを喜んだりしていない点ではルークと変わるところはない。しかし、三人とも前向きな態度を心がけてはいる。ただし、先ほどアイリスの心が揺らいでいたときには、残りのふたりはいくぶん馬鹿馬鹿しいながらも、〝こんな場合でもせいぜいがんばろう〟的な雰囲気を発散していた。しかし、この少年にはそんな態度は見られなかった。いまのニックには怒りの気配はない。ただし、それほど遠くない過去には怒っていたことも明らかだった。腫れている下唇には治りかけの切り傷があったほか、目のまわりには薄くなりかけた黒い痣が、片方の頬には出来たばかりの打撲傷もあった。

つまりは喧嘩屋だ。これまでにもこういうタイプは何人も見てきた。ブロデリック校にさえふたりほどいた。ルークとロルフはいつも喧嘩屋をうまく避けていたが、もしここが——ルークが薄々察しはじめたとおりの——刑務所ならば、ニック・ウィルホルムを避けて通るのは簡単な話ではないだろう。しかし、ほかの三人にニックを恐れているようすは見あたらず、これはいいサインだった。ニックは、〈研究所〉という無味乾燥な名前の裏にあるなんらかの目的に怒り狂っているのかもしれないが、仲間といっしょにいるときにはただ熱意をたぎらせているだけにも思える。集中しているというか。それでも顔に残る傷痕からは——とりわけ、ニックが生まれついての喧嘩屋ではないなら——あまり愉快ではない事柄の存在が察せられた。あの傷が大人によってつくられたものだとしたら？　学校の教師が子供にあんな真似をしたら——ブロデリック校にかぎらず、全国どこの学校でも——馘になるだろうし、訴えられて、逮捕されてもおかしくない。

ルークが連想したのはカリーシャの言葉だった。《ここはもうカンザスでさえないんだよ、トト》

「ぼくはルーク・エリス」ルークはなにを期待すればいいかもわからず、とりあえず握手の手を差しだした。

ニックはルークの手に目もくれず、緑色の用具キャビネットの扉をあけた。「チェスはできるか、エリス？　この三人は、チェスにかけては話にもならねえ。ドナ・ギブスンは下手くそは下手くそだけど、とにかく試合相手にはなれた。でも、あの子は三日前に〈バックハーフ〉に移っちまった」

「そしてぼくたちは二度とドナに会うことはありませんでした、と」ジョージが悲しげな声でいった。

「チェスならできる」ルークはいった。「でも、いまはチェスの気分になれない。自分がいまどこにいて、ここはなにをするところなのかを知りたいな」

　ニックはチェス盤と駒をおさめた箱をとりだし、手早く駒を盤上に配置していきながら、目の前に垂れた髪を払いのけもしないまま、じっとルークを見つめた。「おまえがいるのは〈研究所〉だ。場所はメイン州の広大な原野のどこか。小さな町ですらない。地図の上ではただの座標というだけだ。TR－一一〇。カリーシャが何人かの者からその地名を読みとった。ドナもだ。それからピート・リトルジョンも。ピートもTPで、やはりもう〈バックハーフ〉に行っちまった」

「ピーティーがいなくなったのは永遠の昔にも思えるけどさ、ほんとはつい先週なんだよね」カリーシャは夢見るような口調でいった。「あいつのにきび面を覚えてる？　あいつの眼鏡がしじゅうずり落ちていたこともね」

　ニックは注意も払わなかった。「動物園の飼育員どもは、ここのそんな地名を隠そうともしないし、否定もしない。TPの子供たちを四六時中相手にしてるんだから、そんなことをしてなんになる？　そもそも連中は本当に秘密にしておきたい情報については、心配したりしていない。カリーシャはかなりの凄腕だけど、それでも本当に深いところまでは読みとれないから」

「〈ラインカード〉なら、的中率はだいたい毎日九十パーセント」カリーシャはいった。自慢ではなく、事実をありのままに述べているだけだった。「あんたがお祖母さんの名前を頭の前のほうに浮かべてくれれば読みとれる──でも、わたしが読めるのは頭の前のほうだけ」

　祖母の名前はレベッカ──ルークは思った。

「レベッカ」カリーシャはそういい、ルークの驚きの表情を見てとるなり笑いの発作を起こした。そのせいでカリーシャは幼い子供のように見えた──そんな子供だったのも、それほど遠い昔ではないだろう。

「おまえは白軍で戦うんだ」ニックがいった。「おれはいつも黒軍でチェスをすると決めてる」

「ニックはぼくたちの名誉アウトローなんだ」ジョージがいった。

「それを証明するしるしもあるし」カリーシャがいった。「それでニッキーが得するわけじゃないけど、でも本人にもどうしようもないみたい。ニッキーの部屋ときたら、まるでごみ溜め。あれも子供っぽい反抗のひとつってことだけど、モーリーンの仕事を増やしてるだけね」

　ニックは笑みのかけらもない顔で、黒人少女のカリーシャにむきなおった。「モーリーンがおまえの考えてるような聖人だったら、とっくにおれたちを外に逃がしてくれてるはずだろ。でなけりゃ、近場の警察に通報するとかさ」

　カリーシャはかぶりをふった。「目を覚ませってね。ここで働いてれば、ここの仲間。善人も悪人も関係ない」

「意地悪でも親切でもね」ジョージがいい添えた。真剣な顔つきだった。

「それに最寄りの警察といっても、アニメのわんわん保安官みたいな連中の寄せあつめだろうし、それだってここから何億千万キロも遠く離れてるよね」アイリスがいった。「ニッキー、あんたは自分で自分を説明主任に決めてるみたいだからいうけど、この男の子にすっかり話をきかせたらどう？　ねえ、ここで自分の部屋にそっくりな部屋で目を覚ましたとき、どんなに不気味な思いをしたかを忘れたの？」

　ニックはすわりなおして腕組みをした。ルークはたまたま、ニックを見つめているカリーシャの目つきに気づいてしまった。カリーシャがニックにもキスをしたのなら、それは水疱瘡を感染（うつ）すためだけではなかったにちがいない。

「オーケイ、エリス。おれたちが知ってることを話そう。いや、知っていると思っていることといったほうがいいかな。たいして時間はかからない。女子たちも、自由に口をはさんでくれ。ジョージ、嘘っぱち攻撃をしたい気分が高まったら、きっちり口を閉じているようにな」

「うれしいことといってくれるな」ジョージはいった。「せっかくおれのポルシェを貸してやったのに」

「ここでいちばん長いのはカリーシャだ」ニックはいった。「水疱瘡にかかったからね。ここにいるあいだ、何人の子供たちを見てきた？」とカリーシャに問いかける。

　カリーシャは考えこんだ。「二十五人っていうところかな。もうちょっと多いかも」

　ニックはうなずいた。「そいつらは——おれたちは——あらゆるところから、ここへ来てる。カリーシャはオハイオ、アイリスはテキサス、ジョージはモンタナ州のごみため穴（グローリーホール）出身で——」

「おれはビリングズの出だぞ」ジョージはいった。「だれがどう見たって立派な街だ」

「あいつらはまず最初に、おれたちに追跡チップをつける——渡り鳥やクソったれバッファローどもとおなじあつかいだよ」ニックがそういって前髪をかきあげて耳たぶを前へ折ると、まばゆく輝く小さな丸い金属製の装置が見えた——十セント硬貨の半分ほどのサイズだった。「あいつらはおれたちを診察し、おれたちを検査し、粒々の注射をする。そのあともまた診察し、また検査する。ピンクは注射の回数も検査の回数も多い」

「わたしはタンクを食らったし」アイリスがまたいった。

「それは災難だったな」ニックはいった。「ポジだとわかった子供たちに、連中はくだらない手品みたいなことをやらせる。このおれだって一応はＴＫポジだけど、あのおしゃべり屋のジョージはおれなんかよりももっと強い力をもってる。そのジョージでさえかなわない力をもった男の子が前にここにいたんだが……名前を思い出せないいな」

「ボビー・ワシントン」カリーシャがいった。「たしか九歳だったかな、小さな黒人の男の子。お皿をひょいとテーブルから浮かびあがらせることができた。あっちに行ってから、そろそろ……どのくらいかな、ニッキー？　二週間？」

「そこまではいってない」ニックはいった。「二週間前だったとしたら、おれはまだここにいないからね」

「ボビーはある日の夕食に顔を見せてた」カリーシャがいった。「で、その次の日にはたちまち〈バックハーフ〉に行っちゃった。しゅぱっ……って消えたわけ。さっきまで見えてたと思うと、次の瞬間には見えなくなる。この次消えるのがわたしでもおかしくない。あいつら、わたしの検査をそろそろひととおりおえたみたいだし」

「おれもおなじ」ニックが苦々しげにいった。「たぶんあいつら、おれを厄介払いできてせいせいするな」

「いまの発言の〝たぶん〟はいらない言葉だぞ」ジョージがいった。

「あいつらはわたしたち子供にいろんな注射をするの」アイリスがいった。「痛いのもあるし、痛くないのもある。副作用が出るのも出ないのもある。一回は注射のあといきなり高熱が出て、最悪の頭痛に見舞われた。てっきりカリーシャから水疱瘡が感染ったのかと思ったけど、一日たったら治っちゃった。あいつらは、わたしたちにも粒々が見えたり、ハム音がきこえたりするようになるまで注射をつづけるの」

「あんたは軽かったほうだよ」カリーシャがアイリスにいった。「二、三人の子供たち……モーティーっていう名前の子がいたけど……苗字のほうは忘れちゃった……」

「鼻くそほじりマンだ」アイリスがいった。「ボビー・ワシントンとつるんでいたっけ。わたしもモーティーの苗字は思い出せない。わたしがここへ来た二日後に〈バックハーフ〉へ行ったんだっけか」

「いや、行ってないかも」カリーシャがいった。「ここにいたのはほんのちょっとで、注射の直後にその場でぶっ倒れたりしてたし。売店コーナーで本人が話してくれた。そのときもまだ、心臓の動悸が調子っぱずれに激しくなったままだっていってた。ほんとに体調を崩してたんだと思う」いったん言葉を切る。つづいて──「だから死んじゃったのかも」

ジョージは狼狽もあらわに見ひらいた目で、カリーシャを見つめた。「そういうの、皮肉とか反抗期っぽい不安のあらわれならいいけどさ、まさか本気でそう信じてるなんていうなよ」

「まあ、信じたくないっていうのはガチ」カリーシャがいった。

「みんな黙れよ」ニックはそういうと、チェス盤の上に身を乗りだしてルークを見つめた。「あいつらはおれたちを誘拐した──そのとおり。その理由は、おれたちに超能力があること──そのとおり。どうやっておれたちを見つけたか？　不明。でも、かなり規模のでっかい計画なのはまちがいない。ここがどでかい施設だからさ。そう、いくつもの建物の集合体なんだ。ここには医者たちがいて医療技師たちがいるほか、世話係と称する連中もいて……まるで、小さめの病院を丸ごとここの山のなかに押しこめたみたいだな」

「警備スタッフもいる」カリーシャがいった。

「ああ。警備の責任者はハゲの大男のクソ野郎だ。名前はスタックハウス」

「いかれた話もあったもんだね」ルークはいった。「ここ、ほんとにアメリカ？」

「ここはアメリカじゃない。いうなれば〈研究所の王国〉だ。ランチでカフェテリアに行ったら、窓の外に目をむけてみな、エリス。あっちの窓からもいっぱい木が見える。でも真剣に目を凝らすと、別の建物が見えてくるんだ。こことおなじ、緑に塗られたコンクリートブロックづくりの建物。森にうまく溶けこむようにつくられてんだろうな。ともかく、その建物が〈バックハーフ〉だ。検査がぜんぶおわって、注射もすっかり打ちおわった子供たちが連れていかれるところさ」

「そこはなにをするところ？」

この質問に答えたのはカリーシャだった。「わたしたちは知らない」

モーリーンなら知っているのかという質問が舌先にまで出かかったが、そこでルークはカリーシャにこっそり耳打ちされた言葉を思い出した。《あいつらが話をきいてる》という言葉を。

「あいつらからきかされた話なら知ってる」アイリスがいった。「あいつらは――」

「あいつらはいうんだよ――これからはなにもかも**うまくいく**、って」

ニックがあまりにも突然、あまりにも大きな声で怒鳴ったので、ルークは思わずのけぞり、ピクニックテーブルのベンチから転げ落ちそうになった。黒髪のニックは立ちあがって、いくつかあるカメラの埃まみれのレンズを見あげていた。ルークは、やはりカリーシャからきかされたこんな言葉を思い出していた。《それからニッキーと会ったら、大声でわめきだしても心配しないで。大声でわめくのはニッキーのガス抜きの方法だし》

「あいつらは、先住民たちにイエス・キリストを売りこもうとする伝道団みたいなものだ。先住民は、みんな……みんな、とっても……」

「世間知らず？」ルークは思いきって助け船を出した。

「そう！　それだ！」ニックはあいかわらず監視カメラを見あげていた。「先住民たちはだれもかれもとことん世間知らずで、およそどんなことでも信じこんだ――ひと握りのビーズとシラミだらけのクソ毛布と引き換えに土地を明けわたせば、自分たちは天国にのぼって、これまでに死んだ親類縁者みんなと会えて、いつまでもいつまでも幸せに暮らせるんだ、とね！　それがおれたちさ、度外れた世間知らずだからこそ、耳に心地よく響くことはなんだって信じちまう、そう……どちゃクソ……ハッピー……**エンド**みたいな話をね！」

ニックはさっと身をひるがえしてルークたちにむきなおった。目がらんらんと燃え、両手はぎりぎりと拳をつくっていた。その拳の関節に治りかけの傷があるのがルークの目に見えた。ニックが他人から受けたのと同等の暴力を相手方にも与えたとは思えなかったが――なんといってもしょせんは子供だ――少なくとも相手方に多少のことはやりかえしたと見ていいだろう。

「あいつらに〈バックハーフ〉へ連れていかれたとき、ボビー・ワシントンは自分の試練がおわったかどうかを疑っていたと思うか？　だいたい脳味噌が黒い粉になっていたら、あるいはピート・リトルジョンの場合は？　あのふたりはもうてめえの洟もかめなくなっていただろうよ」

ニックは頭上に設置された埃まみれのカメラにふたたび顔をむけた。怒りをぶつける対象がカメラしかないという事実が、この行為をいささか愚かしげに見せてはいたが、ルークの賞賛の念は変わらなかった。ニックは自分が置かれたこの情況を決して受け入れていないのだ。

「よっくきけよ、おまえたち！　おれのことをいくらでもぶん殴ればいいいし、おれを〈バックハーフ〉に連れていけばいい。だけど、最後まで何度でも抵抗してやるよ！　このニック・ウィルホルムは、ビーズや毛布なんて餌でうかうか釣られるタマじゃねえからな！」

ニックは息を荒くしながらベンチに腰をおろした。それからにっこりと笑って、えくぼと真っ白い歯と人のよさそうな目をのぞかせた。不機嫌に沈みこんでいた少年は、最初からいなかったかのように消え失せていた。ルークは男に魅力を感じる性質ではなかったが、笑顔を目にしたことで、カリーシャとアイリスのふたりがボーイズバンドのリードヴォーカルを見るような目つきでニックを見る理由がわかったように感じた。

「おれは鶏小屋のにわとりみたいにここへ閉じこめられてるんじゃなく、あいつらの側にいて当然の人間なんだぞ。おれなら、ミセス・シグスビーやヘンドリクスやほかの医者どもよりも、もっとずっと巧くここを売りこめるのにな。おれには、ほら、説得力ってものがあるからね」

「うん、それはたしかにそうだろうね」ルークはいった。「でも、ぼくにはまだ、きみがなにをいいたいのかはっきりしてない」

「ほんとだぞ、話がずっと横道にそれてるんだよ、ニッキー」ジョージがいった。

ニックはふたたび腕組みをした。「いいか、新入り、おれがおまえをチェスでこてんぱんに叩きのめす前に、ざっと現状ってものを説明してやろう。やつらはおれたちをここへ連れてきた。やつらはおれたちを検査する。なにとも知れない薬をたっぷり注射しては、また検査だ。タンクを食らった子供もいる。全員が不気味な目の検査を受けさせられるが、あれをされると気絶しそうな気分になる。またおれたちには、自宅の部屋と似たような部屋が与えられる。ま、おれたちの傷つきやすい心をそっとなだめるとか、まあ、その手の効果をあてにしてのことだろうな」

「心理的順応反応」ルークはいった。「うん、筋が通った話だと思う」

「カフェテリアにはうまい食べ物がある。数は限られているが、メニューにないものの注文もできなくはない。個室のドアは鍵がかからないから、夜眠れなかったりしたら部屋から出てカフェテリアへ行き、夜食をつまむことだってできる。夜でもクッキーやナッツや林檎なんかは出しっぱなしになってるからね。売店コーナーへ行ってもいい。あそこの自販機でなにか買うにはトークンをつかう。ま、おれはトークンを一枚ももってないけどな。お行儀のいい男の子とお行儀のいい女の子しかもらえないんだよ。あいにくおれはお行儀のいい男の子じゃないし。おれがボーイスカウトをどうしてやるかというと、やつのちっこくて先が尖った——」

「話をもどしなさい」カリーシャがきつい声でいった。

「馬鹿な話はせずにね」

「了解」ニックは女心をわしづかみにする例の笑みをカリーシャに投げてから、ルークに注意をもどした。「お行儀のいい子になってトークンをもらおうという気持ちをかきたてるための餌はいろいろ用意されてる。売店コーナーにはスナックやドリンクがそろってる——それもびっくりするほどたくさんのブランドがね」

「〈クラッカージャック〉」ジョージが夢見心地の声でポップコーン菓子の名前を口にし、さらにチョコレート味のロールケーキの名前もつづけた。「それに〈ホーホーズ〉」

「タバコやワインクーラーもあるし、なんならもっと度数の高い酒もある」

アイリス――「で、**《節度をもって飲みましょう》**なんていう掲示も出されてるわけ。いちばん下は十歳くらいの子供たちが、アップルワインの〈ブーンズファーム・ブルーハワイアン〉だのウォッカのレモネード割りの〈マイクズ・ハードレモネード〉あたりのボタンを押してるなんて、ちょっと考えただけでもおぞましくて笑える光景でしょ？」

「それってもちろん冗談だよね？」ルークはいったが、カリーシャもジョージも冗談ではないという表情だった。

「ほろ酔いにはなれるけど、へべれけでぶっ倒れるほどは酔えないね」ニックがいった。「そんなに飲めるだけのトークンはだれももっていないからね」

「そのとおり」カリーシャがいった。「でもここには、できるだけ長いあいだ、ほろ酔いのままでいたいっていう子供たちもいるのね」

「つまり飲酒常習者ってこと？　十歳とか十一歳で飲酒常習者になってるってこと？」ルークには信じられない話だった。「まさか本当じゃないよね？」

「本当だよ。お酒の自販機を毎日つかいたい一心で、いわれたことはなんでもする子供たちもいる。おれはここへ来てからあんまり長くないんで……なんていえばいい……そういう研究をするには経験不足だけど、おまえも前からここにいる子供たちからいろんな話をきくようになるさ」

「それだけじゃない」アイリスがいった。「ここには立派な喫煙習慣を身につけつつある子たちもたくさんいるよ」

突拍子がないにもほどがある。しかし、これにも筋の通った理由があるのだろうとルークは察した。古代ローマの風刺詩人ユウェナリスの言葉が思い出された――パンとサーカスをあたえておけば、民衆は満足して面倒を起こさなくなる、という警句を。おなじことが酒とタバコでもいえるのではないか、とルークは思った。とりわけ与えられる側が、幽閉されている怯えと不安に苛まれた子供たちならば。

「お酒やタバコは、あいつらがする検査に影響しないの？」ルークはたずねた。

「検査がなんなのかを知らないので、そのへんはなんともいえないな」ジョージがルークにいった。「検査で求められるのは粒々を見て、ハム音をきくことだけだし」

「粒々ってなに？　ハム音って？」

「そのうちわかる」ジョージがいった。「その部分はそんなにわるくはない。そこへ行くまでがキツいんだ。おれは注射が大きらいさ」

ニックがいった。「多少の誤差はあるけど、まあ、三週間。たいていの子供がこの〈フロントハーフ〉で過ごす期間はそのくらいだ。というかカリーシャはそう考えてる――ここでいちばん昔からいるカリーシャがね。その期間がすぎると、おれたちは〈バックハーフ〉に移される。移ったあとで――人づてにきいた話によれば――おれたちはいろいろ事情聴取されてから、この施設の記憶をなんらかの方法ですっかり消されちまうらしい」いいながら腕組みをほどき、両手をまっすぐ上へのばして指を広げる。「そしてそれがおわると、じゃーん、おれたちは天国行きだ！　さっぱりきれいな体になっても、一日ひと箱のタバコがやめられない体のまんま！　おお、ハレルヤ！」

「両親がいる自分のうちにもどれる、っていう意味で話してるの」アイリスが静かにいった。

「そう、大きく広げた両腕におれたちが迎えられる場所」ニックはいった。「あれこれ質問されもせず、ひたすら帰りを歓迎されて、そのあとみんなでお出かけしよう、目指すはピザの〈チャッキーチーズ〉。どうかな、リアルな話に思えるかい、ルーク？」

まったく思えなかった。

「でも、ぼくたちの両親はちゃんと生きてるよね？」そうたずねた自分の声が他人にどうきこえるか、ルークにはわからなかった。しかし、自分の耳には自分の声がひどくかぼそいものにきこえた。

だれひとり質問に答えず、ただじっとルークを見ているだけだった。そしてそれこそが、充分な答えだといえた。

3

執務室のドアにノックの音がして、ミセス・シグスビーはコンピューターのモニターから目を離さないまま、来訪者に入室するように伝えた。ドアをあけてはいってきたのはドクター・ヘンドリクスとおなじくらい長身だが、十歳ほど若く、また体もはるかに引き締まった男だった――肩幅は広く、筋肉が逞しく盛りあがっている。すっかり剃りあげられた頭皮はなめらかで、てかてか光っていた。ジーンズとブルーのワークシャツという服装。シャツの袖はめくりあげられて、立派な上腕二頭筋があらわになっている。片方の腰にはホルスターがあって、そこから短い金属のポールが突きでていた。

「ルビーレッド・チームの面々が来てるぞ。エリス作戦の詳細を知りたければ報告できるよ」

「なにか緊急の用件があるとか、あるいはその作戦で通例をはずれたことでもあったの、トレヴァー？」

「いや、そんなことはない。都合がわるいなら、あとで出直すよ」

「それは大丈夫。でも、あと一分だけ待って。うちの居留者のひとりが新入り少年に背景説明をしてるところ。こっちに来て、見てごらんなさい。神話と観察結果がいりまじってる感じが見てておもしろいから。なんていうか……『蝿の王』の一場面みたい」

来訪者のトレヴァー・スタックハウスはデスクの反対側へまわった。モニターを見ると、駒がきれいにならべられていて試合開始を待っているチェス盤の横に、ニック・ウィルホルム――いわせてもらえば、手を焼かされる厄介者のクソガキだ――が立っていた。新入り少年はチェス盤をはさんで反対側にすわっている。少女たちは近くに立っていて、いつもどおり、ウィルホルムに目を釘づけにされていた。ハンサムで不機嫌そうな顔、反抗心旺盛とくれば現代のジェームズ・ディーンといえる。なに、もうじきあの少年はいなくなる。スタックハウスは、ヘンドリクスがウィルホルムを厄介払いする書類にサインをする日が待ちきれなかった。

「ここで働いている人は何人くらいいると思う？」新入りの少年が質問していた。

アイリスとカリーシャ（〝水疱瘡娘〟という別名でも知られている）が顔を見あわせた。答えたのはアイリスだった。「五十人かな？　少なくとも、そのくらいはいると思う。医者たちがいて……医療技師たちがいて……世話係がいて……カフェテリアのスタッフがいて……ええと……」

「清掃係が二、三人」ウィルホルムがいった。「それから部屋係。いまはモーリーンひとりだけど、それはここにいるのがおれたち五人だけだからだ。もっと子供たちがいたころは、部屋係が二、三人増やされてたっけ。〈バックハーフ〉からこっちへ来たのかもしれないけど、はっきりしたことはわからない」

「そんなにたくさんの人が働いてるのに、どうやってこの施設のことを秘密にできるんだろう？」ルーク・エリスが疑問を口にした。「だってさ、その働いている人たちはそれぞれの車をどこにとめてるの？」

「おもしろい」スタックハウスはいった。「こんな疑問を口にした者は、これまでひとりもいなかったはずだ」

　ミセス・シグスビーはうなずいた。「この子はすごく頭が切れる。それも、ガリ勉で知識だけ仕入れたという賢さじゃないみたい。ちょっと静かにして。この話をきいていたいの」

「……寝泊まりしているにちがいない」ルーク・エリスはそう話していた。「理屈はわかる？　軍隊の服務期間みたいなもの。そう考えると、やっぱりここは政府の施設だということになる。国外にあるという秘密軍事施設（ブラックサイト）みたいなもの——ほら、テロリストたちを連れていって尋問するための場所だよ」

「尋問だけじゃない、袋を頭にかぶせて昔ながらの水責めもしちゃうんだ」ニック・ウィルホルムがいった。「ここで子供たちにそんな真似をしたって話はいっぺんもきいてないけど、あいつらならやりかねないな」

「あいつらにはタンクがあるもの」アイリスがいった。「あれがあいつらの水責め道具。あいつらはわたしたちに帽子をかぶせてから水に沈めて、観察記録をとってる。でも、注射よりまだましよ」いったん言葉を切って、「っていうか、わたしにとってはね」

「ここでは従業員をグループ分けして、交替制で働かせてるんだ」ルーク・エリスはそう話していた。ほかの面々に話しかけているというよりも、むしろひとりごとに近い。そう、あの子はひとりごとをよく話してるにちがいない——ミセス・シグスビーは思った。「ここの組織をうまく動かせる方法はそれしかないよ」

　スタックハウスはうなずいていた。「なかなかの名推理だね。すばらしい。この子は何歳だ？　十二歳？」

「自分で書いたレポートを読むといいわ、トレヴァー」

ミセス・シグスビーがコンピューターのボタンを押すと、モニターにスクリーンセーバーが表示された——ミセス・シグスビー自身の双子の娘たちが双子用ベビーカーに乗っているところの写真だった。写真を撮ったのは、ふたりが乳房と生意気な口ぶりと下品なボーイフレンドを獲得するよりもずっと前だ。さらに片割れのジュディの場合には、深刻なドラッグ依存症になるよりもずっと前。「ルビーレッドのメンバーの任務報告はおわった?」

「ああ、わたしが個人的に聴取した。警官がエリス少年のコンピューターを調べれば、少年が子供による両親殺しについての記事を検索していた痕跡が見つかるようになってる。といっても、痕跡はそれほど多くない——二、三件だ」

「言葉を変えれば、標準的な作戦遂行手順だったということね?」

「そのとおり。昔からいわれているとおり、〝壊れていないのなら修理するな〟だよ」スタックハウスはそういうと、ミセス・シグスビーにむかってにやりと笑った。スタックハウスが全電力を注ぎこんだときの笑みなら、ニック・ウィルホルムの笑みにも負けないほど魅力的になる、とミセス・シグスビーは思っていた。いや、そうとはいえない。われらがニッキーは、女心を引き寄せるという意味では本物の磁石少年だ。少なくともいまのところは。「チームのメンバーと直接会ってみるか? それとも作戦報告書に目を通すだけでもいいかな? 報告書はデニー・ウィリアムズが作成中だから、まあ、そこそこ読めるものにはなりそうだ」

「万事とどこおりなく運んだのなら報告書だけでけっこう。ロザリンドにいって、ここまでもってこさせるから」

「わかった。モーリーン・アルヴォースンについては? 最近あの部屋係から報告はあったかい?」

「ニック・ウィルホルムとカリーシャ・ベンスンが、まだ抱きあっていちゃつく段階には至っていないとか、その手の報告?」ミセス・シグスビーは片眉をぴくんと吊りあげた。「それがあなたの警備関係の任務に関係しているとでも?」

「あのガキふたりが乳繰りあおうがどうしようが、わたしにとっては〝知ったことか〟リストのナンバーワンだ。それどころか、あのふたりに内心で声援を送っているくらいだよ――まだすませてなければ、チャンスがあるうちにふたりで初体験をすませておくといいってね。しかし、モーリーン・アルヴォースンはときどき、わたしの任務にも関係してくるような情報をつかんでくる。そのいい例が、ボビー・ワシントンとの会話だったね」

部屋係のモーリーン・アルヴォースンは、〈研究所〉の若き被験者たちに心からの好意と同情を寄せているようにふるまってはいるが、本当の顔は〝密告屋〟だ（モーリーンがもたらすおしゃべりの内容を考えれば、〝スパイ〟という単語はあまりにも大袈裟だとミセス・シグスビーは感じていた）。ただしカリーシャやほかのTPたちのだれひとり、この事実を察知してはいなかった――モーリーンが、正規の給料以外のこのちょっとした小づかい稼ぎの裏仕事の件を、頭の表面からずっと深いところに隠しておくことの達人だったからだ。

この女性がとりわけ役に立った点をあげるなら、〈研究所〉内には盗聴機器の死角になっている箇所――カフェテリアの南の隅、および売店コーナーの自販機群近くのごく狭いスペース――がある、という嘘情報を子供たちの頭に注意深く植えつけたことだ。そして子供たちはそういった場所で、それぞれの秘密をモーリーンに打ち明けた。大半はどうでもいい無価値な打ち明け話だったが、鉄屑の山のなかにひょっこり金塊があらわれる場合もなくはない。たとえばボビー・ワシントンはモーリーンを信頼して、自分は自殺を考えていると打ち明けていたのだ。

「最近はなにもないみたい」ミセス・シグスビーはいった。「もしモーリーンからの報告のなかに、あなたにも関心がありそうなものがあったら、わたしから連絡するわ、トレヴァー」

「了解。わたしもちょっと気になっただけだ」

「わかった。さあ、もうさがって。わたしにはまだ仕事があるから」

4

「くそっ、腹が立つ」ニックはそういいながらまたベンチに腰かけると、ようやく目もとにかかっていた髪を横に払った。「もうじき〝きん・こん〟のベルが鳴る。ランチのあとは目の検査で、ひたすら白い壁を見つめていなくちゃならない。おまえがどんな調子かを見てみよう。さあ、次の一手を指せよ」

ルークは、これほどチェスをしたくないと思ったためしがないほどの気分だった。頭のなかにはまだ千もの疑問が――それも大多数は〝粒々の注射〟にまつわる疑問が――残っていたが、いまは疑問を口にする機会ではなさそうだった。なんといっても、世の中には情報過多という状態がある。ルークはキングの前のポーンを二マス進めた。ニックが応戦してきた。ルークはキング側のビショップで応じ、ニックのキングのキング側のビショップ前のポーンを脅かした。しばしためらったのち、ニックは自陣のクイーンを斜めに四マス進め、この動きが事実上試合をおわらせた。ルークは自分のクイーンを動かしてから、ニックの次の手を待った――とはいえニックがどんな手を指しても、先行きに関係はなかった。ルークはおもむろに自陣のクイーンをニックのキングの隣にまで動かした――鮮やかに、あっさりと。

ニックは眉を寄せてチェス盤を見おろした。「チェックメイトか？　たった四手で？　マジかよ」

ルークは肩をすくめた。「〈学者のメイト〉っていう定跡だよ。巧くいくのは白でプレイしているときだけ。次にこの作戦で攻められたら応戦するといい。いちばんいいのは、クイーンの前のポーンを前にふたマス進めるか、キングの前のポーンをひとマス進めることだね」

「おれがもしその手を指しても、やっぱりおまえが勝つとか？」

「もしかしたらね」とは答えたが、これは気くばりだった。嘘いつわりない答えは、《勝つに決まってるだろ》だった。

「ぶったまげた」ニックはまだ盤を見つめていた。「めちゃ切れのいい勝ち方だな。だれに教わった？」

「本で読んだんだよ」

ニックはさっと顔をあげ――いま初めてルークを見たような目つきだった――前にカリーシャが口にしたのとおなじ質問をしてきた。「おまえはどこまで頭が切れるんだよ、小僧？」

「あんたをチェスで負かすほど賢いの」アイリスが口をはさみ、おかげでルークは質問に答えずにすんだ。

それと同時に、二音からなる控えめなチャイムが鳴り響いた——〝きん・こん〟だ。

「ランチに行こうよ」カリーシャがいった。「おなかがぺこぺこで死んじゃいそう。行くよ、ルーク。チェス道具は負けたほうが片づける決まりだし」

ニックは指を銃のかたちにして銃口をカリーシャにむけ、口で〝ばん・ばん〟と銃声の真似をしたが、ルークは立ちあがり、ながらも楽しそうに微笑んでいた。ルークは立ちあがり、女の子たちのあとを追った。ラウンジエリアに通じるドアのところで、ジョージが追いついてきてルークの腕をつかんだ。ルークはこれまでに読んだ社会学の本から（さらには自分の個人的な経験からも）、あるグループの子供たちはそれぞれが容易に識別できるような役割におさまる傾向にあることを学んでいた。ニック・ウィルホルムがグループの反逆児なら、ジョージ・アイルズはクラスの道化師だ。ただし、このときばかりはジョージは心臓発作なみに深刻な顔を見せていた。ジョージは低く抑えた声で早口にしゃべりはじめた。

「ニッキーはクールだよ。ぼくはやつが好きだし、女の子たちはやつにめろめろだ。そこまではいい。でも、やつを理想と仰いで真似なんかしちゃだめだ。やつは、ぼくたちがここから動けなくされてるってことを受けいれようとしない。でも、ぼくたちはここから動けない。だから戦う相手を選ぶべきだ。たとえば粒々。粒々が見えたら正直にいうこと。見えなくても、やっぱり正直にいう。嘘をつくのはだめ。あいつらには、わかるから」

ニックがふたりに追いついてきた。「おいおい、なに話してたんだ、ジョージー・ボーイ？」

「ジョージは赤ちゃんがどこから来るかを知りたがってたんだ」ルークはいった。「だから、きみにたずねるといいと話してた」

「いやはや。またしても三流コメディアンの登場とはね。ほんと、ここにはその手の人種が必要だよ」ニックはルークの首をつかんで絞めあげる真似をした。これが好意のあらわれであることをルークは祈った。さらには友情のしるしであれば、とも。「よし、食べにいこうぜ」

5

新しく友人になった面々のいう〝売店コーナー〟はラウンジの一画、大型テレビの向かいのスペースのことだった。ルークは自販機をじっくり見てみたかったが、ほかの面々はてきぱき動いていて、調べるチャンスがなかった。それでもアイリスが話していた掲示を目で確かめることはできた――**《節度をもって飲みましょう》**。してみると、酒の話であの子たちにかつがれたわけでもないらしい。

ここはカンザスではないし、〈遊びの島（プレジャー・アイランド）〉でもない。ルークは思った。ここはアリスが行った〈不思議の国（ワンダーランド）〉だ。何者かが夜中にぼくの部屋に侵入し、ぼくを〝兎の穴〟に押しこんでしまったんだ。

カフェテリアはブロデリック校ほど広くなかったが、それに近いスペースがあった。食事をしているのがルークたち五人だけという事実が、ここをさらに広く感じさせていた。テーブルはほぼ四人がけだったが、部屋の中央にはもっと大きなテーブルがふたつほど置かれていた。その片方に五人分の皿がセットされていた。ピンクのスモックにおなじくピンクのスラックスという服装の女性が近づいてきて、五人のグラスに水を注いだ。モーリーンとおなじように、この女性も名札をつけていた。名札には**《ノーマ》**とあった。

「元気にしてた、わたしのチキンちゃんたち？」

「うん、おれたちみんなでずっとヤッてたところ」ジョージが陽気な声でいった。「そっちは？」

「元気よ」ノーマはいった。

「ところで、たまたま〈刑務所から自由になって出ていけるカード〉とかもってない？」

ノーマは落ち着き払った笑みをジョージにむけ、おそらくキッチンに通じているとおぼしきスイングドアを通り抜けて姿を消した。

「なんでわざわざ相手したのかな、おれ？」ジョージがいった。「ここじゃ、おれのとっておきの決め科白（ぜりふ）も無駄になるだけだ。そうだよ、無駄になるだけだ」

それからジョージはテーブルの中央にあるメニューの

束を手にとって、残りの面々にまわした。メニューのいちばん上にはきょうの日付が書いてある。その下にまず《**オードブル**》（バッファローウィングまたはトマトビスク）とある。その下が《**メイン**》（バイソンバーガーまたはアメリカ式チャプスイ）と《**デザート**》（アップルパイ・アラモードまたはマジックカスタードケーキとやら）だった。さらに半ダースほどのソフトドリンクが列記されていた。

「このほか牛乳も飲めるけど、メニューには載ってないの」カリーシャがいった。「たいていの子供が牛乳を飲みたがらないから――朝食でシリアルが出るときだけは別だけど」

「ここの料理は本当においしいの？」ルークはたずねた。こんな平凡な質問――自分たちが南の島で、スポーツ施設利用料や飲食代金が宿泊料金に含まれた〝オールインクルーシブ・サービス〟で有名な〈サンダルズリゾート〉に逗留しているかのような質問――が口をついて出たことで、ルークはまたもや非現実感や自分の居場所がわからなくなる感覚を味わわされた。

「おいしいよ」アイリスはいった。「たまに体重を計られるけど、わたしはここでもう二キロ近く太っちゃった」

「いざ殺して食べるときにそなえて、おれたちを太らせる作戦さ」ニックがいった。「ヘンゼルとグレーテルみたいに」

「金曜の夜と日曜の昼はビュッフェスタイルになるよ」カリーシャがいった。「どの料理も食べ放題なんだ」

「そう、ヘンゼルとクソったれグレーテルみたいにさ」ニックがそうくりかえしてから体を半分ひねり、片隅に設置されたカメラを見あげた。「もどってこいよ、ノーマ。みんな注文は決まったから」

ノーマは即座にもどってきたが、これはルークの非現実感をさらに強めただけだった。しかし注文したバッファローウィングとチャプスイが運ばれてくると、ルークはどちらももりもりと食べた。奇々怪々な場所にいたのは事実だし、自分の身を案じて怯え、両親の身になにが起こったかを思って怯えていたのも事実だが、同時にルークは十二歳でもあった。

そう、育ち盛りの少年だったのだ。

6

彼らは——彼らが何者なのかはともかく——監視していたにちがいなかった。というのも、ルークがカスタードケーキの最後のひと口を食べおわるかおわらないかのタイミングで、やはりピンクの制服っぽい服の女性がすかさず隣にやってきたからだ。名札には《**グラディス**》とあった。「ルーク？　わたしといっしょに来てちょうだい」

ルークはほかの四人に目をむけた。カリーシャとアイリスは目を合わせようとしなかった。ニックはまた腕組みをし、かすかな薄笑いをのぞかせてグラディスを見つめていた。「またあとで来たらいいんじゃないかな、ハニー。たとえば……クリスマスごろとか？　そしたらヤドリギの下で蹴っとばしてやるからさ」

グラディスはニックを一顧だにしなかった。「ルーク？　いいでしょう？」

まっすぐルークの顔を見ていたのはジョージだけだった。その顔つきを見たルークは、先ほどジョージが外の運動場から屋内にはいってくるときに話していた言葉を思い出していた——《戦う相手を選ぶべきだ》。ルークは立ちあがった。「じゃ、またあとで。あとでまた会えるんだろうね」

カリーシャは声を出さず、口の動きだけで話しかけてきた——《粒々の注射》。

グラディスは小柄で愛らしい感じの女性だったが、もしかしたら柔道の黒帯の保有者かもしれず、もしルークが厄介な手間をかけたら、たちまち背負い投げを食らうことになるかもしれなかった。たとえ黒帯の有段者でなくても、やつらが監視しているのだから、即座に増援チームがあらわれるにちがいなかった。それ以外の要素もあった——しかも強力な要素が。ルークは礼儀正しくあれと育てられ、年長者には従うようにしつけられてきた。いまのような立場に置かれてもなお、そうした習慣から脱却しがたかった。

グラディスに導かれるまま、ルークはニックが話題にしていた窓の前を通りかかった。窓から外をのぞいてみると、たしかにほかの建物が外にあった。目隠しのようにぎっしり生えている木々のせいでかろうじて見えただけだが、それでも建物はたしかに存在していた。〈バックハーフ〉だ。

カフェテリアを出る直前、ルークは顔をうしろへむけて視線を走らせた。安心材料のひとつもないかと思ってのことだった——だれかが手をふっていてもよかったし、それこそカリーシャが笑顔を見せているだけでもよかった。しかしだれも手をふっておらず、だれも笑みを見せていなかった。ほかの四人は、先ほど運動場でルークが自分たちの両親はいまも生きているのかと質問したときとおなじ顔つきで、ルークを見返していた。その質問の答えは知らなかったのかもしれない。しかし四人は、これからルークがどこへ連れていかれるのかを知っていた。それがどこであれ、四人はすでにそこを経験ずみなのだ。

7

「ほんと、気持ちのいい日だこと」グラディスはコンクリートブロックづくりの廊下をルークの先に立って歩き、ルークの部屋の前を通りながらそういった。廊下はなおもつづいて別の翼棟に通じていたが——さらにドアが見えたので、この先にも部屋があるとわかった——ふたりは左へ曲がった。曲がった先は、どこにでもあるものと変わらないエレベーターホールだった。

ふだんはそつなく礼儀正しい会話をこなすルークだったが、いまは口をつぐんでいた。ニックがおなじ立場に置かれたら、きっとこうやって黙っているはずだと思えたからだ。

「でも、虫には困ったものね……わあっ！」グラディスは手をふって目に見えない虫を追い払い、声をあげて笑った。「だから、七月までは虫よけ剤をたっぷりつかったほうがいいわ」

「七月になれば、トンボが羽化するからね」

「そう！　ご明答！」グラディスは鳥のさえずりのような笑い声をあげた。

「ぼくたち、どこへ行くの？」

「そのうちわかるわ」グラディスはいいながら、眉毛をもぞもぞ動かした。まるで《サプライズのお楽しみをつぶすなんて野暮よ》といいたげに。

エレベーターのドアがあいた。青いシャツとスラックスという服装の男ふたりがおりてきた。名札によればひとりは《**ジョー**》、もうひとりは《**ハダド**》。ふたりともｉＰａｄをたずさえていた。

「やあ、ボーイズ」グラディスが陽気な声でいった。

「やあ、ガール」ハダドがいった。「調子は？」

「上々」グラディスがさえずった。

「きみはどうだ、ルーク？」ジョーがたずねた。「順調に慣れてきたか？」

ルークは黙っていた。

「沈黙療法ってか？　ははは」ハダドはにたにた笑っていた。「いまはそれでもＯＫ。でも、いずれそうもいっていられなくなるかも。いいことを教えてやるよ、ルーク。おまえがおれたちにまっとうな応対をすれば、おれたちもおまえにまっとうな応対をしてやる」

「仲よくされたきゃ仲よくしろ」ジョーがいい添えた。

「知恵の言葉だな。またあとで会えるな、グラディス？」

「もちろん。あんたには一杯の貸しがある」

「おまえがそういうなら」

男たちはそれぞれの方向へ歩いていった。グラディスはルークをエスコートして、エレベーターに乗りこんだ。階数表示もなければボタンもなかった。グラディスは「Ｂ」といいながら、スラックスのポケットからプラスティックのカードをとりだし、読取センサーにむけてひとふりした。ドアが閉まった。エレベーターが降下していった。しかし降下は短時間でおわった。

「Ｂ」天井あたりから、落ち着いた女性の声がいった。「Ｂに到着しました」

グラディスがふたたびカードをひとふりした。ドアがあいて、天井の発光パネルに照らされた広い廊下があらわれた。静かな音楽が流れていた――ルークが〝スーパーマーケット音楽〟と名づけているたぐいの音楽だった。その廊下を数人の人々が歩いていた――なにやら機材を載せたカートを押している人もいれば、血液のサンプルをおさめるような外見のワイヤーバスケットをさげている人もいる。ならんだドアには、Bの文字を頭につけた通し番号が表示されていた。

《大規模な事業だ》ルークは思った。《ここは大きな複合施設なんだろうか》

そのとおりにちがいなかった。もし地下にレベルBがあるのなら、レベルCも存在すると考えるのは理にかなっている。レベルDやEがあってもおかしくない。だとすれば、ここは政府直轄の施設にちがいないといいたいが……と、ルークは思った。これだけの規模の事業活動をどうすれば秘密のままにしておけるのか？　そもそも違法であり、さらには憲法違反の活動であるうえに、未成年者の拉致監禁までもが含まれているのだ。

ふたりは、ひらいているドアの前を通りかかった。ルークは室内をのぞき、休憩室のようなところだろうと考えた。テーブルがあり、自販機があった（ただし《**節度をもって飲みましょう**》の掲示はなかった）。三人が囲んでいるテーブルがあった——男がひとり、女がふたり。三人ともジーンズとシャツという私服姿でコーヒーを飲んでいる。片方の女——ブロンドの女——の顔にどことなく見覚えがあった。最初はそんなふうに感じる理由がわからなかったが、ルークはすぐに《そうよ。どんな願いもかなえてあげる》と話していた声を思い出した。それこそ、この施設で目を覚ます前の最後の記憶だった。

「おまえだ」ルークはいい、女に指を突きつけた。「おまえだったんだ」

女は無言だったし、表情もなにひとつ語っていなかった。しかし、女はルークを見ていた。グラディスがドアを閉めたときにも、まだルークを見つめていた。

「あの女だったんだ」ルークはいった。「まちがいないよ、あの女だ」

「もうすぐ着くわ」グラディスはいった。「用事はすぐにすむ。それがおわれば自分の部屋へもどれるの。体を休めたくなるでしょうね。初日はだれだってへとへとに疲れるものだから」

「ぼくの話をきいてた？　さっきの女は、ぼくの部屋にはいりこんできた当人だよ。あの女、ぼくの顔めがけてスプレーを吹きかけてきたんだ」

今度も答えの言葉はなく、笑みだけだった。グラディスが笑みをのぞかせるたびに、ルークの感じる薄気味わるさは少しずつ増してきていた。

ふたりは《B‐31》と表示されたドアの前にたどりついた。

「いい子にしていれば、トークンが五枚もらえるわ」グラディスはそういって別のポケットに手を入れて、ひと握りの小さな円形の金属板をとりだした。一見したところでは二十五セント硬貨に似ていたが、裏表の両側に施されていたのは三角形の浮き彫りだった。「わかる？ここでこれをもらってきなさい」

グラディスはげんこつをつくってドアをノックした。ドアをあけたのは青ずくめの制服姿の《**トニー**》という男だった。長身でブロンド、顔だちはハンサムだったが、片目の視線がわずかにちがう方向をむいていて、そのせいでジェームズ・ボンド映画に出てくる悪役のように見えた。たとえば、あとあと暗殺者だったと判明する人あたりのいいスキーのインストラクターあたり。

「これはこれは、美しきレイディのご来訪か」そういってグラディスの頬にキスをすると、「ルークくんを連れてきてくれたわけだね。やあ、ルーク」といって握手の手を突きだした。内心でニック・ウィルホルムにならおうとしていたルークは握手に応じなかった。トニーはこれがすこぶる出来のいいジョークだといいたげに笑った。

「さあ、おいで。こっちにおいで」

その言葉で部屋に招かれたのは、ルークひとりのように思えた。グラディスはそんなルークの肩を軽く押して、ドアを閉めた。部屋の中央に見えたものにルークの警戒が高まった。見た目は歯医者の椅子にそっくりだった。ただし、歯医者では両の肘かけにストラップがある椅子など見たことはなかった。

「さあ、すわるんだ、坊主」トニーがいった。〝いい子〟という呼びかけではなかったが、まあ似たようなものだ。

それからトニーはカウンターに歩み寄り、天板の下の抽斗をあけて、なにやらさがしはじめた。さがしながら口笛を吹いていた。こちらにむきなおったトニーは、小型の電気はんだごてに似た器具を手にしていた。まだドアの近くに立ったままのルークの姿に、トニーはいささかの驚きを感じていたようだ。それからにやりと笑って、「すわれといったんだぞ」という。

「それでぼくになにをするつもり？　タトゥーでも入れ

るの？」ルークが連想していたのは、アウシュヴィッツやベルゲンベルゼンの強制収容所に入れられるにあたって、囚人番号のタトゥーを入れられたユダヤ人たちだった。本来なら、馬鹿馬鹿しいことこの上ない考えのはずだった。しかし……。

トニーはびっくりした顔を見せてから声をあげて笑った。「いやいや、タトゥーなんかじゃない。きみの耳たぶをちょこっと引っかくだけだ。ピアスの穴をあけるようなもんさ。たいしたことじゃないし、ここに来る客人にはみんなやってることだ」

「ぼくは客なんかじゃない」ルークはあとずさりながらいった。「ぼくは囚人だ。それに、おまえにはぼくの耳になにかを入れさせるものか」

「ところが入れることになるんだな」トニーはあいかわらずにやにや笑いながら答えた。いまもまだ、こぶだらけの斜面をスキーで滑る幼い子供たちを指導し、それがおわったらジェームズ・ボンドを毒矢で暗殺しようと企んでいる男に見えた。「いいかい、ちょっと〝ちくん〟とするだけだ。だから、おたがい手間を省こうじゃないか。おとなしく椅子にすわってくれたら、七秒後にはぜんぶおわってる。この部屋から出ていくときには、グラディスからどっさりトークンをもらえるぞ。反対に手間をかけても、チップを入れられることに変わりはないし、トークンはお預けだ。さあ、どうする？」

「椅子になんかすわるもんか」ルークは全身が震えているような感じだったが、声はそれなりに力強かった。

トニーはため息を洩らした。追跡チップ挿入用の器具を慎重な手つきでおくと、立っているルークにつかつかと近づき、両手を自分の腰にあてがった。いまは一変して真剣な顔つきになっており、それがまるで悲しんでいるようにも見えた。「本気でいってるのかな？」

「もちろん」

いきなり容赦ない平手打ちを食らって、両耳ががんがん鳴りはじめた。トニーの手が腰から離れたことにもろくに気づかないうちの出来事だった。ルークはふらりと一歩あとずさり、衝撃に大きく見ひらいた目で大柄なトニーを見あげた。父親に一度だけ、四歳か五歳のときにマッチで遊んでいた罰として手のひらで（軽く）打たれたことこそあったが、頰をまともにひっぱたかれたのは生まれて初めてだった。頰が燃えるように痛かった。いままだ、こんな目にあったことが信じられなかった。

「耳たぶをつままれるより、こっちのほうがずっと痛いぞ」トニーはいった。笑顔はもう消えていた。「もう一回味わいたいか？　ああ、喜んでお望みに従ってやるさ。おまえのようなガキは世界が自分のものだと思いあがってやがる。いやはや」

このとき初めて、ルークはトニーのあごの先に小さな青痣があり、あごの左に小さな切り傷があることに気がついた。ニック・ウィルホルムの顔にあった新しい打撲傷のことも思い出した。自分にもおなじことをするガッツがあればいいのにと思ったが、それだけの胆力はなかった。いや、本当のことをいえば喧嘩のやりかたを知らないのだ。挑みかかったところで、部屋の反対側にまで体がすっ飛ぶほど強烈な平手打ちを食らうだけだろう。

「さあ、椅子にすわる気分になったか？」

ルークは椅子に腰かけた。

「これからはいい子にするか？　それともこのストラップをつかうか？」

「いい子にする」

じっさいルークはいい子にしていたし、トニーの言葉は正しかった。平手打ちにくらべたら耳を刺される痛みはずっとましだった。ひとつには心がまえができていたせいだろうし、またひとつには針を刺されるのが攻撃というよりも医療行為のひとつに感じられたせいだろう。それがすむと、トニーは滅菌装置に歩み寄って皮下注射器をとりだした。

「さて、第二ラウンドだぞ、坊主」

「それはなんの注射？」

「おまえには関係ないね」

「ぼくの体のなかに入れるのなら、関係大ありだよ」

トニーはため息をついた。「ストラップをつかうのか、つかわずにすませるのか？　おまえが選べ」

ルークはジョージの《戦う相手を選べ》という言葉を思い出しながら答えた。「ストラップなしで」

「よくいった。ちょっと〝ちくん〟とするだけで、すぐおわるからね」

ちょっと〝ちくん〟とするどころではなかった。七転八倒するほど苦しくはなかったが、それでもずいぶん痛い〝ぶすり〟だった。注射をされた腕が下は手首まですっかり熱くなったが、すぐいつもの感覚にもどった。

トニーは〈バンドエイド〉の注射パッチをルークの腕に貼ると、椅子を回転させて白い壁のほうをむかせた。

「さあ、目を閉じて」

ルークは目を閉じた。

「なにかきこえるか？」

「たとえばどんな音？」

「質問はやめて、こっちの質問に答えろ。なにか**きこえ**るか？」

「じゃ静かにしてよ。ぼくは耳をすませるから」

トニーは静かになった。ルークは耳をすませた。

「外の廊下を歩いてる人がいるね。あと笑ってる人がいる。グラディスじゃないかな」

「ほかには？」

「それだけ」

「オーケイ。上出来だ。さて、今度は目を閉じたまま二十まで数えてから目をあけたまえ」

ルークはいわれたとおり数えてから目をあけた。

「なにが見える？」

「壁」

「ほかには？」

トニーは粒々の話をしているも同然じゃないか、とルークは思った。《粒々が見えたら、正直にいうこと》ジョージはそう話していた。《見えなくても、やっぱり正直にいうんだ。嘘をつくのはだめ。**あいつら**にはわかるから》

「なんにも」

「ほんとに？」

「ほんと」

トニーに背中をぴしゃりと叩かれて、ルークはびくんと飛びあがった。「オーケイ、坊主。これでおわりだ。耳を冷やすのに氷をやる。きょうはもう好きに過ごすといい」

8

トニーに付き添われてB-31の部屋から外に出ると、グラディスが待っていた。プロのもてなし役にふさわしい快活な笑みに顔をほころばせていた。「ちゃんとできたの、ルーク?」

トニーが代わって答えた。「立派だった。いい子だね」

「ええ、そういう子をあつめるのがわたしたちの得意技だから」グラディスはまるで歌うような口調で答えた。

「じゃ、いい一日を、トニー」

「そちらこそ、グラッド」

グラディスは楽しげにさえずりながら、ルークをエレベーターまで連れ帰った。ルークにはこの女がなにを話しているのかがわからなかった。注射をされた腕のほうはもうわずかな痛みしかなかったが、チップを埋めこまれた耳はずきずきと激しく疼いて、保冷剤いりのアイスパックをずっとあてがっていた。それ以上にこたえたのが顔への平手打ちだ。それも、ありとあらゆる種類の理由で。

グラディスは部屋までずっとルークに付き添っていた——工場を思わせる緑色に塗られた廊下を歩き、カリーシャがその下にすわっていたポスターの前を過ぎ、《**きょうも楽しい楽園の一日**》とあるポスターの前も通りすぎて、ようやく自室のようでありながら自室ではない部屋にたどりついた。

「さあ、自由時間よ!」グラディスは豪華な賞品のことを話しているかのような大仰な口調でいった。ただし、いまの時点では部屋でひとりになれることが一種の賞品に思えたのも事実だった。「あいつに注射をされたんでしょう?」

「うん」

「腕が痛くなったり、気が遠くなったりしたら、そのときはわたしか、ほかの世話係にすぐ教えること。わかった?」

「わかった」

ルークはドアをあけた。しかし部屋に入らないうちに、グラディスが肩をつかんでルークをふりむかせた。もてなし役にふさわしい笑みはまだ顔に残っていたが、その指は鋼鉄のようで、ルークの肩の肉をぐりぐり押してきた。痛みを感じるほどの強さではなかったが、痛みが発生してもおかしくないと伝えてくる強さだった。

「トークンはあげられないわ」グラディスはいった。「この件についてはトニーと話しあう必要もなかった。頬の痣を見れば知りたいことはぜんぶわかるし」

いっそ、《おまえのクソくだらないトークンなんか欲しくないよ》と毒づいてやりたかったが、ルークは口をつぐんでいた。といっても、平手打ちを恐れてではなかった。恐れていたのは、自分の声を——弱々しく震えがち、混乱もあらわな六歳児のような声を——耳にしたら、それをきっかけにグラディスの目の前で泣き崩れてしまうことのほうだった。

「きみにアドバイスしてあげる」グラディスはいった。もう微笑みのかけらもなかった。「きみがここにいるのは奉仕するため——そのことを頭に叩きこんでおくことよ、ルーク。それはつまり、早く成長する必要があるということ。現実的になるということ。ここでは、きみの身にいろいろなことが起こる。気持ちのいいことばかりとはかぎらない。それでもいい子にしていれば、トークンがもらえる。わるい子になったらトークンはもらえない。どっちに転んでもおかしくないの——さあ、どっちを選ぶ？　それほど考えなくても正解はわかるでしょうね」

ルークはなにも答えなかった。それでもグラディスの笑顔は——《かしこまりました、お客さま。いますぐにお席までご案内いたします》と語っているような、あのもてなし役然とした微笑は——復活していた。

「夏がおわるまでには、きみは家に帰れる。それこそ、なにごともなかったようにね。ここでの記憶が残っていたとしても、それは夢みたいなものに思えるはず。でも、まだ夢になっていないあいだは、せめてここでの滞在を楽しいものにしたほうがいいでしょう？」グラディスは肩に置いていた手の力をゆるめ、ルークの体をそっと押した「さあ、少し休んだほうがいい。横になりなさい。粒々は見えたの？」

「見えなかった」

「いずれ見えるわ」

グラディスはことさら慎重な手つきで、ドアをそっと閉めた。ルークは夢遊病者になったような気分で、部屋の奥にあるベッド——自分のベッドのようでありながら自分のベッドではないベッド——に歩み寄った。ベッドに身を横たえ、自分のものではない枕に頭を載せ、窓がひとつもないのっぺりとした壁を見つめる。ここにも粒々は見えなかった——粒々とやらがなんであれ。ルークは思った。母さんに会いたい。ほんと、マジでめちゃくちゃ母さんに会いたいよ。

これで糸がふっつりと切れた。ルークはアイスパックを床に落とし、両手で目もとを覆って泣きはじめた。あいつらはぼくを監視してるのだろうか？　この泣き声もきかれているのだろうか？　かまうもんか。そんなことを気にする段階はとうに過ぎていた。ルークは泣きながら眠りに落ちた。

9

目が覚めたときには気分がよくなっていた――なぜか爽快な気分だった。さらに、昼食とそのあと、グラディスとトニーという新しい友人たちとの時間を過ごしていたあいだに、この部屋に新しいふたつの品が追加されていたことがわかった。机の上にノートパソコンが置いてあった。自宅でつかっていたのとおなじくマックだったが、もっと古いモデルだった。もうひとつ追加されていたのは、部屋の隅のスタンドに置かれていた小型テレビだった。

まずコンピューターに近づいて電源を入れる。耳になじんだマックのチャイムがきこえると、またしてもホームシックの念が胸の奥深くをちくんと刺してきた。ついで出てきたのはパスワード入力画面ではなく、青い背景にこんなメッセージが表示されている画面だった――《**利用のためにはトークン一枚をカメラにむけてかかげること**》。ルークは力まかせにリターンキーを二、三度叩いたが、それが無益だということも承知していた。

「ふざけたマシンだよ、ったく」

ついでルークは――なにもかもが恐ろしく、現実ばなれしているとしか思えないにもかかわらず――笑いださずにいられなくなった。とげとげしい笑い声でごく短かったが、心底からの笑いにはちがいなかった。子供たちがワインクーラーやタバコを買いたい一心でトークンをねだるという話をきかされたとき、自分はある種の優越感を――さらには、ひょっとしたら軽蔑の念をも――いだかなかっただろうか？　まちがいなくいだいていた。《ぼくだけはそんなことをするものか》と思ったのでは？　いかにもそのとおり。ルークが飲酒や喫煙の習慣がある子供たちについて考えたとき（といっても、そんな機会は稀だった――ほかに考えるべき重要なことがたくさんあったからだ)、頭に浮かんできたのはゴスの負け犬連中だった。ヘヴィメタルバンドのパンテラをきき、デニムジャケットに左右非対称の悪魔の角の絵を描いていた連中、頭がとことん鈍いので、さまざまな依存症という鎖でみずからを縛ることを反抗のポーズだと思いちがいをしていた連中。ルークは自分がそんな真似をするとは思いもしていなかったが、いまなにをしているかといえば、リターンキーをやたらに叩いているではないか……動物の条件づけを研究するためのスキナー箱に入れられた実験用ラットが、餌の粗挽き穀物のひと粒ほしさに、あるいはほんの数粒のコカインがほしい一心で、がむしゃらにレバーを押しさげつづけるように。

ルークはノートパソコンを閉じると、テレビの上からリモコンをつかみあげた。どうせテレビも、無地の青い背景に視聴するにはトークンが必要というたぐいのメッセージが表示されるだけだと頭から決めてかかっていたが、じっさいに画面に出てきたのは司会者のスティーヴ・ハーヴェイが俳優のデイヴィッド・ハッセルホフに、〝死ぬまでにやりたいことリスト〟についてインタビューしている番組だった。ハッセルホフがユーモラスな答えを口にしたらしく、スタジオの観客が爆笑していた。

リモコンのガイドボタンを押すと、自宅でも見慣れていたディレクTVのメニューがあらわれた。しかし――部屋やノートパソコンとおなじように――完全には同一でなかった。映画やスポーツ関係の番組はバラエティ豊かにそろっているものの、ネットワーク局やニュース専門局のチャンネルはなかった。ルークはテレビの電源を切ってリモコンを上に置き、部屋を見まわした。

廊下に通じているドア以外にもドアがふたつあった。ひとつはクロゼットの扉だった。なかにはジーンズやTシャツ(さすがにここまでは自宅をそっくりコピーしようという努力は見られなかったが、これはかえって安心材料だった)、シャツが二、三枚、スニーカーが二足にスリッパが一足。靴底が硬い靴は一足もなかった。

もうひとつのドアの先は、狭苦しいが汚れひとつない清潔なバスルームだった。シンクの上にはパッケージにはいったままの歯ブラシが二本あり、隣には新品の〈クレスト〉の歯磨きチューブもあった。中身の充実した薬品戸棚(メディスンキャビネット)には、マウスウォッシュと解熱鎮痛剤の小児用タイレノールの箱——かっきり四錠しかはいっていなかった——があり、デオドラントがあり、ロールオン型の〈ディート〉の虫よけ剤やバンドエイドがあり、ほかにもあれこれの品があった——なかには、ほかよりも役立ちそうな品もあった。多少なりとも危険性があるように思えなくもない品はたったひとつ、爪切り鋏だけだった。

ルークは薬品戸棚の扉を一気に閉め、扉の外側にある鏡で自分の姿を確かめた。髪の毛はめちゃくちゃに乱れ、両目の下には黒い隈ができていた（ロルフが見たら〝マスかき隈〟とでも呼んだはずだ）。顔だちが年かさに見える一方で幼くも見えるのが不気味だった。痛みが残る右の耳たぶを見たところ、かすかに赤らんだ皮膚に小さな金属の円板が埋めこまれているのが見えた。これでレベルB——あるいはC、あるいはD——のどこかに潜んでいるコンピューター技師に、ルークの一挙手一投足がすべて筒抜けになったのだろう。いまもリアルタイムで監視しているとも考えられた。MITとエマースンの両校への入学を予定していたルークことルーカス・デイヴィッド・エリス少年は、いまやコンピューターのディスプレイ上で点滅する光点にまで落ちぶれてしまった。

ルークは自分の部屋に（ちがう、ただのあの部屋だ——ルークは思った——ぼくの部屋じゃない、ただのあの部屋でしかないんだ）引き返してあたりを見まわし、あることに気づいて落胆した。本がなかった。ただの一冊もない。コンピューターがなかったら、やはりこれくらい落胆しただろう。いや、本がないのはそれ以上の落胆事かもしれない。ルークは衣類箪笥に歩み寄り、抽斗をひとつずつ順番にあけていった。ホテルの部屋によくあるように、聖書かモルモン教の聖典でもあるのではないかと思ってのことだった。しかしあったのは、きれいに整理されて積み重ねられた下着と靴下だけだった。

これでは、あとなにが残されている？　デイヴィッド・ハッセルホフをインタビューするスティーヴ・ハーヴェイの番組？〈爆笑！　全国ホームビデオ傑作スペシャル〉の再放送か？

いやだ。ぜったいにいやだ。

ルークはカリーシャなりほかの子供たちなりがいることを期待して、部屋から外に出た。しかし見つかったのは、モーリーン・アルヴォースンだけだった。〈ダンダックス〉の大きな洗濯物バスケットを苦労しながら押して廊下を進んでいた。バスケットには折り畳まれたシーツやタオルが山積みだった。モーリーン自身はこれまで以上に疲れもあらわで、息を切らしているようだった。

「こんにちは、ミズ・アルヴォースン。代わりにバスケットを押しましょうか？」

「あら、それは助かるね」モーリーンは笑顔でいった。「これから新入りさんが五人来るんだよ。ふたりは今夜のうちに、三人はあしたになってから。だから、あたしが部屋を準備しとかなくちゃいけない。その子たちはあっちの部屋をつかうんだ」そういって、ラウンジと運動場とは反対の方向を指さした。

ルークはバスケットをゆっくりと押した。モーリーンの足どりがゆっくりだったからだ。「ぼくがどうすればトークンを手に入れられるかなんて、知りませんよね、ミズ・アルヴォースン？　でも、部屋にあるコンピューターのロックを解除するのにトークンが必要なんです」

「あたしがすぐ横に立って指示を出したら、いわれたとおりベッドをメイクできるかい？」

「もちろん。うちではいつも自分のベッドをメイクしてます」

「シーツの隅を三角形にきっちり折り畳むホテル式のベッドメイクは？」

「ええと……それはしてません」

「気にしないでいい。お手本を見せるから。あたしにかわって五台のベッドをメイクしたら、トークンを三個あげる。いまポケットに三個しかないの。あの人たち、あたしにはあんまりトークンをくれないし」

「三個で充分です」

「わかった。でも、もうミズ・アルヴォースンて呼ばれるのはたくさん。あたしのことはモーリーンと呼ぶか、その略のモーだけでいいよ。ほかの子供たちとおんなじにね」

「わかりました」

ふたりはエレベーターホールに足を踏み入れ、さらにその反対側に伸びている廊下にはいっていった。ここの廊下にも、啓発標語の書かれたポスターがならんでいた。モーテルの廊下にあるような製氷機もあった。製氷機はトークンがなくてもつかえるようだった。その前を通りすぎると、モーリーンはルークの腕に手をかけた。ルークはバスケットを押すのをやめ、目顔でモーリーンに問いかけた。

口をひらいたモーリーンは、ささやき声も同然に抑えた声を出していた。「耳たぶにチップを入れられたのにトークンをもらえなかったんだね？」

「ええと……」

「小さな声のままなら話をしても大丈夫。〈フロントハーフ〉にはあいつらのマイクでも音を拾えない〝デッドゾーン〟が十カ所くらいあって、あたしは全部のありかを知ってる。ここはそのひとつ——製氷機のすぐ前ね」

「オーケイ……」

「耳にチップを入れて、その顔の傷をつくったのはだれ？　トニーだった？」

ルークの目が燃えるように痛みはじめた。話しても安全かどうかはともかく、まともに言葉を出せそうもなかったので、ルークはただうなずいて返事にした。

「あいつは底意地のわるいやつらのひとりさ」モーリーンはいった。「ジークもそう。グラディスもおんなじ——あの女はやたらに笑ってみせてるけどね。ここで働いてる連中のなかには、子供を小突きまわして楽しんでるやつが大勢いる。でも、最悪なのはその三人だ」

「トニーに平手打ちされたんだ」ルークはささやいた。「力いっぱい」

モーリーンはルークの髪をくしゃくしゃっとした。女の人が赤ん坊や幼児相手にする行為だったが、ルークは気にかけなかった。やさしさのこめられた触れあい。いまこの瞬間には大きな意味をもっていた。いや、あらゆる意味をそなえていたといえる。

「あいつのいうとおりにしな」モーリーンはいった。「口答えをしちゃいけないよ。それがあたしのいちばんのアドバイス。口答えしても大丈夫な相手もいないことはない。ミセス・シグスビーにだって口答えできるよ——それであんたにいいことがあるわけじゃないけど。でも、トニーとジークはどっちも性悪そのもののスズメバチだ。グラディスもね。やつらは、ずぶっと刺してくるよ」

モーリーンはまた廊下を先へ進みだした。しかしルークは、茶色い制服の袖をつかんでモーリーンを安全区画にまで引きもどし、こういった。「ニッキーがトニーを殴ったんじゃないかと思う。顔に傷ができてたし、目のまわりに薄い痣もあったから」

　モーリーンはにっこりと笑って、もう長いこと歯科医のお世話になっていないような歯をのぞかせてから、「ニッキーもよくやったもんだ」といった。「そりゃトニーには二倍の仕返しをされたかもしれない。でも……よくやったもんだ。さあ、もう行くよ。あんたに手伝ってもらえば、あっという間に部屋の準備がおわりそうだ」

　ふたりが最初に訪れた部屋は、壁にトミー・ピックルズとズーコ王子という、いずれも子供向け番組の専門チャンネル〈ニコロデオン〉で放映されているアニメのキャラクターをあしらったポスターが貼られ、箪笥の上にはＧＩジョーのアクションフィギュアがつくる小隊がならんでいた。ひと目でわかるキャラクターの人形もあった。ルーク自身がＧＩジョー愛好段階を経験していたのも、それほど遠い昔ではないからだ。壁紙には、風船をたくさんもっている楽しげなピエロがあしらわれていた。

「なんだよ、これ」ルークはいった。「ほんとに小さな子供の部屋だ」

　モーリーンは愉快に思っている目をちらりとルークにむけた――《あんただって地球一の年寄りのメトセラじゃないくせに》といいたげに。「そのとおり。エイヴァリー・ディクスンという男の子で、手もとの書類によるとまだ十歳。さ、仕事にかかるよ。あんたが相手だったら、ホテル式ベッドメイクの方法を教えるのは一回だけですむんじゃないかな。だって、あんたは飲みこみの速い子みたいだし」

10

部屋へもどったルークは、トークンの一枚をノートパソコンのカメラにむかってかかげた。そんなことをする自分が間抜けに思えなくもなかったが、コンピューターはただちに起動した。最初に出てきた青一色の画面には《**おかえりなさい、ドナ！**》というメッセージが表示されていた。ルークは眉を寄せたが、すぐに淡く微笑んだ。自分がここに来るよりも前のいつか、このコンピューターはドナという名前の人物が所有していたらしい（あるいは貸与されていたらしい）。起動時の〝おかえりなさい〟メッセージは、そのあと変更されていないのだ。だれかのうっかりミス。ごく些細なミスだが、ひとつミスがあれば、ほかにもミスがあるものだ。

起動時メッセージが消えて、ごく標準的なデスクトップ画面の写真が表示された――夜明けの空の下に広がる無人のビーチの写真。画面下に表示されているのはアイコンが横ならびになっているバーで、自宅のコンピューターで見なれていたものとおなじだったが、はっきり目立つちがいがひとつあった（といってもこの時点では意外ではなかった）――電子メールをあらわす郵便切手のアイコンがなかった。その代わりにインターネット・プロバイダのアイコンはふたつあった。これには驚かされたが、うれしい驚きだった。ルークはブラウザのファイアフォックスを立ちあげ、《ＡＯＬ　ログイン》とタイプした。今回も青一色の画面が出てきたが、中央には脈打つように明滅をくりかえす赤い丸が出てきた。落ち着いたコンピューター音声がいった。「申しわけありません、デイヴ。そのご要望にはお応えできかねます」

一瞬、ルークはこれもうっかりミスだろうと思った――最初はドナ、今度はデイヴ――が、すぐに映画〈２００１年宇宙の旅〉に出てきたコンピューター、ＨＡＬ（ハル）の音声だったと気がついた。馬鹿げたミスなどではない、ただのオタクっぽいユーモアだ。しかもこんな場合では、これっぽっちも少しも笑えなかった。

グーグルで父親のハーバート・エリスの名前を検索したが、またしてもＨＡＬ（ハル）が出てきただけだった。そこでちょっと考えてから、ミネアポリスのヘネピン・アベニューにあるオーフィウム劇場をググってみた。その劇場の芝居を見にいく計画を立てていたわけではなく（いや、ほかのどこの劇場だろうと近い将来芝居を見にいけるとは思えなかった）、どんな情報にならアクセスできるかを確かめたかったからだ。多少なりとも入手できる情報があるに決まっている――そうでなくて、どうしてネット接続が許されているというのか？

両親の呼び方にならうなら〝オーフ劇場〟は、〈研究所〉が〝来訪者〟にアクセスを許可しているサイトのひとつだった。サイトでは〈ハミルトン〉が《圧倒的ご好評に応えて！》再演されることや、来月はコメディアンのパットン・オズワルトが出演することを知らされた。ブロデリック校をググったところ、公式サイトが問題なく表示された。そこで指導カウンセラーのジム・グリア先生の名前をググると、ＨＡＬ（ハル）が出てきた。あの映画でデイヴ・ボウマン船長が感じていたもどかしさが、ルークにも理解できるようになりはじめていた。

　ルークはコンピューターをシャットダウンしようとして考えなおし、検索ワードの入力ボックスに《メイン州警察》と打ちこんだ。そのあと指が検索実行ボタンの上でためらい、いったんはクリックしかけたものの、結局は手を引っこめた。どうせＨＡＬ（ハル）が形ばかり謝ってくるだけだろうが、それだけでおわらないのではないかとルークは察していた。地下のどこかのレベルのどこやらで警報が鳴りだすと考えたほうがいい。考えたほうがいいどころか確実だ。コンピューターの起動画面に出てくる子供の名前の訂正は忘れても、〈研究所〉の子供たちが地元の当局への連絡をこころみた場合に警報を出すプログラムなら、忘れずに埋めこんであるに決まっている。そんなことをした罰も下されよう。顔を平手打ちされるだけではすまないかもしれない。以前ドナという名前の人物に貸与されていたこのコンピューターは、役にたたないしろものだ。

　ルークはすわりなおすと、細く薄い胸の前で腕を組んだ。モーリーンを思い、いかにも親しげに髪の毛をくしゃくしゃしてきた手つきを思う。ごく些細で無意識に近いような気づかいのしぐさだったが、あれのおかげで（くわえてトークンのおかげで）トニーの平手打ちが残した呪いが多少は拭い去られた。カリーシャは、モーリーンには四万ドルの借金があると話していなかっただろうか？　いや、金額はその二倍あたりだった。

　ひとつには親しみをこめて手で触れてくれたモーリーンへの返礼として、もうひとつはただの時間つぶしとして、ルークはグーグルの検索ボックスに《わたしは多額の借金に苦しんでいます。だれか助けて》と入力してみた。コンピューターは即座に、このテーマにまつわるあらゆる種類の情報へのアクセス方法を示してきた。その手の厄介な借金をきれいさっぱり片づけるなんて簡単だ、と宣言している会社も多数出てきた——借金でにっちもさっちもいかなくなった人も、そういった会社に電話一本かけるだけでいいそうだ。ルークは、そんなうまい話があるものかと眉に唾をつけたが、世の中にはこれをあっさり信じる人もいるのだろう。そもそもそういう人だからこそ、借金で首がまわらない苦境に落ちこんだともいえる。

ただし、少なくともカリーシャによれば、モーリーンはその手の人たちとはちがうようだ。本人ではなく夫が借金をどんどん増やしたあげく、家を出たという話だった。真実かもしれないし、真実ではないかもしれないが、いずれにしてもなんらかの解決策があるはずだ。解決策はかならず存在している。そういった策を見つけだすことが勉強の目的だ。そう考えると、このコンピューターもまったくの無用の長物でもなさそうだった。

ルークはいちばん信頼できそうな情報源のサイトをまず参照し、たちまち借金と借金の返済というテーマの世界に深く没頭していた。昔ながらの知りたいという飢えにも似た気持ちが復活していた。新しいことを学びたい。中心となっている問題を特定して理解したい。いつものように情報の一片一片がそれぞれ三つ、またはそれ以上(つまり六つ、または十二)の新しい情報につながり、やがて一枚の大きな構図がくっきり浮かびあがってきた。一種の地形図。もっとも興味をかきたてられたコンセプトは――ほかのコンセプトすべてを中央で束ねているピンのようなコンセプトは――単純だったが(少なくともルークにとっては)衝撃的なものだった。借金、すなわち負債は商品だというコンセプトだ。負債は売買できるし、ある時点においてはアメリカ経済の中心であったばかりか、世界経済の中心でもあった。それでいながら、実体として存在してはいない。ガスや金(きん)やダイヤモンドのように確固とした物質ではない――ただの概念だ。金を支払うという約束だ。

コンピューターから、インスタントメッセージ着信のチャイムが鳴り、ルークは真に迫った夢から目を覚ました少年そのままに頭を左右にふった。コンピューターの時計を見ると、午後五時だった。ルークは画面下に表示されている風船のアイコンをクリックして、メッセージに目を通した。

ミセス・シグスビー:ハロー、ルーク。わたしはこの施設の責任者。あなたと会いたいの。

ルークはちょっと考えてから、返信を打ちこんだ。

ルーク：ぼくは面会を断われますか？

即座に返信が表示された。

ミセス・シグスビー：いいえ。☺

「そのスマイリーマークを画面から剝ぎとって、おまえのケツにでも――」

ドアにノックの音がした。どうせグラディスだろうと思いながらドアに歩み寄る。しかし今回そこにいたのは、先ほどエレベーターホールで行きあったふたりの男の片割れ、ハダドだった。

「ちょいと散歩につきあわないか、ビッグボーイ？」

ルークはため息をついた。「ちょっとだけ待ってて。スニーカーを履かなくちゃだから」

「ああ、いいとも」

ハダドはルークをともなってエレベーターの前を素通りし、カードキーでその先のドアをあけた。ふたりは虫を手で払い除けながら短い距離をいっしょに歩いて、管理棟にたどりついた。

11

ルークはミセス・シグスビーに、父親の長姉を連想した。そのローダ伯母とおなじく目の前の女性も痩せており、ヒップも胸もわずかな徴候をうかがわせているだけだった。ただしローダ伯母は口のまわりの笑い皺があり、目にいつでもやさしい光を宿していた。ハグが大好きだった。しかしいまプラム色のスーツと同系色のハイヒールという姿でデスクの横に立っているこの女性からは、ハグは期待できそうもなかった。笑顔は見せてもらえそうだったが、ありもしない三ドル紙幣なみの偽物の笑顔になりそうだ。ミセス・シグスビーの目にのぞいていたのは慎重に値踏みをする者の光であり、それ以外は見当たらなかった。それ以外はなにもなかった。

「ありがとう、ハダド。あとはわたしひとりで大丈夫よ」

ハダド――ここの雑務係のような役まわりなのだろう

とルークは推測した――は鄭重に会釈をひとつして、部屋から出ていった。

「最初にわかりきってることから話しましょう」ミセス・シグスビーはいった。「まず、ここにはわたしたちしかいない。ここに新しい居留者を迎え入れたら、わたしはそのたびに新入りと十分間、ふたりきりで過ごすことにしてる。なかにはすっかり混乱したり怒ったりして、わたしに襲いかかろうとした者もいた。でも、そういう者をわるく思ったりはしない。だって、ほら、わるく思うはずがないでしょう？　ここに迎える者たちで最年長は十六歳、平均でいえば十一歳と六カ月よ。いいかえれば子供たち。そして子供たちは、たとえいちばんお行儀のいいときだって、容易には衝動をこらえられないと決まってる。だからね、子供たちが攻撃的な態度を見せたら、教育のチャンスが訪れたと考えるようにしてるし……きっちり教えこんでもいる。どうかしら、ルーク、きみにも教えこんであげるべき？」

「いえ、けっこうです」ルークはいった。そういえばニックは、この痩せた小柄な女性に手をかけようとした者のひとりなのだろうか？　ルークは思った。あとでたずねてみよう。

「よかった、さあ、すわって」

ルークはミセス・シグスビーのデスク前の椅子に腰かけると、膝ではさんだ両手をきつく握りあわせて身を乗りだし気味にした。ルークとむかいあわせにすわったミセス・シグスビーの目つきは、厳しい女性校長そのものだった。おふざけをいっさい許さない校長。おふざけには厳罰で対処する校長。これまでルークは無慈悲な大人に会ったことはなかったが、いまはそのひとりとむかいあっているのかもしれない、と思った。背すじの凍るような思いだったし、とっさにこみあげてきたのは、その考えを馬鹿らしいとして退けようという衝動だった。ルークはその衝動を握りつぶした。それよりは、これまでが恵まれてきた生活だっただけだと信じたほうがいい。ミセス・シグスビーはいま自分が思ったとおりの人物だと思っていたほうがいい――そのほうが安全だ（本人がそうではないとみずから証（あか）さないかぎりは）。いま自分は不利な立場に追いこまれている。そんなとき自分から目を曇らせるような真似は、いまの自分にとって最悪のミスになるかもしれない。

「もうお友だちができたようね、ルーク。いいことよ。幸先のいいスタート。〈フロントハーフ〉で過ごすあいだには、ほかの子たちとも会うでしょうしね。そのうちふたりは、ついさっき到着したところ――エイヴァリー・ディクスンという男の子とヘレン・シムズという女の子。いまはふたりとも眠っているけれど、すぐに顔をあわせて知りあいになれる。そうね、ヘレンとは十時の消灯前に会えるかも。エイヴァリーのほうは朝まで眠りつづけるかもしれない。まだとっても幼いの。だから目を覚ましたときには、感情が高ぶった状態になりそう。エイヴァリーをやさしく守ってあげて――カリーシャとアイリスとジョージもそうするだろうけど。ニックも新入りを守るかもしれないけど、ほら、ニックという子は反応が読めないから。はっきりいってニック本人にも読めてなさそう。エイヴァリーがここという新しい環境に慣れるのを手助けすれば、きみもトークンを稼げるの。もう知っているでしょう、トークンがここ、つまり〈研究所〉の基本的な交換媒介物――ひらたくいえば流通貨幣だと？　どうなるかは、すべてきみしだい――でも、わたしたちもちゃんと見張ってる」

うん、おまえたちが見張ってることはぼくも知ってる――ルークは思った。盗みぎきをしてることもね。ただし、おまえたちには声がきこえない場所がいくつかある。もちろん、モーリーンの話が正しければだけど。

「もう友だちからいろいろな話を教わっているみたいね。本当の話もあれば、お話にならないほどの嘘っぱちもある。でも、これからわたしが話すことは一から十まで正確な事実そのもの。だから、しっかり気をつけてきなさい」ミセス・シグスビーは両手をデスク面に押しつけるようにして身を乗りだし、目でルークの目をとらえた。「耳の穴はちゃんとあいてる、ルーク？　それというのもね、昔からの慣用句をつかえば、わたしは〝キャベツを二度は嚙まない〟から――そう、おなじ話をくりかえすのはきらい」

「はい」

「〝はい〟って、なにが？」即座にぴしゃりとたずねてくる――これまでと変わらずに冷静な表情で。

「耳の穴はちゃんとあいています。真剣にお話をきいています」

「すばらしい。きみはこれから一定期間を〈フロントハーフ〉で過ごす。十日間かもしれないし二週間かもしれない。もっと長く一カ月になるかもしれない――とはいえ、徴募兵でそこまで長く滞在する者はほとんどいないわ」

「徴募兵？　それってつまり、ぼくは兵隊みたいに徴兵されたわけですか？」

ミセス・シグスビーはきっぱりとうなずいた。「ええ、まさにそのとおり。いまは戦時下よ――そしてあなたたちは、われらが祖国に奉仕するために徴集されたわけ」

「どうして？　まさか、ぼくがたまに手をつかわずにグラスや本を動かせるから？　ったく、そんなの馬鹿――」

「お黙り！」

この一喝に、トニーから食らった派手な平手打ちにも負けないほどのショックを受けたルークは、いわれるがまま口を閉じた。

「わたしが話をしているときには、きみは話をきく。決して口をはさまないこと。わかった？」

まともに声を出せる気がせずに、ルークは無言でうなずいた。

「この戦争は〝力の戦い〟ではなく〝心の戦い〟よ。戦いに負けたら、その先に待つのは悲惨という言葉では足りない結末よ。それこそ想像もつかない結末ね。きみはたった十二歳かもしれない。でも、いまは宣戦布告なき戦争のひとりの兵士よ。カリーシャをはじめとするほかの子供たちもおんなじ。どう、気にいった？　そんなはずはない。これが気にいる徴募兵なんかひとりもいない。だから徴募兵たちには、命令に従わなかった場合どんな結果が待っているのかをおりおりに教えこむ必要がある。きみがもし記録の示すように聡明な子だったら、もう二度と教えこむまでもないでしょう。ここはきみの学校でもない。だから、追加の雑用をやらされることはないし、校長室送りにもならず、放課後の居残りを命じられもしない――あっさり処罰されるだけ。わかった？」

「はい」いい子にしていればトークンがもらえ、わるい子になれば頬に平手打ち。背すじの寒くなるコンセプトだが、一方で単純明快でもあった。

「これからきみは一定数の注射をされる。また一定数の検査も受ける。心身双方の状態は間断なくモニターされる。そしてやがては卒業して、わたしたちが〈バックハーフ〉と呼んでいるところへ進む。そこできみには遂行するべき任務が与えられる。〈バックハーフ〉での滞在は長くて六カ月。でも、平均的な任務遂行期間はたった六週間よ。それがおわれば、あなたは記憶を消去され、ご両親のいる家へ送りかえされる」

「ふたりは生きてますか？　両親は無事なんですか？」

　ミセス・シグスビーは笑った――それも意外なほどに陽気な笑い声だった。「もちろんお元気に決まってる。わたしたちは殺人者ではないのよ、ルーク」

「だったら両親と話をさせてください。話をさせてもらえたら、ぼくはなんでもいわれたとおりのことをします」どれほど考えなしの約束かということに気づく間もなく、言葉が口からほとばしりでていた。

「だめよ、ルーク。どうやらわたしたちのあいだには、まだ完全な理解が確立されていないみたいね」ミセス・シグスビーはすわりなおして椅子にもたれた。両手はふたたびテーブル面にひらたく押しつけられていた。「これは交渉ではない。なにがどうあろうとも、きみはわたしたちが命じたとおりのことをする。これについては、わたしの言葉をそのまま受けとっておくべきよ――そうすれば、たっぷり痛い思いをせずに過ごせる。この〈研究所〉で過ごすあいだ、きみは外界とのいっさいの接触を禁じられる――ご両親も含めてよ。きみはあらゆる命令に服従する。あらゆる規律をきっちりと守る。そうはいっても――わずかな例外こそあるけれど――実行が困難な命令とか、守るのが難儀な規律はひとつもない。ここで過ごす日々はあっという間に過ぎていく。そしていずれここを出たら、ある晴れた朝、きみはまぎれもない自分の部屋で目を覚ますはず――それこそ、なにごともなかったかのようにね。悲しいのは――いえ、悲しいというのは、わたしがそう思うだけだけれど――祖国に奉仕するという偉業をなしとげていながら、きみがそれを少しも覚えていないこと」

「どうすればそんなことが可能なのか、ぼくにはさっぱりわからない……」ルークはいった。ミセス・シグスビーに話しかけた言葉というよりは、ひとりごとに近かった。それはなにかに――たとえば物理の問題、たとえばマネの絵画作品、たとえば借金の短期的および長期的な影響などに――関心が百パーセント引き寄せられたときのルークの癖のようなものだった。「ぼくを知ってる人はたくさんいます。学校……両親がいっしょに仕事をしている人たち……ぼくの友人たち……その全員の記憶を消すなんて不可能です」

ミセス・シグスビーは笑い声こそあげなかったが、にっこりと微笑んだ。「わたしたちにどれだけの力があるかを知ったら、きみもきっと驚くわ。この話は以上、おしまい」そういって立ちあがるとデスクをまわって外に出てきて、握手の手を差しだしてきた。

ルークも立ちあがったが、握手に応じようとはしなかった。

「わたしと握手をして、ルーク」

ルークのなかには、握手に応じたがっている部分もあった——古くからの習慣は簡単にはふり切れないものだ。しかし、ルークは手を下へ垂らしたままにしていた。

「握手をしなさい。そうでなければ、握手をしなかったことを後悔させてあげる。おなじことは二度といわないわ」

ミセス・シグスビーが本気そのものであることが見てとれたので、ルークは握手に応じた。相手が握りかえしてきた。強く握りしめてきたわけではない。しかし、この女性の手が力強くなれることは感じとれた。ミセス・シグスビーの目がルークの目をのぞきこんだ。「昔からの表現を借りれば、きみには〝またご近所で会える〟でしょうね。でも、きみがこの部屋に来るのは今回で最後にしてほしい。ふたたびここへ呼びだされたら、そのときの会話はきょうのような楽しい会話にはならないから。わかった？」

「はい」

「よろしい。いまがきみにとって暗い時期なのはわたしもわかってる。でも、いわれたように行動していれば、きみはいずれ日ざしのもとへ出ていけるの。わたしの言葉を信じなさい。さあ、もうさがっていいわ」

ルークはこのときも夢のなかの少年になった気分で、あるいは兎の穴に落ちていくアリスにでもなった気分で部屋の外へ出た。ハダドはルークを待ちがてら、ミセス・シグスビーの秘書だか助手だか、とにかくそのたぐいの女性とおしゃべりをしていた。「よし、これからおまえを部屋まで送ってやる。おれのそばを離れるなよ、いいな？　森を目指して走るような真似はよせ」

ふたりは建物の外に出ると、居留棟を目指して歩きはじめた。途中でルークは眩暈の波に襲われて足をとめた。

「待って」ルークはいった。「ちょっとでいいから」

ルークは上体をかがめて両手で膝をつかんだ。一瞬だったが、色とりどりの光が両目のすぐ前に群がりあつまってきた。

「まさか気をうしないかけてんのか？」ハダドがたずねてきた。「自分でどう思う？」

「それはない」ルークは応えた。「でも、あの、もうちょっとだけ待ってて」

「いいとも。そうだ、注射を打たれたんだろ？」

「うん」

　ハダドはうなずいた。「なかにはそういう影響が出る子供もいるんだよ。遅れてきた副反応だ」

　ルークは点だか粒だかが見えたかと質問されるものと思ったが、ハダドはなにもいわずに歯の隙間から口笛を吹き、群れ飛ぶ吸血性の小さな羽虫を手で払いのけながら待っていただけだった。

　ルークはミセス・シグスビーの冷たい灰色の瞳を思い、どうやってこんなことをつづけているのかという説明をあの女性がにべもなく拒絶したことを思った。つづけるために必要なのは……なんという用語だっけ……そう、超法規的かつ超特例の犯罪人引き渡し措置みたいなものか。まるでミセス・シグスビーが数学の問題を解いてみろとルークに迫っているかのようだった。

《いわれたように行動していれば、きみはいずれ日ざしのもとへ出ていけるの。わたしの言葉を信じなさい》

　ルークはまだ十二歳であり、この世界での自分の経験がまだきわめて少ないことを自覚してもいたが、ひとつだけ確信をもっていえることがあった。だれかが自分から《わたしを信じなさい》といった場合、その人物は決まって息を吐くように嘘をついている。

「気分はましになったか？　もう歩けるようになったか、わが坊主（マイ・サン）？」

「うん」ルークは背中をまっすぐに伸ばした。「でも、ぼくはあんたの息子（サン）じゃない」

　ハダドはにやりと笑った——金歯がきらりと光った。「いまはおれの息子だよ。おまえは〈研究所〉の息子になったんだ、ルーク。だから肩の力を抜いて、そのことに慣れといたほうがいいぞ」

12

居留棟に引き返すと、ハダドはエレベーターを呼び、「じゃあな、さよなら三角またきて四角だ」といいながらケージに乗りこんでいった。ルークは自分の部屋へむかって歩いていったが、製氷機と反対側の床にニック・ウィルホルムがすわりこんで〈リーセス・ピーナッツバターカップ〉を食べていた。ニックの頭の上に、二匹のシマリスが描かれたポスターが貼ってあった。二匹の笑っている口からは、コミックス流儀の吹きだし（バルーン）が浮かんでいた。左のリスは「愛する人生を生きよう！」といっていた。もう一匹のリスは、「生きている人生を愛そう！」といっていた。ルークはぼんやりした頭でポスターを見つめた。

「こんな場所にあるポスター、おまえならどんなふうに呼ぶ？」ニックはたずねた。「反語？　皮肉？　それとも嘘っぱち？」

「その三つ全部だよ」ルークはそう答えてニックの隣にすわった。

ニックは〈リーセス〉の箱を差しだした。「食べたくないか？」

食べたかった。ルークは礼を述べ、かさかさと音をたてる包装を剝がすと、三口でたちまち食べつくした。

ニックは愉快そうな顔でルークを見ていた。「最初の注射を打たれた——そうだろ？　注射を打たれると糖分が欲しくなるんだ。夕食そのものはあまり食べる気になれないかもだけど、デザートは食べたくなる。断言していい。もう粒々は見えたか？」

「見てない」そう答えてから、ルークは先ほど前かがみで膝を押さえて眩暈が過ぎ去るのを待っていたあいだのことを思い出した。「いや、見えたかも。粒々ってのはなに？」

「技師たちは〈シュタージライト〉って呼んでる。あれも準備のひとつだ。おれはほんの数回の注射しか打たれてないし、気味のわるい検査だってほとんど受けてない。おれはTKポジだからね。ジョージもおんなじだ。カリーシャはTPポジ。ノーマル連中はおれたちよりもたくさん注射をされる」そういって考えこみ、「いや、おれたちはひとりもノーマルなんかじゃないな。ノーマルだったら、そもそもここにいるわけがない。でも、おれがいってる意味はわかるだろ？」

「つまり、あいつらはぼくたちの能力を強めようとしてるわけ？」

ニックは肩をすくめた。

「準備っていってたけど。なんの準備？」

「なんだか知らないけど、〈バックハーフ〉でやってること。で、あのクソ女王さまとの話しあいはどんな具合だった？　祖国に奉仕するとかなんとかお説教されたか？」

「あの女、ぼくは徴兵されたって話してた。こっちからすると、ただの徴兵どころか強制徴募隊に連行されたみたいな気分だよ。ほら、十七世紀とか十八世紀とかの昔、軍艦に兵隊が必要だってなると艦長が――」

「強制徴募隊がなにかは知ってるよ、ルーク。おれだって学校へ行ってたんだ。それに、おまえのいってることは正しいよ」ニックは立ちあがった。「さあ、外の運動場に出ようじゃないか。またチェスのレッスンを頼む」

「ちょっと横になりたくて」ルークはいった。

「そういえば顔色がちょっとわるいな。でも、お菓子が助けになった――そうだろ？　認めろよ」

「うん、たしかに」ルークは同意した。「きみはなにをしてトークンをもらったの？」

「なんにもしてない。モーリーンがシフトおわりの前に、こっそり一枚くれたんだよ」ついでニックは悔しがっているような口調でこういった。「このクソの宮殿にもまっとうな人がひとりいるとすれば、それはモーリーンだな」

ふたりはルークの部屋の前までやってきた。ニックがこぶしをかかげた。ルークはそこに自分のこぶしを打ちつけた。

「次のチャイムが鳴ったら会おうぜ、博士くん。それまでに、せいぜい元気を出しておけ」

モーリーンとエイヴァリー

1

ルークはいつしかうとうとして、不愉快な夢のかけらに満ちた眠りについていた。やがて夕食を告げる〝きん・こん〟のチャイムで目を覚ました。チャイムの音がうれしかった。ニックの言葉は的はずれだった――食欲はまちがいなくあったし、食べ物に飢えていただけではなく、仲間と過ごすひとときにも飢えていた。それでもルークは売店コーナーで足をとめ、ほかの子供たち全員が自分を騙していたかどうかを確かめた。彼らの言葉は嘘ではなかった。スナック類の自動販売機の隣には、豊富な種類のタバコがそろっている年代物の販売機があった――本体前面の上にある裏から光で照らされたパネルでは、高級な服に身を包んだ男女がバルコニーで笑いさざめきながら一服していた。その横にあったのは、ブロデリック校で酒を飲むことを覚えた生徒たちが俗に〝機内サービス用ボトル〟と呼んでいた小瓶にはいった大人用飲料のコイン式自動販売機だった。タバコひと箱はトークン八枚。〈ルルー・ブラックベリーワイン〉の小瓶は五枚。部屋の反対側には、鮮やかな赤に塗られたコーク用の冷蔵庫があった。

だれかがいきなり背後からルークの体をつかみ、両足が浮くほど体をもちあげられたルークが驚きに思わず声をあげると、耳もとでニックが笑い声をあげた。

「もしもビビってお洩らししたら、おまえはダンスのチャンスでおフランス！」

「降ろせったら！」

ところがニックはルークの体を前後にぶんぶん振り動かした。「ルーキーくん、ティディ・ウーキー・デル・ルーキー！　内股小股、おまけにがに股歩きのルーキーくん！」

ニックはルークを下に降ろすと、体をくるりとまわし、両手を上へもちあげるなり、天井の埋めこみスピーカーから流れているBGMにあわせて珍妙な二拍子のブーガルーダンスを踊りはじめた。ニックの背後ではカリーシャとアイリスが、ともに〝男子ってほんとに馬鹿〟という表情でながめていた。

「タイマン張るかい、ルーキーくん？　内股小股、おまけにがに股歩きのルーキーくんよ？」

「おまえなんか、ぼくのケツに鼻が埋まって窒息しちゃえ」ルークはいい、自分で笑いだした。ニックをあらわす言葉があるのなら――気分が明るいときだろうと険悪なときだろうと――〝生き生きしている〟の一語だろう、とルークは思った。

「巧いこというな」ジョージがそういいながら、ふたりの少女を押しわけて進みでてきた。「覚えておいて、あとでつかわせてもらうよ」

「ぼくの名前も考案者としてクレジットしておけよ」ルークはいった。

ニックがダンスをやめた。「おなかがぺこぺこ、おいらはへろへろだ。さあ、早く食事にしようぜ」

ルークはコークの冷蔵庫をひらいた。「ソフトドリンクは無料でいいんだよね？　トークンを払うのは酒とタバコ、それにスナックだけかな」

「そのとおり」カリーシャがいった。

「それから……ええと……」ルークはスナック類の自販機を指さした。大半の商品はトークン一枚で入手できるが、いまルークが指さしている品だけは六枚必要だった。

「あれは……」

「あの〈ハイボーイ・ブラウニーズ〉が、きみの思っているとおりの品物かどうかっていう意味？」アイリスがたずねた。「わたしは食べたことないけど、でも、〝ハイ〟っていう言葉から見当がつくとおりの食べ物にちがいない」

「ああ、そのとおり。マリファナいりのブラウニーだ」ジョージがいった。「おれはハイになれたけど発疹が出た。アレルギーがあるんだ。さあ、早く食べようぜ」

一同は前とおなじテーブルについた。**《ノーマ》**は**《シェリー》**に変わっていた。ルークはパン粉をまぶして揚げたマッシュルームとサラダを添えたチョップドステーキ、それに〝バニラクリーム・ブルーレイ〟とかいうメニュー名の品を選んだ。この不気味な不思議の国(ワンダーランド)には頭のいい人たちもいるかもしれないが――ミセス・シグスビーはどう考えても愚か者ではなさそうだ――メニューを考案している人たちは頭のいい人のひとりではなさそうだ。いや、そう思うのは自分の知的スノビズムのなせるわざだろうか？

どうだっていい――ルークは思った。

一同は日常生活から力ずくで引き離される前に通っていた学校――ルークにわかった範囲では、みんな神童のための特別な学校ではなく、普通の学校に通っていたようだった――のことを多少話し、それからそれぞれが大好きなテレビ番組や映画のことを話題にした。じつに楽しい雰囲気だったが、それもアイリスが片手をあげてそばかすの散った頬をさっと払うまでのことだった――それを見てルークは、アイリスが泣いていたことに気づいた。大泣きではなく、わずかな涙をこぼしただけだったが、それでも涙は涙にちがいなかった。

「きょうは注射されなかった。でも、あのいやなケツ温測定をやられちゃった」アイリスはいい、ルークのけげんな顔を見て、にっこりと微笑んだ――その笑みのせいで、頬をまたひと粒の涙が転がり落ちていった。「あいつらはわたしたちの体温を肛門で測るの」

ほかの面々もうなずいていた。

「なんでそんなことをするのかはわからない」ジョージがいった。「でも、顔から火が出るほど恥ずかしいよ」

「それに十九世紀的ね」カリーシャがいった。「あいつらには、あいつらなりの理由があるに決まってる。でも……」といって肩をすくめる。

「コーヒーを飲みたい人は？」ニックがたずねた。「おれがとってきてやる」

「ねえ、ちょっと」

その声は部屋の出入口からきこえた。そちらへ顔をむけた一同の目に見えたのは、ジーンズとノースリーブのトップスを着た少女だった。つんつん突き立てた短い髪は、頭の片側では緑、反対側は青っぽい紫に染められていた。こうしたパンク風の外見とは裏腹に、少女は森で迷子になったおとぎ話の子供のように見えた。ルークは少女を自分とおなじくらいの年齢だと見つもった。

「ここはどこ？　だれか、ここはなにをするところだか知ってる？」

「こっちへおいで、サンシャイン」ニックはそう声をかけ、あのきらめくような笑みをさっとのぞかせた。「椅子をもってきておすわりよ。ディナー料理のお味見どうぞ」

「おなかは空いてない」新来者はいった。「ひとつだけ教えて。だれをぶっ飛ばせば、ここから出ていけるの?」

一同はこうしてヘレン・シムズと顔をあわせた。

2

食事をおえたあとで一同は運動場に出ていき(ルークは体に虫よけ剤を塗りたくることを忘れなかった)、そこでヘレンにいろいろと教えた。それでわかったのはヘレンがTKで、ジョージやニックとおなじくポジティブだということだった。ニックがチェス盤をセットすると、ヘレンは手をつかわずに数個の駒を倒すことで能力を実証した。

「ただのポジティブじゃなく、ス、パ、ーパーポジティブじゃん」ジョージがいった。「おれにもやらせてよ」ジョージはポーンこそ倒せたが、黒のキングは少しだけゆらゆら揺らすのが精いっぱいだった。ジョージはすわりなおして椅子に背をあずけ、頰をふくらませていた息をふーっと吐いた。「オーケイ、きみの勝ちだよ、ヘレン」

「ここでは、わたしたちみんなが負けてるんだと思うな」ヘレンはいった。「わたしはそう思うの」

ルークはヘレンに、両親のことが心配かとたずねてみた。

「そうでもない。父さんはアルコール依存症だった。母さんはわたしが六歳のときに父さんを追いだして離婚したんだけど、そのあと再婚した相手が——びっくり!——やっぱりアルコール依存症の男だった。で、母さんはアルコールを退治できなければ仲間になればいいって考えたみたい。だって、いまじゃ母さんもアル中なんだもん。でも弟のことは気にかかるな。どう、弟は無事だと思う?」

「もちろん」アイリスがあまり確証のなさそうな声で答えると、ふらふらと離れてトランポリンに歩みより、ぴょんぴょんとジャンプしはじめた。食事の直後にそんな運動をすれば、ルークなら気持ちわるくなってしまうところだが、アイリスはそもそもあまり食べていなかった。

「じゃ、話をまとめさせて」ヘレンはいった。「みんなはなぜ自分たちがここにいるのかを知らない……ただし、どうやら自分たちの超能力に関係があるみたいってことはわかってて……でもその能力は〈アメリカズ・ゴット・タレント〉の番組公開オーディションをパスしそうもない、と」

「いやいや、才能ある子供が出てくる〈リトル・ビッグ・ショッツ〉のオーディションだってパスできないね」ジョージがいった。

「で、ここの人たちはわたしたちが粒々を見るまで検査をつづける。でも、そんなことをする理由はわたしたちにはわからない」

「そのとおり」カリーシャがヘレンに同意した。

「そのあと、ここの人たちはわたしたちを、ここの別の建物に――〈バックハーフ〉に移す。でも、そこでなにがおこなわれているのかは、だれも知らない」

「そうだよ」ニックがいった。「ところでチェスはできる？　それとも駒を倒せるだけ？」

ヘレンはニックを相手にしなかった。「そのあと、わたしたちがもう用ずみになったら、ＳＦに出てくるような記憶消去処置を受けさせられて、末長く幸せに暮らしました……になる？」

「そういう話だね」ルークはいった。

ヘレンはちょっと考えをめぐらせてからこういった。「話をきいた感じだと地獄だね、まるで」

「そうかも」カリーシャがいった。「だから神はここで、ワインクーラーと〈ハイボーイ・ブラウニーズ〉をわたしたちに与えたんじゃないかな」

ルークはもうたくさんだった。いまにも泣きだしそうだった――激しい雷雨をもたらす暗雲のように、泣きだす瞬間がぐんぐん接近していた。まわりに他人がいるところで泣きだすのは、アイリスなら問題ないだろう。女の子だからだ。しかしルークは、男の子がどうふるまうべきかという点について（いささか時代遅れにせよ、それなりに強固な）考えをもっていた。言葉を変えれば、ニックのようにふるまうべきだ。

ルークは自室へもどってドアを閉めると、ベッドに仰向けになって片腕を目もとにかぶせた。ついでなんの脈絡もなく、両親と行った〈ロケット・ピザ〉で銀色の宇宙服姿で踊っていたリッチー・ロケットが思い出された。リッチーは、夕食前のニック・ウィルホルムにも負けないほど一心不乱に踊っていて、まわりでは幼い子供たちがいかれたように笑いながら、声をあわせて〈マンボ・ナンバー5〉を歌っていた。不幸なことがなにひとつ起こらないかのように……自分たちの暮らしがずっと無垢なる楽しみに満ちあふれたままであるかのように。

涙がこみあげてきた。怯えていること、怒っていることが理由の涙だったが、涙のいちばん大きな理由はホームシックだった。ここへきてようやく、この単語の本当の意味が理解できるようになった。ここはサマーキャンプではないし、校外実習の旅行でもない。これは悪夢であり、いまの望みは悪夢がおわることだけだった。目を覚ましたかった。しかし目を覚ますことができない以上、ルークは最後に残った嗚咽で薄い胸がまだひくひく動いているあいだに眠りに落ちていった。

3

またいくつも悪夢を見た。

ルークはぎくりとして悪夢から目を覚ました——頭がない黒い犬に追いかけられてワイルダースムート・ドライブを走って逃げている悪夢だった。目覚めた直後の世にもすばらしい一瞬、ルークはなにからなにまですべてが夢であり、本当の自分の部屋で目を覚ましたのだと思いこんだ。しかし次の瞬間には自分のものではないパジャマや、窓があるべき場所になにもない壁が目に飛びこんできた。トイレに行くと眠気も去ったので、ノートパソコンの電源を入れた。動かすにはまたトークンを要求されるかと思ったが、その必要はなかった。もしかすると有効期間が二十四時間サイクルなのかもしれず——あるいは自分が幸運だったら——四十八時間サイクルなのかもしれなかった。画面の最上段のバーに目をむけると、午前三時十五分だった。夜明けまでにはまだ長い時間がある——きのう昼寝をして、そのあと夜も早々とベッドにはいったことで得られた時間だ。

ユーチューブにアクセスして、アニメのクラシック作品を見ようと思った——たとえばポパイのアニメだ。ロルフとポパイを見ると、かならずふたりで腹をかかえて床を転げまわっては「おれのほうれん草はどこだ？」とか「うっ・うっ・うっ・うっ！」といった物真似をしていたものだ。しかし、いま昔のアニメを見てもホームシックの再来を招いて感情が荒れ狂うだけだと思いなおした。だとすると、あとに残るのはなんだ？　ベッドにもどって、朝の光がやってくるまで目を覚ましたまま横になっている？　だれもいない廊下をふらふらと歩く？　運動場に出てみる？　それも無理ではない――カリーシャが運動場へのドアは施錠されないと話していたことは覚えていた。しかし、こんな時間ではあまりにも不気味だ。

「だったら頭をつかって考えればいいだろ、間抜け？」

低い声にもかかわらず、ルークは自分の声にびくっとした。そればかりか、口を覆うように片手を途中までもちあげさえした。それから立ちあがると、裸足でぺたぺたと足音をたて、パジャマのズボンをひらひらさせながら室内を歩きまわった。鋭い質問だった。どうして自分は頭をつかって考えなかったのか？　そもそも自分は頭をつかうことが得意だとされていなかったか？　ルーカス・エリス、天才少年。ポパイ・ザ・セイラーマンのアニメを愛し、シューティングゲームの〈コール オブ デューティ〉を愛し、裏庭でのバスケットボールのシュート遊びを愛している一方では、フランス語の読解力をめきめきと身につけているところだ――といっても、ネットフリックスでフランス映画を見るときに字幕が必要であることに変わりはなかった。役者たちがみんな鬼のように早口で、イディオムが正気の産物とは思えなかったからだ。たとえば、大酒飲みのたとえで〝穴のように飲む（ボワ・コム・アン・トル）〟というイディオムがある。英語とおなじように〝魚のように飲む〟なら筋が通っているのに、どうして穴なのか？　その気になれば教室の黒板を数学の方程式で埋めつくすことも、周期表の元素の名前をすらすらと暗誦することもできるし、初代大統領のジョージ・ワシントン時代からいままでの副大統領の名前をすべていえもする。さらには光速飛行が映画の世界以外では達成できない理由を、それなりに理屈立てて説明することだってできる。

そんな自分が、いったいなぜここにすわって、めそめそと自分を哀れんでいるんだ？

ルークはこの疑問をただの絶望の表明ではなく、本当の疑問として受けとめることにした。ここからの脱走はおそらく不可能だ。しかし、知識を仕入れることは？

とりあえずグーグルでニューヨーク・タイムズ紙のサ

イトを検索したが、HAL九〇〇〇が画面に出てきても意外ではなかった。〈研究所〉キッズたちにはニュースを見せない決まりらしい。そこで問題――この禁止措置を迂回する道はあるだろうか？　裏口は？　あるかもしれない。

調べてみるか――ルークは思った。そう、ちょっと調べよう。それからファイアフォックスを立ちあげて、アドレス欄に〝グリフィンのマント〟を意味する《#!cloakofGriffin!#》と打ちこんだ。

グリフィンはH・G・ウエルズが描いた透明人間の名前であり、ルークがかれこれ一年ばかり前に存在を知ったこのサイトは、保護者によるウェブ閲覧制限をスキップする方策だった。ダークウェブとまではいえなかったが、その隣近所だとはいえた。以前にもグリフィンをつかったことはあった。といってもブロデリック校のコンピューターでポルノサイトを見ようとしたわけではなく（とはいえロルフとふたりで、ほんの二、三回だけ、その手のサイトを閲覧したことはあった）、ＩＳＩＳによる斬首現場の動画を見ようとかしたのでもなかった。規制の裏をかくというそのコンセプトがクール＆シンプルに思えて、本当にそんなことができるのかを確かめたくなっただけだ。自宅と学校のどちらからのアクセスでもサイトは有効だった。しかし、ここでも動いてくれるだろうか？　それを確かめる方法はひとつしかない――そこでルークは勢いよくリターンキーを叩いた。

〈研究所〉のＷｉ－Ｆｉはひとしきり指示をむしゃむしゃ嚙んでいたが――処理スピードが遅かった――これは無駄足だったとルークが思いかけたそのとき、画面にグリフィンが表示された。画面の最上部にウエルズの透明人間が表示されていた。頭部に繃帯をぐるぐる巻きつけ、悪党じみたサングラスをかけて目もとを隠している。その下に、招待の言葉でもある質問が表示されていた――**《翻訳をご希望の言語を以下からお選びください》**。つづいてAのアッシリア語からZのズールー語にいたる長い言語リストがつづいていた。このサイトがいいのは、どの言語を選ぼうと関係がないところだった――大事なのは検索履歴になにが記録されるかである。昔々、保護者による閲覧制限をくぐり抜けるための秘密の地下回廊はグーグルが教えてくれた。しかし、カリフォルニア州マウンテンヴュー市に住まうこの検索エンジン大手の賢者諸氏は、その回廊を封じてしまった。代わって登場したのが、このグリフィンのマントだ。

適当にドイツ語を選ぶと、《**パスワードを入力してください**》と表示された。父親からたまに〝不気味なまでの記憶力〟と呼ばれる力を活用して、《#x49ger194GbL4》と打ちこんだ。コンピューターはまたひとしきり情報をむしゃむしゃ嚙んだのち、《**パスワードを受けつけました**》といってきた。

ルークは《ニューヨーク・タイムズ》と入力してエンターキーを押した。今回コンピューターはさらに長いあいだ考えこんでいたが、やがてタイムズ紙のサイトが表示された。きょうの最新ニュースが英語で表示されていた――しかしこの時点からは、コンピューターの検索履歴にはドイツ語の単語とそれを英語に翻訳した一連の記録しか残らない。小さな勝利でしかないかもしれないし、大きな勝利かもしれない。つかのま、ルークはそんなことさえ気にならなくなった。これは勝利であり、それだけで充分だ。

ぼくがなにをしているのか、ぼくを捕らえている連中が察知するまでにどのくらいの時間が残されているだろう？　コンピューターの検索履歴をカモフラージュしたところで、連中がリアルタイムで監視していたら無意味だ。画面に新聞が見えたとたん、こっちのコンピューターをシャットダウンさせるに決まっている。だったら、見出しでトランプや北朝鮮について報じているタイムズなんか無視しろ。あいつらにシャットダウンを食らう前にスター・トリビューン紙のサイトでバックナンバーを調べ、両親の身になにかあったかどうかをチェックしなくては。しかしルークがその作業に手をつける間もなく、外の廊下から叫び声がきこえはじめた。

「助けて！　助けて！　助けて！　だれか助けてぇ！　**だれか助けてよ！　ぼく迷っちゃった！**」

4

大声で叫んでいたのは、〈スター・ウォーズ〉のパジャマを着た幼い男の子だった。男の子はピストンのように激しく上下に動く拳で、あちこちのドアをがんがん叩いていた。十歳？　男の子――エイヴァリー・ディクスンは六歳くらい、せいぜい七歳にしか見えなかった。パジャマのズボンの股間と片足部分は濡れて、その下の素肌にべったり貼りついていた。

「助けて！　**うちに帰りたいよ！**」

　ルークは、だれかが急いで走ってくるものと思いながら周囲を見わたした。しかし、廊下にはあいかわらずほかの人影はない。のちにルークも、〈研究所〉では家に帰りたいといって泣き叫ぶ子供など日常茶飯事だと知らされることになる。しかし、とりあえずいまはこの子供に黙ってほしかった。男の子は正気をなくしているし、そのようすにルークまで正気をなくしそうだった。

　ルークは男の子に近づいて膝をつき、両肩に手をかけた。「おい。おい。落ち着けよ、ぼく」

　問題の男の子は、黒目を白目がすっかりとりまいて見えるほど見ひらいた目をルークにむけた。しかしルークには、はたして男の子が自分の姿を見ているかどうか確信がなかった。髪の毛は汗に濡れて突き立っていた。顔は涙に濡れ、上唇のあたりは出たばかりの水っ洟で濡れ光っていた。

「ママはどこ？　パパはどこにいるの？」

　といっても実際には〝パパ〟ではなく、空襲警報のサイレンを思わせる〝**ぱあああぱあ**〟という声だった。男の子はどすどすと地団駄を踏みだした。両手の拳をルークの肩にふりおろしてくる。ルークが手を放して立ちあがると、男の子は床にばったり仰向けに倒れて手足をばたつかせはじめた。ルークは一歩あとずさって、そのようすを驚きの念で見つめた。

　こんな日でも《**きょうも楽しい楽園の一日**》と宣言しているポスターの反対側でドアがあき、カリーシャが出てきた。絞り染めのＴシャツにビッグサイズのバスケットボール用ショートパンツという服装だった。カリーシャはルークに近づくと、両手をほとんど存在していないヒップにあてがって新来者を見おろした。ついでルークに視線を移して、「癇癪を爆発させてる子は前にも見たけど、この子が優勝ね」

　べつのドアがひらいてヘレン・シムズが部屋から出てきた。その体を――部分的に――覆っているのは、ルークが見たところではベイビードール・パジャマという種類のナイトウェアらしい。そしてヘレンにはヒップがあり、それ以外にも興味を引かれる部位があった。

「ルーク、じろじろ見てないで目玉を元の場所に引っこめな」カリーシャがいった。「少しはわたしを手伝って。この子が頭をさぐってきてるんだけど、これをされると頭痛がしてくるんだ」それからカリーシャは床に膝をつき、宗教的な激情にまかせて踊り狂う人そっくりな男の子に手を差しのべた——ちなみに男の子の言葉は、いまでは言葉とはいえない咆哮にまで壊れていた——が、男の子の片手の拳に前腕を打たれて手を引っこめた。「ほんと、お願いだから手伝ってくれない？　この子の両手をしっかり押さえてて」

　ルークもおなじく床に膝をつき、新来の男の子の両手をつかもうとして手をおずおずと伸ばし、すぐに引っこめた。しかし、新しくやってきたピンクのパジャマの愛らしい子の前で自分を弱虫に見せたくはなかった。ルークは男の子の両肘をつかむと、左右の腕をともに男の子自身の胸の横に押しつけた。男の子の心臓がふだんの三倍の速さで動悸を搏っているのが感じられた。

　カリーシャが上体をかがめて男の子に顔を近づけ、男の子の顔を両手ではさんで目をのぞきこんだ。たちまち男の子の叫び声がやんだ。いまきこえているのは、男の子のせわしない呼吸音ばかりだった。男の子はいまうっとりした顔でカリーシャを見あげていて——その瞬間、ルークは先ほどカリーシャの口から出た〝この子が頭のなかをさぐっている〟という言葉の意味を理解した。

「この子はＴＰなんだね？　きみとおなじで」

　カリーシャはうなずいた。「ただ、この子のほうがわたしより——いえ、わたしがここにいるあいだに出会ったＴＰ全員よりも、ずっと力が強い。さあ、手伝って、この子をわたしの部屋に運んでいくから」

「わたしも行っていい？」ヘレンがたずねた。

「ちゃんとした服に着替えたらね」カリーシャはいった。「ここにいるルーキーが、あんたを見てにやにや楽しんでるよ」

　ヘレンは顔を赤らめた。「先に着替えてこようかな」

「好きにしなさい」カリーシャはいい、男の子にはこう話しかけた。「きみの名前は？」

「エイヴァリー」泣き叫んでいたせいで、男の子の声はしゃがれていた。「エイヴァリー・ディクスン」

「わたしはカリーシャ。でも、そっちがよければ、シャーと呼んでもいい」

「だけど、〝いい子〟呼ばわりは禁物だぞ」ルークはいった。

5

カリーシャの部屋がここまで女の子らしいとは、ルークにも予想できなかった——本人のぶっきらぼうな言葉づかいを思えばなおさらだ。ベッドの上がけはピンク、枕にはふわふわのひだ飾り。衣類箪笥に置いてある写真立てから、マーティン・ルーサー・キング牧師が一同を見つめていた。

　カリーシャはルークが写真を見ていることに気づいて、笑い声をあげた。「あいつらはこの部屋をわたしのほんとの部屋とおなじにしようとしてた。でも、わたしが飾ってた写真だけはいささか過激に思えたみたい。で、こっちに変えられてたわけ」

「じゃ、前はだれの写真だったの？」

「エルドリッジ・クリーヴァー。知ってる？」

「もちろん。『氷の上の魂』という本も書いてる。まだ読んでないけど、いずれ手にいれようとは思ってた」ルークは、ブラックパンサー党の指導者が書いた自伝の題名をあげた。

　カリーシャは両方の眉毛を吊りあげた。「びっくり。あんたがここにいるなんて才能の無駄づかいもいいところ」

　エイヴァリーがあいかわらず鼻をすすりあげながら立ちあがって、カリーシャのベッドに這いあがろうとした。カリーシャはエイヴァリーの体をつかむと、やさしく、しかし決然とした手つきで引きもどした。

「こらこら、お洩らしパンツのままじゃだめ」カリーシャはエイヴァリーのパジャマのズボンと下着を脱がせるような動作をした。エイヴァリーはあとずさり、両手で股間を守るように覆った。

　カリーシャはルークに目をむけて肩をすくめた。ルークも肩をすくめかえしてから、エイヴァリーの前にしゃがんだ。「きみの部屋はどこなの？」

　エイヴァリーは頭を横にふっただけだった。

「ドアはあけっぱなしにした？」

　この質問に、エイヴァリーはうなずいた。

「じゃ、ぼくがきみのためにきれいな服をとってくるよ」ルークはいった。「きみはここでカリーシャといっしょにいるんだ。いいね？」

　今回は頭を左右にふることもなく、うなずくこともなかった。エイヴァリーは疲れと困惑もあらわな顔で、ルークをただ見返していた――とはいえ、あの空襲警報のサイレンの物真似だけはやめていた。

「行ってきて」カリーシャがいった。「わたしならエイヴァリーを落ち着かせてやれそうだし」

　ヘレンが部屋のドアから姿をあらわした――ジーンズとボタンで前をとめるトレーナーに着替えている。「その子、まともになってきた？」

「少しはね」ルークは答えた。モーリーンとふたりでシーツを替えた部屋の方角から手前へと、床に水滴が点々と落ちていた。

「ほかに男の子がふたり来てるはずだけど、姿がぜんぜん見えない」ヘレンがいった。「どうせふたりとも死んだみたいに眠りこけてるんでしょうね」

「そうだよ」カリーシャがいった。「あんたはルークといっしょに行きな、新入りお嬢ちゃん。エイヴァリーとわたしは、ここで心同士の話しあいをしてるから」

6

「あの男の子の名前はエイヴァリー・ディクスン」ルークはヘレン・シムズといっしょに製氷機の前を通って、ひらいたままのドアの前で足をとめながらそう話した――ちなみに製氷機は、なにやらひとりごとをつぶやいていた。「年は十歳。でも、あんまり十歳には見えないよね？」

　ヘレンは目を丸くしてルークを見つめた。「あんたはなんなの？　やっぱりＴＰだとか？」

「ちがうよ」ルークはアニメの人気キャラであるトミー・ピックルズのポスターや、衣類箪笥の上のＧＩジョーなどをながめわたした。「モーリーンとこの部屋に来たんだ。モーリーンっていうのは、ここの部屋係のひとり。で、ぼくがベッドメイキングを手伝った。そのときには、ベッド以外はすっかりエイヴァリーを迎える準備ができていたよ」

ヘレンは心得顔でにやりと笑った。「なーるほど、それがあんたってわけね――先生のごますり野郎」

ルークはトニーに平手打ちを食らった一件を思い返し、ヘレンも近々おなじような仕打ちをされることになるのだろうかと思った。「ちがうね。モーリーンはほかの連中とはちがう。こちらがきちんと対応すれば、向こうもきちんと対応してくれる」

「ここに来てどのくらいになるの？」ヘレンはたずねた。

「ぼくが来たのは、きみが来る直前だよ」

「だったら、だれが親切でだれがちがうかが、どうしてわかるわけ？」

「モーリーンは大丈夫――ぼくがいってるのはそれだけだ。さて、あの子の着替えを手伝ってくれ」

ヘレンは衣類箪笥から適当なズボンや下着類をつかみだし（それ以外の抽斗をこっそりさぐることは忘れていなかった）、そのあとふたりでカリーシャの部屋まで歩いてもどった。その途中でヘレンは、前にジョージが話していた検査をもう受けたのかとルークに質問した。ルークはまだだと答え、耳たぶに埋めこまれたチップを見せた。

「このとき変に抵抗しないほうがいい。ぼくは抵抗して、ひっぱたかれた」

ヘレンは棒立ちになった。「まさか！」

ルークは顔をめぐらせて、ヘレンに片頬をよく見せた――そこにはトニーの二本の指が残した痣がうっすらと残っていた。

「だれにもわたしをひっぱたかせたりするもんですか」ヘレンはいった。

「でも、その理屈が現実に通じるかどうかは確かめないほうが無難だね」

ヘレンはツートーンカラーの髪の毛をさっとかきあげた。「どうせ両方ともピアスの穴をあけてるから、たいしたことじゃないし」

カリーシャはエイヴァリーとならんでベッドに腰かけていた。エイヴァリーはお尻の下に折り畳んだタオルを敷いていた。カリーシャは汗に濡れたエイヴァリーの髪を撫でていた。エイヴァリーは、ディズニー映画のプリンセス・ティアナその人を見ているような陶然とした表情でカリーシャを見あげていた。ヘレンがルークに服を投げた。予期していなかったルークは、うっかり下着のパンツをとりおとしてしまった。見るとパンツには、ダイナミックなポーズをあれこれ決めているスパイダーマンのイラストがちりばめられていた。

「坊やのちびちんなんか見たくないから、ベッドにもどるね。それで目を覚ましたら、自分の部屋に――って、いい、本当の自分の部屋にもどってて、いま見てることすべてが夢だってわかるかもしれないし」

「その点では幸運を祈ってあげる」カリーシャはいった。

ヘレンは大股で去っていった。エイヴァリーの下着を床から拾いあげたルークが顔をあげると、ちょうど色抜けしたジーンズに包まれたヘレンのヒップが揺れながら遠ざかっていくのを目におさめることができた。

「目を奪われるってわけね」カリーシャの声は平板だった。

ルークは頬がかっと熱くなるのを覚えながら、カリーシャに服を運んでいった。「まあ、そんなとこ。でもヘレンは、性格部門で望ましい資質をひとつ残していってくれたよね」

てっきりカリーシャが笑うと思ったのだが――ルークはこの子の笑い声が好きだった――顔が悲しげに翳っただけだった。「ここにいれば、あの子のタフな性格なんて叩きだされちゃう。青い制服の男の姿が見えただけで、こそこそ隠れたり、びくっと体を震わせたりするようになるまではあっという間だよ。わたしたちとおなじになる。エイヴァリー、あんたはこれに着替えな。わたしとルーキーはあっちをむいててあげるから」

ふたりはエイヴァリーに背をむけ、ひらいたままのカリーシャの部屋のドアから、この施設が楽園だと宣言しているポスターを見つめた。ふたりの背後から、鼻をすすりあげる音や着替えの衣ずれがきこえていた。やがてエイヴァリーがいった。「着替えたよ。こっちむいても大丈夫」

ふたりは男の子にむきなおった。カリーシャが口をひらいた。「じゃ、今度は濡れたパジャマをバスルームにもっていって、バスタブのへりにかけておいて」

エイヴァリーは素直に従い、すぐ速足で引き返してきた。「いわれたとおりにしたよ、シャー」愛称をつかうその声にもう怒りはなかった。いまは臆病で疲れている声になっていた。

「よくできました。じゃ、もうベッドにもどっても大丈夫。いまはもう横になっていいから」

カリーシャはベッドにすわると、横になったエイヴァリーの両足を自分の膝に載せてから、ベッドの自分の隣を手でぱんぱん叩いた。ルークは誘われるがまま腰をおろし、気分はよくなったかとエイヴァリーにたずねた。

「よくなったみたい」

「よくなったのが自分でもわかってるんでしょう？」カリーシャはいい、またこの子の髪を撫ではじめた。ルークはいまこの瞬間、多くのことがふたりのあいだを行きかっているという感覚を――錯覚かもしれないし、そうでないかもしれない感覚を――おぼえた。内面における意思交換だ。

「じゃ、好きになさい」カリーシャはいった。「話したいのなら、ルークに自慢のジョークを披露すればいい。でも、それがすんだらクソして寝るんだよ」

「あー、汚い言葉つかってる」

「つかったみたいね。さあ、ジョークを話してやりな」

エイヴァリーはルークに目をむけた。「オーケイ。あのね、橋の上に大きな薄のろ(モロン)と小さな薄のろ(モロン)が立ってたの。でも大きなモロンの方が落ちちゃった。小さなモロンはなぜ落ちなかったんでしょう？」

ルークは、礼儀作法を重んじる社会では愚か者をあらわすのに〝モロン〟という差別的な言葉はつかわないんだとエイヴァリーを諭(さと)そうかと思ったが、ここには礼儀作法を重んじる社会が存在しないのだから、簡単にこう答えるにとどめた。「降参だ」

「どうしてかというと、そっちが〝相手より少し(ア・リトル)だけ橋の上にいた(モア・オン)〟から。わかった？」

「〝小さなモロン(ア・リトル・モロン)〟の駄洒落なんだね。じゃ、にわとりはなぜ道路を横断したんだと思う？」

「反対側へ行きたかったから？」

「ちがうね。とことん馬鹿だったから。さあ、もう寝るんだ」

エイヴァリーはまだなにかいいかけていたが――別のジョークが頭に思い浮かんだのかもしれない――カリーシャが黙らせて、そのまま髪を撫でつづけた。唇が動いていた。エイヴァリーの目が見るからに重くなってきた。

瞼がおりてきては、ゆっくりとひらき、また閉じかけては、前よりものろのろとひらく。そのあと瞼は閉じたきりになった。

「なにかわざをつかった?」ルークはたずねた。

「母さんに歌ってもらった子守歌をきかせてた」カリーシャはささやき声も同然の声で話していたが、驚愕と同時に愉快に思っていることは声からも明らかだった。

「わたしは音痴だから声を出して歌うのは無理。でも、心から心に声をきかせるときには、メロディーは問題にならないみたいでさ」

「このエイヴァリーって男の子、あんまり頭がよくないように思えるんだけど」ルークはいった。

カリーシャから長いあいだ無言で見つめられ、そのあいだ顔がどんどん熱くなってきた。ヘレンの足に目を奪われていたのを、やはりカリーシャに見とがめられて冷や水を浴びせられたときとおなじだった。「そりゃあんたには、世界じゅうの人間があまり頭がよくないように思えるんだろうね」

「いや、そういう意味じゃない」ルークは抵抗した。

「ぼくはただ――」

「かっかしないの。あんたがどういう意味でいったかはわかってる。でも、エイヴァリーに欠けているのは脳みそじゃない。正確にいうとね。エイヴァリーみたいに強いTPはあんまりいいものじゃないのかも。まわりの人の頭のなかが読みとれなければ、人は早いうちから学ぶ……その……なんていうか……」

「合図を受けとるすべを?」

「そう、それ。普通の人なら生き延びるために他人の顔色を読まなくちゃならないし、話をきくときには言葉だけじゃなく、口調もいっしょにきく必要がある。歯がだんだん強くなるようなもの――そうやって、だんだん硬いものが食べられるようになる。ここにいるちび助は、ディズニーのアニメに出てくるウサギのとんすけ(サンパー)みたいなもの。どんな歯が生えてたって、草より硬いものは食べられないってこと。それで話はわかる?」

ルークはわかると答えた。

カリーシャはため息をついた。「〈研究所〉はとんすけ(サンパー)にとって住みやすいところじゃない。でも、それもあんまり問題じゃないかも。だって、みんないずれは〈バックハーフ〉に行くんだから」

「エイヴァリーのＴＰはどのくらい強いの？　その……きみと比べると？」

「わたしより一トンは強い。やつらにはこれを測る単位がある――ＢＤＮＦ。ドクター・ヘンドリクスのノートパソコンの画面でいっぺん見たことがある。すごく大事なことみたい。ひょっとしたら、いちばん大事なのかも。あんたは超天才児なんだから、なんのことか知ってるんじゃない？」

　ルークは知らなかったが、つきとめるつもりだった。といっても、その前にコンピューターをあいつらにとりあげられなければの話だ。

「それがなにかはともかく、この男の子は月までぶっ飛ぶくらいの力のもちぬし。わたしはこの子と話した！　本物のテレパシーだよ！」

「でも、いくらＴＫより珍しくても、ここでならきみもほかのＴＰと会ったはずだよね。たとえ外の世界では会っていなくても、ここなら会ってるんじゃないかな」

「まだわかってないね。ずっとわかんないかも。たとえ話だけど、ボリュームをぎりぎりまで落としたステレオをきくような感じ……それか、食洗機ががんがん動いてるキッチンにいて、外のパティオにいる人たちの話をきく感じ。ときには、まったくきこえなくなることもある……雑音に飲みこまれて、それっきり少しもきこえなくなるの。この子のは、ＳＦ映画に出てくるみたいな本物。わたしがいなくなったら、ルーク、この子の世話をよろしく。この子は間抜けなとんすけ（サンパー）、年相応のふるまいじゃなくても不思議はないの。これからのことを思えば、これまでこの子は楽な道を歩んできたといえそう」

　ルークの頭のなかに響いていたのは、《わたしがいなくなったら》のひとことだった。「あのさ……だれかに……きみが〈バックハーフ〉に行くことになったと話をされたわけ？　モーリーンとかに？」

「そんなこと、わざわざ話されなくたってわかる。きのうは、あの馬鹿馬鹿しい検査を一個も受けさせられなかった。注射もされなかった。これこそ、まちがいのないサイン。ニッキーも行くことになる。ジョージとアイリスは、もう少しあとまでここにいるかも」

　カリーシャはやさしい手つきでルークのうなじをつかんだ。その触れあいが、今回もあのちりちりと痺れる感覚をつくりだした。

「これから少しのあいだ、わたしがお姉さんになってあげる。魂の姉（ソウル・シスター）。だから、しっかり話をきくこと。あのパンクロック娘で〝いいな〟と思ってるのが歩くときのケツのふりかただけなら、わるいことはいわない、そこで気持ちを抑えておくこと。ここでは、他人と深くかかわるとろくなことにならない。相手がいなくなれば気持ちがつらくなるだけ――おまけにだれだろうと、いつかはいなくなる。でもね、あんたには少しでも長いあいだ、このちび助の面倒を見ていてほしい。トニーやジーク、あのウィノナっていうクソ女あたりがエイヴァリーを殴ってるところを想像するだけで、わたしは泣きたくなっちゃう」

「うん、できるかぎりの力を尽くすよ」ルークはいった。「でも、きみには少しでも長くここにいてほしい。いなくなったら寂しくなる」

「ありがとう。でも、わたしがいま話してるのはそういうことじゃないんだけど」

　ふたりはしばらく黙ったまますわっていた。まもなくここを出ていかなくてはならないとわかっていたが、ルークはまだ立ち去りたくなかった。ひとりになる心がまえができていなかった。

「ぼく、モーリーンの力になれると思う」ルークは唇をほとんど動かさずに話した。「あのクレジットカードの請求の件でね。でも、そのためにはあの人と話をしないと」

　この話にカリーシャは目を大きく見ひらいて、にっこりと微笑んだ。「ほんとに？　うまくいけば最高だね」そういいながらカリーシャは唇をルークの耳たぶに近づけ、それが新たな痺れの感覚を呼んだ。自分の腕を見おろすのが怖かった。一気に鳥肌に覆われてしまったかもしれないからだ。「話をするなら早めがいいよ。モーリーンはここ一日か二日のうちに、一週間の休暇にはいるはずだから」そういってカリーシャはルークの――ああ、神さま――腿の付け根に近いあたりに手をかけてきた。最近では母親でさえめったに近づかなくなった領分だ。「いったんもどってきたあと、今度は三週間にわたってほかのところへ行く。そのあいだも廊下や休憩室で姿を見かけるかもしれない。でも、それだけ。しゃべっても安全な場所にいるときさえ、モーリーンはこのことを話したがらない。だから、きっと〈バックハーフ〉がらみのことだと思う」

カリーシャは唇をルークの耳から、片手をルークの太腿から離してしまった。もっとぼくに打ち明けてくれる秘密があればいいのに——ルークは切実にそう思った。

「さ、自分の部屋にもどりな」カリーシャはいった。その目の小さなきらめきを見て、ルークはこの少女が自分におよぼしている影響に無頓着なのではないか、と思った。「ちょっとでも寝ておくといいよ」

7

部屋のドアに大きなノックの音が響いて、ルークは夢も見ない深い眠りから叩き起こされた。ルークは上体を起こして周囲をきょろきょろ見わたしながら、学校に行く日なのに寝坊してしまったのだろうかなどと考えた。

部屋のドアがあき、にこにこと笑っている顔がのぞきこんできた。グラディスだった——チップ埋めこみの場にルークを案内した女だ。

「いないいない……ばあ！」グラディスは鳥のさえずりのような声でいった。「さあ、元気に起きて！　きみは朝食を食べそびれた——でもオレンジジュースをもってきたから、いっしょに歩きながら飲むといい。搾りたてのフレッシュジュースよ！」

手に入れたばかりのノートパソコンの電源ランプが緑色に光っていた。スリープモードに移行しているとはいえ、ルークがネットでなにを見ていたかを確かめようとしたグラディスがキーをひとつでも押せば（あの女ならやりかねない）、頭部を繃帯でぐるぐる巻きにしてサングラスをかけたH・G・ウエルズの透明人間を見られてしまう。それがどんなサイトかは知らないだろうし、SFやミステリー関係のサイトだろうと思うかもしれないが、いずれにしても報告書に記載するだろう。報告書が作成されれば、グラディスよりも上の地位の人物にまで届きかねない。それも、好奇心をいだくことを仕事にしている人物に。

「ズボンを穿いたりなんだりしたいので、ちょっとだけ待ってもらえる？」ルークはいった。

「じゃ三十秒だけ。このオレンジジュースを生ぬるくしちゃわないでね」グラディスは茶目っけあふれるウィンクを見せて、ドアを閉めた。

ルークはベッドから急いで飛びおきてTシャツをつかむと、ノートパソコンを起こして時刻を確かめた。驚いたことにもう午前九時だった。ここまで寝坊したことは一度もない。一瞬、夕食でとった食べ物に薬のたぐいが入れてあったのかと思ったが、そうだったら、そもそも夜中にふっと目が覚めたりはしなかったはずだ。

ショックだな、とルークは思った。ぼくの頭はまだいまの境遇を理解しようとしている最中、こいつに適応する頭になろうとしているところなんだ。

コンピューターの電源を切ったが、ミスター・グリフィンを隠そうといくら努力したところで、あいつらが検索履歴をモニターしていたら無意味であることもわかっていた。さらに連中がこのコンピューターと別のコンピューターを同期させていたら、ニューヨーク・タイムズ紙のサイトにアクセスする方法を見つけたこともすでに知られているはずだ。もちろん、ひとたびそんな方向で考えだしたら、すべての努力が無意味に思えてくる。おそらく〝ミセス・シグスビーの手下たち〟はルークに——ルークをはじめ、この施設に幽閉している少年少女のすべてに——そんな方向でものを考えさせたがっているのだろう。

もしあいつらがこの件を知っていたら、すでにノートパソコンを没収されているはずだぞ——ルークはひとりごちた。それに、このパソコンと別のパソコンを同期させていたら、起動時メッセージにルーク以外の名前が表示されたこともわかっているはずだ。

この考えには筋が通っていた。しかし、あいつらがわざとぼくを泳がせているだけかもしれない。そんな考えは被害妄想的だが……この現状が妄想そのものではないか。

グラディスがドアをあけたとき、ルークはベッドに腰かけてスニーカーを履いているところだった。

「よくできました！」グラディスは声を張りあげた——初めて自分ひとりで着替えができた三歳児を褒めるような調子だった。グラディスを好ましく思う気持ちはぐんぐん減っていく一方だったが、それでもジュースを受けとったルークはごくごくと飲み干した。

8

今回グラディスはカードをかざしながら、エレベーターに行先をレベルCと告げた。

「ほんと、気持ちのいい日だこと！」エレベーターが降下しはじめると、グラディスはそう声を高めた。どうやらこれは、グラディスが会話をはじめるにあたっての決まり文句らしい。

ルークはグラディスの手に目をむけた。「あれ、結婚指輪をしてるんだね。じゃ、お子さんはいるの？」

グラディスの笑みが用心深さをうかがわせるものに変わった。「それはね、わたしの秘密――わたしだけ、わたしひとりの秘密」

「ぼくはただ、もしあなたに子供がいるのなら、おんなじような子供をどんな気持ちでこんなところに閉じこめてるんだろう、って思っただけ」

「C」落ち着いた女性の声がいった。「レベルCに到着しました」

エレベーターからいっしょに降りるとき、ルークの腕をわずかながら必要以上に強くつかんだグラディスの顔に、もう笑みはなかった。

「それに、あなたがこんなことをしてる自分とどうやって折りあいをつけてるんだろうって思っただけ。でも、これってちょっとばかり立ち入りすぎだよね？」

「話はもう充分。わたしはあなたにジュースをもっていってあげた。そこまでする必要はなかったのにね」

「もしここでやっていることをだれかに知られたら、そのときはあなたの子供たちになんて話すの？　たとえば……ここのことがニュースに出るとか。そうなったら、子供たちにどんな説明をするわけ？」

グラディスはさらに歩調を速め、ルークを引きずらんばかりにしていたが、顔に怒りの表情はかけらもなかった。もし怒りがちらりとでも見えれば、ルークは自分がこの女の神経を逆撫でできたとわかり、いくばくかは満足を味わえたはずだ。しかし、そうはいかなかった。その顔には感情がいっさいなかった。いってみれば人形の顔だった。

ふたりはC－17号室にはいっていった。室内の棚には医療器具やコンピューターの周辺機器が置いてあった。映画館のシートを思わせるクッションつきの椅子があり、そのうしろにあるスチールの柱のてっぺんには映写機にも見えるものがとりつけてあった。せめてもの救いだったのは、椅子の肘かけにストラップが見あたらなかったことだ。

ひとりの技師がふたりを待っていた――青い制服の上着についている名札によれば《ジーク》だ。この名前なら覚えがあった。モーリーンから、意地のわるいスタッフのひとりだときかされていたからだ。

「やあ、よろしくな、ルーク」ジークはいった。「気分は落ち着いてるかい？」

どう答えるべきかがわからず、ルークは肩をすくめた。

「手を焼かせるような真似はしないよな？　おれが確かめたいのはその点だよ、いい子くん」

「はい。手を焼かせません」

「それをきけてひと安心だ」

ジークは青い液体がいっぱいはいっている瓶のふたをあけた。ふわりとただよってきたのは鼻を刺すアルコール臭だった。ジークは、見たところ三十センチはありそうな体温計をとりだした。まさかそんなはずは……と思ったが、しかし――。

「ズボンを下げて、あの椅子をつかって前かがみになるんだ、ルーク。座面に両腕を押しつけた姿勢でね」

「いやだよ、だって……」

《だってグラディスが部屋にいるんだもの》といいかけたが、C－17号室のドアはもう閉まり、グラディスの姿はなかった。ぼくに恥ずかしい思いをさせない配慮かもしれない――ルークはそう思ったが、すぐに思いなおした。ぼくのくだらないおしゃべりにうんざりしたのかも。それならそれで元気が出るはずだったが、細いガラス棒がそれを阻んでいた。まもなくそのガラス棒で、肉体の奥の未踏の地まで探りまわられるのだ。ガラス棒は、獣医がつかう馬の体温計にそっくりだった。

「だって……とは、なにがいいたいのかな？」ジークはいいながら、ガラスの体温計をバトントワラーのバトンのように振りたてた。「だって……これじゃいやだといいたいのか？　そうはいかないんだよ、いい子くん。そう、中央司令部からの命令ってやつさ」

「体温ならステッカー式の〈フィーヴァーストリップ〉で簡単に測れるんじゃない？」ルークはいった。「あれならコンビニで一ドル半くらいで買える。クーポン券があれば、もっと安くなる——」

「お利口ちゃんのお口はお友だち用にしまっておけ。とっととズボンをおろして、その椅子に身をかがめな。自分でやらないのなら、おれが代わりにやってやる。ま、気分のいいものじゃないぞ」

ルークはのろのろと椅子に近づくと、スラックスのボタンをはずして下へずらし、上体をかがめた。

「おっと、いよいようるわしの生ケツの登場だ！」ジークはルークの前に立ちはだかった。片手に体温計を、反対の手にはワセリンの瓶をもっている。ジークが体温計をいったん瓶に突き入れてから抜きだした。どろりとしたゼリー剤が一方の端から垂れていた。ルークには、それが下品なジョークの落ちの文句にも思えた。「ほらね？　ローションたっぷり。だからちっとも痛くない。さあ、尻たぶの力を抜け。これだけはいっておく、おれの両手がどっちも体にかかっていないうちは、おまえの尻穴バージンは無傷だぞ」

ルークが椅子の座面に両の前腕を押しつけて尻を上に突きあげると、ジークが背後にまわりこんだ。つんと鼻を刺すようなジークの強烈な汗のにおいが鼻をついた。〈研究所〉でこんな仕打ちにあった子供は自分が初めてじゃない——ルークは自分にいいきかせた。それも多少は役に立った……が、現実にはろくな役にも立たなかったといえた。この部屋には先端的なハイテク機器がどっさりと用意されている。それなのにこの男は、想像できるかぎりいちばんローテクな道具でぼくの体温を測ろうとしてる。なぜだ？

ぼくの心をへし折るためだ、ルークは思った。ぼくに自分はただの実験用モルモットだと思わせ、モルモットならどんなに古い方法でデータをあつめられてもしょうがないと思いこませるためだ。だいたい、あいつらはこんなデータなんか欲しくもなんともないのかもしれないぞ。こんなのはただ、《おまえたちのケツ穴にこれを突っこめるんだ。だったら、おれたちがほかになにを突っこめると思う？》とたずね、《なんだって好きなだけ突っこめるんだよ》という答えを叩きこむ手段にすぎないのでは。

「焦らされるとたまらない気分になるんだろ？」ジークは背後からルークにそう声をかけ、それからこの人でなしは声をあげて笑いはじめた。

9

屈辱といえる体温計での計測ののち（ちなみにこの検査はやけに長く感じられてならなかった）、ジークはルークの血圧を測定し、指先に血中酸素濃度を測るモニターを装着し、身長と体重を調べた。のどを奥までのぞきこみ、鼻の穴を見あげもした。それから結果をハミングしながらシートに書きこんだ。このころにはグラディスが部屋にもどり、例の嘘っぱちの笑顔をのぞかせつつ、いないぎくの絵柄のマグカップからコーヒーを飲んでいた。

「さて、お注射の時間だよー、ルーキーちゃん」ジークはいった。「おれの手を焼かせたりはしないよね？」

ルークは頭をふって、そんなことはしないと伝えた。いまはただ、一刻も早く自分の部屋にもどって尻からワセリンを拭きとりたい一心だった。恥じることはなにもないとわかっていても恥ずかしかった。いたたまれない気分だった。

ジークはルークに注射を打った。今回は熱っぽい感覚はなかった。ほんのわずかな痛みがあっただけで、それもあっという間に消えた。

ジークは時計に目をむけ、声を出さずに唇だけ動かして時間を数えていった。ルークもやはり時間を数えたが、唇は動かさなかった。ルークが三十まで数えたところで、ジークが腕を降ろした。「吐き気はあるか？」

ルークはかぶりをふった。

「口のなかに金属っぽい味がするとかは？」

口のなかには、オレンジジュースの後味しかなかった。

「それならよかった。さあ、今度は壁を見て。粒々は見えるか？　あるいはもうちょっと大きなもの、円みたいなものが見えるかな？」

ルークはかぶりをふった。

「嘘なんかついてないだろうな、いい子くん？」

「ついてない。粒々は見えない。丸も見えてない」

ジークはルークの目を数秒ほどのぞきこみ（ぼくの目

のなかに粒々が見えるのかいと質問しようとして、ルークは自制した）、それからすっと背すじを伸ばすと、両手をはたいて埃を払うしぐさをしてから、グラディスにむきなおった。「さあ、この子を連れていってくれ。目の件で、ドクター・エヴァンズがこの子に会いたがっている」そういって、映写機に似た器具を指さし、「午後四時に」

　ルークは〝目の件〟が具体的になんなのかをたずねようとしたが、本心ではどうでもいいと思っていた。空腹だった――（少なくともこれまでは）この連中になにをされても、腹が減ることだけは変わらないようだった――が、いまは食べ物を口に入れること以上に、自分の体を清めたくてたまらなかった。いまはどんな気分かといえば――イギリス英語由来の卑語でしかあらわせなかったが――〝一発カマされた（バガード）〟気分だった。

「ほら、今度のはそんなに大変じゃなかったでしょう？」グラディスはエレベーターで上へもどりながらいった。「なんでもないことに大騒ぎ、ってね」

　もしあんたが尻に突っこまれる立場だったら、〝なんでもないことに大騒ぎ〟なんていえる気分になるのか？　そう質問したくなった。ニックなら実際に質問したかもしれないが、ルークはニックではなかった。

　グラディスは例のつくり笑いをまたルークにむけた――この嘘笑いがだんだん恐ろしいものに思えてくる。

「あなたはお行儀を学びつつある。それって、とってもすばらしいことよ。はい、トークンをあげる。二枚あげてもいい。きょうは気前よくしたい気分だもの」

　ルークは二枚のトークンを受けとった。

　そのあと、うなだれてシャワーを浴び、シャワーの水が髪のあいだを流れていくなかで、ルークはまた少し泣いた。いまのルークにはひとつだけだが、ヘレンと似たところがあった――このすべてが夢であってほしいと願っていたことだ。目が覚めたら本当の自分のベッドに朝の日ざしが――まるで第二のベッドカバーのように――かかっていて、ベーコンを炒めている香りが階下から鼻をくすぐってくれるのなら、どんなものでも、それこそ大事な魂でさえも差しだしたかった。涙がようやく尽きてくると、悲しみや喪失感以外の感情が芽生えはじめた――もっと堅牢でしぶとい感情。心の基礎になる岩盤とでもいうもの。これまで自分にそんなものが存在するとは知らなかった。そして存在するとわかったことで安堵もおぼえた。

これは夢なんかじゃない。現実に起こっていることだ。そしていままでは、ここから脱出するだけでは不足にも思えてきた。あの心のしぶとい部分がそれ以上を求めていた。トップのミセス・シグスビーをはじめとして、プラスティックの笑みを顔に貼り付けたグラディスやら粘液まみれの体温計をつかったジークにいたるまで、子供たちを誘拐しては虐待している連中すべてを白日のもとにさらせと、心のしぶとい部分が求めていた。怪力サムソンがダゴン神を祀った神殿をペリシテ人たちの上に突き崩したように、〈研究所〉をあの連中の頭めがけて崩壊させてやりたい。しょせんは十二歳の少年がいだいた腹立ちまぎれの無力な幻想にすぎないことはわかっていたが、それでも望んでしまったし、実現させる手だてがあれば実行するつもりだった。

それに父親の口癖ではないが、目標を定めるのはいいことだった。目標があればこそ、人はつらい境遇をも耐えぬくことができる。

10

ルークがカフェテリアに着くと、そこにいたのは床にモップをかけている清掃係だけだった(名札によれば名前は《フレッド》)。まだランチには早い時間だったが、正面のテーブルにはさまざまな果物――オレンジ、林檎、ぶどう、それに二、三本のバナナ――を盛りつけたボウルが置いてあった。

ルークは林檎をひとつ手にとると自販機に歩みより、トークンの一枚でポップコーンをひと袋買った。これぞ〝チャンピオンたちの朝食〟だ。母親がいたら、こっぴどく怒られたことだろう。

ルークは食べ物をもってラウンジエリアへ行き、外の運動場に目をむけた。ジョージとアイリスがピクニックテーブルのひとつをはさんですわり、チェッカーの試合をしていた。エイヴァリーはトランポリンの上で、やや用心深いジャンプをくりかえしていた。ニックとヘレンの姿はどこにも見あたらなかった。

「そこまでひどい食べ物の組み合わせは初めて見た」カリーシャの声がした。

ルークはびっくりして跳びあがった。その拍子にポップコーンが袋から飛びだして床に散らばった。「よせよ、人を驚かすなんて。なんでそんなことをする？」

「ごめんね」カリーシャはしゃがみこむと、こぼれたポップコーンを何粒か拾って、ぽんと口に投げこんだ。

「床に落ちたのを食べるのかい？」ルークはたずねた。

「五秒ルール」

「信じられないよ」

「国民保険サービス――イギリスの健康保険だよ――によれば、五秒ルールは神話だってさ。事実無根なんだよ」

「あんたが天才少年になったのも、まわりの人たちの幻想を打ち砕くという使命を帯びるためだったわけ？」

「そんなことはなくて、ぼくはただ――」

カリーシャはにっこり笑って立ちあがった。「ちょっとからかったの。水疱瘡娘ことわたしが、ちょっとからかっただけ。わかった？」

「わかった」

「直腸測定はされた？」

「うん。その話はしたくない」

「了解。ランチまでクリベッジでもしない？　やり方を知らなければ教えてあげる」

「クリベッジなら知ってる。でも、いまはその気分じゃない。しばらく自分の部屋にもどっていようかなって思ってる」

「自分の置かれた立場でも考えなおす？」

「まあ、そんなところ。じゃ、またランチの席で」

「〝きん・こん〟と鐘が鳴ったら、そのときに」カリーシャはいった。「デートよ。元気を出して、小さな英雄（ヒーロー）さ、ハイタッチして？」

カリーシャが片手をかかげると、親指と人さし指のあいだになにかがはさんであることがルークにも見えた。ルークが白い手をカリーシャの茶色い手に押しつけると、小さく折り畳まれた紙片が手から手へわたされてきた。

「じゃね」カリーシャは運動場へむかっていった。

自室にもどると、ルークはベッドに横たわって顔を壁にむける体勢をとり、折り畳まれた紙を広げた。カリーシャの文字は小さく、とびきり美しかった。

《エイヴァリーの部屋近くの製氷機のところでモーリーンと会うこと――できるだけ早く。これはトイレに流して》

ルークは紙片をくしゃくしゃに丸めてバスルームへ行き、ズボンを降ろしながら、丸めた紙を便器に捨てた。そんなことをするのは子供のスパイごっこのようで馬鹿げているとも思ったが……同時に少しも馬鹿げているとは思えなかった。できることなら、せめてこの〈糞の館（ラ・メゾン・デュ・シィ）〉だけには監視カメラがないと信じたかったが、とてもそう信じられなかった。

製氷機。きのうモーリーンと話をしたところだ。これはちょっと興味深い。カリーシャの話によると、〈フロントハーフ〉には数カ所ほど音声がモニターされにくい場所や、あるいはまったく盗みぎきされない場所があるという。しかし、モーリーンはあの場所が好きみたいだ。あそこなら監視カメラがないからかも。あるいは、製氷機がうるさい音をたてているので、モーリーンがいちばん安心できる場所なのかも。というか、判断をくだすにはあまりにも証拠が少なすぎるのかも。

モーリーンと会う前に、スター・トリビューン紙のサイトを訪ねておこうと思い立ち、ルークはコンピューターの前にすわった。そして透明人間のミスター・グリフィンまでは進んだが……そこでやめた。ぼくは本気で知りたがっているんだろうか？ もしかしたら、ここの人でなし連中が、ここの怪物連中が両親を殺したとはっきり知らされるだけかもしれないのに？ トリビューン紙のサイトを訪問するのは、一回しかまわせないルーレットに一生かけて貯めた全財産を賭けるようなものではないだろうか。

いまはやめておこう、とルークは思った。もっとあとになってから……体温計の屈辱がもう少し過去へ遠ざかってからならともかく、いまはやめておこう。それで臆病者になるなら……かまうもんか。ルークはコンピューターの電源を落として、もうひとつの翼棟へ足をむけた。

製氷機の近くにモーリーンは見あたらなかったが、ルークが勝手に〝エイヴァリーの廊下〟と呼ぶようになっていた廊下を半分ほど進んだところに、モーリーンの洗濯物カートが置いてあり、さらに雨のしずくがどうこうと歌っているモーリーンの声もきこえてきた。声のするほ

う へ進むと、そこはＷＷＥのプロレスラーのポスターが何枚も貼ってある部屋で、モーリーンがベッドに清潔なシーツを敷いていた。ポスターはいずれも、スパンデックス生地のレスリングパンツを穿いた筋骨隆々たるマッチョをあしらっていた。みんな、自分の爪を歯で嚙みちぎっては吐き捨ててもおかしくない荒くれ男に見えた。

「やあ、モーリーン。調子はどう？」

「上々よ」モーリーンは答えた。「腰がちょっと痛むけど、鎮痛薬のモトリンをもらってあるしね」

「手伝ったほうがいい？」

「ありがとう。でも、ここが最後の部屋だし、仕事はもうおわるところよ。女の子がふたり、男の子がひとり。もうじき到着の予定。ここは男の子の部屋ね」いいながらレスラーのポスターを手でさし示して笑い声をあげた。

「いわなくてもわかると思うけど」

「そうそう、部屋に氷をもって帰ろうと思ったけど、アイスペールが見つからなくて」

「たしか用具入れの隣の小さい棚に積み重ねてしまってあったと思うけど」モーリーンは背すじを伸ばして背中のくぼみに拳をあてがい、顔をしかめた。背骨がぽきぽきと鳴っている音がルークにもきこえた。「ああ、これでずいぶん楽になった。さ、場所を教えてあげる」

「あんまり手間じゃなければね」

「手間なんかであるものか。おいで。その気があるならカートを押しておくれ」

ふたりして廊下を進みながら、ルークはモーリーンがかかえている問題について調べた中身を思いかえしていた。ひときわ突出していたのは、背すじの寒くなるような統計の数字だった——アメリカ国民の借金の総額は十二兆ドルを超える。消費につかわれはしたが、支払う約束だけで、まだ稼ぎだされていない金だ。こんな逆説を愛することができるのは会計士族だけだ。こうした借金の大多数は住宅ローンと事業資金にかかわっているが、一方ではだれのバッグや財布にもおさまっている四角いプラスティックのカードに起因する借金もかなりの額になる——アメリカ消費者にとってのオキシコドン、すなわち麻薬系鎮痛剤ともいうべきクレジットカード。

モーリーンは製氷機の右側にある小さなキャビネットの扉をひらいた。「自分でとってくれるかい？　そうすれば、あたしが前かがみせずにすむからさ。どっかの考えなしが、アイスペールを残らずずっと奥まで押しこんじまってね」

ルークは腕を伸ばした。腕を伸ばしながら押し殺した声で話しかけた。「カリーシャからあなたがクレジットカードの問題に悩んでるってきいた。その問題の解決策がわかった気がする。でも、あなたの申告居住地によって、いろんなことが変わってくるんだ」

「あたしの申告——」

「住んでるのは何州?」

「あたしは——」モーリーンはすばやい視線で周囲をこそこそとうかがった。「ほんとはここの居留者たちにプライベートなことを話すのは禁止されてる。もし話したってばれたら、いまの仕事をうしないかねない。いや、仕事をうしなうだけですむはずがない。あんたを信頼してもいいのかい、ルーク?」

「ぼくならだれにもしゃべらないよ」

「住んでるのはヴァーモント州。バーリントン。ここから外に出ている週は、あの街で暮らしてる」そこまで話したことで内心のなにかがふっ切れたのだろう、声こそ低く抑えていたが、モーリーンの口からは堰を切ったように言葉があふれでてきた。「ここから外に出たとき、あたしが真っ先になにをするかというとね、携帯にどっさり届いてる借金とりからのたくさんのメールを消すんだよ。そのあと家に帰ったら、今度は家の留守番電話からその手のメッセージを消す。そう、固定電話だよ。留守電がいっぱいになっていると、あいつらは郵便受けやドアの隙間に手紙を残していく——警告だの脅迫だのの手紙をね。その気になれば、いつだってあたしの車を——とんだおんぼろだけど——差し押さえてやれるとかいってよこす。それだけじゃない、いまじゃあたしの家まで話に出してくるんだよ。ローンはすっかり払いおわってるんだ。それも亭主のおかげでもなんでもない。ここで働くことが決まったとき、契約締結ボーナスが出てね、住宅ローンはきれいさっぱり返済した。そのために、あたしはここで働くことにしたの。でも、あいつらは家をとりあげるといってて、そうなればなにかがなくなる……なんといったっけ……」

「エクイティ上の財産権」ルークは声を殺してささやいた。

「ああ、たしかそれだった」土気色だった頬に血色がもどりはじめたが、恥と怒りのどちらのせいかルークにはわからなかった。「ひとたび家を手にいれたら、次にあいつらは処分できるものを要求するつもり。それが金になっても、あたしには一銭もはいってこない。あたしには一銭にもならなくても、それでもあいつらは欲しがる。とにかくそう話してた」

「旦那さんはそんなに大金をつかってたの？」ルークは驚いた。モーリーンの夫は浪費マシーンだったにちがいない。

「そうなの！」

「大きな声を出さないで」ルークはプラスティック製のアイスペールを片手にもち、反対の手で製氷機の扉をあけた。「ヴァーモントっていうのがよかったね。あの州は夫婦共有財産制を採用していない州のひとつだもん」

「それはどういうこと？」

借金とり連中があなたに知られたくないと思ってることだよ――ルークは思った。あいつらがあなたに知られたくないと思っていることはたくさんある。あなたがいったん蝿とり紙にひっついたが最後、あなたをそのままにしておきたいんだよ。ルークは製氷機の扉裏にかけてあったスコップを手にとると、氷の塊を割っているふりをした。「旦那さんがつかったカードは旦那さん名義のもの？　それともあなたの名義？」

「決まってる、あいつの名義だよ。でも、連中はいまでもあたしに金を返せといってよこす――あたしたちが正式にはまだ離婚していないし、口座番号もおなじだから」

ルークは氷をプラスティックのアイスペールに入れはじめた――ことさらゆっくりと。「借金とり連中はそういうことができるって話すし、いかにももっともらしい話だけど、ほんとはできないんだ。とにかく合法的にはできない――ヴァーモント州ではね。っていうか、だいたいの州では不可能。もし旦那さんが旦那さん自身のカードをつかっていて、クレジット売上票に書いてあるのが旦那さんのサインだったら、それは旦那さんだけの借金なんだ」

「でもあいつらは、あたしたち夫婦の借金だといってる！　あたしたちふたりの借金だって！」

「それは嘘だ」ルークはむっつりといった。「それに、さっき話していた取りたての電話だけど……夜の八時を過ぎてから電話がかかってきたことはあった？」

モーリーンの声が苛烈な怒気をはらんだささやきに変わった。「冗談いってるのかい？　あいつらは夜中だって電話をかけてくるよ！　『いますぐ金を払え。でなけりゃ、来週にも銀行がその家を差し押さえにいくぞ！　ああ、帰ってきたら玄関の錠前が交換されていて、家具が庭の芝生に投げ捨てられてるんだ！』って」

こういった事例も、もっと悲惨な事例もルークは読んでいた。高齢の両親を介護施設から追いだしてやるぞと脅迫する借金とり。成人してはいるが、まだ金銭面で独立していない子供たちも追いかけまわしてやると脅しつける。自分たちの取り分の現金を手にいれるためなら手段をえらばない連中だ。「あなたが家にほとんどいなくて、だいたいの電話が留守番電話サービスに転送されていたのはかえって有利なんだ。携帯電話は、この施設にもちこめない決まりなんでしょう？」

「ああ！　そうに決まってる！　だからロックした車にしまっておいて……車をとめているのは……ええと、ここじゃない。前に一度、電話番号を変えたけど、あいつらは新しい番号も突きとめた。どうしてそんなことができるの？」

簡単だよ——ルークは思った。「留守電のメッセージは消さないように。ちゃんと保存しておくこと。メッセージには日時が記録されてる。貸金の取立て業者が夜八時過ぎに〝お得意さん〟にあてて——そう、あいつらはあなたみたいに借金のある人をそう呼ぶんだ、〝お得意さん〟ってね——電話をかけるのは法律で禁止されてるんだよね」

ルークはバケツの中身を一回あけて、ふたたび氷を入れはじめた——それも前よりもさらにスローペースで。モーリーンは驚嘆もあらわな表情に希望のきざしをうかがわせながらルークを見つめていたが、当のルークはろくに気づいていなかった。いまは深く問題について考え、何本もの筋を逆にたどって、この筋をひと思いに断ち切れる中心部に到達していた。

「あなたに必要なのは弁護士だよ。でも、ケーブルテレビで〝手っとり早く金になる〟と宣伝しているような法律事務所に駆けこもうなんて考えてもいけないよ。あんなところの弁護士に相談したって、なにもかも巻きあげられたあげく、最後は個人破産させられるだけだ。おまけに、クレジット会社の信用度評価だって元にはもどらない。あなたが行くべき相手は、債務救済を専門にしているヴァーモント州の弁護士さんだよ。それも連邦法の公正債務取立法に通じていて、悪質な取立て屋を憎んでいる弁護士さん。よければぼくが調べて、そういった弁護士さんの名前も教えてあげる」

「ほんとに調べてもらえる？」

「うん、もちろん」といっても、その前にコンピューターをあいつらにとりあげられなければの話だ。「弁護士はまず、金を巻きあげる仕事を請け負っている取立て業者の名前をつかむ必要がある。あなたを脅したり、真夜中に督促の電話をかけてきている連中のことだよ。銀行やクレジットカード会社は、自分たちがつかっている手先のことを明かしたがらない。でも、公正債務取立法が廃止されないかぎり——ワシントンにはこの法律を廃止させたがっている権力者たちがいるけど——腕のいい弁護士なら、あいつらに取立て業者の名前を吐かせることもできる。あなたに電話をかけてきている業者は、しじゅう法律違反をおかしてる。どうせ、ボイラー室でろくでもない仕事をしているだけの社会のダニ連中だよ」

そう、ここで働いているダニ連中と変わるところがひとつもない連中だ。

「そのボイラー室というのは——」

「いや、なんでもないよ」この会話は長くなりすぎていた。「優秀な債務救済専門の弁護士さんなら、あなたの留守番電話に残されているメッセージの録音をもって銀行に乗りこみ、二者択一を迫るはず——借金を帳消しにするか、さもなければ違法な商行為で訴えられて法廷に引きずりだされるか。銀行は法廷に出されるのをきらってる——そんなことになれば、スコセッシの映画に出てくる闇金融の悪徳業者と五十歩百歩の悪党どもを雇っていることが世間に知られちゃうからね」

「じゃ、あんたの考えだと、あたしは金を払わなくてもいいわけ？」モーリーンは茫然とした顔つきだった。

ルークはモーリーンの疲れもあらわな顔、あまりにも青白くなっている顔をまっすぐにのぞきこんだ。「あなたはなにかかわるいことをしたの？」

モーリーンはかぶりをふった。「だけど、すごい大金だよ。亭主はオルバニーの自分のうちにすっかり家具を入れて、ステレオとコンピューターと大型の液晶テレビを買って、若い女と同棲しはじめたものだから、その子にもあれこれ買ってやって、おまけにカジノが好きで、そんな暮らしをもう何年も何年もつづけてる。騙されやすい馬鹿なあたしが気づいたときには、もうなにもかも手おくれだったのさ」

「手おくれなんかじゃない。それはあの――」

「やあ、ルーク」

　いきなりの呼びかけにルークは驚いて跳びあがり、うしろをふりかえった。そこにいたのは十歳のエイヴァリー・ディクスンだった。「やあ。トランポリンはどうだった？」

「楽しかった。でも飽きちゃった。なにがあったと思う？　注射されたんだ。でも泣かなかったよ」

「立派だったね」

「ランチまで、ラウンジでテレビを見ていたいんだけどいい？　〈ニコロデオン〉が見られるって、アイリスが話してた。つまり〈スポンジ・ボブ〉も〈ラスティ・リベッツ〉も〈ラウド・ハウス〉も見られるんだ」

「いまは見られない。でも、それまで好きなことをして遊んでいればいいよ」

　エイヴァリーはつかのままルークとモーリーンをじっと見つめてから、廊下を先へ進んでいった。

　その姿が見えなくなってから、ルークはモーリーンにむきなおった。「手おくれなんてことはない――さっきはそういいかけてたんだ。でも、あなたもすばやく行動しなくちゃだよ。またあした、ここでぼくと待ちあわせよう。そのとき名前を教える。腕のいい人の名前。実績のある人の名前を。約束する」

「坊や（サン）……こんなのって……いい話すぎて……本当だとは思えないよ」

　モーリーンから〝息子（サン）〟と呼ばれるのは気分のいいものだった。その呼びかけに胸が熱くなるのがわかった。馬鹿馬鹿しいかもしれないが、事実だった。

「でも、それはちがう。借金とり連中があなたにやろうと企んでいることのほうが、よっぽど悪どい話すぎて本当だとは思えないほどだ。ぼく、そろそろ、本当に行かないと。もうじきランチタイムだし」

「この恩は一生忘れないよ」モーリーンはルークの手を強く握りながらいった。「もしあんたに――」

　廊下のいちばん端にあるドアがいきなり勢いよくひらいた。ルークは唐突に確信した――いまにも世話係がふたりばかり、つかつかと近づいてくるにちがいない。それもとびきり底意地のわるいふたり組だ――トニーとジークあたりだろうか。ふたりはぼくをどこかに連れていき、モーリーンとなにを話していたのかと質問してくる。ぼくがすぐに答えなければ、連中はぼくが洗いざらい白状するまで、〝強化尋問テクニック〟とやらを実践するはずだ。ぼくは窮地に追いこまれる。とはいえ、モーリーンのほうがよっぽど大変な窮地に追いこまれているんだ。

「落ち着きなよ、ルーク」モーリーンがいった。「新しい居留者たちが来ただけ」

ピンクの制服を着た三人の世話係がドアをくぐって近づいてきた。三人はストレッチャーの列を牽いていた。最初のふたつのストレッチャーには、いずれもブロンドの少女が寝かされていた。三つめには赤毛の少年の巨体が載っていた。おそらくWWEのファンだろう。三人とも眠っていた。ストレッチャーの列が近づいてくると、ルークはこういった。

「びっくりだ、あの女の子ふたりは双子だよね！　おんなじ顔してる！」

「そのとおり。名前はガーダとグレタ。さあ、もうあっちに行って、なにか食べておいで。あたしは新しい居留者を部屋に入れるのに、あの人たちの手伝いをしなくちゃいけないんだよ」

11

エイヴァリーはラウンジの椅子に腰かけて足をぶらぶらさせながら、細長い燻製ソーセージの〈スリムジム〉を食べ、海底の街〈ビキニタウン〉を舞台にしたスポンジ・ボブたちのアニメを見ていた。「注射をされたときも泣かなかったから、ご褒美ってトークンを二枚もらったんだ」

「よかったね」

「欲しければ一枚あげようか？」

「いいよ、遠慮する。あとのためにとっておくといい」

「わかった。〈スポンジ・ボブ〉は楽しいけど、やっぱりうちに帰りたい」エイヴァリーはしゃくりあげたり、おいおい泣いたりはしなかったが、両の目尻から涙のしずくがあふれはじめていた。

「そうだね、ぼくもおんなじ気持ち。ちょっとそっちにずれてくれる？」

エイヴァリーが椅子の上で体をずらしてスペースをつくり、ルークはそこにすわった。ちょっと窮屈だったが、それはかまわなかった。ルークはエイヴァリーの肩に腕をまわして、そっと体を引き寄せた。それに応じてエイヴァリーが頭をルークの肩にもたせかけてきた。その動作がいわくいいがたいかたちでルークの琴線に触れ、おかげでちょっと泣きたい気持ちにさせられた。

「知ってる、モーリーンに子供がいるってこと」エイヴァリーがいった。

「ほんとに？　まちがいない？」

「まちがいないよ。男の子。前は小さかったけど、いまは大きくなってる。ニッキーよりももっと年上」

「へえ、そうなんだ」

「これは秘密だよ」エイヴァリーは、アニメの登場人物のパトリックがカーニさんと口論をしているテレビ画面から目を離さずにいった。「モーリーンはその子のために貯金してる」

「ほんとに？　なんでそんなことがわかるの？」

エイヴァリーはルークに目をむけた。「わかっちゃうんだ。あなたの親友の名前がロルフで、あなたがワイルダースムーチ・ドライブぞいの家に住んでたことがわかるのとおんなじ」

ルークは目を丸くしてエイヴァリーを見つめた。「すごいな、きみ」

「うん、すごいでしょ」

それからエイヴァリーはまだ頬を涙で濡らしていながら、含み笑いを洩らしはじめた。

12

ランチがおわると、ジョージから三人対三人のバドミントンの試合をしようという提案があった。片やジョージとニックとヘレン、対するはルークとカリーシャとアイリス。さらにジョージは、ボーナスとしてエイヴァリーをニックのチームに加えてもいいといった。

「あの子はボーナスどころか債務よ」ヘレンはそういうと、まわりを飛びまわっている羽虫――〝クソ女（ミンジ）〟を手でさっと払いのけた。

「サイムってなに？」エイヴァリーがたずねた。

「知りたけりゃ、あたしの心を読みな」ヘレンはいった。

「だいたいバドミントンなんて、テニスもできないへなちょこのスポーツだよ」

「あんたじゃどうせ心強いチームメイトにはなれないし」カリーシャがいった。

ヘレンはピクニックテーブルとゲーム用品のキャビネットのほうへ歩いていきながら、うしろをふりかえらず、肩の上から中指を突き立てた。しかも、ポンプのような動きまでくわえた。アイリスが、ニック＆ジョージ対ルーク＆カリーシャなら試合ができそうだといった。自分、つまりアイリスはサイドラインで審判をつとめる。エイヴァリーが自分も手伝うと申しでた。全員がこれに同意し、試合がはじまった。スコアが十点オールになったとき、ラウンジに通じているドアが勢いよくひらいて新顔の少年が姿をあらわし、そのままほぼまっすぐなラインで歩いてきた。体内の薬の影響だろうか、どこか朦朧とした顔つきだった。同時に激しく怒っている顔つきでもあった。ルークは新来の少年の身長を百八十センチほど、年齢は十六歳あたりだと見当をつけた。かなり大きな太鼓腹が前に突きでている――いまは食べ物がつくった腹肉だが、いずれはビール腹になるのだろう。しかし、よく日に焼けた腕には筋肉が厚板のように盛りあがり、ウエイトリフティングの成果だろうか、見事な僧帽筋をしていた。左右の頬にはそばかすとにきびが散っている。目はピンクに充血して、苛立ちを放っているかに見えた。赤毛は寝癖であちこち突き立っていた。ルークたち全員がそれまでの動きをとめて、少年の姿を見つめていた。

刑務所の中庭に出ている囚人さながら、カリーシャが唇を動かさずに小声で話しかけてきた。「超人ハルクならぬ超人でかぶつ（バルク）」

新参の少年はトランポリンのわきで足をとめて、一同をねめつけた。ついで、話しかける相手があまり英語の得意でない者たちだとでも思っているのか、ことさら単語ごとにはっきりと区切った口調で、ゆっくりとこう話した。それも南部訛で。「いったい……なんだよ……このクソは？」

　エイヴァリーが小走りに近づいた。「ここは〈研究所〉。よろしくね、ぼくはエイヴァリー。きみの名前――」

　新参少年は掌底をエイヴァリーのおとがいにあてがって、一気に押した。それほど強い力がこもっていたわけではなく、むしろ半分は心ここにあらずの動作だったが、次の瞬間エイヴァリーはトランポリンの周囲に敷かれたマットレスに大の字になって横たわり、ショックまじりのびっくりした顔で新参少年を見あげていた。新参少年のほうはエイヴァリーには目もくれず――そればかりかバドミントンのプレイヤーたちやアイリスにも目もくれず、さらにはトランプのひとり占いの手をとめて見ていたヘレンも一顧だにしなかった。少年はまるでひとりごとをいっているようだった。

「いったい……なんだよ……このクソは？」少年は見るからにいらいらした手つきで羽虫を払いのけようとした。運動場に初めて出てきた日のルークとおなじく、新参少年も素肌に塗っておくべき虫よけ剤をつけていなかった。羽虫はただ群れ飛んでいるだけではなかった――いま虫たちは新参少年に舞い降りて、汗を味見していた。

「おい、おまえ。エイヴァスターをあんなふうに突き飛ばすことはないだろ」ニックはエイヴァリーを愛称で呼んだ。「あいつは仲よくしたかっただけだぞ」

　新参少年はようやく注意をいくらか払うようになり、ニックにむきなおった。「てめえは……だれなんだよ……クソ野郎？」

「ニック・ウィルホルム。エイヴァリーに手を貸してやれ」

「なんだと？」

　ニックは忍耐づよい顔をのぞかせていた。「おまえが突き飛ばして倒した、だから手を貸して立たせてやるんだ」

「わたしが手伝うよ」カリーシャがいった。小走りにトランポリンに近づいて上体をかがめ、エイヴァリーの腕をとろうとした……新参少年はそのタイミングでカリーシャをも突き飛ばした。カリーシャはクッションの効いたマットレスからはみ出して、砂利の上にばたりと倒れこみ、片膝をすりむいてしまった。

　ニックはバドミントンのラケットを下へ落として、つかつかと新参少年に歩みよると、両手を腰にあてがった。

「ほら、これでおまえが助け起こす相手はふたりになったぞ。突然のことで頭が大混乱してるのはわかる。でも、それは言いわけにならないな」

「おれが助け起こさなかったら？」

ニックはにっこり笑った。「おれがおまえをぶっ飛ばすよ、でぶちん野郎」

ピクニックテーブルの前にすわったヘレン・シムズは、興味をひかれた顔でこのひと幕を見まもっていた。ジョージはといえば、どうやらもっと安全な領域へ移動すると決めたらしい。新参少年から大きく距離をとりつつ、さりげない足どりでラウンジに通じているドアのほうへ歩いていった。

「ケツ穴野郎になりたがってる相手に、わざわざ手出しなんか無用だよ」カリーシャがニックにいった。「わたしたちなら大丈夫。ね、大丈夫だろ、エイヴァリー？」そういってエイヴァリーを助け起こし、ふたりであとずさって離れていく。

「うん、ぼくたちなら大丈夫」エイヴァリーは口ではそういったが、ぽっちゃりした頰に新しい涙が伝い落ちていた。

「で、だれがケツ穴野郎だって、カス女？」

ニックが答えた。「おまえのことに決まってる。ここにいるケツ穴野郎はおまえだけだからな」そういって新参少年に一歩詰め寄った。ふたりが対照的に見えることにルークは目を奪われていた——新参少年がハンマーなら、ニックはナイフの刃だ。「きちんと謝れよ」

「おまえなんかまっぴら、謝るのもまっぴらだ」新参少年はいった。「ここがどんな場所か知らないが、いつまでもいるつもりはない。とっととおれの目の前から消えやがれ」

「そういったところで、おまえはどこへも行けないね」ニックは答えた。「ここにしばらくいることになってるんだ——おれたち全員とおんなじだよ」歯をのぞかせずに笑みを浮かべる。

「もうやめな、ふたりとも」カリーシャがいった。いつのまにかエイヴァリーの肩に腕をまわしていた。ルークには読心術の心得こそなかったが、そんなものがなくてもカリーシャがいまなにを考えているかわかった。自分もおなじことを考えていたからだ。新参少年はどう見ても体重では二十五キロ以上もニックにまさっていたし、腹の肉がテーブルのように突きでていたが、両腕は石板のように逞しかった。

「これが最後の警告だぞ」新参少年がいった。「そこをどけ。でないと叩きのめしてやる」

屋内に引き返そうとしていたジョージだったが、気が変わったらしい。のんびり歩いて新参少年のほうへ引き返しつつあった——それも背後からではなく、横から近づいていく。背後から近づいていたのはヘレンだった。速足ではなく、ルークの心をとらえてやまないヒップを小さく左右に揺らすあの歩き方で。ヘレンの顔にも淡い笑みが浮かんでいた。

ジョージの顔は精神を集中させていることを示す渋面に歪んでいた——唇を強く引き結び、ひたいに皺が寄っている。ふたりの少年たちの頭のまわりを群れ飛んでいた羽虫がいきなりひとつに合流したかと思うと、見えない風に吹き飛ばされたかのように新参少年の顔に突進していった。新参少年は片手で目もとをかばい、羽虫を払いのけようとした。ヘレンがその背後で地面に膝をつき、ニックが赤毛の少年に体当たりした。新参少年はばったりと倒れこんだ——体の半分は砂利敷きの地面に、残り半分はアスファルトの上に。

ヘレンがすかさず体を起こしてひらりと飛びすさり、笑い声をあげながら指をつきつけた。「ちびたちに負けたんだ、ビッグボーイ。ちびたちに負けたぞ、やーい、こてんぱんに負けてやんの！」

激怒のうなり声をあげながら、新参少年は体を起こしかけた。しかし体を起こしきらないうちにニックが前へ進みでて、太腿を蹴りつけた。それも強く。新参少年はぎゃっと叫んで足をつかみ、両膝を胸もとに引き寄せた。

「いいかげんにやめなさいよ！」アイリスが声をあげた。「それでなくても、わたしたち、すごく大きなトラブルをかかえてるんだから！」

以前のルークなら、この言葉に同意したかもしれない。新バージョンのルーク——〈研究所〉のルーク——は同意しなかった。「最初に手を出したのはあいつだ。だからこれも当然の報いなのかも」

「覚えてやがれ！」新参少年がわめいた。「ただですむと思うなよ、クソ卑怯な喧嘩屋どもめ！」

その顔は不安を感じるほどの赤紫色に変わっていた。ルークは十六歳の肥満体の少年が脳卒中を起こしたりするだろうかと思い、そんなことはどうでもいいと思った――ひどい話だが、それが本音だった。

　ニックが片膝をついて、「殴ったりはしないよ」と話しかけた。「いまこの瞬間、おまえはおれの話をきいたほうが身のためだ。おまえの問題はおれたちなんかじゃない。あいつらこそ、おまえの問題だ」

　ルークはあたりを見まわした――ラウンジに通じているドアのすぐ内側に、三人の世話係が立っていた。ジョーとハダドとグラディス。ハダドにはもう親しみやすさのかけらもなく、グラディスのプラスティック製の笑顔も消えていた。三人とも、ケーブルが突きだしている黒い機械仕掛け（ガジェット）を手にしていた。いまはまだ運動場に足を踏み入れていないが、すぐ突入できるように構えている。実験用の動物が傷つけあうのを見過ごすわけにいかないんだ――ルークは思った。とても放置しておけない。実験用動物は稀少な存在だから。

　ニックがいった。「このろくでなしを運ぶから、手を貸してくれよ、ルーク」

　ルークは新参少年の片腕を手にとると、自分の首にかけた。ニックが反対側の腕をとって、おなじことをした。少年の肌は火照っていて、汗でぬるぬるしていた。食いしばった歯の隙間から空気を吸いこもうとしていた。ルークはニックと力をあわせ、少年を起きあがらせた。

「ニッキー？」ジョーが声をかけた。「なんともないのか？　クソの嵐はおさまったか？」

「おわりました」ニックが答えた。

「そのほうがいい」ハダドがいい、グラディスといっしょに屋内へ引っこんでいった。ジョーは黒いガジェットを手にしたまま、まだおなじ場所に立っていた。

「心配することはなんにもなし」カリーシャがいった。「だいたい、本物のクソの嵐なんかじゃなかった。さっきのはただの……」

「意見の相違」ヘレンがいった。「いってみれば、クソの嵐に先立つおならの先触れみたいなもん」

「この子だって悪意があってやったことじゃないし」アイリスがいった。「ひどくうろたえていただけよ」

　アイリスの声には心からの気づかいの響きがあり、ルークはニックが新参少年の足を蹴りつけたときに胸のすく思いを感じた自分が少し恥ずかしくなった。

「やばい、吐きそうだ」新参少年がいった。

「トランポリンにはぜったいにげろ吐くな」ニックがいった。「おれたちがつかうんだから。ルーク、頼む。こいつをフェンスまで連れていくから力を貸せ」

新参少年の口から〝おえっ・おえっ〟という声が洩れはじめ、かなり巨大な腹がびくびくと波打ちはじめた。ルークとニックは、運動場と森林とをへだてているフェンスまで少年を連れていった。ぎりぎりのタイミングだった。新参少年は菱形に編まれた金網フェンスに頭を押しつけると、フェンスの外側へむけて吐きはじめた――外にいたときに、つまりまだ新参少年ではなく自由少年だったときに食べたものの最後の残りを吐きだしていた。

「げろげろ」ヘレンがいった。「だれかがコーンのクリーム煮を食べたみたい。どこまで気持ちわるいんだか」

「楽になったか？」ニックがたずねた。

新参少年がうなずいた。

「吐くもん全部吐いたか？」

新参少年は無言で頭をふると、ふたたび吐きはじめた――最初よりも力ない嘔吐だった。「たぶん、なんとか――」そういいかけて咳払いをするなり、さらなる反吐が口から噴きだした。

「まいったな」ニックはそういいながらしぶきの飛んだ頬を手で拭うと、唾を飛ばしてしゃべる人にいうジョークの文句をそのまま口にした。「おまえさんのシャワーを拭くタオルの用意はおありで？」

「き、気絶しそうなんだ」

「いや、気絶なんかしないよ」ルークはいった。確信があったわけではなかったが、とりあえず前向きなポーズをとっているのがいちばんいい。「あっちの日陰に行こう」

ふたりは新参少年をピクニックテーブルの椅子にすわらせた。カリーシャは少年の隣に腰をおろし、少年に顔を伏せているようにいった。少年は口答えもせず素直に従った。

「おまえの名前は？」ニックがたずねた。

「ハリー・クロス」少年の戦意は完全に消えていた。いまは疲れて恥じ入っている口調だった。「セルマから来た。アラバマ州の街だ。でもどうやってここへ来たのかも、なにが起こってるのかもわからないし、とにかくなんにもわかんない」

「ぼくたちが教えてあげられることもあるよ」ルークはいった。「でもそのためには無駄口を叩かないこと。行儀よくすること。なぜって、ここはぼくたちが仲間うちで喧嘩なんかしなくても、ひどい場所にちがいないからだよ」

「それからエイヴァリーにはちゃんと謝れよ」ジョージがいった。クラスの道化者の雰囲気はまったくなかった。「それが行儀よくすることの第一歩だ」

「いいんだよ、そんなの」エイヴァリーはいった。「その人に痛いことをされたわけじゃないもん」

カリーシャはとりあわなかった。「さ、謝んな」

ハリー・クロスという少年は顔をあげた。それから赤らんでいる器量のよろしくない顔を手のひらで撫で、「突き飛ばしたりしてわるかったな、小僧」といって一同を見まわす。「これでいいかい？」

「半分だけはね」ルークはそういってカリーシャを指さした。「あの子にも謝るんだ」

ハリーは大きくため息をついた。「すまなかったね、名前はなんだか知らないが」

「わたしはカリーシャ。もっと親しい間柄になれたら……って、つまりいまはまだそんな段階じゃなさそうだけど……シャーと呼んでもいいよ」

「でも、〝いい子〟と呼ぶのは禁物だ」ルークがいうと、ジョージが笑い声をあげて背中をぴしゃりと平手で叩いた。

「それならそれでいいさ」ハリーはぶつぶつつぶやくと、あごからなにかを拭いとった。

ニックがいった。「さて、昂奮のひと幕もおわったことだし、バドミントンの試合を再開したら――」

「ハロー、女の子たち」アイリスがいった。「どう、こっちへ来たくない？」

ルークはふりむいた。世話係のジョーはいなくなっていた。ジョーがいた場所に、ふたりの幼いブロンドの少女が立っていた。ふたりは手を握りあい、いずれもおなじ恐怖まじりの茫然とした表情をのぞかせていた。ふたりの少女はどこをとっても瓜ふたつだったが、Ｔシャツだけは異なっていた――片方は緑、もう一方は赤だったのだ。ルークはドクター・スースの絵本に出てくる双子、シング１（ワン）とシング２（ツー）を思い出した。

「こっちへおいで」カリーシャはいった。「心配はいらない。もうトラブルはおわったよ」

いやはや、その言葉がほんとだったらいいのにな――

ルークは思った。

13

その日の午後四時十五分、ルークは自室で公正債務取立法を専門にしているヴァーモント州の弁護士についての資料をさらに読みこんでいた。これまでのところ、どうしてこの特定の話題に興味をもっているのかとたずねてくる者はいなかった。H・G・ウエルズの透明人間のことを質問してくる者もいなかった。その気になれば、ここの連中が自分のコンピューターをモニターしているかどうかを確かめる方法も編みだせそうだったが――グーグルで自殺の方法を検索すれば目的は達成できそうだ――そんなことをするのは正気の沙汰ではないと考えなおした。眠っている番犬をわざわざ蹴り飛ばしてどうする？　そんなことをしてもいまの生活がそれほど大きく変わりそうもない以上、わざわざ確かめたりしないほうがいい。

ドアにせわしないノックの音がした。ルークが相手に入室をうながす言葉をかける前にドアがあいた。世話係だった。長身で黒髪の女性、ピンクの制服の胸もとにつけられた名札には《**プリシラ**》とあった。

「目の関係だったかな？」ルークはたずねながら、ノートパソコンの電源を切った。

「ええ。さあ、行きましょう」笑顔なし、楽しげで陽気なおしゃべりもなし。グラディスのあとだけに、かえってほっと安堵したほどだ。

ふたりはエレベーターへ引き返し、レベルCまで降りていった。

「この建物は地下何階まであるの？」ルークはたずねた。

プリシラがちらりとルークを見やった。「きみには関係ない」

「ぼくはちょっと話をしようとして――」

「よしなさい。黙っていればいい」

ルークは黙った。

昔なつかしいC－17号室にはいっていくと、そこにいたのは以前のジークに代わって《**ブランドン**》という名札をつけた技師だった。さらにスーツ姿の男ふたりも同席していた。片方の男はｉＰａｄを、もうひとりはクリップボードを手にしていた。ふたりとも名札をつけていないことから医者だろうと思った。ひとりはとんでもなく背が高く、ハリー・クロスさえ顔色なからしめる巨大な腹のもちぬし。その男が前へ進みでて、握手の手をさしだしてきた。

「やあ、ルーク。わたしはドクター・ヘンドリクス、医学研究部門の責任者だ」

ルークは握手に応じたい気持ちが少しもこみあげぬまま、差しだされた相手の手をただ見おろしていた。いまルークは、これまでとまったく異なる行動様式を学びつつあった。ある意味では不気味なことながら、これには興味をかきたてられた。

ドクター・ヘンドリクスは、半分空気を吸って半分息を吐きながら〝ひーひー・ふーふー〟と響く奇妙な笑い声をあげた。「ああ、それでいい、まったくかまわん。ここにいるのはドクター・エヴァンズ。眼科研究部門の責任者だよ」そういってドクターがまた〝ひーひー・ふーふー〟と笑ったので、これが医者ならではのユーモアの発露なのだろうと察した。

妙に凝った口ひげをたくわえた小男のドクター・エヴァンズは、このジョークにも笑わないどころか、にこりともしなかった。握手を求めてくることもなかった。

「きみは新しい居留者のひとりだね。ようこそ。さあ、すわってくれたまえ」

ルークはいわれた言葉に従った。椅子に腰かけられるのは、椅子に手をついて体をかがめ、ケツを高く突きだすのに比べたらずっとま〔し〕だ。それに、これからなにがあるのかは察しがついた。映画のオタクっぽい天才少年は、レンズのぶあつい眼鏡をかけているものと決まっている。しかしルークの視力は、これまでのところ左右ともに一・〇だ。そんなわけでそこそこリラックスしていられたのだが、それもヘンドリクスが注射器を手にして近づいてくるまでだった。注射器が目にとまるなり、気持ちが重く沈んだ。

「怖がらなくてもいい。またちょっとち〔く〕んとするだけだ」ヘンドリクスは出っ歯をのぞかせ、〝ひーひー・ふーふー〟と笑った。「ここじゃ注射をたくさんする。軍隊とおんなじだ」

「そりゃそうだ。ぼくは兵隊みたいに徴集されてるんだから」

「そのとおり、まさしくそのとおり。さあ、動かないで」

ルークは抵抗の声もあげずに注射を受けた。今回は一瞬にして体が火照るようなことこそなかったが、ちがう現象が起こりつつあった。もっと歓迎できない現象。プリシラが身をかがめて〈バンドエイド〉の注射パッチを腕に貼りつけるのと同時に、ルークののどが詰まりはじめた。

「なんか変……ぼく……」これにつづけて《唾を飲みこめなくなってる》といいたかったのだが、言葉は出てこなかった。のどが完全に閉ざされてしまっていた。

「心配はいらん」ヘンドリクスがいった。「すぐ治るから」

その言葉だけなら心強かったが、別の医者がチューブを手にして近づくのが見えてしまった。必要なら、ルークののどにチューブを押しこむつもりだろう。ヘンドリクスがルークの肩に手をかけて、チューブの医者にいった。

「あと数秒だけ待ってやってくれ」

ルークはあごから涎をしたたらせ、ふたりの医師を死に物狂いの目で見つめていた――この世で最後に見るのが、ふたりの顔になるにちがいないと思った……が、のどがすうっと通った。ルークは大きな音をたてて、空気を思うさま吸いこんだ。

「ほらね？」ヘンドリクスがいった。「もう大丈夫。ジム、挿管の必要はないよ」

「い、いったい……ぼくになにをしたのさ？」

「なんにもしてないよ。きみは無事だ」

ドクター・エヴァンズはプラスティックのチューブを技師のブランドンに手わたし、ヘンドリクスと場所を代わった。それから小型ライトでルークの目を照らし、小さな定規で両目の間隔を測った。「矯正レンズはつかっていない？」

「さっきのはなんだったかが知りたい！　だって息ができなくなったんだから！　唾だって飲みこめなくなったんだから！」

「もう心配はいらないよ」エヴァンズは答えた。「力づよく唾をごっくんと飲んでいたぞ。顔色も平常にもどっているしね。さて、きみは矯正レンズをつかっているのか、それともつかっていないのかね？」

「つかってない」

「けっこう。それはよかった。さて、まっすぐ前を見つめていてもらえるかな」

ルークは壁に視線をすえた。息のしかたを忘れてしまったことで感じた動揺はもうおさまっていた。ブランドンが白いスクリーンを引き下げ、部屋の照明を暗くした。

「そのまままっすぐ前を見ていろよ」ドクター・エヴァンズがいった。「よそ見をしたら、ブランドンがきみにびんたを食らわせる。それでもまたよそ見をしたら、電気ショックのお仕置きだ——電圧はそう高くないが激痛だぞ。わかってもらえたか？」

「わかったよ」ルークはいい、唾を飲みこんだ。のどに痛みなどはなく正常に思えたが、心臓はいまもなお二倍のスピードで動悸を搏っていた。「ところでアメリカ医師会（AMA）はこのことを知ってるの？」

「おまえは黙っていろ」ブランドンがいった。

〝黙して語らず〟が、ここでのデフォルトなんだな、とルークは思い、自分にこういいきかせた。もう最悪の部分は過ぎ去った、これからは目の検査があるだけ、ほかの子供たちもみんな経験したことで、みんなそのあともなんともなかった。それでもルークは、くりかえし唾を飲みこんでは、ちゃんと飲みこめることを確かめないではいられなかった。これからあのスクリーンに視力検査表が映しだされ、ぼくは指示された文字を読みあげていき、それで検査はおわるんだ……。

「まっすぐ前だ」エヴァンズが猫撫で声一歩手前の声でいった。「目はスクリーンにむけたまま、決してよそ見をしちゃいけないぞ」

音楽が流れはじめた——ヴァイオリンがクラシック音楽を奏でている。心を落ち着かせる効果を狙っているんだ、とルークは思った。

「プリス、プロジェクターのスイッチを入れてくれ」エヴァンズがいった。

視力検査表の代わりにスクリーンの中央部に映写されたのは青い粒だった——内部に心臓があるかのように、かすかに脈打っている。その下に今度は赤い光の粒が出現した。ルークはＨＡＬ（ハル）を連想した——「申しわけありません、デイヴ」。次に出現したのは緑の粒だった。赤と緑の粒はどちらも青にあわせて脈打っていたかと思うと、三つすべてが点滅しはじめた。さらに粒が出現しはじめた。最初はひとつずつ出てきたが、それがふたつずつになり、最後には数十個の粒がいちどきにあらわれるようになった。ほどなくスクリーンは、点滅するさまざまな色の光の粒々に埋めつくされた。

「スクリーンを見つめて」エヴァンズが甘ったるい声でいった。「スクリィィーーン、、、、、、、だ。よそ見はだめだぞ」

「ぼくが自力では粒々を見られないから、これを映写しているの？　ポンプに呼び水を入れるみたいなもの？　こんなことしたって——」

「黙りなさい」今回そういったのはプリシラだった。

粒々が渦を巻くように動きはじめた。粒々はたがいに目まぐるしく追いかけあいはじめた。螺旋を描くように動く粒々もあれば、群れをつくる粒々もあり、輪をつくって上昇したり下降したり交差したりする粒々もあった。ヴァイオリンの音楽がぐんぐんテンポをあげて、それまでの明るいクラシック音楽から陽気なヒルビリー調のダンスミュージックに変わった。粒々はいまでは動いているだけではなく、回路が焼け焦げたせいでいかれてしまったタイムズスクエアの電光掲示板のようになってきた。ルーク、、、まで頭がいかれてしまいそうな気分だった。金網フェンスの外へ反吐を吐いていたハリー・クロスのことが思い出された。いかれたように動きまわる色とりどりの粒々をこのまま見つづけていたら、自分もハリー・クロスとおなじことをしでかしそうだし、ここで吐くのだけは避けたいし、吐いたりすればげろ、、が膝に落ちてしまうし——

ブランドンが容赦ない手つきでルークをひっぱたいた。その音は、すぐ近くでありながら遠くで炸裂した小さな花火の音のように響いた。「スクリーンを見るんだ、いい子だからね」

生ぬるいものが鼻から上唇にねっとりと流れてきた。あのクソ男はぼくの頬だけじゃなくて鼻も強くひっぱたいたんだ——ルークは思った。しかし、それもいまは重要なことに思えなかった。というのも回転している多くの粒々がいまでは頭にはいりこみ、脳炎か髄膜炎か、とにかくナントカ炎と名のつく病気みたいにルークの脳みそを侵略しつつあったのだ。

「オーケイ、プリス、スイッチを切ってくれ」エヴァンズがそういったが、プリシラの方はその言葉が耳にはいっていなかったにちがいない。なぜなら粒々はいっこうに消えなかったからだ。粒々は花ひらくように膨らんでは縮小していた——膨らむたびに、ひとつ前よりも大きくなっている。〝ぶわあっ〟と膨らんでは〝しゅるんっ〟と縮む。〝ぶわあっ〟と〝しゅるんっ〟。その動きは３Ｄ映像になってスクリーンからルークめがけて突進し、なおも突き進み、ぐんぐん迫ってきて——

　ブランドンがプリシラのことを話しているような気がしたが、自分の頭のなかだけの出来事ではないか？　それに、あれはだれかがあげている悲鳴だろうか？　だとしたら、自分の悲鳴だということがあるだろうか？

「いいぞ、ルーク。実にいい。きみはよくやっているよ」エヴァンズのそんな声がずっとずっと遠くから眠たげに響いてきた。成層圏の高みにまで舞いあがったドローンからきこえる声。あるいは月の裏側からきこえる声。

　いろどりゆたかな粒々がさらに出現してきた。それももうスクリーン上にとどまらず、部屋の壁にもあらわれ、天井で渦をつくり、ルークの周囲いたるところにあるばかりか内面にも出現していた。そして意識をうしなう寸前、ルークにはわかった——この粒々はいまぼくの脳みそと入れ替わろうとしているのだ、と。見ていると、自分の両手が光の粒々のなかへむかって勝手にあがっていった。肌の上で光の粒々が揺れ踊っては駆けめぐっているのを目にとめながら、いつしか自分が椅子のなかで激しく左右に身をよじっていることに気がついた。

　ルークは、《発作を起こしかけてる、おまえたちのせいで死んじゃいそうだ》と訴えようとしたものの、口から出てきたのは苦しげなうがいめいた音だけだった。ついで粒々がすうっと消え、ルークは椅子から転がり落ち、闇へと転がり落ちていったが、それは恵みにほかならなかった。ああ、神よ——どれほど大きな恵みだったことか。

14

平手打ちをされて、はっと意識をとりもどした。さっきの鼻血の原因になった平手打ちほど激しくはなかったが（あれが現実の出来事だったとすればの話）、愛情のこもった優しい叩き方でもなかった。目をあけると、床に横たわっていることがわかった。ちがう部屋だった。すぐ横でプリシラが床に片膝をついていた。先ほどの平手打ちの実行者はこのプリシラだった。ブランドンとふたりの医者が近くに立って観察していた。ヘンドリクスはまだｉＰａｄを手にしている。エヴァンズの手にはクリップボード。

「目を覚ましました」プリシラはいった。「どう、ルーク、ちゃんと立てる？」

ルークには自分が立てるかどうかもわからなかった。四、五年前に連鎖球菌咽頭炎になって、高熱を発したことがある。いまもあのときとおなじ気分――自分の半分が肉体から抜け落ちて大気圏にふわふわ浮かびあがったような気分だった。口のなかに不快な味がして、いちばん新しく注射をされた部分が気も狂いそうなほど痒くなった。のどが腫れて息が詰まったときの感覚や、それがどれほど恐ろしかったかは、いまもありありと覚えていた。

ブランドンはルークに足が大丈夫かどうかを試す機会も与えず、あっさりと腕をつかんで引き立たせた。立ちあがったルークは体をふらつかせた。

「自分の名前をいえるか？」ヘンドリクスがたずねた。

「ルーク……ルーカス……エリス」その言葉はルークの口から出たのではなく、頭の上に浮かんでいる自分の残り半分から出てきたように響いた。疲れていた。何度も食らった平手打ちのせいで顔は痛みに疼き、鼻が痛かった。ルークは片手をもちあげて（手は水のなかで動かしているかのように、のろのろとあがってきた）、鼻の下の肌をこすってみた。見おろした指先に乾いた血の粉末がついているとわかっても驚きはなかった。「ぼくはどのくらい気絶してたの？」

「その男の子をすわらせてくれ」ヘンドリクスがいった。

ブランドンがルークの片腕を、プリシラが反対の腕をとった。ふたりはルークを椅子まで引き立てていった（シンプルなキッチンチェアで、ありがたいことにストラップはついていなかった）。前に置いてあったのはカードの束だった。カードはペーパーバックほどの大きさで、裏面は無地の青だった。

「自分の部屋にもどりたい」ルークはいった。声はまだ口から出てきたように思えなかったが、それでも前より少しは近づいてきていた……かもしれない。「横になりたい。気分がわるいから」

「きみの感覚混乱症状はすぐにおさまる」ヘンドリクスはいった。「ただし、夕食は抜かしたほうが賢明かもしれない。きみにはこれから、ドクター・エヴァンズに注目してほしい。検査がおわったら部屋にもどっていいし、部屋で……ええと……緊張をほぐせばいい」

エヴァンズが最初のカードをとりあげて目をむけた。

「これはなにかな？」

「カード」ルークは答えた。

「ジョークなら自分のユーチューブ・チャンネルで披露しな」プリシラがそういって、ルークの頰を張り飛ばした。ルークを目覚めさせるための平手打ちよりも、かなり力のこもった一打だった。

ルークの耳がじんじん鳴りはじめたが、おかげで頭は多少すっきりした。プリシラの顔を見ても、そこにためらいの色はなかった。後悔もない。同情はゼロ。無。この女にとって自分は子供でもなんでもないんだ——ルークはそう気がついた。この女は頭のなかで厳格な分類をすでにすませている。ぼくはただの被験者。被験者だったら、なんでも好きに扱ってかまわない。そうできないときには、心理学者がいう〝負の強化〟を実行すればいい——すなわち被験者に不快な刺激を与えて反応を条件づけすればいい。検査がおわったら？　そうしたらコーヒーやデニッシュのある休憩室に行って、自分の子供たち（つまり本物の子供たち）の話をしたり、政治でもスポーツでもなんでも好みの話題で文句を垂れていればいい。

でも、そんなこと、ぼくはとっくに知っていたんじゃないのか？　知っていたはずだ、とルークは思った。しかし、ある事実を知っていることと、それによって実際に肌が赤く腫れることのあいだには大きなちがいがある。ルークには、いずれ——それもあまり遠くない将来——だれかが目の前で広げた手をかかげたら、たとえ握手やハイタッチを求めてのことでも、自分がとっさに身をすくめてしまう日が来ることもわかっていた。

エヴァンズは慎重な手つきでカードを横へ置くと、束の上からまた一枚のカードを手にとった。「では、このカードではどうかな、ルーク？」

「いったじゃないか、わからないって！　ぼくにカードの中身がわかるはず——」

　プリシラがふたたびルークを平手打ちした。耳鳴りは前よりも高まり、ルークは泣きはじめた。抑えられなかった。〈研究所〉は悪夢で見ているだけだと思ったこともあったが、これは現実になった悪夢そのものだ――精神が半分肉体から遊離した状態で、見えていないカードの図柄を当てろと迫られ、わからないと答えれば頰をひっぱたかれるという悪夢だ。

「やってみたまえ、ルーク」ヘンドリクスが、耳鳴りしていないほうのルークの耳にむかっていった。

「部屋にもどりたいんだ。疲れてる。それに吐き気もするし」

　エヴァンズが二枚めのカードをわきへ置き、三枚めを手にとった。「では、これは？」

「あんたは勘ちがいしてる」ルークはいった。「ぼくはTKだ、TPじゃない。カリーシャならカードの図柄を当てられるかもしれない。エイヴァリーならぜったいに見抜けるはず。でも、ぼくはTPじゃないんだ」

　エヴァンズが四枚めをとりあげた。「さて、これはなにかな？　もう平手打ちはしないよ。わたしの質問に答えること。さもなければブランドンから電気ショックを食らわせてもらう。冗談抜きに痛いぞ。さっきのような発作で気をうしなうことはないかもしれないが、そうなってもおかしくない。だから、答えるんだ、ルーク。これはなにかな？」

「ブルックリン橋！」ルークは叫んだ。「エッフェル塔！　タキシード姿のブラッド・ピット、うんこしてる犬、インディ五〇〇――わかるわけないだろ！」

　ルークは電撃スティックの来襲を覚悟した――たぶんテイザー銃のようなものだろう。雷のような〝ばりばりっ〟という音が出るのか、あるいはハミングめいた〝ぶーん〟という音をたてるのか。それともまったく音がしないまま、体がびくんと跳ねて床にばったり倒れ、涎を垂らしながら手足をひくひくさせるような目にあうのか。しかしエヴァンズはカードを横へ置いて、ブランドンに一歩さがれといっただけだった。とはいえ、ルークはとても安心できなかった。

　こんなことなら死んでいたほうがよかった――ルークは思った。死ねば、ここから抜けだせるんだから。

「プリシラ」ヘンドリクスがいった。「ルークを部屋へ連れもどしてくれ」

「了解、ドクター。ブランドン、エレベーターのところまでいいから、この男の子を連れていくのを手伝って」

ふたりに連れられてエレベーター前に行き着いたころには、自分が再構成されて精神のギアがするりと元の位置にもどった気分だった。あいつらはさっき本当にプロジェクターのスイッチを切ったのだろうか？　切ったあとも、まだぼくは粒々を見つづけていたのだろうか？

「おまえたちは勘ちがいしてる」ルークの口ものどもからからに干上がっていた。「ぼくはおまえたちがＴＰって呼んでる連中のひとりじゃない。ちゃんとわかってるのかよ？」

「好きにいってなさい」プリシラが無関心な口調でいい、ブランドンのほうへ顔をむけた。本物の笑みが浮かぶと、その顔が別人になった。「じゃ、またあとで。いいでしょ？」

ブランドンがにたりと笑って、「もちろん」といい、いきなり鉄拳をつくってルークの顔のほうへふるってきた。拳は鼻を打つ寸前にぴたりと停止したが、それでもルークは身をすくませて悲鳴をあげていた。ブランドンが愉快そうに笑い、プリシラは〝ほんと、男っていくつになっても馬鹿〟といいたげな微笑みをブランドンにむけた。

「この女の握手に応じてやれよ、ルーク」ブランドンはそういうと、大袈裟なほど肩で風を切る歩き方でレベルＣの廊下を先へむかっていった。ホルスターにおさまった電撃スティックが揺れて、尻のあたりにぶつかっていた。

メインの廊下――いまではルークにも居留者用の翼棟だとわかってきた建物――にもどると、ガーダとグレタという幼い双子の少女がならんで立って、恐れもあらわに見ひらいた目でルークたちを見つめてきた。ふたりは手を握りあい、本人たちとおなじく瓜ふたつの人形をそれぞれ抱えていた。そんなふたりの姿に、ルークは昔のホラー映画を連想していた。

プリシラはルークの部屋のドア前までいっしょに来ると、なにもいわずに去っていった。部屋にはいったルークは、不在のあいだにノートパソコンをとりあげられるようなことがなかったのを確かめると、靴も脱がずにベッドに倒れこんだ。そして、それから五時間ぶっつづけで眠った。

15

ドクター・ヘンドリクス（別名ドンキーコング）が執務室に隣接している私室に足を踏み入れたとき、部屋の主であるミセス・シグスビーはすでに待っていた。小さなソファにちょこんとすわっている。ヘンドリクスはファイルを手わたした。「あなたが紙の書類を信奉してるのは知ってますから、これをおもちしました。満足していただけるといいんですが」

ミセス・シグスビーはファイルをひらきもしなかった。「わたしが満足するもしないも関係ない。これはみんなあなたの検査、あなたの二次実験よ。おまけにいい結果が出そうな雰囲気はないもの」

ヘンドリクスは依怙地に奥歯を食いしばっていた。「アグネス・ジョーダン。ウィリアム・ゴートセン。ヴィーナ・パテル。名前を度忘れしてしまったが、あと二、三人はいる。その全員について、わたしたちは良好な結果を得たんだぞ」

ミセス・シグスビーはため息を洩らし、薄くなりつつある髪を指でととのえた。ヘンドリクスは、この女の顔が鳥にそっくりだと思った――いや、くちばしではなくて鋭く尖った鼻があるだけだが、じっと凝視するような小さな目は鳥そのものだ。鳥の顔の奥にひそんでいるのは官僚の脳みそ。ついでにいえば無能な官僚だ。「それ以外に、なんの結果も得られなかったピンクが何十人もいたでしょう」

「たしかにそのとおりかもしれない。でも、こう考えてくれ」ヘンドリクスはいった。というのも本音――《どこまで愚かになれば気がすむんだ？》――をそのままいえば面倒なことになるのが目に見えていたからだ。「わたしの実験が示唆しているように、テレパシーとテレキネシスに関連性があるのなら、これ以外の超能力も存在しているかもしれず……いまはまだ隠れているだけで、表面に引きあげられるのを待っているのかもしれないんだ。あの子供たちのいまの能力は――たとえ最大の能力をそなえた子供の場合でも――氷山の一角にすぎないのかもしれない。たとえば超能力による病気治療が、本格的な可能性のひとつになるとしたら？　上院議員のジョン・マケインは悪性の脳腫瘍である膠芽腫で死んだが、あのような難病でも精神の力だけで簡単に治療できるとなったら？　そうした能力を、人間の寿命を伸ばす方向に利用できたとしたら？　百五十歳、あるいはそれ以上の長寿が実現したらどうなる？　われわれがいま利用している彼らの力が限界だとはかぎらない——それどころか、第一歩にすぎないかもしれないんだ！」

「前にもきかされた話ばっかりね」ミセス・シグスビーはいった。「それに、あなたがご大層にも〝任務報告書〟と呼んでいる書類でもおなじことを読まされたし」

そうはいうが、おまえにはひとつもわかっていないじゃないか——ヘンドリクスは思った。わかっていないのはスタックハウスのやつもおなじ。エヴァンズはまあまあ理解しているようだが、そんなあいつでもこの巨大な可能性を理解しているとはいえない。「そうはいっても、ルーク・エリスやアイリス・スタンホープがことさら貴重な人材というわけじゃない。ああいった子供たちをピンクと呼んでいるのも意味がないわけじゃないんだよ」そういって〝ふん〟と鼻を鳴らし、広げた手をひらひらと動かす。

「そんなことは、十年前からいま以上にわかりきっていたわ」ミセス・シグスビーは答えた。「いえ、二十年前でもね」

「しかし——」

「もうたくさんよ、ダン。それでエリス少年はTPの片鱗のひとつも見せたの？　それとも見せなかった？」

「見せてない。しかしプロジェクターのスイッチを切ったあとも、そのまま光点を見ていたよ——わたしたちが考えるに、これは能力の存在を示す徴候だ。それもきわめて強力な力のね。ただし、不幸なことにエリス少年はそのあと引きつけめいた発作を起こしてね。知ってのとおり、珍しい現象じゃないが」

ミセス・シグスビーはため息をついた。「あなたが〈シユタージライト〉検査を今後も続行することには反対しない。でもね、ダン、ここではあなたに広い視野をもつことを忘れてもらっては困るの。わたしたちの主たる目的は、居留者たちに〈バックハーフ〉の準備をしてやること。それこそが重要事項であり、第一義の目標にほかならない。そこから副作用が生まれたとしても、さしたる関心をむける理由はないわ。管理部門では、いってみれば超能力版のロゲインのような副産物には興味がないのだから」

ミセス・シグスビーが男性用毛髪再生薬の名を口にすると、ヘンドリクスはひっぱたかれたかのようにぎくりとした。「高血圧の薬に郊外住民の禿げた髪を復活させる副作用が見つかった話と、人類という存在の今後の道すじを変えるかもしれない手段の研究とでは、そもそもまるっきりリーグがちがうとしかいえないね！」

「ええ、ちがうかもしれない。それにあなたの検査がもっと頻繁に結果を出すようにでもなれば、わたしも――わたしたちに給料を払っている面々も――いまよりずっと気持ちが高まることになるかもしれない。でも、いまのあなたの手もとにあるのは、数えるほどの偶然の成果だけよ」

ヘンドリクスは抗議しようと口をひらきかけたが、ミセス・シグスビーからもっとも険悪な表情をむけられているることを見てとって、すぐに口を閉ざした。

「しばらくは検査をつづけていてもいい――でも、それで満足していなさい。検査の結果、数名の子供たちが命を落としていることを思えば、それも当然でしょうよ」

「ピンクたちじゃないか」ヘンドリクスはそういい、ふたたび〝ふん〟と鼻を鳴らして話をふり払った。

「あなたはあの子供たちがひと山十セントで買えるような態度ね」ミセス・シグスビーはいった。「昔はそうだったのかもしれない。でも、もうそうじゃないの、ダン。もうそうじゃない。それはそれとして、あなたにわたすファイルがあるわ」

赤い表紙のファイルだった。表紙には《**再配置**》というスタンプが捺されていた。

16

その夜ルークがラウンジにはいっていくと、カリーシャが床にすわって大きな窓のひとつに背中を預け、外の運動場をながめていた。スナック類の自販機で買えるアルコール飲料の小さなボトルを一本手にして、中身を少しずつ飲んでいるようだった。

「きみもそういうのを飲むんだね?」ルークは質問しながら隣に腰をおろした。運動場では、エイヴァリーとヘレンがトランポリンで遊んでいた。見たところヘレンがエイヴァリーに前方宙返りのやり方を教えているようだった。外が完全に暗くなれば、ふたりは屋内にはいるほかなくなるだろう。運動場が閉鎖されることはなかったが、照明設備がないため、夜のあいだ外に遊びにいこうという気を削いでいた。

「初めて。もってたトークンを全部つかっちゃった。すっごくまずい。ためしてみる?」カリーシャはボトルを差しだした。ラベルによれば中身は〈トゥイステッド・ティー〉なる飲料らしい。

「パスするよ。あのさ、シャー、光を見る検査があんなにつらいってこと、なんで教えてくれなかったの?」

「ちゃんとカリーシャって呼んで。そう呼んでくれるのはあんただけだし、それが好きだからさ」カリーシャの言葉は、ほんのわずかだが呂律が怪しかった。アルコール入りの紅茶味ドリンクはまだ少量しか飲んでいないはずだったが、たぶん飲み慣れていないのだろう。

「わかった。カリーシャ。で、どうしてぼくに黙っていたわけ?」

カリーシャは肩をすくめた。「だって、頭がくらくらしてくるまで、ひたすら跳ねたり踊ったりする光を見せられるだけじゃない?それのどこがそんなにつらいの?」最後の単語は〝ちゅらいの〟というふうに響いた。

「ほんとに?きみの身にあったことってそれだけ?」

「うん。でもどうして?あんたのときにはなにがあったの?」

「最初に注射された。それで副反応が出たんだ。のどがぎゅって締まった。一分ばかりは、そのまま死ぬんじゃないかって思った」

「へえ、そうなんだ。わたしも検査の前に注射を打たれたけど、なんともなかった。でも、つらそうな話だね。さっきはごめん、ルーク」

「でも、これはまだ最初につらかった部分なんだ。光の粒々を見ているうちに気をうしなった。引きつけを起こしたんだと思う」実をいえばほんの少しパンツを濡らしてもいたが、この情報は自分だけの秘密にしておくつもりだった。「それで目が覚めると……」ルークはいったん言葉を切って、気分を立てなおした。愛らしい鳶色の瞳とカールした黒髪をもつかわいい女の子の前で泣くのだけは、ぜったいに避けたかった。「目が覚めると、今度は何回も頬っぺたを平手打ちされたんだ」

カリーシャはすっくと背を伸ばした。「なんですって？」

ルークはうなずいた。「医者のひとり……エヴァンズって名前の……あいつのこと知ってる？」

「小さな口ひげのあるやつだよね」カリーシャは鼻の頭に皺を寄せて、ボトルからひと口飲んだ。

「そう、そいつ。あいつが何枚かカードを手もとに用意して、表側になにが描いてあるかをぼくに当てさせようとした。ESPカードだよね。うん、そうに決まってる。前にその話をきかせてくれたね。覚えてる？」

「もちろん。わたしだって十何回もあれで検査されたもの。ううん、二十何回も。でも光の粒々のあとは、その検査はされてない。光がおわると部屋に連れもどされただけ」そういって、また少しだけ口にドリンクを含む。「あいつらが書類を入れまちがえたとか、そういうことじゃないのかな。それであんたをTKじゃなくTPだと勘ちがいしたとか」

「ぼくも最初はそう思ったから、あいつらにもそう話した。でも、あいつらはぼくに平手打ちをつづけるだけ。ぼくが芝居をしてるとでも思いこんでるみたいだった」

「そんないかれた話、マジではじめてきいたよ」カリーシャの〝きいたよ〟が〝きいらよ〟ときこえた。

「あんなことになったのって、ぼくがみんなのいってるポジティブじゃなくて、ただのノーマルだからじゃないかな。やつは、そういった普通の子供をピンクって呼んでる」

「そう、ピンク。そのとおり」

「ほかの子たちの場合はどうなの？　おんなじような目にあった子はいる？」

「きいたことないけど。ね、ほんとに飲んでみたくない？」

ルークはボトルをうけとって、ひと口飲んでみた――どうせカリーシャには飲みきれないだろうと思ったからだ。ルークの見たところ、カリーシャはもう限界量を摂取したらしい。味はといえば、予想にたがわずおぞましいのひとこと。ルークはボトルを返した。

「わたしがなんのお祝いをしていたかを知りたくない？」

カリーシャがいった。

「なにを？」

「アイリス。アイリスの思い出に。あの子はあなたとおんなじ。特別なところはなくて、ちょっとＴＫがあっただけ。で、あいつらが一時間前に来てアイリスを連れていった。ジョージならこういいそう――〝それっきりぼくたちは二度とアイリスに会うことはありませんでした〟って」

そういってカリーシャは泣きはじめた。ルークはカリーシャの肩に腕をまわした。ほかにどうすればいいかもわからなかった。カリーシャはルークの肩に頭を預けてきた。

17

その夜ルークはふたたびミスター・グリフィンのサイトを訪問し、検索語の入力ボックスにスター・トリビューン紙の名前を入力してから、たっぷり三分間ながめ、そののちエンターキーではなくバックスペースを押して、入力語を消去した。腰抜けだ。腰抜けめ――ルークは思った。おまえはとんだ腰抜けだ。両親が死んでいるのなら、そのことをきっちり突きとめなくては。しかし、ニュースを正面から受けとめても、心が完全にへし折れてしまうことなくすませられる方法がわからなかった。そもそも、そんなことをする利点がどこにある？

代わりにルークは《ヴァーモント州　負債　弁護士》と入力した。これについては検索で調査もすませていたが、自分の仕事の成果をダブルチェックするのはわるいことではないと自分にいいきかせる。おまけに、いい時間つぶしにもなる。

二十分後、コンピューターをシャットダウンしたのちに、ちょっと散歩に出てだれかいるかどうか確かめようかと思った（カリーシャがまだ眠っていなければ、ぜひとも会いたかった）。そのとき――色とりどりの粒々が舞いもどってきた。粒々は目の前で渦を巻き、世界が遠ざかりはじめた。いや、世界が引き離されていくような感覚だった。たとえれば、出発していく列車をプラットフォームから見送っているような感覚だった。

ルークは閉じたノートパソコンに頭を載せ、大きくゆつくりと息を吸っては吐きつつ、しっかりしろ、しっかりしろ、とにかくしっかりしろと自分にいいきかせた。いずれこの現象も消え去ると自分に告げ、消え去らなかったらどうなるかを考えることを自分に禁じた。少なくとも唾を飲みこむことはできた。すんなり飲みこめた。そのうち、自分自身から浮かんで遠ざかる感覚は——渦を巻く光の宇宙にただよいながら吸いこまれていく感覚は——たしかに過ぎ去った。どのくらいの時間がたったのかはわからない。せいぜい一分か二分だったかもしれないが、体感的にはもっと長かった。

　ルークはバスルームに行って歯を磨き、磨きながら鏡に映った自分を見つめた。こうやって粒々が見えていることを、あいつらが知っていてもおかしくはない。いや、おそらく知っているだろう。しかし、それ以外のことは知らない。最初のカードの絵柄はわからなかったし、三枚めのカードもわからなかった。しかし二枚めは自転車に乗った少年の絵で、四枚めはボールをくわえた小さな犬の絵だった。犬は黒く、ボールは赤。となると、自分はＴＰなのだろう。

　いや、いまはＴＰになったというべきか。

　ルークは口をゆすいで明かりを消すと、闇のなかで服を脱いでベッドに横になった。光の粒々がルークを変えていた。あいつらはこの現象が発生するかもしれないことまではわかっていても、確証はもてずにいる。なぜそうにちがいないと思えるのか理由はさだかではなかったが、しかし——

　たしかに自分は被験者だ。自分たち全員がそうなのかもしれない。しかし、能力レベルの低いＴＰやＴＫ——ピンクたち——も、追加で検査を受けさせられる。理由は？　ポジティブとくらべて価値が低いから？　手ちがいがあった場合でも、消耗品としての度合いが高いから？　きっちり裏をとる方法はどこにもないが、ルークはそのあたりが理由だろうと見当をつけた。医者たちはカードの検査が失敗におわったと信じきっている。それ自体は歓迎できる。ここには悪人連中がいて、その悪人連中に知られないように秘密を守るのはいいことに決まっている。しかしルークは、あの光の粒々の検査にはピンクたちの能力増進以外にも目的があるのではないかとも考えていた。もっと強い能力をそなえたＴＰとＴＫ——たとえばカリーシャやジョージ——もおなじ検査をされているからだ。では、それ以外の目的とは？

　ルークにはわからなかった。わかっていたのは粒々が見えなくなったこと、アイリスがいなくなったこと、そして粒々はもどってくるかもしれないが、アイリスはもうもどってこないということだ。アイリスは〈バックハーフ〉へ連れていかれ、もう二度と会うことはない。

18

　翌朝の朝食の席には九人の子供たちがやってきたが、アイリスがいなくなったこともあってだれもが口数少なく、笑い声ひとつあがらなかった。ジョージ・アイルズがジョークを披露することもなかった。ヘレン・シムズはキャンディ・シガレットを朝食代わりにしていた。ハリー・クロスはビュッフェテーブルから山ほどのスクランブルエッグをとってくると、皿から目をあげることなく（ベーコンやフライドポテトともども）ひたすら口に放りこんでいた——労働をこなしている人のようだった。

グレタとガーダのウィルコックスの双子は最初なにも食べようとしなかったが、グラディスがお日さまのような笑みとともに姿をあらわし、言葉巧みに説いてふたりに数口ほど食べさせた。グラディスに注目されたことで、双子は気分が晴れたらしく、わずかに笑い声をあげさえした。ルークは、あとで双子をこっそりどこかへ引っぱっていき、グラディスの笑顔を信用してはならないと注意しようと思ったが……いや、そんなことをしてもふたりを怯えさせるだけで、そもそもなんの役に立つのか？

　この《なんの役に立つのか？》が、新たな呪文になりつつあった。ルークにも、これが歓迎できない思考法だとわかっていた——この施設を受け入れる方向へ一歩進むことにほかならないからだ。そんな方向へ行きたくはない……断じて行きたくなかったが、論理はあくまでも論理だ。グレタとガーダという幼いふたりのGが、グラディスという大人のGから目をかけられて気分が落ち着くのなら、それはそれでいいことなのだろう。しかし、あの少女たちが肛門に体温計を突っこまれることを思うと……光の検査を受けさせられることを思うと……。

「おい、どうかしたのか？」ニックがたずねた。「レモンをかじったような酸っぱい顔をしてるぞ」

「なんでもない。アイリスのことを考えてただけ」

「あの子はもう過去の話だぞ」

ルークはニックに目をむけた。「ずいぶん冷たいんだね」

ニックは肩をすくめた。「真実はいつだって冷たいものさ。外に出て、HORSE(ホース)でもやらないか？」

「やらない」

「いいだろう？　おまえに最初の〝H〟をつけてやるし、ゲームがおわったらおまえをお馬さんにして、おれが乗ってやる」

「パスするよ」

「腰抜けか？」ニックは悪気のない口調でいった。

ルークはかぶりをふった。「あのゲームをすれば気がふさぎそうだ。父さんとよくあのゲームで遊んでたから」

自分の口から出た過去形の言葉を、ルークはみずから憎んだ。

「よし、話はわかった」そういってニックはルークを見つめた——ルークには耐えがたいほどの目つきだった。相手がニック・ウィルホルムとなればなおさらだ。「いいか……」

「なに？」

ニックはため息をついた。「おまえの気が変わったら、おれは外にいるといいたかっただけさ」

ルークはカフェテリアから出て自室のある廊下——**《きょうも楽しい楽園の一日》**の廊下——を歩いて進み、さらに別の廊下——内心で〝製氷機の廊下〟と考えるようになっていた廊下——を進んでいった。モーリーンの姿が見えなかったので、ルークはそのまま歩いていった。ほかの啓発ポスターの前を通りすぎ、左右に九部屋ずつならんだ個室の前も通りすぎる。どの部屋のドアもあけはなたれ、メイクされていない乱れたベッドと、ポスターが一枚もない壁が見えていた。そのせいで、この個室の本来の姿があらわになっていた——子供たち用の独房という真の姿が。ルークはエレベーターホールを通過して、ほかの個室の前を歩いていった。ここから、疑問の余地のない結論がいくつか浮かびあがってきた。ひとつは、かつてこの〈研究所〉にはいまよりもずっと多くの〝客人たち〟がいた、というもの。もちろん、運営責任者たちが集客を楽観的に見積もりすぎていたのなら話は異なるが。

　やがてルークは別のラウンジに行きあたった。フレッドという名前の清掃係が物憂げにフロアスイーパーを左右に動かして床を掃除していた。ここにもスナックやドリンク類の自販機があったが、いずれにも商品はなく、電源もはいっていなかった。外には運動場がなかったし、金網フェンスの先にベンチが置いてあるだけだった（おそらく休憩を施設外でとりたいスタッフたちのためだろう）。さらに六、七十メートルほど先には緑色に塗られた管理棟の建物がある。ルークにむかって、おまえがここにいるのは奉仕するためだといったミセス・シグスビーのねぐらだ。

「ここでなにをしてる？」清掃係のフレッドがたずねた。

「ちょっと歩きまわってただけ」ルークは答えた。「あっちこっち見ながらね」

「見るようなものはなにもない。元いた場所にすぐもどれ。ほかの子供たちと遊んでいろ」

「もしぼくが遊びたくないといったら？」この言葉は大胆不敵どころか哀れっぽい泣きごとにしかきこえず、ルークはすぐに口を閉じていればよかったと悔やんだ。

　フレッドは腰にトランシーバーをさげていた。反対の腰には電撃スティック。フレッドは後者に手をかけた。

「もどれ。二度とはいわない」

「オーケイ。じゃ、いい一日を、フレッド」

「ああ、おまえもクソいい一日をな」フロアスイーパーがまた動きはじめた。

　ルークはあとずさって離れながら、これまで疑問に思ったこともない大人にまつわる推測――その筆頭は、〝こちらが礼儀正しく接すれば向こうも礼儀正しくあつかってくれる〟というもの――が、あっという間に吹き飛ばされてしまったことに驚愕していた。引き返して歩きながら、ルークはずらりとならぶ無人の部屋をのぞきこむまいとした。空き部屋は不気味だった。いったい何人の子供たちがここに住まわされていたのか？〈バックハーフ〉に移された子供たちの身になにがあったのか？その子たちはいまどこにいる？　それぞれの家か？

「知ったことかよ、クソが」ルークは低くつぶやいた。母さんがすぐそばにいて、いまの汚らわしい言葉をききつけ、ぼくを叱ってくれればいいのに、と思う。父親がいないのは悲しむべきことだ。母親がこの場にいないのは歯を抜かれるようなものだった。

〝製氷機の廊下〟まで引き返すと、エイヴァリーの部屋の外にモーリーンがつかっている〈ダンダックス〉の洗濯物バスケットが置いてあった。ルークが室内に顔を突っこむと、モーリーンはエイヴァリーのベッドの上がけをまっすぐに伸ばしながら笑顔を見せてきた。「大丈夫かい、ルーク？」

愚問もいいところ。しかしモーリーンに悪意がないことはわかっていた。そんなふうに〝わかる〟こと自体、きのう見せられた光の粒々に関係しているのかもしれないし、関係ないのかもしれない。モーリーンの顔はきのうよりも青白く、口のまわりの皺は一段と深くなっていた。ルークは思った――この人は大丈夫じゃない。

「うん。そっちはどう？」

「あたしなら元気そのもの」モーリーンは嘘をついていた。嘘だとわかったのは第六感でも推測でもなかった――確固たる事実としてわかったのだ。「ただ、ゆうべ、この部屋の男の子――エイヴァリー――がベッドにお洩らししちゃったの」ため息を洩らす。「この子が最初じゃないし、最後にもならないでしょうね。ありがたいことに、下のマットレスまでは滲みてなかった。あんたも気をつけるんだよ、ルーク。いい一日をね」

モーリーンはまっすぐルークを見つめていた。その目にはすがりつくような光があった。いや、その両目の裏にひそんでいるのは、すがりつくような思いそのものだ。

ルークはふたたび思った――あいつらがぼくを変えたんだ。どうして変わったのかも、どのくらい変わったのかもわからないけど、あいつらのせいで変わったのは事実だ。新しいなにかがぼくに追加された。カードの絵柄のことで嘘をついておいてよかった。あいつらが嘘を信じてくれてよかった。さしあたり、いまだけでも。

ルークは部屋を出ていくかのように戸口に近づいてからふりかえった。「きょうも、また氷をもらっていこうと思って。きのう、あいつらに頬をはたかれたから、まだ顔が痛むんだ」

「氷をもっていくといいよ、坊や。もっておいき」

このときも〝息子〟と呼ばれたことで胸にぬくもりが広がった。思わず微笑みたくなった。

ルークは自室に置きっぱなしだったアイスペールを手

にとり、氷が溶けた水をバスルームの洗面台に捨ててから製氷機のところへ引き返した。モーリーンは製氷機の近くでコンクリートブロックの壁に尻を押しつけて上体をかがめ、両手で脛を――それも足首にかなり近いところを――つかんでいた。ルークは急いで近づいたが、モーリーンは手をふって遠ざけた。「腰を伸ばしてるだけだよ。凝りをほぐしてるんだ」

ルークは製氷機の扉をひらいて、氷用のスコップを手にとった。カリーシャはルークにメモを手わたしてきたが、いまここでメモをわたすわけにはいかなかった。ノートパソコンは部屋にあるものの、紙もペンもなかったからだ。ちびた鉛筆の一本すらなかった。ただし、それがかえってよかったのかもしれない。ここでのメモの受けわたしは危険だ。

「バーリントンのリア・フィンク」ルークはスコップで角氷をすくいながら小声でつぶやいた。「モントピーリアのルドルフ・デイヴィス。どっちも〈リーガル・イーグル〉で五つ星を獲得している弁護士だ。いまのはユーザーが弁護士を評価するサイト。ふたりの名前は覚えた？」

「リア・フィンク、ルドルフ・デイヴィス。ほんとにありがとう、ルーク」

話をここで打ち切るべきなのはわかっていた。しかしルークは好奇心をおぼえていた。それで製氷機から離れるのではなく、いかにも固まった氷を砕いているかのように角氷を叩きはじめた。なにかが割れることはなかったが、それでもいい感じの大きな音をたてることはできた。「エイヴァリーがいってたけど、あなたがお金を貯めてるのは子供のためだってね。ぼくがとやかくいえる話じゃないのはわかってるけど――」

「小さなディクスン坊やは読心術の心得があるんでしょう？　ベッドにお洩らしする子かどうかはさておき、人の心を読む強い力をもってる。あの子の身柄受入書には、ピンクの丸い付箋は貼ってなかったし」

「うん、エイヴァリーはそういう子」ルークはスコップで角氷をかき混ぜつづけていた。

「あの子の言葉は真実よ。あたしが産んだ男の子は、生まれてすぐ教会によって養子に出された。赤ちゃんを自分で育てたかったけど、牧師さんと母さんによってたかって説得されてしまったの。あとあとあたしが結婚した犬野郎は子供なんかいらないっていう男だったから、子供は手ばなしたその男の子だけよ。でも、こんな話を本気できぎたいわけ、ルーク？」

「うん、本気」話をききたいのは本音だったが、ここであまり長く話しつづけるのはまずい。あいつらには話の中身をききとることはできないかもしれないが、この場のようすを見ることはできる。

「腰痛に悩まされだしたとき、ふと思ったの──あの子の身になにがあったかを突きとめずにはいられないって。で、それがわかった。州の法律では養子に出された赤ん坊の行先は明かしてはならないことになってる。でも、教会は一九五〇年から現在までの養子縁組の記録を保管していて、あたしはコンピューターのパスワードを手にいれた。牧師さんったら、牧師館のコンピューターのキーボードの下にパスワードを隠してたの。息子はヴァーモントのあたしが住んでる街からふたつ離れた街に住んでた。ハイスクールの最上級生。で、カレッジに進みたがってた。そんなことまでわかったの。息子がカレッジ進学を希望してる。それがあたしにお金が必要な理由。薄汚い犬野郎の借金を返すためなんかじゃない」

モーリーンは服の袖で目もとを拭った──人目を忍んでいるかのような、そそくさとした動作だった。

ルークは製氷機の扉を閉めると、体を起こした。「腰に気をつけてね、モーリーン」

「わかった」

でも、もし癌だったらどうする？　モーリーンは自分が癌にかかっていると考えていたし、そのことはルークも知っていた。

ルークが体の向きを変えると、モーリーンが肩に手をかけて体を近づけてきた。呼気は猛烈に臭かった。病人の呼気だった。「あの子にお金の出どころを教える必要はないの。でも、お金はちゃんとわたしたい。それからね、ルーク？　いまからは、あいつらにいわれたとおりにしなさい。あいつらにいわれたことは、どんなことでも」そこでモーリーンは口ごもった。「それから、だれかになにかを話したくなったら……それがどんなことでも……ここで話すの」

「ここじゃなくても、ほかにもそういう場所はある──」

「ここで話すの」モーリーンはくりかえすと、洗濯物のバスケットを押しながら、来た方向へ引き返しはじめた。

19

運動場にもどったルークは、ニックがハリー・クロスとHORSE(ホース)のゲームに興じているのを見て驚かされた。ふたりは一年生のころから友だち同士だったように笑い声をあげ、体をぶつけあい、たがいに悪口を投げつけあっていた。ヘレンはピクニックテーブルを前にしてすわり、二組のトランプをつかってエイヴァリーと〈戦争(ウォー)〉ゲームをしていた。ルークは隣にすわって、どっちが勝っているのかとヘレンにたずねた。

「答えにくいなあ」ヘレンはいった。「一回前のゲームではエイヴァリーがわたしを負かした。でも、いまの試合はどっちに転ぶかわからない接戦ね」

「ヘレンはさ、こんなの死ぬほど退屈だって思ってる。それなのに親切にしてくれるんだ」エイヴァリーはいった。「そうだよね、ヘレン?」

「そのとおりよ、おちびのクレスキン、マジそのとおり」ヘレンは、一九七〇年代のテレビで人気があったメンタリストを引きあいに出した。「これがおわったら〈スラップ・ジャック〉に切り替える。きみはきっと楽しくないだろうね。わたしがきみをこてんぱんにやっつける(スラップ)から」

ルークはあたりを見まわし、ふいに不安が胸をちくりと刺すのを感じた。いきなり目の前に亡霊のような光の粒々の大群が浮かびあがり、ふっと消えていった。「カリーシャはどこ?　まさかあいつらに――」

「ちがう、ちがう。あいつらにどこかへ連れてかれたりはしてない。いまシャワーを浴びにいってるだけ」

「ルークはカリーシャが好きなんだ」エイヴァリーがずばりといった。「ルークはカリーシャのことがほんとに大好きだよね」

「エイヴァリー」

「なに、ヘレン?」

「世の中には口に出さないほうがいいこともあるの」

「どうして?」

「なぜなら《Y》はねじ曲がった文字で、まっすぐにできっこないから」ヘレンは幼い子供の〝なぜなぜ攻撃〟

を大人がごまかす定番の文句を口にすると、唐突に顔をそむけた。ツートーンに染めた髪に指を走らせたのは、わななく口もとを隠すためだったのだろう。もしそうだとしても、あまり成功してはいなかった。

「どうかしたの？」ルークはたずねた。

「だったらさ、おちびのクレスキンに直接質問すればいいじゃん。あの子にはなにもかも見えてて、なにもかも知ってるんだから」

「カリーシャはお尻に体温計を入れられてる」エイヴァリーがいった。

「まいったな」ルークはいった。

「ほんと」ヘレンがいった。「どこまで屈辱的かって話よね」

「めちゃくちゃ傷つくし」ルークがいった。

「でも、すっごく気持ちよくて、とっても美味しかったりもして」ヘレンがそういい、ついでふたりは声をあわせて笑いだしていた。ヘレンは笑いながらも目に涙をためていた。しかし笑いはあくまでも笑いであり、ここでは笑えること自体がひとつの宝物だといえた。

「話がわかんない」エイヴァリーがいった。「体温計をお尻に突っこまれるのが、どうしてすごく気持ちよくて、とっても美味しいわけ？」

「そりゃ、抜きだした体温計をぺろりって舐めると美味しいからさ」ルークがいい、三人は大声で馬鹿笑いをした。

ヘレンが笑いながらテーブルをばんばん平手で叩くと、トランプのカードが舞い飛んだ。

「ったく、もう、おしっこ洩れちゃいそう、ひゃあ、見ちゃだめ！」そういうとヘレンはいっさんに駆けだしていき、ちょうど〈ピーナッツバターカップ〉を食べながら外に出てこようとしていたジョージを突き飛ばさんばかりの勢いで屋内へもどっていった。

「いったいどうしたんだ？」ジョージがヘレンのことをたずねた。

「おしっこ洩らしたんだ」エイヴァリーがさらりと明かした。「ぼくもゆうべおねしょした。だからわかる」

「その話まで打ち明けてくれてありがとう」ルークはにこやかな笑顔でいった。「さあ、もうあっちへ行って、ニックや新顔の男の子といっしょにHORSE（ホース）をしてくるといい」

「頭大丈夫？　ふたりとも、ぼくがいっしょにプレイするには大きすぎる。おまけにハリーはもうぼくを一回突き飛ばしたんだ」

「じゃ、トランポリンでぴょんぴょん跳んでくればいい」

「もう飽きた」

「それでもジャンプしにいくんだ。ぼくはジョージと話したいことがある」

「光のこと？　光ってなにさ？」

このエイヴァリーって子は――ルークは思った――ぞっとするほど不気味だ。「いいからジャンプしてこい、エイヴァスター。ぼくに前方宙返りを見せてくれよ」

「くれぐれも首の骨を折らないようにしろ」ジョージはいった。「でももし本気で首の骨を折ったなら、おれが葬式で〈美し過ぎて〉を歌ってやるよ」

エイヴァリーは一、二秒ほどじっとジョージに視線をすえてから、こんなことをいった。「でも、きらいな歌なんでしょう？」

「まあな」ジョージは答えた。「きらいだよ、あんな曲。きらいなものを言葉に出すのは諷刺（サタイア）っていうんだ。あれ、反語（アイロニー）だったかな。いつもごっちゃになってわかんなくなる。とにかく、もう行け。ぱたぱた足を動かして行っちまえって」

ルークとジョージは、のろのろとした足どりでトランポリンへむかうエイヴァリーを見送った。

「あのガキは十歳で、超能力があるのを別にすれば、まるで六歳みたいな態度だよな」ジョージがいった。「どこまでいかれてやがるんだ」

「とことんいかれてるね。ところで、きみは何歳なの、ジョージ？」

「十三」ジョージは不機嫌そうな声だった。「でも、最近はなんだか百歳の年寄りみたいな気分だ。そうだ、ルーク。ここの連中はうちの両親が無事だって話してる。そういう話を信じるかい？」

慎重に答えるべき質問だった。しばらくしてルークは、「完全には……信じてないかな」とだけ答えた。

「その話が本当かどうかを確かめる手段があったら、おまえなら確かめるか？」

「わからない」

「おれは確かめないな」ジョージはいった。「そうでなくても心配ごとが山積みだ。もし両親が……ほら、わかるだろ……そんなことがわかったら、おれは壊れちまう。それでも考えずにはいられない。それこそ、四六時中だ」

　ぼくなら代わりに調べてあげられる——ルークは思った。ぼくたちふたりの分を調べられるよ。ルークは身を乗りだして、そんな言葉をジョージの耳もとでささやきかけそうになった。しかし、そうでなくても心配ごとはたくさんある、というジョージの言葉を思い出して考えを変えた。「そういえばさ、あの目の検査——きみも受けた？」

「もちろん。全員が受けさせられるんだ。だれもが体温計をケツの穴にぐりぐり突っこまれるのとおんなじ。脳波図(EEG)をとられて心電図(EKG)をとられて磁気共鳴映像法(MRI)で検査されて、ほかにもわけわかんないアルファベットの検査や血液検査や反射検査や、とにかくリストに載ってるすばらしいあれこれを全部受けさせられるのとおんなじ」

　ルークはジョージに、プロジェクターのスイッチが切られたあとでも光の粒々が見えていたのかと質問しようとし、考えなおして口を閉ざした。「引きつけの発作を起こした？　ぼくは発作を起こしちゃったからさ」

「いや。あいつらはおれをテーブルの前にすわらせ、あのいけ好かないクソ医者がカードで手品みたいなことをしてきただけさ」

「カードになにが描いてあるかをたずねてきた？」

「そう、それがいいたかった。あれは〈ラインカード〉だと思う——そうにちがいない。この魅力いっぱいの地獄のあなぐらに閉じこめられる二年ばかり前、ああいうカードで検査をうけさせられたんだ。おれがなにかの品物をじっと見つめると、手をつかわずにその品物を動かせるんじゃないかって両親が勘づきだしたころだ。おれが両親を驚かせたいとか、ちょっとしたジョークとかでトリックを仕掛けてるんじゃないとわかると、両親はほかにどんなことがおれの体で起こってるのかを調べたくて、おれをプリンストン大学へ連れていった——異常体質研究所という施設がある。いや、あったんだ、というべきかな。たしかもう閉鎖されたと思う」

「異常体質……マジかよ、そんな名前」

「ああ。超能力研究所よりは科学的な名前にきこえるんじゃないか。信じられないかもしれないが、プリンストンの工学部の一部門だったんだぞ。ふたりばかりの大学院生がおれに〈ラインカード〉の検査をした。でも、図柄をひとつも当てられないも同然だったよ。そればかりか、その日は手をつかわずになにかを動かすこともほとんどできずじまいだった。まあ、そういう日もあるんだけどさ」ジョージは肩をすくめた。「連中はおれをいかさま野郎だと思ったのかも。でも、それはそれでぜんぜんOKだった。だってさ、調子がいい日に、手をつかわずに頭に思い描くだけでブロックの山を崩せても、それで女の子にモテるわけじゃなかったからね。おまえもそう思うだろ?」

とっておきのテクニックが、せいぜい手をつかわずにレストランのテーブルからピザ皿を落とすこと程度にとどまる者としては、同意するほかはなかった。「じゃ、あいつらに平手打ちとかされた?」

「一発食らったよ。めちゃくちゃ強烈なのを」ジョージはいった。「おれが冗談でふざけようとしたからだ。あのプリシラっていうくそビッチがおれを殴りやがった」

「ぼくもあの女に会った。ほんと、立派なくそビッチだよね」

ルークの母親が〝ファック〟以上にきらっていたのが、この〝ビッチ〟という言葉だった。そんな言葉をつかったことで、母親を恋しく思う気持ちが一気に舞いもどってきた。

「で、カードになにが描かれているかはわからなかったんだね?」

ジョージはけげんな気持ちもあらわな目をルークにむけた。「おれはTKだぞ、TPじゃない。おまえとおなじだ。それなのに絵柄がわかるわけあるか」

「わからなかったんだ?」

「プリンストンで〈ラインカード〉の検査を受けさせられたから、最初は十字で次は星、お次は波線てな具合に当てずっぽうで答えてやった。プリシラが嘘をやめろとおれにいってきた。なのでエヴァンズが次のカードに目をむけたときには、プリシラの乳首の写真だと答えてやった。そのときだよ、あの女に頬をひっぱたかれたのは。そのあと自分の部屋に連れもどされた。ほんとのところをいうと、連中は本気で検査に関心なんかもっちゃいないみたいだった。どっちかというと、リストにチェックを入れなくちゃいけないからやってるだけみたいな感じだな」

「もしかしたら本気でなにかの結果を期待してたわけじゃないのかも」ルークはいった。「きみはただの対照被検者っていうことなのかもね」

　ジョージは笑い声をあげた。「っていうか、ここじゃおれは対照クソガキ野郎の役まわりだな。だいたいおまえはなんの話をしてる？」

「なんでもない。忘れて。あれはまたもどってきた？　ほら、あの光。あの色つきの粒々がまた見えてきた？」

「いいや」ジョージの顔に好奇心がのぞいてきた。「おまえにはまた見えてきたとか？」

「見えてないよ」いきなり、エイヴァリーがここにいないことがありがたく思えてきた。あとはただ、あの幼い少年のレーダーの受信範囲がごく狭いことを祈るばかりだった。「ただ……ぼく……引きつけの発作を起こして……てか、発作だったと思うけど……それで、あんなことがまたあったらいやだって思っただけ」

「おれには、どうもここの目的がわかんないんだよね」ジョージは、これまで以上にむっつりとした声でいった。「ここが政府の施設だってことは、まずまちがいないと思う。でも……うん、あるとき母さんが一冊の本を買ってきた。両親がおれをプリンストンに連れてったのは、それからわりとすぐだったっけ。買ってきたのは『超能力の歴史と捏造の数々』っていう本だった。母さんが読みおわったあとで、おれも読んでみた。そのなかの一章が、おれたちがもっているような能力について政府がおこなった実験をあつかってた。ＣＩＡが一九五〇年代にそういう実験をしてたんだって。テレパシー、テレキネシス、未来予知（プレコグニション）、さらには空中浮揚（レヴィテーション）や瞬間移動（テレポーテーション）まで。実験にはＬＳＤもつかわれた。で、それなりの結果が得られたとはいえ、たいしたことはなかったんだって」ジョージは身を乗りだし、青い目でルークの緑の目を見すえた。「ま、それがおれたちだよな――たいしたことはない。頭で考えただけで塩味クラッカーの箱を――空き箱の場合にかぎっては――動かせるとか、手をつかわずに本のページをめくれるとか、その手の力があるからって、アメリカ合衆国による世界支配を達成しろといわれるのかよ？」

「エイヴァリーならロシアに送りこんでもいいかも」ル

ークはいった。「あいつならプーチンが朝食になにを食べてるかとか、下着はブリーフかトランクスかとか、その手のことを読みとって人に教えられるぞ」

　この言葉にジョージは微笑んだ。

「ぼくたちの両親のことだったら——」ルークはいいかけたが、ちょうどそのときカリーシャが外へ走りでてきて、ドッジボールをしたい人はいるかとたずねた。

　その場の全員がゲームをしたがった。

20

　その日ルークはひとつも検査を受けさせられなかった——唯一試されたのは、みずからの勇気と忍耐だけだった。その日ルークはスター・トリビューン紙のサイトを二回訪れ、二回ともそのまま引き返した。ただし二回めには、見出しにこっそり目を走らせた——みずからの信仰心の篤さを証明したいという動機で、何人もの人々をトラックで轢き殺した男に関する見出しだった。これ自体が背すじの寒くなるような事件だったが、少なくとも〈研究所〉の外の出来事だった。外の世界はあいかわらずそこに存在しており、こちらでは少なくとも変化がひとつあった。ノートパソコンの起動画面に表示される名前が、すでに去ったドナではなくルーク自身の名前に変わったことだった。

　遅かれ早かれ、ルークは両親についての情報をさがすことになるはずだ。自分でもそれはわかっていたし、いまでは〈便りがないのがよい知らせ〉という昔からの格言がこれ以上ないほど身にしみるようにもなっていた。

　翌日、ルークはふたたびレベルCに連れていかれ、カルロスという技師にアンプル三本分の採血をされ、注射を一本打たれ（副反応はなし）、そのあとトイレの個室で小便をカップにとってくるよう命じられた。それがすむと、カルロスとしかめ面のウィノナという女性世話係のふたりにともなわれて、さらに地下のレベルDに連れていかれた。ウィノナは意地悪なスタッフのひとりだというもっぱらの噂で、ルークはあえて話をしようとはしなかった。ルークが連れこまれた広い部屋には、数百万ドルはするにちがいない高価なＭＲＩ装置があった。

《ここが政府の施設だってことは、まずまちがいないと思う》というのはジョン&ジョージの発言だった。それが本当だとしたら、ジョン&ジョージー・Q・イッパンシミンは自分たちの税金がこんなふうにつかわれていることをどう思うだろう？　バイクを運転するときのヘルメット着用や、銃器を隠して携行する場合の許可証の所持といったごく些細な義務でも課されれば、ビッグブラザーの到来だと大声でわめく人がいる国であることを思えば、答えは……〝たいしたことはない〟あたりか。

この部屋では新顔の技師がルークたちを待っていた。しかし新顔の技師とカルロスのふたりが円筒形のMRI検査機にルークを入れる前にドクター・エヴァンズが飛びこんできて、先ほど注射をした箇所をチェックし、「ばっちグーだね」といった。どんな意味かはさっぱりだったが。それからエヴァンズは、あのあとまた引きつけの発作を起こしたり、気が遠くなったりしたことはあったかとたずねてきた。

「いっぺんもなかった」

「色のついた光の粒々は？　あれがふたたび見えてきたことはあったかな？　たとえば運動しているとき、たとえばノートパソコンを見ているときとか？　あ、最後のはどういう意味かというと――」

「意味はわかるよ。そういうことはいっぺんもなかった」

「わたしに嘘をつくなよ、ルーク」

「嘘はついてないって」そういいながらルークは、MRIで検査をすれば脳波の変化が検知され、ぼくが嘘つきだと証明されてしまうんじゃないか……と思っていた。

「オーケイ、いいぞ」エヴァンズはいった。

いいなんて思ってもいないくせに――ルークは思った。おまえはいま失望してる。おまえが失望したことが、ぼくにはうれしいよ。

エヴァンズはクリップボードの書類になにごとかを書きこみながら、「つづけてくれ、淑女紳士諸君、つづけてくれたまえ」というと、また大急ぎで外へ出ていった。大事な約束に遅刻している白兎そのものだった。

MRIの検査技師――名札によれば名前は《デイヴ》――がルークに、閉所恐怖症の気があるかどうかをたずねた。「きみなら、この言葉の意味も知っているだろうね」

「ううん、その気はないよ」ルークがいった。「ぼくが怖くてたまらないのはひとつ――狭いところに閉じこめられるのだけだ」

デイヴは中年で眼鏡をかけている真面目そうな顔つきの男で、頭はほぼ禿げあがっていた。まるで会計士のような風貌だった。いうまでもなく、その点ではアドルフ・アイヒマンもおなじだったのだ。「ただね、きみに、その……閉所恐怖の傾向があるのなら……きみにね……ヴァリアムを飲ませてあげてもいいんだ。あの鎮静薬の処方は許可されているからね」

「いや、大丈夫」

「どっちにしたって飲むことになるさ」カルロスがいった。「検査はつづけたり中断したりで、けっこう長い時間がかかるからね。薬を飲んだほうが、そのあいだ楽に過ごせる。うまくすれば眠れるかもしれない……といっても、かなりやかましい音がするけどね。〝がんがん、ばんばん〟てな具合さ」

それもルークは知っていた。ＭＲＩ検査をされたことこそなかったが、それなりに医療ドラマをたくさん見ていたからだ。「きょうはパスする」

しかし（グラディスが運んできた）昼食のあとで、ルークはヴァリアムを服用した。ひとつには好奇心からだったが、理由の大半は退屈したからだった。それまでにＭＲＩ検査を三回おこない、さらにデイヴの話によればあと三回の検査が残っているといわれたからだ。ルークはなにを検査しているのかもきかず、目的をさぐることもしなかったばかりか、いずれわかるという希望をもつことすらあきらめていた。質問したところで、《おまえの知ったことじゃねえ》という返事かそのバリエーションが返ってくるだけだ。ここにいる連中が目的を知っているのかどうかさえ怪しかった。

ヴァリアムを飲むと、体がふわふわ浮いているような夢見心地の気分になった。チューブ状の機械に入れられた最後の検査のあいだには、画像撮影にともなう派手な金属音ががんがん響いていたにもかかわらず、ルークはうとうとと眠りこみさえした。ウィノナがあらわれて居留棟へ連れもどされるころには、ヴァリアムの効果もかなり薄れ、ドラッグで酔っているような気分になっていた。

ウィノナはポケットに手を入れ、ひと握りのトークンをとりだした。そのトークンをルークに手わたすときに、一枚が手から床に落ちて転がっていった。

「拾いなよ、このぶきっちょ」

ルークはトークンを拾った。

「きょうはおまえにとって長い一日だったね」ウィノナはそういうと、意外にもにっこりと笑った。「なにか飲み物でもとってきたらどう？　くつろぐといい。リラックスしな。あたしのおすすめはシェリーの〈ハーベイ・ブリストル・クリーム〉だよ」

ウィノナは中年だった――ルークとおなじ年ごろの子供がいてもおかしくない年齢だ。子供がふたりいるかもしれない。ウィノナは自分の子供たちにも、おなじようにすすめるのだろうか？　きょうは学校で一日疲れたでしょう？　だったらゆっくりくつろいで、ワインクーラーを一杯やってから宿題にとりかかったらどう？　そう実際に口に出して質問しようかと思った。最悪のケースでも、ウィノナに頰を平手打ちされる程度ですむだろう。しかし……。

「それでなにか得するの？」

「なんだって？」ウィノナが眉を寄せてルークを見つめた。「なにで得があるのかだって？」

「なんでも」ルークは答えた。「なんでもだよ、ウィニー」

〈ハーベイ・ブリストル・クリーム〉も〈トゥイステッド・ティー〉も欲しくなかったし、〈スタンプジャンプ・グルナッシュ〉なんか死んでも飲みたくなかった。それにつけてもこの商品名ときたら、かのジョン・キーツが“彼方にて薄れゆく長きリボンのごとき夜、西にかかる月のごとくロマンティック”だのなんだの、その手のことを考えたときに思いついたみたいだ。

「そのこましゃくれた口のきき方に気をつけたほうがいいかもね、ルーク」

「その方向で努力するよ」

ルークはトークンをポケットにしまった。トークンはたしか九枚だったはず。このうち三枚をエイヴァリーにあげ、ウィルコックスの双子にはおのおの三枚ずつあげよう。スナックと交換するには充分だが、それ以上のものは買えない枚数だ。ルークがいま自分のために欲しいと思っているのは、大量の蛋白質と炭水化物だった。今夜の夕食がどんなメニューなのかは気にならなかった——とにかく量がたっぷりあれば、なんでもよかったからだ。

21

翌朝ジョーとハダドのふたりがあらわれて、ルークを地下のレベルCに連れていった。レベルCでルークはバリウム溶液を飲めといわれた。トニーが電撃スティックを手にして近くに控え、ルークが不服のひとつも口にしようものならショックをくわえる準備をととのえていた。バリウムを一滴残らず飲むと、次に高速道路のサービスエリアにあるトイレの個室なみに狭い小部屋に連れていかれ、レントゲン写真を撮影された。そこまではとどこおりなく進んだが、小部屋から出ていこうとしたそのとき、急に吐き気がこみあげてきて、ルークは体をふたつ折りにした。

「おいおい、ここの床に吐くのは勘弁してくれ」トニーがいった。「ゲロするんなら隅のシンクをつかえ」

手おくれだった。朝食に食べて半分消化された料理が、バリウムのピューレとまざりあって噴きあげてきた。

「このクソが。おまえにはこれから床のモップがけをしてもらうからな。すっかりモップをかけおわったときには、いいか、床に食べ物が落ちても拾って食べられるくらいぴっかぴかにしろよ」

「おれがやっておく」ハダドがいった。

「なにふざけたことをいってる」トニーはハダドを見もせず声を荒らげもしなかったが、ハダドは身をすくませていた。「おまえはモップとバケツをもってこい。そこから先はルークの仕事だ」

ハダドが掃除用具を運んできた。ルークは隅のシンクでバケツに水を満たすことまではできたが、あいかわらず胃が激しく痛んで腕がひどく震えていたので、バケツを床に降ろそうとすれば洗剤のはいった水をいたるところにぶちまけてしまいそうだった。ジョーが代わってその仕事をこなしながら小声で、「がんばれよ、坊主」とルークの耳にささやいた。

「ガキにモップをわたすんだ」トニーがいい、ルークはこの男がひとり楽しんでいることを——物事を理解するためにルークが身につけた新しい方法で——理解した。

ルークは床の汚物をモップで拭きとり、洗剤で床をきれいにしていった。トニーが掃除をおえた床を目で調べて不満を表明、掃除をやりなおせと命じた。胃の痛みは軽くなっていて、今回はバケツをシンクにもちあげることも床に降ろすこともひとりでこなせた。ハダドとジョーはすわりこんで、ヤンキースとサンディエゴ・パドレスのそれぞれが勝つ見込みについて話しあっていた——このふたつがふたりの贔屓チームらしい。エレベーターまで引き返す途中で、ハダドがルークの背中をぴしゃりと平手で打ってきて、「よくやったな、ルーク」といった。「ジョー、こいつにトークンをくれてやれないか？あいにくおれは手もちを切らしている」

ジョーが四枚のトークンをルークにわたした。

「きょうのいろいろな検査はなんのためだったの？」ルークはたずねた。

「まあ、いろいろだよ」ハダドがいった。「ま、あれこれ気にするな」

もしかしたら——ルークは思った——これってぼくがきかされたうちでも、最低最悪のアドバイスなんじゃないかな。「それで、いつかはここを出ていけるのかな？」

「もちろん」ジョーがいった。「でも、そのときには、ここであったことをひとつも思い出せなくなるんだ」

この男は嘘をついていた。といっても、今回もまた少なくともルークが想像していたような読心術とはちがっていた。想像では、頭のなかに相手の考えがきこえてきていた（あるいはケーブルテレビのニュース番組で画面最下部を流れていく字幕のように、考えが文字として見えていた）。しかし実際には、ただわかっただけだ。それこそ重力のように否定しがたいもの、あるいは2の平方根が無理数であることとおなじく、否定しがたいものとして。

「これからあと何回、検査をされるんだろう？」

「ああ、これからもおまえを忙しくさせてやるよ」ジョーが答えた。

「ま、トニー・フィッツァーレが歩く床にはげろを吐かないよう気をつけろや」ハダドがいい、腹の底からおかしそうに笑い声をあげた。

22

ルークが部屋に帰りつくと、新顔の部屋係が床に掃除機をかけていた。名札によれば名前は《**ジョリーン**》、ふっくらふくよかな二十代の女性だった。

「モーリーンはどこにいるの？」ルークはたずねたが、とっくに答えを知っていた。モーリーンは今週は休暇で、ふたたび出勤してきても、当面のあいだ仕事の場は〈研究所〉でもルークのいる場所とはちがうところになるはずだった。いまあの女性がヴァーモント州にいて、家を出た夫の置き土産のクソの山を整理していればいいのにと思ったが、それでもモーリーンを恋しく思うことになりそうだった……とはいえ、いずれ自分が〈バックハーフ〉に行くことになれば、向こうでモーリーンに再会するのだろうとも思った。

「モーモーは休暇で、いまはジョニー・デップといっしょに映画を撮ってるよ」ジョリーンはいった。「ほら、子供たちがみんな大好きなあの海賊もののシリーズ映画。モーモーはね、ジョリー・ロジャーの役だって」ジョリーンは笑い声をあげてから、こうつづけた。「わたしが掃除をすっかりおわらせるまで、部屋にはいるのを待っててもらえない？」

「っていうけど、ぼくは横になりたいんだ。あんまり気分がよくなくて」

「まったく、よくいうわ」ジョリーンはいった。「あんたたちガキどもは甘やかされすぎ。他人に部屋を掃除してもらって、食事もつくってもらって、おまけに部屋にはテレビまである。わたしが子供のころ、自分の部屋にテレビがあったと思ってる？　自分専用のバスルームがあったとか思ってない？　あたしには女きょうだいが三人、男きょうだいもふたりいてさ。だからバスルームはしじゅう奪いあいだった」

「ぼくたちはバリウムを飲まされて、おまけにげろを吐くような目にもあわされてる。どう、お姉さんもやられてみたい？」

ぼくは毎日どんどんニッキーみたいな口をきくようになってる――ルークは思った。でも……そのどこがわるいの？　お手本にできる前向きな人がいるのはいいことだ。

　ジョリーンはルークにむきなおると、掃除機の延長ノズルをふりかざした。「もしかして、こいつで頭をこっぴどく叩かれる気分を確かめたい？」

　ルークは部屋を出た。居留エリア同士をつなぐ廊下をゆっくり歩き、腹痛に襲われたときには二度ばかり壁にもたれて休んだ。とりあえず腹痛の間隔はしだいに広がって、だんだんと痛みも減じてきていた。窓から管理棟が見える無人のラウンジにたどりつく手前で、ルークは空き部屋のひとつに飛びこみ、マットレスに横たわって眠りこんだ。目を覚ましたとき、ここは自室で、窓からロルフ・デスティンの家が見えるのではないかという期待をいだかなかったのは初めてだった。

　ルークの意見では、これは断じて歓迎できない方向への一歩だった。

23

　翌日の午前中はまず注射を一本打たれたのち、心電図と血圧測定用のモニターを体に装着され、カルロスとデイヴが監視するなかでトレッドミル上を走る検査をうけさせられた。最後には息が切れて、トレッドミルから転げ落ちそうになった。モニターの数値はトレッドミル自体の小さなダッシュボード上にも表示され、カルロスの合図で走るスピードを落とす直前の心拍数は一分あたり百七十だった。

　ルークがグラスのオレンジジュースをちびちび飲みながら荒い呼吸が元にもどるのを待っていると、禿げた大男が入室し、壁によりかかって腕組みをした。身につけていたのはいかにも高価そうな茶色のスーツと白いシャツで、ノーネクタイだった。男の黒い目は、ルークの紅潮して汗ばんだ顔からおろしたてのスニーカーにいたるまで全身をとっくりと眺めていた。「若いの、きみがここになかなか適応してくれないという話をきかされたよ。もしやニック・ウィルホルムが関係しているのかな。あの少年はきみが模倣するべき相手ではないよ。ああ、いまの単語の意味はわかるね？　模倣という語だが？」

「うん、わかる」

「あの少年は、この施設でやるべき仕事をこなしている男女に無礼かつ不愉快な態度で接しているね」

ルークは口を閉ざしていた。これが常にもっとも安全な策だ。

「あの少年の態度に影響されてはいけないよ——これがわたしからのアドバイス。断固たるアドバイスだ。それから、この施設のサービススタッフとの接触は最小限にとどめたまえ」

この言葉にルークは警戒心が胸をちくりと刺すのを感じたが、すぐにこの禿男が話しているのはモーリーンのことではないと察した。男が話しているのは清掃係のフレッドだ。そのことがルークには誤解の余地もなくわかった。ただしフレッドと話をしたのは一回だけ。一方モーリーンとは数回にわたって話をしている。

「ついでにいっておくが、〈西ラウンジ〉とその近くの空室には近づかないように。寝たければ自分の部屋で寝なさい。ここでの滞在をできるかぎり快適なものにしたまえよ」

「快適なことなんか、ここにひとつだってあるもんか」ルークはいった。

「きみの意見はいつでも歓迎だ」禿の男はいった。「きみもこの言葉をどこかできいていると思うが、人の意見はケツの穴とおなじだ——だれにでもひとつはある。しかし、きみのように賢い少年なら知っているだろうが、〝快適なことがひとつもない〟ことと〝快適でないことがいくつかある〟ことのあいだには、大きなちがいがある。そのことを肝に銘じたまえ」

男は部屋を出ていった。

「あれはだれ？」ルークはたずねた。

「スタックハウス」カルロスが答えた。「この〈研究所〉の警備保安部門の責任者だ。ま、あの人のおっかない側面には近づかないのが無難だな」

デイヴが注射器を手にして近づいてきた。「あと少しだけ追加で血が必要になってね。なに、一瞬ですむ。だから、いい子にしてるんだぞ、いいな？」

24

トレッドミル検査と最新の採血をすませてから、二日ばかりは――少なくともルークには――ひとつも検査がなかった。注射を二回ほど打たれたが――そのうち一回では、注射後一時間のあいだ腕が死ぬほど痒かった――それだけだった。ウィルコックスの双子はしだいに環境に適応してきていた。ハリー・クロスがふたりに親しく接するようになってからは、そのペースも速まった。ハリーはTKで、自分はいろいろな品物を動かせると豪語していたが、エイヴァリーにいわせるととんだ法螺吹き野郎らしい。「あいつのもってる力なんて、あなたよりまだ小さいよ、ルーク」

ルークはあきれて思わず目をまわした。「エイヴァリー、あんまり如才なく立ちまわるなよ。そんなことをしても疲れるだけだ」

「〝如才なく〟ってどういう意味？」

「トークンをつかってコンピューターで調べるといい」

「申しわけありません、デイヴ。そのご要望にはお応えしかねます」エイヴァリーは、もの静かだが不気味なHAL（ハル）九〇〇〇の口調を驚くほどそっくりに真似てから、くすくす笑いはじめた。

ハリーがグレタとガーダのウィルコックスの双子に優しく接していることは疑いなかった。双子を見かけるたびに、ハリーの顔には間の抜けた盛大な笑みが広がった。そういうときハリーはしゃがみこんで両腕を大きく広げる。すると双子は走ってハリーの腕に飛びこむのだった。

「まさかあいつ、あの双子の女の子をエッチに触ったりしてないよな？」ある日の朝、運動場に出ていたニックが、トランポリンで遊ぶ双子を見まもっているハリーに目をむけながら疑問を口にした。

「おえおえ、気持ちわるい」ヘレンがいった。「あんたってライフタイム局の番組の見すぎなんじゃない？」

「そういうことはないよ」エイヴァリーがいった。〈チョコポップ〉を食べているせいで、口のまわりにチョコの茶色いひげが生えていた。「ハリーは……別にやりたがってない……こんなことはね」

そういってエイヴァリーは小さな手を尻にあてがって、腰を前後に動かしはじめた。それを見ながらルークは、これこそテレパシーがとことんまちがった才能であることの好例だと思った。知らなくてもいいことを、知るべき時機よりもずっとずっと早い段階で知ってしまう。

「おえおえ」ヘレンがくりかえし、両手で目を覆った。「目がつぶれていればよかったなんて気持ちにさせないでよ、エイヴァスター」

「ハリーはコッカースパニエルを飼ってた」エイヴァリーはいった。「自分の家でね。だから、あの双子の女の子たちはハリーにとっては……ええと……なんていう言葉だったっけ？」

「代替物、かな」ルークはいった。

「うん、それだ」

「ハリーと飼い犬がどんな仲なのかはわかんない」そのあとこの日のランチの席で、ニックはルークにそう話した。「でもあの幼い双子の女の子たちは、あいつをうまく手なずけてるみたいだ。だれかがふたりに新しい人形をあげたみたいにね。赤毛で、腹がでっぷり膨らんだ人形だよ」

見ると双子たちはハリーを左右からはさんですわり、それぞれの皿からハリーにミートローフを食べさせていた。

「あれはあれでキュートだと思うな」カリーシャがいった。

ニックはカリーシャに笑みをむけた——顔全体がぱっと輝くような笑みだった（しかもきょうはその顔に、スタッフのだれかがつけたとおぼしき黒痣が目のまわりに追加されていた）。「きみならそう思うよね、シャー」

カリーシャが微笑みかえすのを見て、ルークは嫉妬がちくりと胸を刺すのを感じた。時と場合を考えれば馬鹿げた話だった……が、その感情はまちがいなく存在していた。

25

翌日、プリシラとハダドのふたりが、これまで足を踏み入れたことのないレベルEにルークを連れていった。

そこでルークは点滴をされた——プリシラの説明によれば、気分を多少落ち着かせる作用があるとのことだった。しかし実際には、たちまち気をうしなっていた。目覚めたときには体が震えていたばかりか全裸にされており、下腹部と右足、それに右の脇腹には繃帯が巻きつけてあった。初めて見る女性の医者——白衣の名札によると苗字は《リチャードスン》——が上体をかがめて顔を近づけてきた。

「気分はどう、ルーク？」

「ぼくになにをしたの？」本当は大きな声で怒鳴ろうとしたのだが、出てきたのは苦しげなうなり声でしかなかった。どうやらこの連中は、のどにもなにかを挿入していたらしかった。呼吸のためのチューブあたりだろうか。ついでルークは、遅ればせながら両手で股間を覆った。

「検体をいくつか採取しただけよ」ドクター・リチャードスンはペイズリー柄の医療用キャップをすばやい手つきではずし、洪水のように波打つ黒髪を解き放った。「きみが心配しているといけないからいっておくけど、闇市場で売りさばくために片っぽの腎臓を摘出したりはしてない。この先軽い痛みを感じるかも——特に肋骨と肋骨のあいだにね。でも、痛みはすぐ消える。それまではこれを飲んでおくこと」そういってルークに、数粒の錠剤がはいった、なんの表示もない茶色の小瓶を手わたした。

いいおわると、リチャードスンは去っていった。代わって技師のジークがルークの衣類を手にして入室してきた。「起きあがっても倒れずにいられそうになったら、服を着るんだな」いつも思いやりあふれるこの男は、ルークの衣類を床に投げ落として出ていった。

やがてルークはなんとか服を拾いあげて身につけた。居留エリアのあるレベルに帰るときにもプリシラが——今回はグラディスをともなって——同行した。地下へ連れていかれたときには空は明るかったが、帰るときにはすっかり暗くなっていた。夜遅くなっていたのかもしれないが、時間感覚がとことん狂っていたルークにはわからなかった。

「自分の部屋まで、ひとりで歩いて帰れそう？」グラディスがたずねた。いつもの満面の笑みはなかった。夜間勤務では笑顔がうまく働かないのか。

「うん」

「だったらひとりでお行き。瓶の薬を一錠飲むこと。オキシコンチンだよ。痛みによく効くし、気持ちも楽にしてくれる。ボーナスね。朝にはすっかり元気になってるよ」

廊下を歩いていって自室のドアノブに手を伸ばしたところで、ルークは動きをとめた。だれかの泣き声がきこえた。泣き声はあの馬鹿げた《**きょうも楽しい楽園の一日**》のポスター付近からきこえていた。ということは、カリーシャの部屋が声の出どころかもしれない。つかのま、ルークの心は引き裂かれた——なにが原因でカリーシャが泣いているのかを知りたくない気持ちもあり、いまはとても他人を慰められる気分ではなかったからだ。それでも泣いているのはカリーシャだ。そこでルークは歩を進め、そっとドアをノックした。返事はなかった。ルークはドアノブをまわし、室内に顔を突っこんだ。

「カリーシャ？」

カリーシャはベッドに仰向けになって、片手で目もとを覆っていた。「来ないで、ルーク。こんなところ見られたくない」

ルークはその言葉に従いかけた。しかし、その言葉はカリーシャの本心ではなかった。だからルークは立ち去ったりせずに部屋にはいっていき、ベッドの横に腰をおろした。「なにがあったの？」

しかし、答えはもうほとんどわかっていた。詳細な部分をのぞいては。

26

そのとき、子供たちの全員が運動場に出ていた——ひとりだけ例外のルークは地下のレベルEで意識をなくして横たわり、ドクター・リチャードスンに検体を採取されていたのだ。ラウンジから運動場に出てきたのはふたりの男だった。〈フロントハーフ〉の世話係や医療技師は医療関係者用のピンクや青の作業着(スクラブ)を着ているが、ふたりの男は赤いスクラブを身につけていた。どちらの上衣にも名札はなかった。ここの古株である三人——カリーシャ、ニック、ジョージ——には、その意味がわかっていた。

「てっきりわたしを目あてに来たのかと思ってた」カリーシャはルークにいった。「わたしはここにいちばん長くいるんだし、水疱瘡はすっかり治ったっていうのに、少なくとも十日はひとつも検査をされてないから。それどころか一回も血を抜かれてない。あいつらはまるで吸血鬼みたいに血をとりたがるのに。でも、あいつらが来た目的はニッキーだった。ニッキー！」

　いいながらカリーシャの声が途切れたことで、ルークは胸の痛みを感じた。そのくらいカリーシャに首ったけだったからだが、意外ではなかった。たとえばヘレンは、ニックが視界にはいってくるたびに、北をかならず指すコンパスの針のごとくニックのほうに顔をむける。アイリスもおなじだ。グレタとガーダの幼い双子ですら、そばをニックが通りかかれば口をぽかんとあけ、目に星を宿しながら見つめていた。しかしカリーシャはニックと過ごした時間がいちばん長く、ふたりとも〈研究所〉のベテランで、年齢もほぼおなじだった。少なくともカップルになってもおかしくなかった。

「ニッキーはあいつらに抵抗した」カリーシャがいった。「抵抗したのよ、めちゃくちゃ激しく」そういってカリーシャがいきなり上体を起こしたので、ルークはあやうくベッドから弾き落とされかけた。見るとカリーシャは唇を引いて歯を剝きだし、控えめな胸の膨らみから少し上に握り拳を押しつけていた。

「わたしもあいつらに抵抗すればよかった！　そう、全員で抵抗するべきだったの！」

「でも、あっという間の出来事だった――そうだろ？」

「ニッキーはあいつらのひとりに強烈なパンチを――それものどに――お見舞いした。でも別の男がニッキーに電撃ショックを食らわせたの。あれで片足が麻痺してしまったはず。それなのにニッキーはロープコースにしがみついて床に倒れるのを防いで、また電撃スティックをつかわれる前に、動くほうの足で男を蹴り飛ばしてた」

「それであれが男の手からすっ飛んだんだね」ルークはいった。その光景が見えていたのだが、口に出したのはまちがいだった――できればカリーシャに知られたくないことをほのめかしてしまったからだ。しかし、カリーシャに気づいたようすはなかった。

「そのとおり。でも別の男……ニッキーがのどにパンチを食らわせた相手がニッキーの脇腹に電撃スティックを食らわせた。あいつら、出力をマックスにしてあったにちがいない。そのときわたしはシャッフルボードのコートのほうにいたんだけど、雷みたいな〝ばりばり〟という音がきこえたもの。ニッキーはばったりと倒れた。あいつらはその上にのしかかって、また何度か電気ショックを連続で食らわせてた……そしたらニッキーがジャンプした。意識をなくして横たわっていたのに、びくんって体がジャンプしたのよ。ヘレンがニッキーに駆け寄っていった。『ニッキーが死んじゃう！　ニッキーが死んじゃう！』って叫びながら。そしたら男のひとりがヘレンの片足の付け根近くを蹴ってから、中途半端に空手を知ってる男みたいにハイになって暴れはじめた。げらげら笑ってた。ヘレンは泣きじゃくりながら地面に倒れ、男たちはニッキーをかかえあげ、そのまま運んでった。でも、あいつらに運ばれてラウンジに通じてるドアをくぐる直前……」

　カリーシャは口をつぐみ、ルークは言葉の先を待った。どんな話が出てくるのかはわかった。これは最近になって身についた、ただの勘以上の新しい勘のおかげだった。しかし、カリーシャの口から話をききたかった。なぜなら、いま自分がどんな力をそなえているかをカリーシャに知られてはならないからだし、カリーシャにかぎらずだれにも知られてはならないからだ。

「ニッキーがちょっとだけ顔をうしろへむけて……」そう話すカリーシャの左右の頬を、涙の粒が転がり落ちていった。「わたしたちの姿がぎりぎり見えるくらい。ニッキーはにっこり笑って……手をふった。手をふったのよ。ニッキーは、それくらい勇敢だったってこと」

「わかるよ」ルークはいった。カリーシャは〝勇敢だ〟ではなく〝勇敢だった〟と過去形で話していた。つまり――ルークは思った――ぼくらはもう二度とニックに会えなくなったんだ。

　カリーシャはいきなりルークのうなじをつかんで、顔を自分の顔に引き寄せた。あまりの勢いの激しさに、ふたりのひたいが音をたてるほど強くぶつかった。「そんなふうにいわないで！」

「ごめん」ルークはいいながら、カリーシャはほかにどれくらいのことをぼくの心から読みとったのだろうか、と思った。問題になるほどの量でないことを祈るばかりだった。赤シャツ姿の男たちがやってきてニックを〈バックハーフ〉へ連れていったことで、カリーシャがすっかり動揺していることを祈るばかりだった。その点については、つぎにカリーシャの口から出た言葉でルークの心はかなりやわらげられた。

「あいつらに検体をとられたんでしょ？　ああ、そうなのね？　だってあちこちに繃帯を巻かれてるし」

「うん」

「あの黒髪のクソ女？　リチャードスン。検体はいくつとられたの？」

「三つ。ひとつは片足、ひとつはお腹、もうひとつはあばら骨のあいだ。最後のが、とにかくいちばん痛いんだ」

カリーシャはいった。「わたしはおっぱいから採取された。病院でやる生検みたいなの。ほんとに痛かった。でも、あいつらが体からなにかをとりだしたのでなかったら？　こっちの体になにかを入れたんだったら？　あいつらは検体をとってると話してる——でもあいつらは、どんなことでも嘘をつくんだよ！」

「じゃ、追跡チップを追加で入れられてるとか？　なんでそんなことをする必要がある？　情報はこれで入手できてるのに？」ルークは耳たぶに埋められているチップを指でつまんだ。もう痛みは感じなかった。いまではチップが体の一部になっていた。

「さあ、わたしにはわからない」カリーシャは哀れっぽい声を出した。

ルークはポケットに手を入れて錠剤の瓶をとりだした。

「あいつらにもらった。一錠飲むといいかもね。それで気分が落ち着くと思う。眠れるようにしてくれるかも」

「オキシコンチン？」

ルークはうなずいた。

カリーシャはいったん瓶に手を伸ばしたが、すぐに引っこめた。「問題はね、一錠や二錠じゃなくて、飲むなら全部飲みたいってこと。でも、いまみたいな気分を感じるのが必要かなって気もする。この気分になるのが正しいことだって——ちがう？」

「ぼくにはわからない」ルークはいった。本心からの言葉だった。あまりにも深い話題だった。そしてルークがどんなに賢くても、まだ十二歳でしかなかった。

「部屋から出てって、ルーク。いまはひとりで悲しい気分になっていたくて」

「わかった」

「あしたには元気になる。それに、もしあいつらが次にわたしを連れてくのなら――」

「それはないって」そう答えたものの、これがとびっきり愚かで考えなしの言葉だということもわかっていた。カリーシャが悲しむのは当然だ。当然すぎるほど当然といえる。

「もしわたしが連れていかれたら、エイヴァリーと仲よくしてやって。あの子には友達が必要だから」カリーシャは揺らがぬ目でルークを見すえた。「それはあんたもおんなじだし」

「オーケイ」

カリーシャは笑みを浮かべようとした。「あんたはかわいいやつだね。こっちへおいで」

ルークが顔を近づけると、カリーシャは最初は頬に、次はルークの口角にキスをした。カリーシャの唇は塩辛かった。ルークは気にしなかった。

ルークが部屋のドアをあけると、カリーシャがこういった。「わたしが連れていかれればよかった。ジョージでも。ニッキーじゃなくて。ニッキーは、あいつらの嘘っぱちにも決して騙されなかった。ぜったいにあきらめない子だった」ついで大きな声をあげる。「**おい、そこにいるんだろ？　きいてるんだろ？　きいててほしいよ。わたしはおまえたちが大きらいで、それを知っておいてほしいからさ！　おまえらなんか大っきらいだ！**」

カリーシャはまたばったりとベッドに倒れこみ、すすり泣きはじめた。ルークはふたたびカリーシャのもとに引き返そうかとも思ったが、考えなおしてやめにした。これ以上は慰めようもないからだったが、自分自身が痛みを感じていることも理由だった。といっても痛みはニックが原因ではなく、ドクター・リチャードスンに刺されたところが痛んでいた。あの黒髪の女が組織の検体を採取したのであれ、なにかを体内に入れたのであれ（追跡チップでは筋が通らないが、治験段階の酵素やワクチンならありえない話ではないだろう）、どちらでもかまわない。なぜなら、あいつらがおこなう検査や注射はどれをとっても筋が通らないからだ。ルークはこのときもまた強制収容所と、そこでおこなわれていた恐るべき無意味な実験の数々を連想していた。生きている人間を凍らせる実験、生きている人間を燃やす実験、そして意図的に病気に感染させる実験。

ルークは自室に引き返した。オキシコンチンを一、二錠飲もうかと思ったが、結局はやめた。

ミスター・グリフィン経由でスター・トリビューン紙のサイトを訪ねようとも思ったが、そちらもやめにした。ニックのことや、女の子たちが味わっている胸の張り裂けるような思いのことを考えもした。ニック……ハリー・クロスに最初は自分の分をわきまえさせ、そのあとハリーと友達になった少年。これはただハリーをぶん殴るよりも、ずっと勇気のいるおこないだった。ニック……やつらの検査に抵抗し、〈バックハーフ〉のスタッフたちが連行していこうとしたときも激しく抵抗した少年、ぜったいにあきらめなかった少年。

27

翌日、ジョーとハダドのふたりが、ルークとジョージ・アイルズをレベルCの11号室まで連れていった。少年たちはしばらく部屋でふたりきりにされた。やがてもどってきたふたりの世話係はそれぞれコーヒーのカップを手にしており、さらに技師のジークが同行していた。ジークは目が充血し、ふつか酔いに悩まされているように見えた。ジークはふたりの少年に電極つきのゴムの帽子をぴったりとかぶせ、あごの下でストラップをきつく締めた。ジークによる計測データのチェックののち、少年たちは交替でドライブシミュレーターをやらされた。入室してきたドクター・エヴァンズは、いつも頼りになるクリップボード片手に、ジークが読みあげるさまざまな数字（反応時間に関係があるかもしれず関係ないかもしれない数字）を書きとめていた。ルークは交通信号をいくつか通り抜け、かなりの死傷者を出してから、ようやく、こつをつかんで、そのあとは検査がそれなりに楽しくなってきた――〈研究所〉では初めての経験だった。

シミュレーター検査がおわると、ドクター・エヴァンズのもとにドクター・リチャードスンがやってきた。この女性医師は、きょうはスリーピースのスーツにハイヒールをあわせていた。重役クラスが顔をそろえるビジネスミーティングにも出ていけそうに見えた。「ルーク、痛みを一から十までの物差しであらわすとすると、けさの痛みはいくつ？」

「二だよ」ルークは答えた。「ついでに、ここから出ていきたい気持ちを一から十までの物差しであらわすと十一だね」

リチャードスンは、ルークが控えめなジョークを口にしたかのようにくつくつと含み笑いを洩らすと、ドクター・エヴァンズに別れの言葉をかけて（ジムとファーストネームで呼びかけていた）から部屋を出ていった。

「で、どっちが勝った？」ジョージがエヴァンズにたずねた。

エヴァンズは鷹揚に微笑んだ。「これはね、きみ、そういう検査じゃないんだよ」

「ああ、でも勝ったのはどっちだ？」

「ふたりともかなりすばやかった。とくに、われわれがTKに期待したとおり、シミュレーターに慣れたあとはね。さて、きみたち、きょうはもう検査はなし。よかったな？　ハダド、ジョー、ふたりの若き紳士たちを上のフロアまで連れていってあげてくれ」

エレベーターへむかうあいだにジョージがいった。

「おれ、こいつをつかむまでに歩行者を六人轢き殺したみたいだ。おまえは何人轢き殺した？」

「三人だけに抑えたよ。でも、スクールバスに激突した。あの事故で死傷者が何人も出たにちがいないね」

「人でなし。おれはバスにはぶつけずにすませたぞ」エレベーターが到着し、四人が乗りこんだ。「ほんというと、ぶつけた歩行者は全部で七人。最後のひとりはわざと撥ねてやった。あれはジークだぞと自分に暗示をかけてね」

ジョーとハダドが顔を見あわせ、笑い声をあげた。それを見ていて、ルークはふたりのことは少しだけ好きになった。好きになるのは本意ではなかったが、事実は事実だった。

ふたりの世話係がエレベーターでもどると――おそらく休憩室へむかっていたのだろう――ルークはいった。

「粒々の検査のあと、今度はカードをつかう検査をされただろう？　テレパシーの検査だ」

「うん。前にも話したとおり」

「じゃさ、これまでにTKの検査をされたことはある？　たとえば、電気スタンドのスイッチを入れられるか……とか、ならべたドミノを倒せるかとか」

ジョージが頭を掻いた。「きかれたから答えるけど、答えはノーだ。でもなんでそんな検査をする必要がある？　あいつらはおれに力があるのはもう知ってるんだ。まあ、調子がいい日にはね。おまえはどうだ？」

「一回もなし。それに、きみの言葉には一理あるけど、あいつらがぼくたちの能力の限界を検査で確かめようとしないのは変だよ」

「とにかく、なにひとつ筋が通らないよな、ルーキー・ルー。ここに連れてこられたことを筆頭にさ。さ、なにか食べにいこうぜ」

　子供たちの大半はカフェテリアでランチをとっていたが、カリーシャとエイヴァリーは運動場に出ていた。ふたりは砂利にすわりこんで金網フェンスに背中をあずけ、おたがいの顔を見つめあっていた。ルークはジョージに食事にいっていろといい、自分は外に出ていった。愛らしい黒人少女のカリーシャと幼い白人少年のエイヴァリーは、言葉を口にしてはいなかった……が、ふたりは会話中だった。そこまではルークにも察しとれたが、会話の内容まではわからなかった。

　大学進学適性試験（SAT）のことや、数学の方程式問題について質問してきた女子生徒のことがいきなり思い出されてきた。たしか問題は、アーロンくんとかいう人物がホテルに宿泊代をいくら支払うのかといった内容だった。あの日がいまではもう前世のように思える。しかし、あざやかに記憶していることもあった——自分にはとても簡単だった数学の問題が、なぜあの女子生徒にはむずかしかったのかが理解できなかった、ということだ。しかし、いまになれば理解できる。フェンス前にいるカリーシャとエイヴァリーのあいだでなにが進行中なのか、ルークにはさっぱりわからないのとおなじだ。

　カリーシャが周囲を見まわし、手をふってルークを遠ざけた。「あんたにはあとで話すよ、ルーク。いまはあっちで食事してて」

「オーケイ」ルークは答えたが、結局ランチの席でカリーシャと話すことはなかった。カリーシャがランチを抜いたからだ。そののち、泥のように眠りこんだ午睡のあとで（ついに我慢できなくなって薬を二錠飲んだのだった）ラウンジと運動場方面にむかって廊下を歩いていく途中、カリーシャの部屋の前で足をとめた。ドアはあけはなしてあった。見ると、ピンクのベッドカバーと過剰なまでにひだ飾りがほどこされた枕は、もう影もかたちもなかった。マーティン・ルーサー・キング牧師の写真をおさめたフレームもなくなっていた。ルークは片手で口を覆い、目を丸くしたまま、現実をただ受け入れようとした。

もしカリーシャがニックとおなじように抵抗していたなら、いくら薬を飲んでいたといっても、その騒ぎで自分は目を覚ましたはずだ――ルークは思った。もうひとつ、カリーシャがみずからすすんで彼らについていったというのは、あまり好ましい考えではなかったが、まだしも考えられる可能性だと認めるほかはなかった。いずれにしても、ルークに二回キスをしたあの少女はここからいなくなった。

ルークは自室にもどると、枕に顔を埋めた。

28

その夜ルークは手もちのトークンの一枚をノートパソコンのカメラにかざして起動させ、ミスター・グリフィンのサイトを訪ねた。そこまでは進める――その事実は先行きの明るさを示すものだった。もちろん、この施設を運営しているクソ頭連中がすでにルークのコンピューターの裏口（バックドア）を把握している可能性もないではないが、この件の要点はどこにあるのか？　ここから――少なくともルークにとっては――それなりに信頼できる結論が導きだされた。ミセス・シグスビーの手下たちは、いずれ外部の世界をのぞいていたという理由でルークをとらえるかもしれない。かもしれないどころか、充分ありそうな話だ。しかし、いまのところ連中はそんなことをしていない。となると、連中はルークのコンピューターをモニターしてはいないのだ。あの連中にも手ぬるい部分がある。いや、手ぬるい部分だらけなのかもしれない。それも当然ではないか。あの連中があつかっているのは敵軍の戦時捕虜ではない。しょせんは怯えて、頭が混乱しきっている子供たちでしかないのだ。

ミスター・グリフィンのサイトを経由して、ルークはスター・トリビューン紙のサイトにアクセスした。きょうのメインの見出しは、現在進行形の健康保険制度をめぐる論戦――とはいえ、もう何年も前からつづいている問題だ。サイトのトップページから先に進むことにまつわるお馴染みの恐怖が舞いおりてきて、ルークはブラウザを閉じてデスクトップに引き返しかけた。そのあと最近の履歴を消去し、コンピューターをシャットダウンしたら寝てしまうこともできる。あの薬をまた一錠飲んでもいい。知らなければ傷つくこともないという格言があったが、それでなくてもきょう一日はたっぷり傷ついたのではないか。

そこでルークはニックのことを思った。もしニック・ウィルホルムがミスター・グリフィンのようなバックドアの存在を知っていたら、こんなところで引き下がったりするだろうか？　たぶん……いや、ぜったいに引き下がらないだろうし、つまりは自分がニックほど勇敢ではないというだけだ。

ルークはウィノナから何枚ものトークンを一度に手わたされたときのことを思い出した。あのときルークが一枚をとり落とすと、ウィノナはルークを〝ぶきっちょ〟呼ばわりし、自分で拾えといってよこした。そしてルークは抵抗の言葉ひとつ口にするでもなく、唯々諾々と従った。でもニックだったら、そんなことはしなかっただろう。《だったら、てめえが自分で拾えよ、ウィニー》といいかえすニックの声がきこえるような気がした。つづく平手打ちも受け入れただろう。そればかりか、相手を殴りかえしさえしたかもしれない。

しかし、ルーク・エリスはごく平均的ないい子だ。人からいわれたとおりのことをする。家の手伝いでも、学校のブラスバンドへの参加であっても。ルークはトランペットが憎らしいほどきらいだった。サードノートはどれもこれも音が巧く出せなかったが、それでもあきらめなかったのは、グリア先生から校内スポーツクラブ以外にも最低ひとつは課外活動に参加する義務がある、といわれたからだ。ルーク・エリスはまた、他人から超頭脳男であるばかりか奇人変人でもあると思われないためなら、自分の行動パターンからはみだしてでも人とつきあうことを辞さない少年だった。他人とつきあううえでの正解にひとつずつチェックを入れ、それを全部こなしてから、自分の書物の世界にもどる少年だった。書物にもどるのは、世界には深淵があり、書物には深淵にひそむものを引きあげることのできる魔法の呪文が記されていたからだ。ルークにとっては、そういった謎のほうがよほど重要だった。いずれ将来、自分でも自分なりの一冊を書くことになるかもしれない。

しかしここにいるかぎり、将来として存在するのは〈バックハーフ〉だけだ。ここで存在している真実は、《それがなんの役に立つのか?》だ。

「知ったことか」ルークは小声でいい、スター・トリビューン紙の地元ニュースセクションにむかった。耳の奥では脈搏がどくどくと鳴り、繃帯やガーゼの下で早くも治りかけているあちこちの小さな傷で脈が疼いていた。

さがしまわる必要はなかった。学校のアルバムに掲載された自分の顔写真が目に飛びこんできたとたん、知るべき必要のあることが残らずわかってしまったからだ。見出しに目を通すまでもなかったが、それでもルークはその文字を読んだ。

ファルコンハイツの夫妻惨殺
行方不明の長男の捜索つづく

さまざまな色あいの光の粒々が舞いもどってきて、明滅をくりかえした。ルークは細めた目で光の粒々の先を透かし見てから、ノートパソコンの電源を落として自分の足に思えない足で立ちあがり、がくがくと震えながら大股で二歩あるいてベッドにたどりついた。それからベッドサイドのスタンドが投げるほのかな明かりのなかで仰向けに寝て、天井を見あげた。ようやく、あの忌まわしいポップアートじみた光の粒々が薄れはじめていた。

ファルコンハイツの夫妻惨殺。

存在すら知らなかった落とし戸の扉が胸のまんなかでいきなりひらき、自分がそこに落ちてしまう事態を防いでいるのは、たったひとつの明晰で堅牢、かつ強固な思いだけのような気分だった。〝あいつらが見ているかもしれない〟という思いだ。ここの連中はミスター・グリフィンのサイトのことも知らず、ルークがそのサイトを通じて外部にアクセスできていることも知らないに決まっている。また連中は、あの光の粒々にさらされたことでルークの脳に根本的な変化がもたらされたことも知らないに決まっていた——いまでも実験は失敗だったと思いこんでいるはずだ。いまのところは、という条件つきだが。そういったあれこれがルークの持ち駒だ――いずれ大きな意味をもつかもしれない。

ミセス・シグスビーの手下たちは万能ではない。ルークがいまもミスター・グリフィンにアクセスできる事実がその証拠だ。ここの収容者たちが叛旗をひるがえす手段として、連中は直接的な行動しか思いつけないのだ。そして恐怖なり暴力なり、あるいは電気ショックなりでだ放置しておく――ジョーとハダドがコーヒーをとりに反抗心を叩きだしたら、彼らは子供たちを短期間のあいだ放置しておく――ジョーとハダドがコーヒーをとりにいくあいだ、ルークとジョージをふたりだけで残していったときのように。

惨殺。

この単語が落とし戸だ。ここからあっけなく落ちてしまってもおかしくなかった。そもそもの最初から、ルークは嘘をつかれているにちがいないとほぼ確信していた。しかし、〝ほぼ〟という部分があってこそ、落とし戸がひらくことを防げていたのだった。その言葉があったからこそ、わずかなりとも希望が生き残れた。しかし太い書体の見出しが希望の息の根をとめた。両親が――惨殺されて――死んだとなったら、疑いの鉾先をいちばんむけられやすいのはだれだ？　知れたこと、《行方不明の長男》だ。事件の捜査にとりかかった警察は、いまごろすでに息子ルークが非凡な子供、つまり天才児である事実を把握しているだろうし、そもそも世の中では、天才は精神が不安定なものとされているのでは？　ともすればレールからはずれやすい存在だと？

カリーシャは大声を出して反抗していた。しかしルークは、内心ではいくら声をあげたくなっても、そんなことはしない。胸の奥では好きなだけ大声でわめき散らしても、現実に大きな声をあげはしない。自分がかかえている秘密がいずれ役に立つかどうかはわからなかったが、ジョージ・アイルズがずばり〝地獄のあなぐら〟と表現したこの施設でも、壁にいくつもの割れ目が存在していることを知っていた。いまかかえている秘密を――それにくわえて超頭脳をも――てことして利用できれば、その手の割れ目のひとつを広げることもできそうだ。脱出できるかどうかはわからないが、もしも脱出できれば、それはもっと大きな目標を達成するための第一歩にすぎなくなる。

やつらの頭の上に一切合財を崩落させてやるんだ、とルークは思った。デリラに甘言を弄されて頭を剃りあげられてしまったあとのサムソンのように。すべてをやつらの頭の上に崩落させて、ぐじゃぐじゃに押し潰してやる。ひとり残らず叩き潰してやる。

ルークはいつしか浅い眠りに落ちていった。夢のなかでルークは自宅に帰っていた。母も父も生きていた。いい夢だった。父はルークに、ごみ容器を外に出すのを忘れるなといってきた。母はパンケーキをつくり、ルークは自分の分にブラックベリー・シロップをこれでもかとたっぷりかけた。父はパンケーキをピーナツバターで食べながら、CBSの朝のニュース番組——キャスターはゲイル・キングと、セクシーなノラ・オダネル——を見て、息子ルークには頰に、妻アイリーンには唇にキスをしてから出勤していった。いい夢だった。ロルフの母親が、ロルフとルークを車で学校へ送っていくことになっていた。家の前でロルフの母親がクラクションを鳴らすと、ルークはバックパックをつかんで玄関へ走っていった。「ちょっと、ランチ代を忘れちゃだめよ！」ルークの母親が声をかけ、ランチ代を手わたしてきた。ただしわたされたのは現金ではなくトークンであり、この時点でルークは目を覚まし、覚ますと同時に何者かが部屋にいることに気がついた。

29

部屋にいるのがだれかは見えなかった。そんなことをした記憶はなかったが、どうやらいつしかベッドサイドのスタンドの明かりを消したらしい。デスク近くを抜き足差し足で歩く忍びやかな足音がきこえた。とっさに思ったのは、世話係のだれかしらがノートパソコンをとりあげにきたのだろう、という考えだった。やはりあの連中はずっとぼくの動向を監視していたんだ。それなのに馬鹿なぼくときたら、そんなことはないと信じきっていた。とびっきり愚かで考えなしのぼく。

激怒がいま毒物のように内面を満たしはじめた。ルークはベッドからただ起きあがったりしなかった——ベッドから弾かれたように一気に飛びだしたのだ。相手がだれであっても、この部屋への侵入者にタックルをするつもりだった。侵入者が平手打ちをしたり拳骨をふるったり、さらには電撃スティックをつかったりしても勝手にさせておく。こちらもそれなりのパンチを二、三発はお見舞いできるだろう。ぼくが相手を殴っている本当の理由なんか、あいつらにはわかるまい。でも、それでいい。ぼくがわかっていればいい。

ただし、体当たりした相手は大人ではなかった。ぶつかったのは小さな体であり、小さな体は衝突の衝撃でばったりと床に倒れこんだ。

「やめて、ルーキー、ほんとにやめて！　痛くしないで！」

エイヴァリー・ディクスンだ。ちっちゃなエイヴァスター。

ルークは暗闇を手探りしてエイヴァリーを引き起こすと、そのままベッドまで連れていって、スタンドのスイッチを入れた。エイヴァリーは怯えきった顔を見せていた。

「驚かせるなよ。ぼくの部屋でなにをしてた？」

「目が覚めちゃったら怖くなって。でもシャーのところへは行けなかった。あいつらに連れてかれちゃったから。だからここへ来た。ね、いてもいい？　お願い」

エイヴァリーの言葉はどれも真実だった。しかし、真実のすべてではなかった、そのことがルークには明瞭に理解できた。これにくらべたら、従来の〝わかる〟は、どっちつかずにぼやけたものでしかなかった。それもこれもエイヴァリーがカリーシャとはくらべものにならないほど強力なＴＰだったからであり、しかもいまエイヴァリーは……いってみれば……放送電波を放射している状態だったからだ。

「いていいよ」ルークはいったが、エイヴァリーがすぐベッドにあがりこんでこようとしたので、こうつづけた。「だめだめ。その前にきちんとトイレに行っておくこと。ぼくのベッドでおねしょしないようにね」

エイヴァリーは異をとなえもせず、ほどなくして便器にはなたれる小便の水音がきこえてきた。かなりの量のようだった。エイヴァリーがベッドにもどってくると、ルークはライトを消した。エイヴァリーがもぞもぞ動いて身を寄せてきた。ひとりでないのは気分のいいものだった。いや、最高の気分といえた。

エイヴァリーが耳もとでささやいた。「ルーク、お母さんとお父さんのことはすごく気の毒だったね」

　ルークはしばし言葉を出せなくなっていた。なんとか話せるようになると、おなじくささやき声でこう返した。

「きのう運動場で、きみとカリーシャはぼくのことを話してたんだろう？」

「うん。カリーシャに来てくれっていわれたんだ。カリーシャはあなたに手紙を送るっていってた。ぼくが郵便屋さんになるって。それで話を広めても安全だと思ったら、ジョージとヘレンにも伝えていいともいってた」

　しかし、他人には話せそうもない。ここ〈研究所〉ではなにひとつ安全ではないからだ。頭のなかの思考ですら安全とはいえない。ルークは、〈バックハーフ〉からやってきた赤い制服の世話係たちとニックが戦った話をカリーシャからきかされたとき、自分がどんな言葉を口にしたかを思い返した――《それであれが男の手からすっ飛んだんだね》。あれとは電撃スティックのことだ。

　あのときカリーシャは、どうしてそこまで知っているのかとルークにたずねなかった。つまり、あのときにはもうカリーシャはそのあたりの事情を知っていたと見ていい。新しく身についたＴＰ能力をカリーシャから隠せるなんて、ぼくは本気で思っていたのか？　ほかの連中が相手なら隠せるかもしれないが、カリーシャは無理だ。そしてエイヴァリーにも隠せない。

「見て！」エイヴァリーはささやいた。

　スタンドが消され、外界のぼんやりした光をとりこむ窓ひとつないため、部屋は真の暗闇だったが、それでもルークは目を走らせた。カリーシャの姿が見えた気がした。

「カリーシャは無事か？」ルークはささやいた。

「うん。いまはね」

「ニッキーもいるのか？　あの子も無事？」

「うん」エイヴァリーはささやいた。「アイリスも。でもアイリスは頭が痛いんだって。ほかの子もそういってる。アイリスは頭痛が映画のせいだって考えてる。それからあの粒々も」

「映画っていうのは？」

「わからない。カリーシャはまだ見てない。ニッキーはもう見た。アイリスも。カリーシャは、ほかにも子供たちがいるみたいだって考えてる――ひょっとしたら〈バックハーフ〉の〝うしろ半分（バックハーフ）〟みたいなところに。でも、いまカリーシャがいるところにはほんの三、四人しかいない。ジミーとレン。それにドナ」

ぼくはドナのコンピューターをつかってる――ルークは思った。受け継いだんだ。

「前はボビー・ワシントンがいたけど、もういなくなってる。アイリスは、ボビーを前に見たってカリーシャに話してた」

「ぼくの知らない子供たちだね」

「カリーシャは、ドナっていうのはあなたがここに来る何日か前に〈バックハーフ〉へ連れていかれた子だって話してる。あなたがドナのコンピューターをつかってるのは、そういう事情だからだって」

「きみは薄気味わるいね」ルークはいった。

エイヴァリーは自分が薄気味のわるい存在だと知っていたのだろう、ルークの発言をあっさりきき流した。

「みんな、痛い痛い注射を打たれた。注射と粒々、粒々と注射。カリーシャはいってる、〈バックハーフ〉によくないことが起こってる。あなたなら、なにかできるかもしれないっていって話してる。カリーシャは話してる――」

エイヴァリーは最後まで口にしなかったが、その必要はなかった。一瞬でありながら、目がくらむほど鮮烈なイメージがルークには見えていた。カリーシャ・ベンスンがエイヴァリー・ディクスン経由で送ってきたイメージにちがいなかった。籠に閉じこめられたカナリアのイメージ。籠の戸がさっとひらくと、カナリアは外へ飛び立った。

「カリーシャは話してる……これができるくらい頭のいい子供はあなただけだって」

「できるとなれば、やってやるよ」ルークは答えた。「カリーシャはほかになにを話してる？」

この質問に答えはなかった。エイヴァリーはすでに眠りこんでいた。

脱走

1

三週間が過ぎた。

ルークは食べた。ルークは眠り、目覚め、また食べた。たちまちメニューを全部記憶してしまい、定例をはずれた料理が出たときにはほかの子供たちといっしょに皮肉まじりの拍手をした。検査のある日もあった。注射のある日もあった。両方の日もあった。どちらもない日もあった。気分がわるくなった注射も数本あった。大多数の注射はなんともなかった。のどがぎゅっと閉まってしまうような目には二度とあわず、それだけはありがたかった。運動場でぶらぶら過ごした。テレビを見てはオプラ・ウィンフリーやエレン・デジェネレス、ドクター・フィルやジュディ判事といった人気者たちと親しんだ。ユーチューブでは、鏡に映った自分を見つめる猫やフリスビーをキャッチする犬の動画を見た。ひとりで見ることもあれば、ほかの子といっしょに見ることもあった。ハリー・クロスが部屋に来るときには、グレタとガーダの双子もいっしょにやってきてアニメを見たがった。ルークがハリーの部屋へ行くと、ほぼ毎回双子も部屋にいた。ハリーはアニメが好きではなかった。ハリーが好きなのはレスリングとケージ内でおこなう総合格闘技、それに車が派手にぶつかりあう全国ストックカーレース(NASCAR)。ルークへの挨拶は毎回「これを見ろよ」という文句。双子はぬり絵のマニアで、世話係たちはぬり絵の本をふたりに際限なく与えていた。ふたりはふだんお行儀よくしていたが、ある日のことふたりともお行儀を忘れて、やたらにげらげら笑っていることがあった。それを見てルークは、双子が酒か薬で酔っているらしいと見当をつけた。ハリーにたずねると、双子が試したがったという答え。ハリーには恥じ入った顔を見せるだけのたしなみがあり、双子が吐いたときには(ふたりのあらゆる行動の例に洩れず、仲よくならんで吐いていた)、さらに恥じ入った顔を見せるたしなみもあった。しかもハリーは、その汚れをきれいに拭き掃除した。ある日はヘレンがトランポリンで連続三回転を決め、笑い、お辞儀をするなり……突然わっと泣きはじめて、なだめても手がつけられなくなった。ルークが慰めようとすると、ヘレンは小さな拳でルークをぶちはじめた――ぺし、ぺし、ぺし。しばらくのあいだルークは、チェスの対戦相手をひとり残らず負かしてきた。やがてそれが退屈に思えてくると、今度は負ける方法を考えだしたが、こちらはルークにとって驚くほどむずかしかった。

起きているときですら眠っているような気分だった。自分の知能指数が低下していくのが感じられた――そう、まちがいなく低下していた。蛇口をあけっぱなしにしたウォータークーラーの水位がさがっていくように。この年の夏の日々を、ルークはコンピューターに表示されるカレンダーで記録していた。ユーチューブの動画を閲覧するほかに、コンピューターの用途は――ある重要な使途ひとつを例外とすれば――それぞれの部屋にいるジョージやヘレンとのテキストメッセージのやりとりだった。ただしルークから会話をはじめたことは一度もなかったし、会話はできるだけ短く切りあげた。

《いったいあんたはどうしちゃったの？》あるときヘレンがそんなメッセージをよこした。

《なんでもない》ルークはそう返信した。

《おれたちなんでまだ〈フロントハーフ〉にいるんだと思う？》ジョージがそう送ってきた。《それが不満だっていってんじゃないけどさ》

《さあ、知らない》ルークはそう打ちこみ、会話からログオフした。

世話係や技師や医師たちから悲しみを隠しておくのは、むずかしくなかった。彼らはふさぎこんでいる子供たちをあつかいなれていたからだ。しかし、これ以上ないほど暗い気分に沈んでいるときでさえ、ルークはおりにふれてエイヴァリーから送りこまれたイメージを思い描いた――籠から飛び立っていくカナリアのイメージを。

半分眠っているかのような悲しみを、ときおり――それも決まって不意討ちのように――くっきりとした記憶のひと切れが刺しつらぬいて出現した。ガーデニング用のホースでルークに水をかけてくる父親。うしろむきのフリースローでボールをゴールへむけて投げる父親……ボールが見事ゴールをくぐると、父親にタックルしたルーク……そしてふたりで笑いながら芝生に倒れこんだときのこと。ルークの十二歳の誕生日に、火のついたキャンドルがぎっしりと立ちならぶ巨大サイズのカップケーキを食卓に運んできた母親。ルークをハグして、《ほんとにどんどん大きくなってるのね》といった母親。リアーナのヒット曲〈ポン・デ・リプレイ〉にあわせて、キッチンで踊り狂っていた父母の姿。こうした数々の記憶は美しく、それゆえにこそ棘をもったイラクサのように心をちくちくと刺した。

　そんなふうに〝ファルコンハイツの夫妻惨殺〟のことを考えていないとき——夢に見ていないとき——ルークは自分を閉じこめているこの籠のことや、自分がなりたいと願う自由な鳥のことを考えていた。そういうときばかりは、精神がかつてのように鮮明なピントをとりもどした。そういうときには、〈研究所〉はいまや惰性で運営されているにちがいないという推断を裏づけるような証拠が見つかった。たとえば廊下の天井のそこかしこに配置されている監視カメラの黒いガラスのケースだ。ケースの大半は長いこと掃除されていないかのように汚れていた。内側のカメラはいまも動いているのかもしれないが、映像は映っていても不明瞭にぼやけているはずだ。そして映像がぼやけていても、フレッドをはじめとする清掃係——モート、コニー、ジョード——に指示が出されていないことから、廊下をモニターするべき立場の人物は視界が曇っていても少しも気にかけていないことがうかがえた。

　ルークは昼間のあいだは顔を伏せ、いわれたことを文句ひとついわずにこなしていたが、自室で寝落ちしていないときには、世にいう〝取っ手という大きな耳がふたつある小さな水さし〟になって、その耳をひそかにそばだてていた。きこえてくる話の大半は役に立たなかったが、それでもすべてを受け入れた。すべてを受け入れ、きっちりとしまいこんだ。たとえばゴシップ。たとえば、ドクター・エヴァンズがいつもドクター・リチャードスンを追いかけまわし、隙があれば会話をはじめようとしているばかりか、フェリシア・リチャードスンが三メートルの棒をつかってでもエヴァンズに触れまいとしていることさえ見えないほど〝おまんこに目がくらんでいる（プッシー・スタンド）〟（これは世話係のノーマの言葉）というような話。たとえば世話係のジョーがおなじく世話係のチャドやゲイリーともども、子供にわたさずに手もとに残したトークンを着服して、東ラウンジの売店コーナーにある自販機でミニボトルのワインや、やはり小さなボトルにはいったアルコール度数の高いレモネードをこっそり買って飲んでいるという話。彼らがそれぞれの家族を話題にすることもあれば、〈無法者の地（アウトロー・カントリー）〉なるバーを話題にすることもあった。このバーではバンドの生演奏があるという。「ま、あれが音楽と呼べるのならって話だけど」シェリーという世話係が、〝つくり笑いのグラディス〟にそう話しているのを小耳にはさんだこともあった。男性の技師や世話係から〈ザ・カント〉と卑語で呼ばれてもいたこのバーは、デニスンリバー・ベンドという名前の町にあった。町が施設からどの程度離れているのかについてははっきりしなかったが、せいぜい四十キロ圏内、遠くても五十キロ以内ではないかと考えていた。というのも、スタッフたちは時間があると足しげくこの店に通っているようだったからだ。

　またルークは耳にした人名を頭のなかにしまいこむようにもしていた。ドクター・エヴァンズはジェイムズ、ドクター・ヘンドリクスはダン、トニーの苗字はフィッツアーレ、グラディスの苗字はヒクスン、ジークの苗字はイオニーディス。ここから外に出られることがあるとすれば……このカナリアが自分の籠から飛び立てる日がおとずれたら、法廷でこのクソ野郎どもの罪を証言するのに長い長い人名リストを用意してやりたい、とルークは思っていた。それが夢想におわるかもしれないことはわかっていたが、その思いこそがルークを先へ進める力になっていた。

　こんなふうに毒にも薬にもならないいい子として日々を過ごすうちに、ルークはレベルCで少しのあいだひとりでほうっておかれるようになった――毎回決まって、ここから動くなという警告の言葉とともに。ルークはうなずいて承諾を示すことで、医療技師が用事をすませるために場を離れる時間をつくれるようにしてやった。地下フロアにはどっさり監視カメラが仕掛けられ、そのすべてがいつも清潔にたもたれていた。しかし警報が鳴り響いたり、世話係が電撃スティックをふりかざして廊下を全速力で走ってくることもなかった。ただし、ひとりでふらふら歩いているのを見つかって連れもどされたことは二回あった――一回はこっぴどく叱られ、もう一回は罰としてうなじを平手で叩かれた。

こういった〝探険〟をしていたある日のこと（こういうときはいつも、退屈顔であてもなくふらふらしているように装っていた——次の検査まで、あるいは自室にもどる許可が出るまで時間をつぶしているだけの子供のように）、ルークは宝物を発見した。その日たまたま無人だったMRI室をこっそり見ていたところ、エレベーターを操作するためのカードキーが放置されて、コンピューターのモニターの下に半分隠れているのを見つけたのだ。ルークはテーブルの横を歩いて通りすぎ、カードを拾いあげると、筒のようなMRI装置の内側をのぞきこむふりをしながらポケットに滑りこませた。そのまま部屋を出るときには、カードキーが《泥棒、泥棒！》と（〈ジャックと豆の木〉のお話で、ジャックが巨人のところから盗んだ魔法の竪琴のように）叫ぶんじゃないかと半分本気で思った。しかし、このときも、またあとになってからも、何事も起こらなかった。あいつらは、この手のカードの所在を管理していないのか？　どうやら、その手のことはしていないようだ。いや、もしかするともう利用できなくなっているのかも。コンピューターで利用登録されたホテルの宿泊客がチェックアウトすると、カードキーがつかえなくなるように。

しかし翌日エレベーターで試したところ、喜ばしいことにカードキーはちゃんと使用できた。さらにその翌日、全身浴タンクが設置されているレベルDの部屋をのぞいているところをドクター・リチャードスンに見つかったときには、てっきり罰を受けるものと思った——この女性医師が、いつも着ている白衣の下のホルスターから電撃スティックを抜いて電気ショックを食らわせてくるか、そうでなければトニーなりジークなりに殴られるのだろう、と。しかし、実際にはリチャードスンはトークンを一枚ルークに手渡してきた。ルークは礼を述べた。

「この検査はまだしてないんだ」ルークはタンクを指さしていった。「苦しい？」

「まさか、楽しい検査よ」そう答えたリチャードスンに、ルークは天真爛漫な笑顔をむけた。この女性医師の嘘っぱちを一から十まで信じきっているかのように。「で、この地下フロアでなにをしているの？」

「世話係のひとりといっしょにエレベーターに乗ったんだ。ただ、だれかはわからない。その人、名札を忘れてたみたいで」

「あら、それはよかった」リチャードスンはいった。「きみがその世話係の名前を知ってたら、わたしはその名前を上に報告しなくちゃならないし、世話係も困った立場に追いこまれる。そのあとどうなると思う？　書類、書類、まだまだ書類よ」リチャードスンはあきれた顔で目をまわし、ルークは《同情しますよ》という顔をよそおった。それからリチャードスンはルークをエレベーター前まで連れていき、何階に行くはずだったのかとたずねた。ルークはレベルBだと答えた。リチャードスンはいっしょのエレベーターに乗り、痛みはどんな具合かとたずねた。ルークは、痛みはすっかり消えた、大丈夫だ、と答えた。

カードキーのおかげでレベルEにまで降りていけた。このフロアにはさまざまな機械がぎっしりと置いてあった。しかしさらに地下へ降りていこうとしたところ——レベルFやレベルGが話題にされている会話を立ちぎきしたことがあったので、さらに下にもフロアがあるのは確実だった——ミス・エレベーターボイスが楽しげな声で、あなたのアクセスは拒否されましたと教えてきた。拒否されたことはかまわなかった。人は試行錯誤で学ぶものだからだ。

〈フロントハーフ〉ではペーパーテストはなかったが、脳波はひんぱんに検査された。ドクター・エヴァンズが何人かの子供たちをまとめて検査することもあったが、いつもではなかった。あるときルークひとりが検査をうけていたときのこと、エヴァンズがいきなりぎゅっと顔をしかめて片手で腹を押さえ、すぐにもどるといった。それからルークに、なにも触るなといいおいて、大急ぎで部屋を出ていった。お腹の荷物をトイレに投下しにいったのだろう、とルークは思った。

ルークはコンピューターのモニター画面に目を走らせ、キーボードの二、三のキーに指先を滑らせつつ、ちょっと手を出してやろうかと思ったが、そんなことをしてはまずいと思いなおし、ドアに足をむけた。外をのぞくと同時にエレベーターのドアがあいて、頭の禿げた大男が姿をあらわした。いつもとおなじ高価な茶色のスーツを着ている。いや、色はおなじでもちがうスーツかもしれない。ルークが知らないだけで、スタックハウスという あの大男は高価な茶色のスーツをクロゼットをいっぱいにするくらいたくさんもっているのかもしれなかった。

スタックハウスは書類の束を手にしていた。その書類をめくりながらスタックハウスが廊下を歩きはじめたので、ルークはすばやくC－4号室に引っこんだ。脳波計や心電図の機械があるこの部屋には小さなスペースが付属しており、そこに設置されたラックには種々の消耗品がぎっしりとおさめてあった。ルークはその小部屋にはいりこんだが、自分のこの行動が通常の第六感によるものか、TPとしての新しい脳波のなせるわざなのか、あるいは古きよき疑心暗鬼の産物なのかがわからなかった。いずれにしても、ぎりぎり間にあった。スタックハウスがC－4号室に顔を突っこんで、ひとわたり見まわしてから出ていったのだ。ルークはスタックハウスがもどってこないと確信できるまでしばらく待ってから、脳波計の隣の椅子に引き返した。

それから二、三分後、ドクター・エヴァンズが白衣の裾をひらひらさせながら速足で引き返してきた。両の頬は紅潮し、目を大きく見ひらいていた。エヴァンズはルークのシャツの胸ぐらをつかんだ。「この部屋をのぞいて、きみがひとりで残されているのを目にして、スタックハウスはなんといってた？」

「なにもいってなかったよ――あの人には見つかってないもん。ぼく、エヴァンズ先生がいつ帰ってくるかドアから外を見てた。そしたらスタックハウスさんがエレベーターから降りてくるのが見えたので、あそこに隠れたんだ」そういって消耗品のラックがある小部屋を指さし、無邪気に丸くひらいた目で医師を見上げた。

「でかした」エヴァンズはそういうと、ルークの背中を平手で叩いた。「さっきは自然の欲求に呼ばれてね。それでも、きみなら信頼できるにちがいないと思ってた。さあ、検査をおわらせてしまおう。おわれば、また上のフロアにもどって友だちと遊べるぞ」

エヴァンズはルークをレベルAに連れていくために別の世話係のヨランダ（苗字はフリーマン）を呼びだしたが、その前にざっと十枚ほどのトークンをルークに与え、またもや親愛の情をこめて背中を叩いてきた。「いいか、これはわたしたちだけのちょっとした秘密だぞ」

「うん、わかった」ルークは答えた。

こいつ、ぼくに好かれてるって本気で思ってるんだ――ルークは驚き呆れた。なんでまたそんな
ふうに考えるんだろう？　ジョージに話すのが待ちきれない。

2

しかし、話す機会はなかった。その夜の夕食のテーブルには新顔の子供がふたり増え、古株がひとり消えていた。ジョージが連れていかれたのだ——いつかはわからないが、ルークが消耗品を備蓄してある小部屋にひそんでスタックハウスから隠れていたあいだでもおかしくなかった。

「いまジョージはほかの子たちといっしょだよ」その晩、ふたりでベッドに横たわっていたときにエイヴァリーがそうささやいた。「シャーは、ジョージが泣いてる、泣いてるのは怖がってるからだと話してる。シャーは、怖いのは当たり前だってジョージに話してる。みんな怖がってるんだよとジョージに話してる」

3

〝探険〟に出たおりのこと、ルークは二、三度ほどレベルBのラウンジの外で足をとめた——ここできける会話が興味深く、さまざまな情報が得られたからだ。このラウンジをつかうのは施設スタッフだったが、それ以外にも外部から到着したばかりで、航空会社の機内預け荷物のタグがひとつもないスーツケースを携えたままの外部の人間のグループも利用していた。彼らがルークの姿を目にとめても——たとえば近くの冷水機から水を飲んでいる姿かもしれず、あるいは衛生問題の啓発ポスターを読んでいる姿かもしれないが——おおかたの視線は、ルークのことを家具の一部にすぎないと思っているかのように素通りするだけだった。こうしたグループをつくっている面々は、いずれも筋骨たくましい体格であり、そこからルークはこの連中を〈研究所〉の狩人（ハンター）であり収集者（ギャザラー）だろうと見当をつけた。そう考えると辻褄があった。西翼棟に収容されている子供の数が増えていたからだ。いちどルークは、ジョーがハダドにむかって――ふたりは仲のいい相棒のようだった――〈研究所〉は自分が生まれ育ったロングアイランド州の海岸沿いの町に似ている、と話しているのを耳にはさんだことがある。

「潮が満ちてくることもあれば」ジョーはそう話していた。「潮が引いていくこともあるんだよ」

「このところ潮が引く一方だな」ハダドはそのときそう答えた。これは事実だったのかもしれない。しかし今年の七月が過ぎていくのにあわせて、潮はまちがいなくふたたび満ちてきているようだった。

こうした外部グループは三人組のこともあれば、四人組のこともあった。彼らの姿にルークは軍隊を連想した。といっても、そんなふうに思ったのは男たちがいずれも髪を短く刈りこみ、女たちは髪をきつくひっつめにして後ろで縛っていたからにすぎなかったのかもしれない。ルークは雑務係のひとりがこうしたチームのひとつを〝エメラルド〟と呼ぶのを小耳にはさんだ。また別の医療技師が別のチームを〝ルビーレッド〟と呼ぶのも耳にした。後者のチームは女ふたりと男ひとりの三人組だった。この〝ルビーレッド〟がミネアポリスで両親を殺し、自分を拉致した面々だということもルークは知っていた。ルークは三人の名前をつかもうと、耳をそばだてたばかりか精神でも探りを入れたが、わかった名前はひとつだけ――ファルコンハイツで過ごした最後のあの夜、ルークの顔になにかのスプレーを吹きかけてきた女のミシェルという名前だけだった。廊下の冷水機に顔を寄せて水を飲んでいるルークにむけられたこの女の視線は、いったんルークを通りすぎてから……一、二秒のあいだふたたびルークにむけられた。

ミシェル。

これもまた記憶しておくべき名前だ。

この連中が新たなＴＰやＴＫたちを施設へ運んでくる仕事を担わされているというルークの仮説が事実だと裏づけられるまでに、時間はかからなかった。エメラルド・チームが休憩室にいるときに、ルークが外の廊下でこれまで何十回も見た衛生啓発のポスターに見入っているふりをしていると、エメラルド・チームの男のひとりが、これからとんぼ返りでミズーリ州へ行って急ぎの回収仕事をしなくてはならない、と話している声がきこえた。はたしてその翌日、フリーダ・ブラウンという名前の困惑しきった十四歳の少女が、増えつつある西翼棟の仲間の一員にくわわった。

「わたしはここの人間じゃない」フリーダはルークにいった。「これはなにかの手ちがいよ」

「ほんとにそうだったらいいのにね」ルークはそう答えてから、トークンを手にいれる方法を指南した。フリーダが話をきちんと理解しているかどうかはわからなかったが、いずれは理解するはずだ。だれもがたどった道だった。

4

エイヴァリーはほぼ毎晩ルークの部屋に泊まっていたが、だれも気にしてはいないようだった。エイヴァリーは、いわば〈バックハーフ〉にいるカリーシャからの手紙をルークに運ぶ郵便配達だった——といっても郵政公社が配達する信書ではなく、テレパシーが伝える密書だ。両親が殺害されたという事実はルークにとっていまなお生々しく、痛みもおさまらず、カリーシャからの手紙をもってしても半分夢を見ているような状態からは覚醒しなかったが、密書で知らされるニュースには胸騒ぎを感じた。密書はさまざまなことを教えてもくれたが、ルークはそんな情報など最初から薬にもしたくなかった。〈フロントハーフ〉では、子供たちは検査され、行儀がわるければ罰せられる。〈バックハーフ〉では、子供たちが労働させられていた。搾取されていた。そして話から察するに、少しずつ少しずつ破壊されているようだった。

映画を見せられるたびに頭痛が襲ってくるうえ、一本また一本と見せられる映画が増えるたびに頭痛に悩まされる時間が長くなって、症状も悪化した。カリーシャによれば、〈バックハーフ〉に到着したときのジョージは怯えているだけで元気だったが、四、五日ほど粒々と映画にさらされたのちは頭痛に悩まされはじめたという。

映画は、すわり心地のいいビロード張りの椅子がならぶ小さな映写室で上映された。最初に上映されるのは昔のアニメ作品だった——ロード・ランナーもののときもあれば、バッグス・バニーものの日もあり、グーフィーとミッキーのアニメの場合もあった。こんなふうにして前座のような上映がおわると、いよいよ本篇の上映開始だ。カリーシャは短い映画だったと考えていたが、はっきりとはわからなかった。上映中は眩暈に、上映後は頭痛に襲われるからだった。子供たち全員がそんな目にあっていた。

　最初と二回めに映写室に連れていかれたときには、〈バックハーフ〉の子供たちは二本立てを見せられた。最初の映画の主人公は薄くなりかけた赤毛の男だった。男は黒いスーツを着て、ぴかぴか輝く黒い車を走らせていた。エイヴァリーはこの車をルークに見せようと試みたが、ルークに見えたのはぼんやりした映像だけだった。カリーシャの能力では、それ以上のイメージを送れなかったからかもしれない。それでもルークは、その車がリムジンかタウンカーのような種類だと見当をつけた。エイヴァリーが、赤毛男の乗客はいつも決まって後部座席にすわると話していたからだ。さらに赤毛男は、乗客が乗り降りするたびにドアを開け閉めしているという話もあった。たいていの日は、車に乗せる客の顔ぶれはおなじだった。ほとんどは高齢の白人だったが、ひとりだけ、片頬に傷痕のある若い男がいた。

「黒スーツ男には、いつもの常連客がいるってシャーがいってる」ルークとふたりでベッドに横になっているとき、エイヴァリーはそうささやいた。「それにシャーは、それがワシントンDCの話だと思ってるって。男の車が連邦議会議事堂やホワイトハウスの前を走ったり、あと、あの石でできてる針みたいな塔の前なんかを走ってるからって」

「ワシントン記念碑だね」

「うん、それそれ」

　映画のおわり近くになると、赤毛男は黒スーツから部屋着に着替えた。子供たちが見ていると、男は馬に乗り、小さな女の子が乗っているぶらんこを押したあと、公園のベンチに女の子といっしょにすわってアイスクリームを食べていた。それがおわるとドクター・ヘンドリクスが、火のついていない独立記念日のお祝い用の花火を手にしてスクリーンに姿を見せた。

　二本めは、カリーシャがアラブ風のかぶりものと呼んだものを頭につけている男の映画だった——たぶん、カフィエと呼ばれる頭巾のことだろう。映画で男は町を歩いていた。そのあとオープンカフェに腰をすえ、グラスで紅茶かコーヒーを飲んでいた。それから男はスピーチをし、小さな男の子の両手を握って体をふりまわしてやっていた。男がテレビに出ていたこともあった。映画は、ヘンドリクスが火のついていない花火をかかげているシーンでおわった。

翌日の午前中、カリーシャと子供たちはまずシルベスターとトゥイーティーのアニメを見せられたあとで、赤毛の運転手の映画を十五分から二十分ほど見せられた。そのあと〈バックハーフ〉のカフェテリアでの昼食で、ここでは好きなだけタバコを吸うことができた。その日の午後はまずポーキー・ピッグのアニメ映画が上映されたのち、アラブ男の映画だった。どちらの映画も、ラストで火のついていない花火をもったヘンドリクスが登場した。その夜カリーシャたちはまたあの痛む注射を打たれ、またしても明滅する光の群れを見せられた。そのあと子供たちは映写室へ連れもどされ、自動車の衝突事故の映像を二十分見せられた。衝突事故の映像がひとつおわるたびに、火のついていない花火を手にしたドクター・ヘンドリクスが画面に登場した。

ルークは悲しみに打ちひしがれていても愚かになったわけではなく、事情を理解しはじめていた。見えてきたのはいかれた話だったが、ときおり他人の頭の中身が読みとれるという話と比べれば、いかれ具合はどっちもどっちだといえた。そして、この構図で多くのことに説明がつけられた。

「カリーシャは自分がいつしか気をうしなって、自動車事故の映像が流れているあいだに夢を見てたみたいだって話してる」エイヴァリーはルークの耳もとにそうささやきかけた。「ただ、これが夢かどうかはわからないって。カリーシャの話だと、子供たち――カリーシャとアイリスとドナ、レン、それにほかの子たち――は光の粒々のなかに立っていて、おたがいの体に腕をまわし、頭を寄せあつめていたんだって。ドクター・ヘンドリクスがそこにいたともカリーシャが話してる。で、このときには花火に火をつけていて、それが怖くてたまらなかった。でも子供たち同士でしっかり抱きあっていれば、頭は痛くならなかった。だけどカリーシャは、これが夢だったかもしれないとも話してる。そのあと目が覚めたら、自分の部屋にいたからって。〈バックハーフ〉の部屋はことちがってる。夜のあいだは鍵がかかってしまうんだ」エイヴァリーはいったん黙った。「今夜はもう、この話はしたくないよ、ルーキー」

「かまわないよ。さあ、おやすみ」

エイヴァリーは寝いったが、ルークはそのあとも長いあいだ起きていた。

そして翌日、ルークはとうとうノートパソコンを新しい用途に――日付を確かめ、ヘレンとテキストメッセージをやりとりし、アニメの〈ボージャック・ホースマン〉を見ること以外に――つかうことにした。まずミスター・グリフィンのサイトを訪ね、ミスター・グリフィン経由でニューヨーク・タイムズの公式サイトにアクセスした。サイトではルークは、記事を十本までは無料で読めるが、それ以上は有料購読になると知らされた。ルークは自分がなにを捜しているのかを明確には知らなかったが、いざそれを目にすればわかるはずだと考えていた。そして、その予想が現実になった。七月十五日付のトップ記事の見出しにこうあったのだ。《**バーコウィッツ下院議員が負傷**》。

ルークは記事本文には目を通さず、前日の紙面を確かめた。そこには《**有力大統領候補のバーコウィッツ議員、交通事故で大怪我**》という見出しがあった。写真が添えられていた。オハイオ州選出の連邦下院議員であるバーコウィッツは黒髪で、アフガニスタンで負った怪我の傷痕が頬に残っていた。ルークは急いで記事本文に目を通した。記事によれば、ポーランドとユーゴスラビアからやってきた要人との会合へむかうバーコウィッツ議員を乗せたリンカーン・タウンカーが制御不能になり、コンクリートの橋脚に激突したという。運転手は現場で即死、またメッドスター病院のスタッフが匿名で、バーコウィッツ議員が重傷を負っており、〝きわめて深刻な〟容態だと明かしていた。記事にはひとことも書かれていなかったが、ルークは死んだ運転手が赤毛だったことを知っていたし、アラブ国家からやってきた男のひとりが――いまはまだ死んでいなくても――もうすぐ死ぬことがわかってもいた。もしかしたらその男は、近々重要人物を暗殺しようと企んでいたのかもしれない。

自分やほかの子供たちはみな――そう、あのだれよりも気が弱くて臆病なエイヴァリー・ディクスンすら例外ではなく――超能力ドローンになるべく訓練されているにちがいない、というルークの確信はますます強まってきて、ルークを目覚めさせはじめていた。しかしルークが悲しみの眠りから完全に覚醒するためには、ハリー・クロス演じるホラーショーが必要だった。

5

翌日の夜、カフェテリアに夕食のためにあつまった子供たちは十四、五人だった――おしゃべりをして笑っている子供もいたが、新顔のなかにはさめざめと泣いたり叫んだりしている子も見うけられた。ある意味で――ルークは思った――〈研究所〉に入れられているのは、頭と心を病んだ人々を治療もせずに閉じこめておくだけだった大昔の精神科病院に押しこめられるようなものだ。

最初ハリーは夕食の場にいなかったし、その前のランチのときもいなかった。図体のでかい間抜けのハリーは、そもそもがルークのレーダー上では注目すべき輝点でもなんでもなかったし、食事の席で顔が見えなくても寂しく思う相手ではなかった。食卓ではいつもガーダとグレタの双子がどちらもおなじ服装でハリーの左右の席にすわり、全国ストックカーレース（NASCAR）だのレスリングだの、好きなテレビ番組だの、はては〝セルマにいたころ〟の暮らしぶりだのについてだらだらしゃべるハリーを、きらきら輝く目で見つめていたからだ。だれかがハリーに少しは静かにしろと注意のひとつでもした日には、ガーダとグレタの幼い双子は口をはさんだ相手に必殺の視線をむけたことだろう。

ところが今夜双子はふたりだけで、いかにもつまらなそうな顔で食事をしていた。それでもふたりはちゃんと、ハリーの席をふたりのあいだに確保していた。やがてハリー本人が日焼けでつやつやした顔で腹を揺らしながら、ゆっくりした歩きぶりで姿を見せると、双子は歓迎の黄色い声をあげて駆け寄った。ところがこのときにかぎって、ハリーは双子の存在にも気づいていないようだった。目にはうつろな表情がのぞき、本来なら動きが一致しているはずの左右の目は、どことなく動きがちぐはぐになっていた。あごは涎（よだれ）でぬらぬら光り、ズボンの股間には濡れた染みがあった。会話がすっと途絶えた。最近ここへやってきた子供たちはとまどいと怯えの表情をのぞかせていた。一連の検査をひととおり経験するほど長くいる子供たちは、たがいに不安の視線をかわしあっていた。

　ルークはヘレンと目を見かわした。

「あの子は大丈夫」ヘレンはいった。「ほら、子供によってはほかの子よりも影響が強く出て――」

　エイヴァリーはヘレンの隣にすわっていた。エイヴァリーはヘレンの片手をとって両手でつつみこみ、不気味なほど穏やかな声でこう話しはじめた。「ハリーは大丈夫なんかじゃない。大丈夫になんかなりっこない」

　ハリーが叫び声をあげて床に膝をつくと、顔からまともに倒れこんだ。鼻と唇から床のリノリウムに鮮血が飛び散った。ハリーの体がわなわな震えだし、たちまちそれが痙攣に変わった――両足がいったん引き寄せられてから上へ突きあげられ、Yの字めいた形になった。両腕は激しくばたばた動いている。つづいてハリーは奇怪な声を洩らしはじめ、その声がぐんぐん大きくなった――けだもののうなり声というよりも、ギアが低速から変えられなくなったエンジンをやたらに強くふかすときの音に似ていた。ハリーはごろりと仰向けになり、うなり声を洩らしつづけながら、わなわなと震える唇のあいだから血まじりの唾液の泡をまきちらしていた。上下の歯が音をたてて打ちあわされていた。

　ガーダとグレタが金切り声をあげはじめた。グラディスが廊下からカフェテリアに駆けこみ、ノーマが料理の保温用テーブルの反対側から出てくると同時に、双子のひとりが床に膝をついてハリーをハグした。ハリーは大きな右手をもちあげて大きくふりかぶると、空（くう）を切る音を立てながら拳を突きだした。拳は恐ろしいほどの力で少女の顔を横からとらえた。少女の体がすっ飛んでいった。頭が壁に激突して鈍い音をたてた。双子の片割れはあわてて、殴られたきょうだいのもとに走り寄った。

　カフェテリアは大騒動になった。ルークとヘレンは席についたままで、ヘレンは片腕をエイヴァリーの肩にまわしていた（といっても幼い少年ではなく、むしろ自分を落ち着かせたいための行動に思えた――エイヴァリー本人はなんの影響も受けていないようだった）。しかし、子供たちの大多数は、痙攣しつづけているハリーのまわりに群がっていた。グラディスがふたりばかりの子供を力ずくで押しのけ、じゃけんに怒鳴りつけた。「とっととそこから離れな、この薄ら馬鹿！」

　今夜グラディスの顔に、つくりものの笑顔はなかった。

　このころになると、さらなる〈研究所〉スタッフがカフェテリアに集結しはじめていた。ジョーとハダド、チャド、カルロス。さらにルークが知らない顔もふたりほど。そのうちのひとりは出勤してきたばかりと見えて、まだ私服姿だった。一方ハリーの体は、床に電気が流されていて、そのショックを食らっているかのようにびくんびくんと大きく跳ねてはどさりと落ちる動きをくりかえしていた。チャドとカルロスが左右からハリーの腕を押さえこんだ。ハダドがハリーのみぞおちに電撃スティックを押し当ててショックを見舞った。それでも痙攣がおさまらないと見てとるや、ジョーがハリーの首にスティックを叩きつけた。出力を高めた電気ショックの音は、混乱しきった子供たちの喧騒のなかでもはっきりと耳をついた。ハリーの体が力をうしなった。半分閉じている瞼の下で、眼球が膨れあがっていた。左右の口角から唾液の泡が垂れていた。口から舌先だけが突きでていた。

「こいつならもう大丈夫、騒ぎはもうおさまった！」ハダドが胴間声を張りあげた。「おまえたちはそれぞれのテーブルにもどれ！　こいつなら無事だ！」

　すっかり静かになった子供たちはハリーを見つめながら、あとずさって離れていった。ルークはヘレンの顔に顔を近づけ、押し殺した声で話しかけた。「あいつ、息をしてないみたいだ」

「息してるかもしれないし、してないかもしれない」ヘレンはいった。「でも、あれを見て」

　ヘレンが指さしたのは、壁に叩きつけられた双子の片割れだった。ルークは少女の目が光をなくして濁り、頭部がありえない角度にねじ曲がっていることを見てとった。鮮血が少女の片頬をつたって流れ、着ている服の片方の肩に滴り落ちていた。

「起きてよ！」残っている双子のひとりが大声でわめきながら、ぐったりした少女の体を揺さぶりだした。同時に食卓からナイフやフォークが竜巻となって舞いあがり、子供たちや世話係の面々が頭を低くした。「起きて！　ハリーはあんたに怪我させるつもりじゃなかった。だから起きて、**起きてったら！**」

「どっちがどっちなの？」ルークはヘレンにたずねたが、

答えたのはエイヴァリーだった――それもさっきとおなじ、不気味なほど穏やかな声で。

「ナイフやフォークを飛ばすほど泣き叫んでるのがガーダ。死んでるほうがグレタ」

「死んでなんかいない」ヘレンがショックもあらわにいった。「あの子が死んでるはずない！」

ナイフやフォークやスプーンが天井にまで舞いあがり、いっせいに床に落ちて、けたたましい音をたてた。

「でもね、死んでるよ」エイヴァリーがこともなげにいった。「あとハリーもね」そういうと立ちあがり、片手でヘレンの片手を、反対の手でルークの片手を握った。「ぼく、ハリーに押し倒されたけど、でもハリーのことは好きだったよ。もう食べたい気分じゃなくなった」そういってヘレンとルークの顔を順番に見あげる。「ふたりもぼくとおんなじだね」

三人は泣き叫ぶ少女と死んだ少女の双子から大きく距離をとり、だれにも見とがめられずにカフェテリアをあとにした。エレベーターから廊下を走ってドクター・エヴァンズが近づいてきた。度をうしなって困りはてている顔つきだった。あいつも夕食を食べてたところだったのかも――ルークは思った。

ルークたちの背後で、カルロスが大声をあげていた。「みんな大丈夫だぞ、子供たち！　だから椅子にもどって、夕食をすませたまえ。みんな大丈夫だから！」

「ハリーは粒々のせいで死んだんだ」エイヴァリーがいった。「いくらハリーがピンクだからって、ドクター・ヘンドリクスやドクター・エヴァンズはハリーに粒々を見せちゃいけなかった。もしかしたら、ハリーのBDNFがあんまり高すぎたのかも。そうでなければ、もっとほかの理由……たとえばアレルギーとかがあったのかも」

「BDNFってなに？」ヘレンがたずねた。

「知らない。知ってるのは、そのBDNFがほんとに高かったら、その子が〈バックハーフ〉に行くまで大きな注射をしちゃいけないってことだけ」

「あんたはどうなの？」ヘレンはルークにむきなおった。

ルークは頭を左右にふった。この略語は以前にもカリーシャの口から一度きいたことがあったし、所内を歩きまわって探険していたあいだにも二、三度スタッフが言及しているのを耳にした。そのBDNFという語をグーグルで検索することも考えたが、それで警報スイッチがはいるかもしれないと思うと怖くもあった。

「きみはまだ経験ないんだよね？」ルークはエイヴァリーにたずねた。「大きな注射とか？　特別な検査とか？」

「経験ない。でも、そのうちされるよ。〈バックハーフ〉で」エイヴァリーは真剣な顔でルークを見つめた。「ドクター・エヴァンズは、ハリーにやったことが理由で面倒なことになっちゃうかもね。ほんとにそうなればいい。光のことが死ぬほど怖いし。それに大きな注射も。強力な注射も」

「あたしもおんなじ」ヘレンはいった。「これまでの注射でも、さんざんな目にあったっていうのに」

ルークはヘレンとエイヴァリーに、副作用でのどが締めつけられた注射のことや、嘔吐を誘発した二回の注射のこと（あの忌まわしい粒々を見せられるたびにルークは吐き気をもよおした）を話そうとしたが、いましがたハリーの身に起こったことと比べればごく瑣末なことにも思えた。

「そこを空けろ」世話係のジョーがいった。

ルークたち三人は足をとめ、**《わたしは幸せを選んだの！》**というポスター近くの壁に背中を押しつけた。ジョーとハダドがハリー・クロスの死体を運んで前を通りすぎていった。つづいてカルロスが、首の骨の折れた少女を抱きかかえて歩いていった。カルロスの肩で少女の頭部が力なく左右にぐらぐら揺れ、髪の毛が下に垂れさがっていた。ルークとヘレンとエイヴァリーの三人は、世話係たちがエレベーターに乗りこむまでずっと見送っていた。気がつくとルークは、霊安室はレベルEにあるのだろうか、それともレベルFだろうかと考えていた。

「あの女の子、人形みたいだった」ルークはわれ知らず言葉を口にしていた。「あの子がもってた人形そっくりだった」

これまで不気味なほど超然と冷静だったエイヴァリーだが、本当はショック状態だったらしく、ここへきて泣きはじめた。

「あたしは自分の部屋へ行くね」ヘレンはそういってルークの肩を叩き、エイヴァリーの頬にキスをした。「じゃ、またあした」

ところが、そうはならなかった。夜のあいだに青い制服の世話係たちがヘレンを迎えにきたからで、ふたりがヘレンと会うことはなかった。

6

エイヴァリーが小用と歯磨きをすませ、いまではルークの部屋にしまっておくようになったパジャマに着替えてルークのベッドにもぐりこんできた。ルークもバスルームでの用事をひととおりすませ、エイヴァリーのいるベッドに横になって明かりを消した。それからひたいにひたいを押しつけて、小声で話しかけた。

「エイヴァスター、ぼくはここから逃げなくちゃならないんだ」

《どうやって?》

口に出された言葉ではなく、一瞬だけルークの頭のなかで輝いてすぐに薄れてしまう光にすぎなかった。いまではルークもこうした思考を多少は上手にキャッチできるようになっていたが、エイヴァリーがすぐ近くにいる場合に限定されていたし、そんなときでもまったく受けとめられないこともあった。例の光の粒々——エイヴァリーは〈シュタージライト〉と表現した——の影響で多少のTPは身についたものの、たいしたものではなかった。以前からTKもたいしたことがなかったのとおなじだ。IQはお月さまをも超えるほど高いかもしれないが、こと運動能力についていえば間抜けもいいところ。もうちょっとくらい強くなってもいいのに……。そう考えるルークの頭のなかに、祖父が口癖のようにいっていた言葉がぐるぐる何度もよみがえった。片手に願い事、反対の手にはクソ、はてさて先に手にいっぱいになるのはどっちか見てみよう。そのとおり、願ってるだけじゃ一歩も進まない。

「わからないんだ」ルークは答えた。わかっているのは、自分はもう長いことここに閉じこめられているということだけだ——ここにはヘレンよりも長くいるし、そのヘレンはもういない。となると、自分にもまもなく迎えがくるにちがいなかった。

7

夜中、エイヴァリーはグレタ・ウィルコックスのことを夢に見たといってルークを揺り起こした——夢のなかで、グレタは首があさっての方向にねじまがった姿で壁ぎわの床に転がっていたという。目覚めたくない、もっと見ていたいと思う夢ではなかった。エイヴァリーは膝を引き寄せて肘をぎゅっと曲げ、丸めた体をルークに押しつけ、雷雨に襲われた犬のようにぶるぶると震えていた。ルークはベッドサイドスタンドのスイッチを入れた。

「どうした、エイヴァスター？」ルークはたずねた。「怖い夢を見たのかい？」

「ちがう。ふたりがぼくを起こしたの」

「ふたりって？」ルークはまわりを見まわしたが、部屋には自分たちだけで、ドアは閉まっていた。

「シャー。それにアイリス」

「カリーシャだけじゃなくてアイリスの声もきこえるんだ？」これは初耳だった。

「前はきこえなかった……でも、みんなが映画を見せられ、粒々を見せられ、花火を見せられ、頭をくっつけあうグループハグをさせられて……ええと、この話は前にもしたよね——」

「うん」

「ふだんは、そういうことのあとのほうがいい……しばらくは頭も痛くならないから。でもアイリスは、ハグをすませてすぐ頭痛になっちゃって、あんまり痛いものだから悲鳴をあげたら、声を抑えられなくなった」エイヴァリーの声はいつもより上ずって、わななき、ルークの全身が冷えるほど激しく震えていた。「『あたしの頭があたしの頭じゃない、頭がぱっくり割れちゃう、頭がどうにかなっちゃう、もうやめて、だれかこれを止め——』」

ルークはエイヴァリーの体を強く揺すった。「大きな声を出しちゃ駄目だ。あいつらがきいてるかもしれないぞ」

エイヴァリーは深呼吸を数回くりかえした。「ルークもシャーみたいに、ぼくの声を頭のなかできいてくれたらいいのに。そうなれば、なにもかも話してあげられるのに。声に出して話すのは、ぼくにはむずかしいんだ」

「話してみてよ」

「シャーとニッキーがアイリスをなだめようとした。でも無理だった。逆にシャーを引っかいて、ニッキーを殴ろうとした。そこへドクター・ヘンドリクスが――まだパジャマ姿のままで――やってきて、赤い制服の男たちを呼びだした。そして男たちがアイリスを連れていこうとしたんだ」

「〈バックハーフ〉の〝うしろ半分（バックハーフ）〟へ？」

「たぶん。でも、そのときアイリスが回復してきたんだ」

「痛みどめの薬を飲ませたとか？　それとも鎮静剤？」

「ちがうと思う。ただ自然に落ち着きをとりもどしたんじゃないかな。でも、カリーシャが助けたのかもしれないよね？」

「ぼくにきくなよ」ルークは答えた。「わかるわけないんだから」

　しかし、エイヴァリーはルークの言葉をきいていなかった。「助ける方法があるんだよね。あの子たちならつかえる方法が……」そこで言葉が途切れた。このままままた寝入るのだろうなとルークが思ったそのとき、エイヴァリーが身じろぎしてこういった。「あっちじゃ、ほんとにひどいことが起こってる」

「あっちはひどいことだらけだよね」ルークは答えた。

「映画、注射、粒々……ひどいことばっかりだ」

「そうだね。でも、それだけじゃない。もっとひどいことがある。どんなことなのか……ぼくにはわからない……」

　ルークはエイヴァリーのひたいにひたいを押しつけ、精いっぱい頭のなかの声をききとろうと試みた。きこえてきたのは、上空を通過していく飛行機のエンジン音だった。「音がするね？　機械が出す〝ぶーん〟っていう音？」

「うん、そうだよ。でも飛行機とはちがう。それより蜂の巣の音に似てる。ハム音。たぶん、〈バックハーフ〉の〝うしろ半分（バックハーフ）〟からきこえてくるんだと思う」

　エイヴァリーがベッドのなかで、もぞもぞ身じろぎした。ナイトスタンドの明かりを浴びているエイヴァリーは、もう少年っぽい顔をしてはいなかった――いまは不安に苛まれる老人の顔になっていた。「頭痛はどんどんひどくなってるし、治るまでの時間もどんどん長くなってる。連中がみんなに粒々を見せつづけてるからだし……ほら、光の粒々のこと……みんなに注射を打ちつづけ、みんなに映画を見せつづけてるからだ」

「花火のこともある」ルークはいった。「連中がみんなに花火を見せてるのは、あれがトリガーになるからだ」

「それってどういうこと？」

「なんでもない。さあ、おやすみ」

「でも寝られそうにないんだ」

「いいから目をつぶるんだ、エイヴァスター」

ルークはエイヴァリーの体に両腕をまわして天井を見あげた。いま考えていたのは、母親がおりおりに口ずさんでいたブルーズ調の昔の歌のことだった。《ひと目会ったあのときから、あなたに心を奪われた。あなたはいちばんの宝を手にしてる、だからお願い、残りもすっかり奪いにきてよ》

あっちで連中がやっているのも、まさしくこの歌詞のような行為にちがいないという確信がますます強まってきた。そう、子供たちの〝いちばんの宝〟に手をかけて奪い去っていくのだ。子供たちはここで武器につくりかえられ、あっちでは空っぽになるまで搾取されている。そのあと子供たちは〈バックハーフ〉の〝うしろ半分(バックハーフ)〟に送りこまれ、〝ぶーん〟というハム音をたてる集団にくわわる。その正体がなにかはともかく。

そんなことがあるものか――ルークはひとりごちた。とはいえ世間の人々なら、そもそも〈研究所〉のような施設がここアメリカで実在するはずはないし、たとえ実在していても、万民がおしゃべりになっている現代社会で秘密をたもてるはずはない、というのではないか。しかし、いま自分はここにいる。あの連中がここにいる。カフェテリアの床に転がって、口から泡を吹きながら痙攣していたハリー・クロスのことを思い出すと身の毛がよだつし、罪もない幼い少女の首があらぬ角度にねじれ、なにも見なくなった目が濁っていたあの光景はさらに恐ろしかったが、人間の精神を絶え間ない攻撃にさらすことで、最終的に巣箱の蜜蜂の群れのような音を出す存在に融合させてしまうことほど恐ろしい事態はひとつも思いつけなかった。エイヴァリーによれば、今夜アイリスの身に起こりかけたのはその手の事態だというし、おなじ事態は女の子全員の胸をときめかせるニックや、冴えたへらず口を叩くジョージの身にもほどなく起こりそうだ。

カリーシャの身にも。

ルークはようやく眠りについた。目が覚めたときには朝食はとっくにおわり、ベッドに寝ているのは自分だけだった。ルークは廊下をいっさんに走って、エイヴァリーの部屋に飛びこんだ。自分がどんな光景を見るのかはほぼ確信していた。しかしエイヴァリーのポスターは変わらず壁に貼ってあり、ＧＩジョーのフィギュアは箪笥の上にならんでいた――ちなみにきょうの朝は散開線をつくっていた。

ルークは安堵の吐息を洩らしたが、いきなり後頭部を平手でひっぱたかれ、思わず身をすくませた。ふりかえると世話係のウィノナ（苗字はブリッグズ）の姿があった。「早くちゃんと服を着なさい、坊や。わたしは下着姿の男なんかに興味はない――最低二十二歳のマッチョ体形でないかぎりね。でも、おまえはどっちでもないの」

ウィノナはルークが部屋から出ようと歩きだすまで待っていた。ルークは悪罵の代わりに中指を突き立ててから（といっても、相手につきつけたのではなく胸に押しつけて隠しながらだったが。それでもいい気分だった）、部屋にもどって服を着替えた。廊下の先を見ると、別の廊下と交差するあたりに〈ダンダックス〉の洗濯物バスケットが見えた。ジョリーンがつかっているバスケットかもしれないし、新たにやってくる〝来客たち〟を迎える準備のためにほかの部屋係が呼ばれていてもおかしくなかったが、ルークにはそこにいるのがモーリーンだとわかった。存在が感じとれた。そう、モーリーンが職場に復帰したのだ。

8

十五分後にいざモーリーンと対面したとき、ルークは思った――この人、前よりもまた一段と具合がわるくなったみたいだ。

モーリーンは双子がつかっていた部屋の清掃をすすめていた。ディズニー映画のプリンセスのポスターを壁から剝がし、丁寧な手つきで段ボール箱におさめる。幼い双子がつかっていたベッドはすでにリネン類が剝がされており、これまであつめられてきた汚れ物といっしょにシーツがモーリーンのバスケットに積まれていた。

「ガーダはどこ？」ルークはたずねた。グレタとハリー、それにあいつらのクソくだらない実験のせいで命を落としたほかの子供たちがどこへ行ったのかも知りたかった。この地獄のあなぐらみたいな施設のどこかに火葬場があるのか？　たぶん、ずっと地下のレベルFあたりに？　そんな設備があるなら、最先端の高性能フィルターがそなわっているにちがいない。そうでないなら、子供たちの死体が焼かれる異臭が鼻をついてきたはずだ。

「なにも質問しないで。それならあたしも噓をつかずにすむ。さあ、ここから出て自分のことだけやってなさい」モーリーンはつっけんどんで冷ややか、ルークのことを相手にしてもいない口調だったが、すべては芝居だった。低レベルなテレパシーでも役に立つことはある。

ルークはカフェテリアの果物のボウルから林檎をひとつ手にとり、自販機で〈ラウンドアップ〉——**《父さんみたいに一服しよう！》**——をひと箱買った。キャンディ・シガレットの箱を見ているとカリーシャを恋しく思う気持ちがつのったが、同時にカリーシャを身近に感じる一助にもなった。運動場をのぞくと、十人ばかりの子供たちが遊具をつかっていた。ルーク自身がここへ来たときと比べると満員御礼の盛況だ。

トランポリンを囲んでいるマットのひとつにエイヴァリーがすわっていた。顔が胸にくっつくほどうなだれ、目を閉じて居眠りをしている。それも意外ではなかった。あの幼い少年はハードな夜を過ごしたからだ。

だれかがルークの肩を叩いた——力はこもっていたが、決して喧嘩を売る感じではなかった。ルークがふりかえると、そこにいたのは新顔のひとりのスティーヴィー・ホイップルだった。

「な、ゆうべはさんざんな目にあったよ」スティーヴィーはいった。「ほら、あの図体のでかい赤毛の男の子とちっちゃな女の子のことさ」

「話をきかせてくれる？」

「きょうの朝、赤い制服の男たちがやってきて双子の片割れの女の子を〈バックハーフ〉に連れていっちまった」

ルークは悲しみを言葉に出さずにスティーヴィーを見

つめた。「ガーダを？」

「そう。あの子。ここはほんとにひどいところだよ」スティーヴィーは運動場をながめながらいった。「ジェットブーツがあればな。あの手のシューズがあれば、みんなが目をまわすほどのスピードで走って逃げてやれるのに」

「ジェットブーツと爆弾が欲しいよ」ルークはいった。

「なんだって？」

「まずクソ野郎どもを爆弾でふっ飛ばしてやって、そのあと高飛びで逃げるからさ」

スティーヴィーは丸顔にだらしない表情をのぞかせて考えこみ、おもむろに笑い声をあげた。「そいつはいいや。うん、爆弾でこんなところすっかりぶっ飛ばして、ジェットブーツ履いて猛ダッシュで逃げてやるんだ。そうだ、よぶんのトークンをもってたりしないか？　毎日この時間になると腹が減るし、林檎はあんまり好きじゃないし。〈ツイックス〉のチョコバーのほうがいい。それかオニオンリング・スナックの〈ファニオン〉。うん、〈ファニオン〉は最高だね」

ルークは〝いい子イメージ〟を周囲に焼きつけることに努めていたため、手もちのトークンも増えていた。そこでスティーヴィー・ホイップルに三枚わたして、大豪遊しろよといった。

9

最初にカリーシャの姿を目にしたときのことを回想し、できればその記念すべき瞬間のことを祝いたい気分もあって、ルークは屋内に引き返し、製氷機の隣に腰をおろすと、〈ラウンドアップ〉を一本くわえた。二本めをくわえていたとき、モーリーンが洗濯物カートをごろごろと押して姿をあらわした。カートには清潔なシーツや枕カバーがいっぱいに積まれていた。

「腰の具合はどう？」ルークはたずねた。

「最悪だよ」

「気の毒に。つらいよね」

「薬がある。それで少しは楽になるよ」モーリーンは腰を折って脛をつかむ姿勢をとった。これで顔がルークの顔に近づいた。

ルークはささやいた。「あいつら、ぼくの友だちのカリーシャを連れてった。ニッキーとジョージも。ヘレンも連れていかれたばかりだし。友だちになった子はほとんどいなくなっちゃった。〈研究所〉いちばんのベテランはだれだと思う？　びっくりだよ、だってこのルーク・エリスなんだもの」

「知ってる」モーリーンもささやき声だった。「これまで〈バックハーフ〉にいたから。あたしたち、もうここで会って話をするのはやめないと。あいつらに怪しまれちゃうから」

これはこれで筋が通ってはいたが、一方では妙な話にも思えた。ジョーやハダドとおなじく、モーリーンも子供たちとしじゅう話をするし、手もとにトークンがあるときには子供たちに分けている。そもそも、音声モニターの働きが無効になる〝デッドゾーン〟は、ここ以外にはなかったのでは？　そう、それがカリーシャの考えだった。

モーリーンは体を起こし、両の拳を背中のくぼみにあてがって伸びをした。それからふつうの声音でこう話した。「あんたは一日じゅう、そうやってそこにすわってるつもりかい？」

ルークは下唇から垂れていたキャンディ・シガレットを一気に口のなかへ吸いこみ、全部嚙み砕いてから立ちあがった。

「ちょっと待ちな。ほら、トークンだよ」そういってモーリーンはワンピースのポケットからトークンをとりだし、ルークに手わたした。「それで、おいしいものの ひとつでも買うんだね」

ルークはよろよろと自室に引き返し、ベッドに大の字になった。それから横向きになって体を丸め、きつく折り畳まれて小さくなった紙片をひらいてみた——モーリーンがトークンといっしょによこしたのだ。モーリーンの手書きの文字は震えがちだったうえに古風だったが、読みにくかった理由はそれだけではない。書き文字がとにかく小さかったのだ。モーリーンは紙片の上下左右ぎりぎりまで書き、さらに裏にも書いていた。これを見てルークは、英語の授業でシロイス先生がアーネスト・ヘミングウェイのものした最上の短篇群を評した言葉を思い出していた——《そういった短篇はどれも圧縮の奇跡だ》という言葉。モーリーンの通信文にもこの評言があてはまった。ルークに伝えたいことを圧縮して、この小さな紙に書きこめるだけの必要最小限の文章につくりあげるまでに、モーリーンは何通の下書きをつくったのだろうか？　文面の簡潔さへの賞賛の念を感じる一方では、モーリーンがこれまでなにをしていたかがわかりはじめた。そして、モーリーンがどんな人間なのかも。

ルークへ。読みおわったらこの紙はかならず処分すること。あんたがあたしの前にあらわれたのは神さまがこれまでの悪事を贖う機会を与えてくれたみたいに感じる。バーリントンのリア・フィンク弁護士と話した。あんたの話は一から十まで本当だったし、あたしがもってるお金についても全部問題解決になる。**でも**あたし自身は問題解決になんかならない。腰の痛みの原因が最悪の予想どおりだったから。でもあたしが隠してた＄＄＄は無事——ちゃんと〝清算〟したから。そのお金を息子にあげる算段もできたからあの子はカレッジへも進める。息子にはあたしからのお金だとわからないようにする。それがあたしの望み。ルーク、あんたにはいくら感謝しても足りないよ‼　あんたはここから逃げなくちゃだめ。もうじきあんたは〈バックハーフ〉行きだ。あんたは〝ピンク〟で連中が検査をしなくなったらあとは三日しか残されてない。あんたにわたしたい品や話しておきたい大事な件もあるけど、どうすればいいのかわからない。わかっているのは製氷機が安全ということと、あたしたちがこれまで製氷機前をあまりにも頻繁につかってしまったということだけ。自分のことはどうでもいいけど、あんたには〝たったひとつのチャンス〟をなくしてほしくない。いまは、これまでしてきたことをするんじゃなかったと悔やみ、こんな**ところ**に来なければよかったと思ってる。手放してしまった子のためを思えばこそだったけど、そんなの**言いわけ**にもならない。どのみち手おくれ。あたしたちの**会話**が製氷機前以外でできたらいいと思うけどあえてその危険をおかすしかないかも。**お願いだから**この手紙は処分して。くれぐれも**気をつけなさい**。どうせもうじき死ぬあたしのためじゃなく、あんた自身のために。助けてくれて本当にありがとう。モーリーン・A。

つまりモーリーンは密告屋だったわけだ。安全とされている場所で子供たちの会話に耳をそばだて、ひそひそ話でちょっとした情報を入手したら、すぐさまミセス・シグスビー（あるいはスタックハウス）にご注進におよんでいたのだ。スパイはモーリーンだけではないかもしれない。世話係のなかでは親切そうなジョーとハダドのふたりも密告屋かもしれない。六月だったら、ルークはモーリーンを憎んだかもしれなかった。しかしいまは七月、ルークもずいぶん成長していた。

ルークはバスルームに行くと、ズボンを降ろしながらモーリーンの手紙を便器に捨てた——前にカリーシャの手紙を捨てたのとおなじやり方で。あの日が百年も昔のことに思えた。

10

その日の午後、スティーヴィー・ホイップルがドッジボールの試合をしようといいだした。ほとんどの子供たちが参加したが、ルークは断わった。その代わりボードゲーム類のキャビネットに歩み寄って（ニックを思うよすがに）チェス盤をとりだし、史上最高の対戦といわれる、一九六五年のコペンハーゲンでおこなわれたヤコフ・エストリンとハンス・ベルリナーの対局の再現をこころみた。全四十二手の古典的な対局。ルークは二役をこなし、白・黒、白・黒、白・黒と指していきながらも、頭の大部分ではモーリーンの手紙のことを考えつづけていた。

モーリーンが密告行為をしていたと考えたくはなかったが、そうなった事情も理解できた。ここにはモーリーン以外にも、わずかな良心のかけらを残しているスタッフもいないではない。しかし、こういったところで働いていると道徳観念の羅針盤(コンパス)が破壊される。彼らは――自覚の有無を問わず――呪わしい存在である。モーリーンもそうかもしれない。いま大事なのはたったひとつ、ここからルークが逃げるための方法をモーリーンが本当に知っているかどうかということだけだ。そしてルークが逃げるためには、ミセス・シグスビーやあのスタックハウスという男(ファーストネームはトレヴァー)に怪しまれずに、モーリーンが情報をルークに伝えなくてはならない。さらにそれに付随して、はたしてモーリーンが信頼できるのかという疑問もある。ルークは信頼できると考えていた。ひとつには困っているモーリーンを自分が助けたからだが、それだけではない。あの手紙からは決死の覚悟めいたものが感じられた――ルーレットのひと回転に手もちの全チップを賭けようとしている人物の雰囲気だ。そもそも、これ以外いまの自分にどんな手が残されているというのか?

エイヴァリーはボールから逃げる側のひとりとして、コートのなかを走り回っていたが、だれかにボールを真正面から顔にぶつけられ、その場にしゃがみこんで泣きはじめた。スティーヴィー・ホイップルがすかさず助け起こして、鼻のようすを確かめていた。「鼻血は出てない。うん、心配ないよ。でもあっちに行って、ルークといっしょにすわって休んでるといい」

「試合から抜けろっていうわけ?」エイヴァリーはまだ鼻をすすりながらいった。「だったら大丈夫。ぼく、このままつづけても――」

「エイヴァリー!」ルークは大きな声で呼びかけ、二枚のトークンを高くかかげてみせた。「ピーナツバター・クラッカーとコークがほしくないか?」

エイヴァリーは顔にボールがぶつかったことも忘れて駆け寄ってきた。「もちろん!」

ふたりは屋内にもどり、売店コーナーにむかった。エイヴァリーはスナック自販機のスロットにトークンを入れた。そしてエイヴァリーがトレイから商品をとるためにかがみこんだのにあわせ、ルークも身をかがめてエイヴァリーに小声でこう耳打ちした。

「ぼくがここから逃げるのに手を貸してくれるかい?」

エイヴァリーはピーナツバター・クラッカーの〈ナブズ〉のパッケージをかかげながら、「一枚食べる?」とたずねた。同時にルークの頭のなかで《どうやって?》

の一語が光って浮かびあがって、すぐ薄れていった。

「ぼくは一枚でいいから、残りは全部あげるよ」ルークはそういいながら、短いメッセージを送りかえした。

《今夜きみに話す》

こんなふうにふたつの会話が進行していた――ひとつは声による会話、もうひとつは精神同士の会話。モーリーンとも、このやりかたで会話ができそうだ。

そのとおりになることをルークは祈った。

11

翌日の朝食後、グラディスとハダドがあらわれてルークを地下の全身浴タンクに連れていった。ふたりはタンクの前でルークをジークとデイヴに引きわたした。

ジーク・イオニーディスがいった。「おれたちはここで検査をおこなってる。でもそれだけでなく、本当のことを話さない悪い男の子や女の子をタンクに沈めたりもしてるんだぞ。さて、おまえは本当のことを正直に話すかい？」

「うん」ルークは答えた。

「おまえはテレプもちか？」

「なにそれ？」変態ジークがなにを話しているのかを完璧に理解しつつ、そうルークはたずねかえした。

「テレプ。ＴＰ。その能力はあるのか？」

「ないよ。ぼくはＴＫ――忘れた？　スプーンだのなんだのを動かせるんだ」ルークは笑みを浮かべようとした。

「でもスプーン曲げは無理。前にやろうとしたけど」

ジークはかぶりをふった。「ＴＫでも粒々を見ていればテレプもちになる。ＴＰでも粒々を見ていればスプーンを動かせるようになる。そういうものだ」

どうせ、なにひとつ知らないくせに――ルークは思った。ここにいる連中はみんなになにも知らない。そういえばだれかが――カリーシャだったかもしれないしジョージだったかもしれない――粒々が見えているという嘘をつけば、連中に見ぬかれるという話を教わったことを思い出した。その話は本当だろうし、脳波の検査で明らかになってしまうのかもしれない。でも、連中にはこれがわかるのか？　わかっていない。ジークは*はったり*をかましているだけだ。

「たしかに二、三度は粒々を見せられたけど、それでもぼくには人の心は読めないよ」

「ヘンドリクスとエヴァンズは、おまえには人の心が読めてるとにらんでる」デイヴがいった。

「ほんとにそんなことできないって」ルークは自分なりに精いっぱい、〝神かけて本当です〟と訴えかける目つきをつくった。

「本当かどうかはすぐにわかるさ」デイヴはいった。

「さて、服を脱いでもらおうか」

ほかにどうしようもないまま、ルークは服を脱いでタンクに足を踏み入れた。深さは一メートル二十センチほどで、左右の幅は二メートル半ほど。水は冷たくて気持ちよかった——これまでは問題なし。

「おれはいま動物のことを考えてる」ジークがいった。

「その動物はなんだ？」

猫だった。猫の姿が映像で見えたわけではなく、猫という単語が酒場の窓に出されたバドワイザーのネオン看板なみにくっきり大きく見えていたのだ。

「わかんないよ」

「オーケイ——おまえがその手口で遊びたければ、それでいい。深呼吸をして水にもぐれ。もぐったら十五まで数えるんだ。それも数と数のあいだに〝ハウディドゥ〟という掛け声をはさむんだぞ。１・ハウディドゥ、２・ハウディドゥ、３・ハウディドゥって具合にな」

ルークはそのとおりにした。水から顔を出すと、デイヴ（少なくとも現時点では苗字不明のままだ）が、いま自分が考えている動物はなにかとたずねてきた。心の目に見えたのは《**カンガルー**》という文字だった。

「わかんない。いったじゃないか。ぼくはＴＫでＴＰじゃない。それどころかＴＫポジですらないんだ」

「水にもぐるんだ」ジークがいった。「三十秒。ひとつ数えるたびに〝ハウディドゥ〟をはさむこと。時間はおれが計るぞ」

これにつづく三回めの水浴は四十五秒。四回めは一分かっきり。毎回おわるたびに質問された。最初は動物を当てろという質問だったが、世話係たちの名前を当てさせる質問に変わった——グラディス、ノーマ、ピート、プリシラ。

「わかんない！」ルークは目もとの水をぬぐいながら大

声でわめいた。「まだわかってくれないの？」

「おれにわかっているのは、次は一分と十五秒にするってことだけさ」ジークはいった。「数を勘定しているあいだ、これをどこまでつづけたいのかをじっくり考えるといい。それを決めるのはおまえだ」

六十七まで数えたところでルークは水面から顔を出そうとした。しかしジークが頭をつかんで水中に押しもどした。一分十五秒で水面から顔を出したとき、ルークは空気を求めてあえぎ、心臓は激しい鼓動を搏っていた。

「おれが考えているスポーツチームは？」デイヴが質問した。ルークの頭のなかで、ぴかぴか輝くバーのネオンサインが《**バイキングス**》と告げていた。

「知らないってば！」

「嘘っぱちを」ジークがいった。「よし、一分三十秒でいくぞ」

「いやだ」ルークはそういいながら、うしろむきでタンク中央に落ちて水しぶきをあげた。必死でパニックを起こすまいとした。「もう無理だって」

ジークは目玉をぎょろりとまわした。「情けない泣きごとはやめな。海底のあわびをとる漁師は九分ももぐったままでいられる。でもおれが求めているのはたったの九十秒だ。おまえがこのデイヴおじさんに、おじさんご贔屓のスポーツチームの名前を答えないかぎりはね」

「そいつはぼくのおじさんじゃないし、そんなことわかんない。もう外に出してよ」ついで、どうしても耐えきれずにこうつけくわえた。「お願い」

ジークは電撃スティックを抜きだし、これ見よがしに出力ダイヤルを最大にあわせた。「こいつを水のなかに突っこんでほしいか？　そうすれば、おまえはマイケル・ジャクソンみたいに踊りだすぞ。さあ、こっちに近づけ」

ほかにどうしようもないままルークは水をかきわけ、全身浴タンクのへりに近づいた。そういえばあのリチャードスンという女の医者は《楽しい検査よ》と話していたっけ。

「もう一回だけチャンスをくれてやる」ジークがいった。「デイヴが考えているチームの名前は？」

バイキングス。ミネソタ・バイキングス、ぼくのホームタウンのチームだ。

「わからないよ」

「オーケイ」ジークはいかにも残念そうな口調でいった。「アメリカ海軍潜水艦ルーク号、ただいまより潜行開始」

「ちょっと待った。こいつに準備する時間を数秒ばかりくれてやれ」デイヴがいった。その顔に浮かんでいる不安の色を見て、ルークも不安になった。「空気を肺いっぱい吸いこんでおけよ、ルーク。それから落ち着きをなくさないことだ。肉体が緊急事態（レッド・アラート）モードに切り替わると、酸素を余計に消費するからね」

ルークは大きな深呼吸を五、六回くりかえしてから、水中に頭を沈めた。ジークの手が水中に降りてきてルークの頭に触れ、髪をつかんだ。落ち着け、落ち着け、落ち着け——ルークは思った。それから——ジーク、おまえなんかチンカス野郎だ、チンカス野郎、大っきらいだよ、おまえのサディスト根性が。

ルークはなんとか九十秒を耐えぬき、荒い息をつぎながら水面を破って顔を出した。デイヴがタオルで顔を拭きながら、「もうやめにしようぜ」と耳もとでささやいた。「おれがいまなにを考えてるかをいうだけでいい。ちなみに今度は映画スターだぞ」

デイヴの頭のなかにあるバーのネオンサインは、**《マット・デイモン》**と告げていた。

「わかんないよ」ルークはそう答えて泣きはじめた。水に濡れた頬を涙が伝い落ちていった。

ジークがいった。「それならそれでいい。次は一分四十五秒だ。なんと百とたっぷり五秒だぞ。それから、いいか、数と数のあいだに〝ハウディドゥ〟を忘れずにはさめ。まだおまえをあわび漁師に仕立ててないんでね」

ルークは過剰なほどの空気を吸いこんだ。しかし、頭のなかで百まで数えたところで、このままでは口をあけて水を吸いこんでしまうにちがいないと思うにいたった。そうなってもあいつらがぼくを水から引きあげ、人工呼吸かなにかで蘇生させ、また最初からおなじことをするだろう。そんなふうに、ぼくがあいつらの望みどおりに答えるか、そうでなければぼくが溺れ死ぬまで、こいつをつづけるんだ。

ようやく頭を押さえていた手がなくなった。ルークは水面に顔を出し、苦しくあえぎながら、ごほごほと咳きこんだ。ふたりの男はルークが人心地つくまで休ませた。ついでジークがいった。「よし、動物だのスポーツチームだのなんだのは忘れよう。あっさりこういえばいい。

『ぼくはテレプ、ぼくはＴＰです』ってな。それで、全部おしまいだ」

「わかった！　わかったよ、ぼくはテレプだ！」

「いいぞ！」ジークが叫んだ。「たいした進歩だ。じゃ、おれがいま考えてる数字はなんだ？」

　バーの明るいネオンサインは《17》と読めた。

「6」ルークはいった。

　ジークはクイズ番組で不正解のときになるブザーの音を真似た。「残念、正しい答えは17だ。ってことで、今度は二分間だな」

「いやだ！　そんなの無理！　お願い！」

　デイヴが静かにいった。「これで最後だよ、ルーク」

　ジークは同僚デイヴを肩で小突いた――それもデイヴがよろけて倒れそうになるほどの力で。ついでジークは注意をルークへむけた。「本当じゃないかもしれないことを、こいつにいうんじゃないぞ。さて、これから空気を吸って準備するために三十秒くれてやる――それがすんだらおまえを水に沈める。オリンピック・ダイビング・チームだぞ、坊主」

　ほかにどうしようもないまま、ルークはせわしなく息を吸いこんでは吐いた。しかし、ルークが頭のなかで三十まで数えないうちにジークの手が髪の毛をつかんで、頭を水中に押しこめた。

　ルークは目をあけ、タンクの白い内壁を見つめた。二、三カ所で塗装に細い傷ができていた。以前におなじ拷問を受けさせられたほかの子供が爪でひっかいた痕かもしれない――そしてこの拷問は、厳密に〝ピンク〟にだけ適用される。理由は？　考えるまでもない。医者のヘンドリクスとエヴァンズは超能力が増進可能だと考えており、さらに〝ピンク〟は消耗可能な人材だと考えているからだ。

　増進（エキスパンド）、消耗（エクスペンド）――ルークは思った。増進（エキスパンド）、消耗（エクスペンド）。落ち着け、落ち着け、落ち着け。

　ルークは精いっぱいの努力で禅の無我の境地に到達しようとしたが、やがて肺がもっと空気を欲しがりはじめた。ルークの禅の境地は――もともと禅の境地とは似ても似つかぬものだったが――あっけなく壊れた。もし今回を死なずに切り抜けても、次は二分十五秒に延ばされ、さらに二分半に延ばされて、そのあとは――と考えはじめてしまったからだ。

ルークは手足をばたつかせはじめた。ジークがルークを押さえた。両足で底を蹴って、反動で躍りあがろうとする。あと少しで顔を水面上に出せそうだったが、ジークは反対の手も追加して、ふたたび頭を押さえてきた。粒々がもどってきた。目の前で明滅し、ルークにむかって突進し、いったん引き下がっては、あらためてルークめがけて突き進んでくる。つづいて粒々は正気をなくしたメリーゴーラウンドのように、ルークのまわりをぐるぐる回転しはじめた。〈シュタージライト〉だ、とルークは思った。ぼくはあれを見ながら溺れ死ぬんだ――

ジークが髪の毛をひっつかんでルークを引きあげた。着ている白衣がびしょ濡れになっている。ジークはルークをじっと見つめた。「いいか、おれはおまえをまた水に沈めてやる。何度でも何度でも何度でもだ。おまえが溺れるまで水に押しこめてやり、そのあと蘇生術をほどこし、またおまえを溺れさせ、また蘇生術をほどこす。さあ、最後のチャンスだ。おれが考えている数字を当ててみろ?」

「そんなの……」ルークは水をげえっと吐いた。「わかんない!」

じっと揺らがない目が、おそらく五秒はルークをじっと見つめていた。目からは涙があふれだしていたが、ルークは視線を正面から受けとめた。ついでジークがいった。「こんなことにはうんざりだし、おまえにもうんざりだよ、くそガキ。デイヴ、こいつの体を拭いて部屋に送りかえせ。これ以上、こんなクソ泣き虫の顔は見ていたくないね」

ジークは部屋を出ると、ドアを荒々しく閉めた。

ルークはほうほうのていでタンクから這いあがった。その場でぐらりとよろけ、危うくぶっ倒れそうになる。デイヴが体を支えてタオルを手わたした。ルークは体を拭き、できるだけ手ばやく服を身につけた。この男のそばに身を置くのはまっぴら、この部屋にいるのもまっぴらだったが、半分死んだように感じているいまでさえ、ルークの好奇心は残っていた。「なんでこれがそんなに重要なの? ぼくたちがここにいる目的でもなんでもないのに、どうしてそんなに大事なんだよ?」

「おや、おまえは自分がここにいる目的をどうやって知ったんだ?」

「なにもわからない馬鹿じゃないからだよ」

「お口をしっかり閉じておいたほうが身のためだぞ、ルーク」デイヴはいった。「おまえのことは好きだ。だからといって、おまえが口から垂れ流す話をききたいわけじゃない」

「粒々がなにかは知らないけど、あれでぼくがTKだけじゃなくTPにもなれるかどうかを調べようとしてるのなら、てんで見当はずれだ。あんたたち、いったいなにをしてるの？　そもそもなにを知ってる――」

　デイヴがルークの頬を平手打ちした――うしろへ大きく手を引いてからの一撃で、ルークの体が宙に浮いた。タイルの床にたまっていた水が、尻もちでジーンズの尻の部分に染みこんできた。

「おれはおまえの質問に答えるためにいるんじゃない」デイヴは上体をかがめて顔をルークに近づけた。「あいにく、自分たちがなにをしてるか、おれたちはちゃんと心得ているよ、生意気小僧め！　おれたちは自分たちがなにをしてるか完璧に心得ているとも！」それからルークを助け起こしつつ、こうつづける。「そういえば去年ここに来たガキで、三分半を耐えぬいたのがいたよ。手のかかる厄介者だったが、根性はあったな！」

12

心配になったエイヴァリーが部屋をたずねてきたが、ルークは出ていってくれといった。いまは自分ひとりになることが必要だった。

「ひどい目にあったんでしょう？」エイヴァリーはたずねた。「タンクで。大変だったね、ルーク」

「お気づかいありがとう。さあ、もう出ていってくれ。またあとで話そう」

「わかった」

　エイヴァリーは部屋を出ていき、ドアを閉めるという気くばりを見せた。ルークは仰向けに横たわった。タンクに沈められていたあの永遠にも感じられた時間を思い出してはならないと思ってはいたが、それでもあの時間を思い出してしまった。そのあいだにも、またあの光がもどってくるのではないかと身がまえていた――視界のなかで跳ね飛んでは駆けまわり、ぐるぐると円を描いて飛びつつ、眩暈を誘う光の渦をつくりだす粒々が。しかし、粒々はいっこうにもどらず、ようやく気分が落ち着きはじめた。たったひとつの思いがほかのすべての思考を――粒々が復活するのではないかという恐怖すらも――追い払い、しかもそのまま頭のなかに居座っていた。

脱出。ここから脱出しなくては。脱出できなかったら、〈バックハーフ〉へ連れていかれて自分の残っている部分まで奪われる前にみずから死ぬしかない。

13

六月がおわるとともに虫の最悪のシーズンもおわっていたので、ドクター・ヘンドリクスはジーク・イオニーディスと会うのに管理棟のビルの正面、木陰をつくるオークの木の下のベンチを選んだ。すぐ近くには旗竿があって、夏のわずかなそよ風に吹かれた星条旗がものうげにはためいていた。ドクター・ヘンドリクスの手には、ルークの個人ファイルがあった。

「まちがいないんだね？」ヘンドリクスはジークにいった。

「まちがいない。あのちび助を五、六回は水のなかに沈めたよ――あんたの指示どおり、一回ごとに十五秒ずつ時間を増やしてね。あいつが本当に他人の心を読めるなら、そこでもう読みとっていたはずだ。その点は断言できる。海軍の特殊部隊(SEALS)の連中だって、あんな苦しみに耐えられるもんか――きんたまに毛がまだ六本も生えていないようなガキならなおさらだ」

ヘンドリクスはこの話題をさらに追求したがっている顔だったが、ふっとため息をついて頭を左右にふった。

「わかった。そういうことなら、いたしかたないな。いまのところ手もとに〝ピンク〟はふんだんに確保できているし、この先も来る予定がある。多すぎて、もてあますほどだ。それでも、今回の件は失望ものだね。あの少年には希望をいだいていたのだがね」

そういってヘンドリクスは、右上の隅に小さなピンクの点が描かれたファイルをひらき、ポケットからペンを抜きだすと、最初のページに対角線を書きこんだ。

「せめてもの救いは、この男子が健康体だということだね。その点はエヴァンズが太鼓判を捺している。あの馬鹿な女子――カリーシャ・ベンスン――の水疱瘡が感染(うつ)ることもなかったしね」

「ルーク・エリスはワクチンを接種していなかった？」

「接種はしていたよ。しかしベンスンは、あの少年と唾液を交換しようと必死だったうえに、とにかく重症だった。そんな危険をおかすわけにはいかなかった。ぜったいに。あとで悔やむくらいなら先手を打つほうがいい」

「では、あの少年はいつ〈バックハーフ〉へ？」

ヘンドリクスはうっすらと微笑んだ。「おや、あのガキを厄介払いできる機会が待ち遠しくてたまらないんだな？」

「いや、そういうことじゃない」ジークはいった。「ベンスンという女の子の水疱瘡は感染らなかったかもしれない。でも、ニック・ウィルホルムっていう男の子の反抗的な態度のほうはしっかり感染っているからさ」

「とにかくヘッケル&ジャッケルから青信号(ゴーサイン)が出れば、すぐに〈バックハーフ〉行きさ」

ジークは身震いするふりをした。「あのふたりか。ぶるぶるぶるる。気味がわるいったらありゃしない」

ヘンドリクスは、いま名前の出た〈バックハーフ〉の医師たちについては、あえて意見を口にしなかった。

「エリス少年にテレパシー能力がまったくないのは確実なんだな？」

ジークはヘンドリクスの肩をぽんと叩いた。「まちがいないね、ドク。ぜったい確実だよ」

14

ヘンドリクスとジークがルークの未来について話しあっているそのとき、ルーク本人はランチの席へむかっていた。全身浴タンクには心底から恐ろしい思いをさせられたが、同時に検査のせいで恐ろしいほど腹が減ってもいた。スティーヴィー・ホイップルから、いままでどこへ行っていたのか、調子がわるいのかとたずねられたが、ルークは頭を左右にふるにとどめた。タンクのことを話題にしたくはなかった。いまは話したくないし、今後も話したくない。あの体験は戦争に巻きこまれるようなものだ、とルークは思った。徴兵されて戦地へ送られればする。しかし、戦地でなにを見て、なにをしたのかを話したがる人はいない。

カフェテリア版フェットチーネ・アルフレードを腹いっぱい食べてから昼寝をすると、目が覚めたときには、わずかだが気分がよくなっていた。ルークは部屋を出てモーリーンをさがしにいき、以前は無人だった東翼棟で仕事をしていたモーリーンのようすをこっそりうかがった。どうやら〈研究所〉に近々また新たな居留者が来るらしい。ルークはモーリーンに近づき、仕事を手伝おうかと声をかけた。

「ちょっとばかりトークンを稼ぐのもわるくないかなって思ってさ」

「ひとりで大丈夫よ」といってはいたが、ルークの目にいまのモーリーンは一時間ごとに一歳ずつ老いているように見えた。顔色は死人のようだった。だれかがモーリーンの病状に気づいて仕事をやめさせるまで、あとどのくらいの時間が残されているのか？　そんなことが現実になったらモーリーンがどうなってしまうのかは、できれば考えたくなかった。〈研究所〉内の密告屋だった部屋係に、退職後の年金プランは用意されているのか？　あやしいものだ、とルークは思った。

モーリーンの洗濯物バスケットには、半分くらいまで清潔なシーツがおさめられていた。ルークは自分の手紙をバスケット内に落とした。C－4号室の備品棚からくすねたメモ用紙に、ベッドのマットレス下に隠していた安物のボールペンで書いた手紙だった。ボールペンの軸には**《デニスンリバー・ベンド不動産》**という文字があった。モーリーンは折り畳まれた手紙を目にすると枕カバーで覆い隠し、それとわからぬほど小さくルークにうなずいた。ルークはその場を離れた。

その夜ベッドでルークは、もう寝てもいいと申しわたすまで、長いことエイヴァリーに小声でささやきかけていた。台本はふたつある――ルークはそう話した――二通りの台本が必要だ、と。エイヴァスターもわかってくれたはず、とルークは思った。いや、〝思った〟ではなく〝願った〟のほうが適切な語かもしれない。

ルークはそのあとも長いこと目を覚ましたまま、エイヴァリーの静かな寝息をききながら脱走について思案しつづけた。一方では愚かしく思える計画だったが、同時に完璧に実行可能だとも思えた。まず監視カメラをおさめた埃まみれの半球のケースがあり、これまでひとりでほうっておかれ、あちこちで情報のこまごました断片を拾いあつめながら内部をうろついていた時間のすべてがある。盗聴器の死角だという噂が嘘で、その実状をミセス・シグスビーと手下たちが知っているスポットが複数あることや、本当に盗聴器の死角になっていて、しかも彼らがそのことを（願わくは）知らないスポットが複数あることも知っている。つきつめて考えれば、すべては単純な方程式だ。やってみるしかない。やってみなければ、あとは〈シュタージライト〉と映画と頭痛、それになんのトリガーかは不明だが、なんらかのトリガーにちがいない花火にさらされるだけ。そういったものすべての果てに待っているのは、蜂の巣を思わせるあのハム音だ。

《連中が検査をしなくなったらあとは三日しか残されてない》

15

翌日の午後、トレヴァー・スタックハウスはミセス・シグスビーをオフィスに訪ねた。ミセス・シグスビーは一冊のファイルをひらいて顔を近づけ、中身に目を通しながらメモをとっていた。そのまま顔をあげずに、指を一本だけ立てる。スタックハウスはオフィスの窓に歩み寄った。窓の外に、〝寄宿舎〟と呼びならわされている建物の東翼棟が見えていた――寄宿舎とは、ここが〈研究所〉ではなく、たまさかメイン州北部の山奥につくられた大学のキャンパスであるかのような呼び名だ。スタックハウスが見ていると、ついさきほど商品が補充されたスナックやソーダ類の自販機のまわりを、二、三人の子供がうろついていた。東翼棟のラウンジではタバコやアルコール類は――二〇〇五年からこっち――入手できないようになっていた。そもそも東翼棟は、ふだんはごく少人数しかいないか、あるいはまったくの無人である。

ここに居留者が入れられた場合、彼らは建物の反対側にあるラウンジの自販機からタバコやアルコール飲料を買うことができた。味見程度でおわる者もいないことはなかったが、驚くほど多くの子供たちが——それも決まって生活が壊滅的に激変したことでふさぎこんだり、恐怖にとりつかれたりした子供たちが——たちまち依存症者になった。依存症の子供が、いちばん手を焼かされない子供でもあった。そういった子供はトークンを欲しがるだけにとどまらず、トークンを渴望してやまないからだ。かつてカール・マルクスは、宗教は人民の阿片と喝破したが、スタックハウスは異なる見解をもっていた。タバコの〈ラッキーストライク〉やフルーツワインの〈ブーンズファーム〉（これは女子の居留者に大人気だ）のほうが、よほど巧みに目的をかなえてくれた。

「オーケイ」ミセス・シグスビーはファイルを閉じていった。「あなたの話をきく用意ができたわ、トレヴァー」

「あした、オパール・チームが新たに四名を連れてくる予定だ」スタックハウスはいった。両手を背中で組み、足をわずかにひらいて立っている。なんだか自分の船の前部甲板に立っている船長みたいだ、とミセス・シグスビーは思った。着ているのはこの男のトレードマークというべき茶のスーツで、ミセス・シグスビーには夏至の時分に着るには恐ろしく季節はずれに思えたが、本人はまちがいなく自己イメージの一部だと考えているようだ。「これほど多くの子供たちを迎えるのは二〇〇八年以来だね」

スタックハウスは窓の景色に背中をむけた——どのみちそれほどおもしろい景色ではない。子供たちにはとことんうんざりさせられることがある——いや、頻繁にあるといっても過言ではない。学校の教師たちはどうやってあんな仕事をこなしているのか、スタックハウスには見当もつかなかった——なにせ教師たちには無礼な生徒たちの頰を張り飛ばす権利もなければ、いまはいなくなってしまったニコラス・ウィルホルムのような反抗的な生徒に電気ショックを食らわせる自由もないのだ。

ミセス・シグスビーがいった。「以前はね——あなたやわたしの時代よりもずっと前のことだけど——ここには百人以上の子供たちがいたこともあった。そのころには、なんと待機者リストまであったのよ」

「ああ、なるほど。待機者リストもあった。役に立つ情報をどうも。さて、そろそろわたしを呼びつけた用件を話してもらえるかな？　オパール・チームは配置についているし、今回のピックアップ案件のうちひとつは慎重な対応が必要になりそうでね。わたしも今夜のうちに現地へ飛ぶ予定だ。この子供は厳重な監視下の環境にいるのでね」

「リハビリ施設ということ？」

「いかにもそのとおり」高機能ＴＫなら、それなりに社会に適応して活動できる。しかし同程度に高機能なＴＰは問題をかかえ、酒やドラッグに溺れることも珍しくない。奔流となって流れこむ情報を、彼らはそういった方法で処理しているのだろうとスタックハウスは思っていた。「しかし、この少女にはそれだけの価値がある。エイヴァリー・ディクスン少年なみとまではいえないが——あの子は発電所なみに強力だ——近い線までいっているんだ。だから、気がかりなことがあればいますぐ話して、わたしを本来の仕事に専念させてほしい」

「気がかりなことじゃない。注意喚起よ。それから、わたしの背後をうろつくのはよして——薄気味がわるくなる。椅子をもってらっしゃい」

スタックハウスが来客用の椅子をデスク前まで移動させるあいだ、ミセス・シグスビーは自分のノートパソコンで動画ファイルをひらいて再生しはじめた。動画に映っていたのは、カフェテリアの外にならぶスナック自販機だった。映像は不鮮明で、約十秒おきにかくかくと揺れていたばかりか、ときおり空電めいたノイズがはさまっていた。ミセス・シグスビーは、映像が乱れている箇所のひとつで一時停止させた。

「最初に目をとめてほしいのは——」ミセス・シグスビーは、スタックハウスの嫌悪の対象になっていた無味乾燥な講義ホール口調で話しはじめた。「この映像の質よ。こんな低画質の映像を認めるわけにはいかない。おなじことは施設内の監視カメラの半分についてもいえる。ベンドに一軒しかないシケた小さなコンビニのカメラのほうが、ここの大多数のカメラよりもまだましね」

話に出たベンドはデニスンリバー・ベンドの町のことであり、コンビニのカメラについても事実どおりだった。

「その話は伝えておくよ。まあ、ここのインフラ全体が老朽化してるのはわたしもあなたも知ってる話だ。最後の大規模修繕工事はいまから四十年も昔、この国のあれこれがいまとはまったくちがう時代のことだった。あっちこっち、がたがきてる。いまの時点でIT担当の職員はふたりだけで、片方は目下休暇中だ。コンピューター関係の機器はどれも時代おくれ。発電機もおなじ。あなたも全部知ってる話だよ」

　もちろん、ミセス・シグスビーも知っていた。問題は資金不足ではなかった――外部の協力を引き入れることができない組織の問題だった。いいかえれば、さまざまな矛盾が招く、珍しくもない膠着状態（キャッチ・22）だ。〈研究所〉は完璧な密封状態を死守しなくてはならないが、ソーシャルメディアとハッカーの時代にあって、これはますます困難になっていた。この施設内でおこなわれていることが、ほんのひとこと外部で小さくささやかれただけでも死の接吻になる。彼らがここで進めているきわめて重要な仕事にとっても、そしてここのスタッフたちにとっても。そのため職員の新規雇用はむずかしくなり、物資の補給はむずかしくなり、修理作業は悪夢になっていた。

「映像がノイズで乱れるのは厨房の機器の干渉だな」スタックハウスはいった。「ミキサー、生ごみ用のディスポーザー、それに電子レンジ。そっちについては、対処のための品を入手できるかもしれない」

「それなら監視カメラをおさめている半球のケースについても対策をとれるかもしれないでしょう？　それもローテクな対策。たしか〝拭き掃除〟という名前の作業だったはず。ええ、わたしたちにはその仕事をする清掃係がいるのよね」

　スタックハウスはこれみよがしに腕時計を確かめた。

「わかってる、トレヴァー。わたしだって、その手のヒントならわかるわ」ミセス・シグスビーは動画をふたたび再生しはじめた。モーリーン・アルヴォースンが洗濯物のバスケットをかかえて姿をあらわした。モーリーンには、ふたりの居留者が同行していた。ひとりはルーク・エリス少年、もうひとりはエイヴァリー・ディクスン少年。後者は群を抜く能力をそなえたTPポジで、いまのところほぼ毎日ルーク・エリスといっしょのベッドで眠っている。映像は標準を下まわる低画質だったが、音声は良好だった。

「ここなら話をしても大丈夫。マイクはあるけど何年も前から故障してる。とにかく、にこにこと笑顔を見せていること。そうすればだれかがビデオを見ても、あんたたちがあたしにトークンをせがんでるだけとしか思われないから。それでなにを考えてるの？　頼むから話は手短にね」

間があった。幼いほうの少年は両腕をぽりぽりと掻き、鼻をつまんでからルーク・エリスに目をむけた。つまりディクスンは、おまけでくっついてきているだけで、主役はエリス少年だ。スタックハウスは驚かなかった——エリスは頭のいい子供だ。チェス・プレイヤーである。

「ええと……」エリスが話しはじめた。「カフェテリアでの出来事なんだ。ハリーとあの小さな双子の身に起こったこと。ぼくたち、あのことが忘れられなくて」

モーリーンはため息をついて、バスケットを下へおろした。「そのことはあたしも話をきいた。かわいそうなことをしたね。でも、あたしがきいた話だと、みんな無事だって」

「ほんとに？　三人とも？」

モーリーンが口をつぐんだ。エイヴァリーは不安そうな顔でモーリーンを見あげ、左右の腕を引っかいては鼻をつまみ、全体的に見ればおしっこを我慢しているような雰囲気だった。やがてモーリーンは口をひらいた。

「いまはまだ大丈夫とはいえないかも——うん、すっかり大丈夫になったとまではいえないかもね。ドクター・エヴァンズが、あの三人は〈バックハーフ〉にある診療所に連れていかれたと話してるのを耳にした。あっちには、設備のととのった診療所があるの」

「診療所のほかにはなにが——」

「しいっ」モーリーンはルーク・エリスに片手をかかげて制止し、周囲を見まわした。映像が乱れたが、音声に問題はなかった。「あたしに〈バックハーフ〉のことを質問しないで。あっちはいいところ、〈フロントハーフ〉よりもいいところで、あそこでしばらくすごした男の子や女の子は家へ帰れるってこと以外は、なにひとつ話せないんだから」

映像が元にもどると、モーリーンはふたりの少年の肩に腕をまわしていた。ふたりを近くに引き寄せていたのだ。

「あれを見るといい」スタックハウスは感に堪えた口調でいった。「肝っ玉おっ母そのもの。芝居が上手だな」

「静かに」ミセス・シグスビーがいった。

エリス少年がモーリーンに、ハリーとグレタのふたりは本当に無事なのかとたずねていた。「だって……ふたりとも……まるで……死んでるみたいに見えたから」

「うん、ほかの子もみんなおんなじことをいってた」エイヴァリー・ディクスンがそう口添えしながら、ことのほか激しく自分の鼻をつまんだ。「ハリーはひくひく痙攣してたし、グレタは首がねじれて、頭がおかしな向きになってたもん」

モーリーンは焦らなかった。スタックハウスの目にも、この部屋係が言葉を選んでいることが見てとれた。情報収集が真に重要な局面では、モーリーンという女はそこそこの諜報員になれるかもしれない。一方ふたりの少年は、どちらもモーリーンの顔を見あげて待っていた。

しばらくしてモーリーンは口をひらいた。「もちろん、あたしはその場にいなかったし、それはそれは怖い思いをしたにちがいないとも思う。でもね、やっぱりあんたたちの目には実際よりも悲惨に見えてたんじゃないかって思うほかないね」モーリーンはまた黙りこんだが、エイヴァリーがまた自分の鼻をなだめるようにつまむと、言葉をつづけた。「もしハリー・クロスくんが痙攣の発作を起こしたのなら――いいこと、あたしは〝もし〟といったのよ――お医者さんたちが適切なお薬を出しているはずね。双子のグレタのことなら、休憩室の前を通りかかったとき、ドクター・エヴァンズがドクター・ヘンドリクスに話してる声がきこえた――グレタは首を捻挫してるって。だから、首にギプスをはめられているのかも。双子のもうひとりはグレタに付き添ってるのね、きっと。ほら、気持ちが休まるように」

「オーケイ」ルーク・エリスがほっとしたような声でいった。「モーリーンがまちがいないっていうのならね」

「あたしにわかる範囲で、っていうことだけどね。ここではいろんな嘘がまかり通ってる。でも、あたしは嘘をつくなと教わって育ってきた。特に子供には嘘をつくなってね。だから、あくまでもあたしにわかる範囲でまちがいない、ってこと。でも、なんでそれがそこまで大事なの？　友だちのことが心配でしょうがないだけ？　それともそれ以外の理由があるの？」

ルーク・エリスはエイヴァリー・ディクスンを見やった。ディクスンはこのときも自分の鼻をぐいっと引っぱってから、うなずいた。

スタックハウスはあきれたように目玉をぎょろりとま

わした。「ああ、いらいらする。鼻をほじりたければ、とっとと指を突っこんで鼻をほじくれ。こうやって前戯で焦らされると頭がおかしくなりそうだ」

ミセス・シグスビーは動画を一時停止させた。「これは自分の心を落ち着かせるしぐさだし、股間をぎゅっとつかむのにくらべたらまし。これまでにも、おまたをわしづかみする子供たちをいっぱい見てきた――男の子だけじゃなく女の子も。さあ、いいから黙って。ここからがおもしろいところなんだから」

「話したいことがあるんだけど、ぜったい秘密にするって約束してくれる？」ルーク・エリスがたずねた。

エイヴァリー・ディクスンが哀れな鼻をいじめているあいだ、モーリーンはどう答えるかを思案している顔を見せていた。それから、おもむろにうなずいた。

ルークは声を落とした。ミセス・シグスビーは再生音量をあげた。

「ハンガーストライキをやろうっていいだしてる子供たちがいるみたい。双子のGとハリーの三人がほんとに無事だってわかるまで、食べ物を口にしないってね」

モーリーンも声を押し殺した。「どの子がそんなことをいってるの？」

「ぼくもはっきりとは知らない」ルークはいった。「新顔連中のだれかだよ」

「じゃ、その子たちに馬鹿な真似はやめなさいっていってあげて。あんたは賢い子供だろ、ルーク。すごく賢い子だ。そんなあんたなら、〝報復（リプライザル）〟って単語はもちろん知ってるね。あとでエイヴァリーに説明してあげてね」

いいながらモーリーンは幼い少年をじっと見つめた。エイヴァリーはモーリーンの腕から身を引くと、鼻をかばうように手で覆った――モーリーンが鼻をつまもうとしているとか、さらには鼻をもぎとろうとしていると思いこんで怯えているかのようだった。「そろそろ行かなくちゃ。あんたたちを厄介な立場に引きこみたくないし、あたし自身も厄介なことになるのはまっぴらだ。もしだれかから、ここでなにを話していたかと質問されたら――」

「トークンが欲しいから、あなたに仕事の手伝いをさせてってせがんでた」エイヴァリーがいった。「わかってる」

「いい子」モーリーンはちらりとカメラを見あげ、その場を離れかけたが、そこでいったんふりかえった。「あんたたちはもうすぐここから出られるよ。家に帰れるんだ。だから、それまで馬鹿なことをしないように。自分から騒ぎを起こすなんてもってのほかだ」

　モーリーンは雑巾を手にとって、酒の自販機の商品取出口のトレイを手ばやく拭くと、洗濯物のバスケットをかかえあげて立ち去った。ルークとエイヴァリーはそのあともしばらくその場にとどまり、やがて去っていった。

　ミセス・シグスビーは動画をとめた。

「ハンガーストライキとはね」スタックハウスは微笑みながらいった。「目新しいな」

「ええ」ミセス・シグスビーはうなずいた。

「考えただけでも恐怖で胸がいっぱいになるな」微笑みが広がって得意げな笑顔になった。ミセス・シグスビーには気にいってもらえそうもないが、にたにた笑うのを抑えきれなかった。

　そんなスタックハウスが驚いたことに、ミセス・シグスビーは笑い声をあげた。最後にこの女性の笑い声をきいたのはいつだった？　正解はいちどもきいたことがない、だ。「ただ、妙なところもある。成長期の子供たちは、世界でいちばんハンガーストライキが不得意な連中よ。食べざかりだから。でも、あなたのいうとおり。目新しい作戦。そんな話を広めているのは、新入りの子供たちのだれだと思う？」

「なにをいうかと思えば。だれでもないよ。ハンガーストライキがなにかなんてことを知ってる子供は、ここにはひとりしかいない。ひとりだけのその少年は、ここへ来てそろそろ一カ月になる」

「そうね」ミセス・シグスビーはうなずいた。「あの子が〈フロントハーフ〉から出ていったらうれしい気分になれそう。ニック・ウィルホルムも目ざわりだったけれど、あの男の子は自分の怒りを真正面に押しだしてた。でも、ルーク・エリスは……あの子は狡猾よ。わたしは狡猾な子供が大きらい」

「あの子がいなくなるのはいつ？」

「日曜か月曜──〈バックハーフ〉のハラスとジェイムズが同意してくれたら。同意するでしょうよ。ヘンドリクスはもうエリスの検査をすっかりおえているし」

「それはいい。で、このハンガーストライキの件にはなんらかの対処を？　それとも無視しておく？　わたしは無視をおすすめするね。万が一そんなことが現実に起こっても、自然に終熄するとは思うし」

「対処しておくべきかも。あなたもいったとおり、いまここには多くの子供たちがいる。一回くらいはその全員を対象としてスピーチをきかせておいたほうがいいかもしれない」

「そんなことをしたら、ルーク・エリスという少年はモーリーンが密告屋だと勘づくかもしれないぞ」いや、ルークのIQを考えれば〝かもしれない〟は余分だ。

「それはどうだっていい。どのみちあの子は数日以内にここからいなくなるし、お友だちの鼻ほじり屋ことエイヴァリーもすぐあとを追うんだもの。さて、例の監視カメラの件は――」

「それは、今夜ここを引きあげる前に、アンディ・フェロウズあてのメモを書いておく。こちらへもどり次第、最優先で片づけることにするよ」スタックハウスは背中できっちり両手を組んで上体を折ると、鳶色の瞳でミセス・シグスビーの鋼鉄めいた灰色の瞳を一心に見つめた。

「そのあいだ、きみは気持ちを明るくしていることだ。そのままだと、自分の気苦労で潰瘍を背負いこんでしまうぞ。最低でも一日に一回は思い出すようにしたまえ――われわれがここで相手にしているのは海千山千の犯罪者ではなく、しょせんはただの子供たちだ、とね」

ミセス・シグスビーはなにも答えなかった。スタックハウスの言葉が正しいと知っていたからだ。ルーク・エリスはたしかに聡明かもしれないが、それでもただの子供には変わりない。それに〈バックハーフ〉でしばらく過ごせば、子供のままであっても聡明とはいえなくなる。

16

その夜、ミセス・シグスビーがカフェテリアにはいっていったときには――ちなみに背すじの伸びた引き締まった体に深紅のスーツとグレイのブラウスをまとい、一連のパールネックレスを着けていた――スプーンでグラスを叩いて静粛を呼びかける必要はなかった。すべてのおしゃべりが一気に静まったからだ。医療技師や世話係が西ラウンジに通じている戸口のあたりにあつまってきた。調理スタッフさえ厨房から出てきて、サラダバーのうしろにならんでいた。

「みなさんのほとんどがもうご存じだと思いますが」ミセス・シグスビーは、よく響く快活な声で話しはじめた。「二日前の夜、このカフェテリアで不幸な事故がありました。その事故でふたりの子供が亡くなったという噂やデマが流れています。そのような噂は断じて事実ではありません。ここ〈研究所〉で、わたしたちが子供たちを殺すようなことはいっさいないのです」

ミセス・シグスビーは一座の面々を見わたした。だれもが目を見ひらき、食べ物のことも忘れて見つめかえしてきた。

「フルーツカクテルに夢中で話を耳にいれていなかった人がいるかもしれないので、最後の部分をもう一度くりかえします――わたしたちが子供たちを殺すようなことはいっさいない、と」ミセス・シグスビーはいったん黙り、いまの言葉を一同の頭にしっかり滲みいらせた。「みなさんは自分から望んでここへ来たのではない。そのことはわたしたちも理解していますし、その件で謝罪する気もありません。みなさんがここへ来たのは、わたしたちの祖国だけではなく、全世界に奉仕するためです。奉仕をおえても、みなさんが勲章を授与されることはありません。栄誉をたたえるパレードがおこなわれることもありません。わたしたちの心からの感謝をあなたたちが受けとめることもありません。というのも、みなさんはここを去るにあたって、〈研究所〉にまつわる記憶をすべて抹消されるからです。〝抹消〟という単語を知らない人のために言い換えると、記憶をきれいに拭きとられるという意味です」ミセス・シグスビーの目が一瞬だけ、ルーク・エリスの視線をとらえた――その目は《でも、もちろんきみならそんなことは知ってるでしょう？》と語っていた。「でも、これだけは忘れないでください――そうなっても、みなさんに感謝の念が寄せられることに変わりはないと。ここで過ごすあいだ、みなさんはいくつもの検査を受けます。かなり負担を強いられる検査もあるでしょうが、みなさんならすべてを乗り越えて、またご家族といっしょになれるでしょう。わたしのもとで命をうしなった子供はひとりもいません」

ミセス・シグスビーはここでも間をはさみ、異をとなえる声を待った。ニック・ウィルホルムがいればそんな声をあげたかもしれないが、あの少年はもういない。ルークは声をあげなかった——直接の反応を見せるのはルークの流儀ではない。チェス・プレイヤーとしてのルークは、正面からの攻撃よりも狡猾な指し手を好んでいた。そのほうが自分にとって利益が大きいからだ。

「ハロルド・クロスは、みなさんが〝粒々〟や〝光〟と呼んでいる検査、視野と視覚の明瞭度の検査を受けた直後に、短時間の痙攣の発作を起こしました。グレタ・ウィルコックスが落ち着かせようとしました——わたしには立派だと思えますし、みなさんもおなじように感じるでしょう。しかし、ハロルドはうっかりグレタを殴ってしまったのです。グレタは首の骨をひどく捻挫してしまいましたが、いまは療養中です。双子のもうひとりのガーダが付き添っています。双子とハロルドは、来週中には自宅へ帰ることになっていますし、そのときお祝いのメッセージも送れると思いますよ」

ミセス・シグスビーの目がふたたび、部屋の奥の壁ぎわにいるルークの目をとらえた。ルークのそばには、幼い友人のエイヴァリー・ディクスンの姿があった。エイヴァリーはぽかんと口をあけていたが、いまは鼻をいじるようなこともしていなかった。

「いまのわたしの話と矛盾するようなことを口にする人がいるかもしれませんが、そういった人のことは嘘つきだと思ってもらっていいでしょう。もし嘘を耳にしたら、すぐ世話係か技師に報告してください。わかりましたか？」

静寂——その静寂を破る咳の音ひとつしなかった。

「もしわたしの話がわかったのなら、みなさん『わかりました、ミセス・シグスビー』といってください」

「わかりました、ミセス・シグスビー」

ミセス・シグスビーは淡い笑みを一同にむけた。「みなさんなら、もっと上手にいえるはずですね」

「わかりました、ミセス・シグスビー！」

「次はもっと本物の気持ちをこめて」

「**わかりました、ミセス・シグスビー！**」

「上出来です」ミセス・シグスビーは笑顔になった。「肺と頭をいっぺんにきれいにしたかったら、大きな声で肯定の返事をするのがいちばん——そうではないですか？　さあ、食事をつづけてください」そういって、白衣姿の調理スタッフにむきなおる。「就寝時間前に、特別に追加のデザートを出してあげて――ケーキやアイスクリームの在庫があればの話だけど、どうかしら、ダグ料理長（シェフ）？」

ダグ・シェフは親指と人差し指でＯＫサインをつくった。だれかが拍手しはじめた。ほかの者も手を叩きはじめた。ミセス・シグスビーは右に左に顔をむけてはうなずいて拍手に応じつつ、頭を高くあげ、左右の手で小刻みに正確な弧を描きながら部屋を出ていった。左右の口角にうかんだ淡い笑みは、ルークが内心で〝モナリザの微笑〟と呼んでいるものだった。白衣の調理スタッフが左右にわかれて道をつくった。

エイヴァリーが拍手をつづけながら、ルークに顔を近づけて小声でささやいた。「あの人、なにからなにまで嘘ついてた」

ルークはそれとわからないほど小さくうなずいた。

「あんな嘘つき女、げろげろだ」エイヴァリーはいった。

ルークは先ほどとおなじように小さくうなずきつつ、ごく短い心のメッセージを送った。《拍手をつづけろ》

17

その夜、〈研究所〉が新たな夜にむけて静かに落ち着いていく一方、ルークはエイヴァリーとならんでベッドに横たわっていた。

エイヴァリーは、念を送れというモーリーンへの合図で鼻を触ったとき、モーリーンがなにを伝えてきたかを小声でルークに話していた。最初ルークは、洗濯物のバスケットに落とした手紙の意味がモーリーンに理解してもらえないのではないかと危惧していたが（おそらくそこにはモーリーンが部屋係の茶色い制服を着ていることからくる無意識の偏見があったかもしれず、それについては是正が必要だった）、モーリーンはすべて理解し、エイヴァリーにひとつひとつの段階を追ってのリストを提供してきた。鼻の合図についていえば、ルークはエイヴァリーにもう少しさりげない動きをしてほしかったが、結果的にはあれでよかったといえた。そうであったと祈るしかなかった。あれが巧くいったとして、いまルークが直面している真の問題は、第一段階が本当に成功するのかどうかという点だった。その第一段階は、粗雑といってもいいほど単純なものだった。

少年ふたりはあおむけに横たわり、暗闇を見あげていた。ルークが十回めの——いや、十五回めかもしれない——各段階のおさらいをしていたとき、エイヴァリーが赤く輝くネオンサインの短い言葉でルークの精神に侵入した。言葉は薄れて消えていき、あとには残像だけが見えていた。

わかりました、ミセス・シグスビー！

ルークはエイヴァリーをつついた。

エイヴァリーがくすくす笑った。

数秒後に、またおなじ言葉が精神内にあらわれた——しかも前よりも輝きを増して。

わかりました、ミセス・シグスビー！

ルークはまたエイヴァリーをつついたが、顔には笑みが浮かんでいたし、あたりが暗闇だろうとなかろうとエイヴァリーもそのことは多分知っていた。笑みは顔だけでなくルークの心のなかにも浮かんでいたからだし、こんなふうに笑顔になる権利が自分にあることもわかっていた。〈研究所〉から脱走するのは不可能かもしれないが——成功する確率が自分に不利なことは認めざるをえなかった——きょうはとりあえず上首尾だった。希望とはすばらしい単語であり、感じることですばらしい気分になれるものだ。

わかりました、ミセス・シグスビー！　げろげろの嘘つきビッチ！

「もうよせって。でないとくすぐりの刑だぞ、エイヴァスター」ルークは小声でいった。

「巧くいったよね？」エイヴァリーがささやいた。「うん、巧くいった。ルークはどう思う？　本気で——」

「わからない。わかってるのは挑戦するしかないってことだけ。さあ、もう静かにして寝なさい」

「そのときは、ぼくも連れてってもらいたい。本気でそうならいいって思ってる」

「ぼくもおなじ気持ちだよ」ルークはいった。その言葉に嘘はなかった。ここにひとりで残されるのは、エイヴァリーにとってはつらいことだろう。あの幼い双子やスティーヴィー・ホイップルとくらべたら、ずっと社会に適合しているといえるだろうが、だからといってこの少年に〝ミスター人格者〟の名前を冠する人はひとりもいないだろう。

「で、もどってくるときには、千人の警官を連れてきてくれるよね」エイヴァリーがささやいた。「でも早くしてよ。あいつらがぼくを〈バックハーフ〉へ連れていく前に。まだシャーを救えるうちに、ここへもどってきて」

「全力をつくすよ」ルークはそう約束した。「さあ、もうぼくの頭のなかで大きな声を出すのはやめてくれ。さっきのジョークならたちまち笑えなくなってるからね」

「あなたのTPの力がもっと強ければよかったのに。それに、思いを送るのがこんなに苦しくなければよかったのに。そうだったら、もっと上手に話ができるんだけど」

「望むだけで馬が手にはいるのなら人生だれも苦労しない、っていうだろ？　さあ、これで最後の警告だぞ。もう寝るんだ」

エイヴァリーは素直に眠りこみ、ルークもやがてうとうとしはじめた。最初のうちこそモーリーンの話しぶりは、ふたりが何度か話をした場所の製氷機なみに〝がちゃがちゃ〟音がするぎこちなさだったが、あの会話でそれまで観察していたことが真実だという裏づけがとれた。埃まみれのままの監視カメラのケース、何年も前にペンキが劣化して剝がれたきり塗り直しもされない壁板、それに無造作に置き忘れられたエレベーター用のカードキー。ルークはまたしても、この施設が、エンジンが止まったまま惰性だけで飛びつづけている宇宙ロケットにどれほど似ていることかという思いを新たにしていた。

18

翌日、世話係のウィノナがルークをレベルCに連れていき、手早く各種の検査をすませた——血圧、心電図、体温、血中の酸素飽和度などだ。次はなにがあるのかとルークが質問すると、デイヴはクリップボードの書類にチェックを書きこみ、ルークを床に殴り倒したことなどないかのような晴れやかな笑顔で、このあとは予定はひとつもないと告げた。

「きょうはもう休日だよ、ルーク。楽しむといい」デイヴは片手をかかげて手のひらをむけてきた。

ルークはにやりと笑うと、その手にハイタッチの要領で手を叩きつけたが、頭のなかで考えていたのはモーリーンの手紙にあった《連中が検査をしなくなったらあとは三日しか残されてない》という一節だった。

「あしたはどうなるの？」ふたりしてエレベーターへむかいながら、ルークはたずねた。

「あしたのことは、あしたにまかせる」デイヴは答えた。「そいつがここのやり方だ」

人によってはそれが真実なのかもしれない。しかしルークにとっては、もう真実ではなかった。モーリーンの計画を実行する前に時間の余裕が欲しかった――というか、むしろ実行を先延ばししたい気持ちが強かった。しかし一方では、自分のもち時間がまもなく尽きてしまうのではないかという恐れもあった。

〈研究所〉の運動場では、ドッジボールがほとんど儀式といっても過言ではないほどの欠かせない日課になっており、子供たちのほぼ全員が少なくとも一回はゲームに参加していた。ルークはゲームの輪に飛びこみ、十分ばかりほかの面々とともに走りまわってボールから逃げまわってから、わざとボールを当てられた。そのあとボールを投げる側にまわるのではなくアスファルトのハーフコートを歩いて横切り、ひとりでコートの外に立ってファウルショットになったボールを拾っていたフリーダ・ブラウンの横を通りすぎた。フリーダはいまもまだ、自分がどこに連れてこられたかをはっきりと理解していないように思えた。ルークは金網フェンスに背中をあずけて、砂利敷きの地面にすわりこんだ。少なくとも、あたりを飛びまわる羽虫はずいぶん少なくなっていた。ルークはドッジボールの試合に目をむけつつ、両手をだらりと垂らして、ゆったりと前後にふりはじめた。

「ちょっと投げてみたくなった？」フリーダがたずねた。

「いや、あとにするよ」ルークはいいながら、さりげなく手を背中にまわし、さらにフェンスの下をさぐった――よし、モーリーンのいったとおりだ。地面がわずかに窪んでいて、フェンスとのあいだに隙間ができていた。早春の雪解けで地面が削れてできたような四、五センチ程度の隙間だったが、隙間があるのは事実だった。しかも、だれひとり隙間を土で埋めようともしていなかった。ルークが上にむけた手のひらは、地面が沈んであらわになったフェンスの下側にあたっていた。針金が縒りあわされた端の尖った部分が、手のひらに食いこんでいた。ルークは一、二秒のあいだ、〈研究所〉の外に広がる自由世界の空気のなかで指をもぞもぞ動かしてから立ちあがり、尻を叩いて土埃を払うと、フリーダにHORSE（ホース）で遊ばないかと声をかけた。フリーダは熱意あふれる笑みを見せた——《ええ！　もちろん！　お願い、友だちになって！》と語っているような笑みを。

その笑みにルークは、胸の張り裂けるような思いを味わった。

19

翌日もルークはなんの検査もされなかったし、そればかりかバイタルの測定すらされなかった。ルークは清掃係のコニーを手伝ってエレベーターからふたつのマットレスを東翼棟の二部屋に運びこんだが、これだけの手間の報酬としてもらえたのは、ケチくさいトークン一枚きりだった（清掃係はトークンをわたす段になると例外なくしみったれていた）。そのあと自室へもどろうとしていたとき、製氷機の前にモーリーンが立っているところに出くわした——冷やすためにいつも製氷機に入れているペットボトルの水を飲んでいた。ルークはなにか手伝おうかと申し出た。

「ひとりで大丈夫よ」そう答えてから、モーリーンは声を落とした。「ヘンドリクスとジークが正面玄関側の旗竿のところで話してた。見たんだよ。検査はされてたのかい？」

「されてない。この二日はね」

「そうだろうと思った。きょうは金曜日。あんたには土曜か日曜まで時間があるかもしれない。でも、あたしなら危険な賭けには出ないね」モーリーンのやつれた顔にうかんでいるのが、憂慮と同情のいりまじった表情だとわかって、ルークはぞっとした。

《今夜だ》

言葉を口に出したわけではない——顔のわきに片手をあてて目の下をぽりぽり掻きながら、その言葉のかたちに口を動かしただけだ。モーリーンはうなずいた。

「モーリーン……みんなは知ってるの？　あなたが……その……」ルークは質問を最後まで口にできなかったが、その必要はなかった。

「あの連中はただの座骨神経痛だと思ってるさ」モーリーンの声はささやきと大差なかった。「ヘンドリクスは医者だから察しをつけてるかも。でも、あたしのことなんか気にかけてもいない。ここの連中はみんなそう――あたしがこうやって仕事をつづけてるかぎりはね。さあ、もうお行き。あんたがランチに行ってるあいだに部屋をきれいにしておく。寝るときになったらマットレスの下を調べな。幸運を祈ってる」ここで口ごもってから――「あんたをハグできればどんなにいいことか」

ルークの目に熱いものがこみあげた。モーリーンにそれを見られないように急いで部屋へもどった。

そのあとのランチでは、とりたてて空腹ではなかったが、たっぷりと食べた。夕食の席でもおなじようにするつもりだった。もしこの作戦がうまく運んだら、これから先は摂取できるかぎりのエネルギーが必要になると思えてならなかった。

その晩の夕食の席では、ルークとエイヴァリーのテーブルにフリーダがくわわった。どうやらルークの存在が〝刷りこみ〟になったらしい。食事をおえると、三人は運動場へ出ていった。ルークはしばらくエイヴァリーのトランポリン遊びを補助するからといって、フリーダとバスケットボールのシュート遊びをつづけるのを辞退した。

エイヴァリーがぴょんぴょん飛び跳ね、尻もちのような体勢やうつぶせのまま、やる気なくジャンプをしているさまを見まもっているあいだ、例の赤いネオンサインの文字がルークの頭のなかで点滅していた。

《今夜？》

ルークは頭を左右にふった。「でも、今夜きみは自分の部屋で寝るんだよ、エイヴァスター。今夜はとにかく八時間たっぷり睡眠をとっておきたくて」

エイヴァリーはトランポリンから滑りおりると、真剣な顔でルークを見つめた。「ぼくに本当じゃないことをいうのはよして。あなたは、だれかがぼくを見て、どうして悲しい顔をしているんだろうって思うかもしれないと思ってる。でも、ぼくが悲しい顔するとはかぎらないし」そういうとエイヴァリーは唇を左右にぐいっと広げて、ひと目でわかる下手くそなつくり笑いを見せた。

《オーケイ。せっかくのぼくのチャンスを台なしにしないでくれ》ルークはエイヴァリーにいった。

《無理にとはいわないけど、ぼくを迎えにもどってきて。お願い》

《うん、もどるよ》

あの粒々がもどってきていた。同時に、全身浴タンクの生々しい記憶も甦ってくる。これは意識的に思考を送りだそうというときに必要とされる努力なのだろう、とルークは考えていた。

エイヴァリーはさらにひとしきりルークを見つめてから、バスケットボールのゴールへ走っていった。「HORSE（ホース）で遊びたくない、フリーダ？」

フリーダはエイヴァリーを見おろして、にっこり笑いかけた。「あんたなんか、ドラムなみにばんばん叩きのめしてやるよ」

「ぼくにHとOをとらせて。それでどうなるかはお楽しみ」

日の光が夜へむけて薄れゆくなか、エイヴァリーたちはゲームをつづけた。ルークは運動場を横切りながら、一度だけエイヴァリーを――以前ハリー・クロスがルークの〝ちび助の相棒〟と呼んだエイヴァリーを――ふりかえった。エイヴァリーがフックショットに挑戦して失敗し、すべてを台なしにしていた。その夜ルークは、エイヴァリーが置きっぱなしの歯ブラシをもち帰るのに、ちょっとだけでも部屋に来るかもしれない、と思った。

しかし、エイヴァリーはあらわれなかった。

20

ルークはノートパソコンで〈スラップダッシュ〉と〈100ボールズ〉を数ゲームほどこなしてから歯を磨き、ショートパンツを脱いでベッドにはいった。スタンドを消してから、マットレスの下に手を伸ばす。ふきんで包んであったからよかったが、そうでなければモーリーンが置いていったナイフで指を切っていただろう（カフェテリアでつかわれているプラスティック製のナイフとちがい、手探りした感触からは本物の刃がある果物ナイフのように思えた）。ほかの品もあった――それも触るだけで正体がわかる品だった。ここに来る前に数えきれないほど使用した品。ＵＳＢフラッシュメモリだ。ルークは暗闇でベッドから体を伸ばし、ナイフとメモリをともにスラックスのポケットに押しこんだ。

それからは待ち時間だった。しばらくは廊下を走る子供たちの足音がきこえていた——鬼ごっこをしているか、さもなければ尻つかみゲームでもしていたのだろう。ここにいる子供たちの人数が増えたいま、この騒ぎが毎夜の恒例行事になっていた。歓声や笑い声があがり、いかにもわざとらしい〝しいいっ〟という声がつづいたかと思えば、またもや笑い声。彼らはこうやってガス抜きをしているのだ。恐怖という名のガス。今夜いちばんやかましい声をあげていたのはスティーヴィー・ホイップルだった。ワインかアルコール入りのレモネードでも飲んだのだろう。静粛を命じる厳格な大人はいなかった。いま勤務している職員たちは、騒音禁止ルールの徹底や夜間の自室からの外出禁止令施行などに関心はないようだった。

やがて、ルークの部屋の一帯が静まりはじめた。耳をつくのは自分の心臓の鼓動と、モーリーンがつくったリストを最後にもう一度頭のなかでおさらいしている精神の動作音だけになった。

建物から出たら、まずトランポリンのところへ行く——ルークは思い返した。必要ならナイフをつかうこと。そのあとはわずかに右方向へ曲がる。

もし外へ出られればの話だ。

自分が八十パーセントまでは実行すると決意を固めており、不安を感じているのは残りの二十パーセントにとどまっていることがわかって、ルークはほっとしていた。その程度の不安ならば現実的な意味はないのだが、不安を感じるのは当然のことだろう。そしてなにが決意を固めたかといえば——これについてはルークは確実に知っていた——単純かつ冷厳な事実だった。すなわち、これこそが自分にとってのチャンス、二度とない唯一のチャンスであり、そのチャンスを最大限に活用するつもりだからだ。

ルークの判断で、外の廊下の静けさが三十分つづいたと思えたころ、ルークはベッドから跳ねおきて、テレビの上にあったプラスティックのアイスペールを手にとった。いちおう、監視者むけに口実を用意してあった——

といっても、こんな時間にだれかがモニター画面に目をむけていた場合、地下のどこかにある監視室にだれかがすわっていて、コンピューターのソリティアで遊んでいない場合を想定してのことだ。

　その口実とは、早めに就寝したものの、なにかの理由で――トイレに行きたくなったとか悪夢を見たとかで――目を覚ました子供を主人公にした話だ。ともかくその子供は、まだ半分以上は眠ったままの状態で、だから下着姿のまま廊下をふらふら歩いていくわけだ。埃まみれの半球ケースにおさめられたカメラが、氷の補充のため製氷機へむかう子供の姿をとらえている。氷の補充をおえて自室へもどる子供の手に、アイスペールだけではなく氷用のスコップもあるのを見たスタッフがいたとしても、子供は寝ぼけていてスコップを手にしていることも意識していないのだろう、と推測する。朝になって目覚めたときには、デスクなりバスルームのシンクなりにスコップがあるのを見つけて、こんなものがなぜここにあるのかと不思議に思うことだろう、と。

　自室にもどったルークはグラスに氷を入れ、バスルームの蛇口でグラスに水を満たし、一気に半分を飲みくだした。うまかった。口ものども、そのくらい渇いていた。氷のスコップをトイレの水洗タンクの上に置いてから、ベッドに引き返す。そのあともルークは輾転反側していた。小声でひとりごとをいう。もしかしたらルークがつくっている物語で主人公をつとめる子供は、〝ちび助の相棒〟を恋しく思っているのかもしれない。だから、あっさり二度寝ができないのかもしれない。また、監視の目を光らせたり耳をそばだてたりしている者はひとりもいないかもしれず、またいるかもしれない。だからこそルークは、後者を前提にして動く必要があった。

　やがてルークはまたスタンドの明かりをつけて、服を着た。それからバスルーム（おそらく監視カメラはないだろう）にはいると、スラックスの前側に氷用のスコップを突っこみ、ミネソタ・ツインズのTシャツの裾を引きおろした。本当はここにカメラがあったとしたら、いまの時点で自分はもう一巻のおわり。しかし、それはもうどうしようもないことであり、ルークとしては行動プランの次なる段階へ進むほかはなかった。

　部屋を出て、ラウンジに通じる廊下を歩いていく。スティーヴィー・ホイップルをはじめ数人の子供たちが、ラウンジの床に横になって熟睡していた。彼らのまわりには、フレーバーウイスキー〈ファイヤーボール〉のミニボトルが半ダースばかり——どれも空っぽだ——転がっていた。小さなボトルとはいえ、買うには多くのトークンが必要だ。スティーヴィーとその新しくできた友だちは、ふつか酔いにくわえて、すっからかんのポケットとともに目を覚ますことだろう。

ルークはスティーヴィーの体をまたぎ越えて、カフェテリアにはいっていった。サラダバーの照明だけが点灯しているいま、カフェテリアは陰鬱で、いささか不気味な場所に見えた。ルークは、たえず補充されている果物のボウルから林檎をひとつつかみあげ、ひと口食べながらラウンジへ引き返していった——だれにも見られていないことを祈ってはいたが、だれかに見られていた場合には、いまの自分が演じているパントマイムをそのまま信じてくれますようにとも祈った。そう、ひとりの子供が目を覚ました。子供は製氷機から氷をとってきて、よく冷えた水をグラス一杯飲んだ。しかし水を飲んだことでなおさら目が冴えてしまったので、カフェテリアに食べるものを物色しにいった。そこで、子供は考えた。ちょっと運動場に出ていき、新鮮な空気を吸うのもわるくない。そんなことをするのもルークが初めてではない。カリーシャは、何度かアイリスといっしょに外へ出て星空をながめたと話していた。人工の光が空を汚染して星を曇らせることがないこの地では、信じられないほどまばゆい星空を見ることができるという。それだけではなく——カリーシャはそうも話した——抱きあったり、いちゃついたりしたい一心で、夜中に外の運動場へ出ていく子もいたらしい。今夜だけは、外に出て星を見たりネッキングをしたりしている者がひとりもいないことを祈るばかりだった。

外にはだれもいなかったし、月も出ていなかったので運動場はかなり暗く、さまざまな遊具や運動設備は角があちこち突きだした影にすぎなかった。仲間のひとりふたりといっしょでない子供なら、暗闇を怖がるのが普通だろう。それは年かさの子供でも変わらない——ただし、年かさの子供は自分から認めようとはしないが。

ルークはぶらぶらと歩いて運動場を横切った——内心、よく知らない世話係がふらりと顔を見せるのではないか、Tシャツでスコップを隠して外に出てきて、いったいなにをしているのかと詰問されるのではないかと思いながら。もちろん、ここから逃げることなんか考えてません！　そんないかれたこと、できないに決まってる！

「いかれてる……」ルークはそうつぶやくと、金網フェンスを背中にして地面にすわりこんだ。「ぼくのことだ。そう、ぼくなんか本物のいかれ小僧だ」

　ルークはだれかが来るだろうかとしばらく待っていたが、だれも姿をあらわさなかった。きこえるのは蟋蟀（こおろぎ）の声と、ふくろうの〝ほーほー〟という鳴き声だけだ。監視カメラはあるにはあるが、映像を監視している者はいるのだろうか？　保安警備が敷かれていることは知っている。とはいえ、穴だらけの保安警備だし、そのことも知っていた。しかし、その穴がどの程度のものかは、これからルークが自分で確かめることになる。

　ルークはTシャツを引きあげて、スコップをとりだした。この部分を想像していた段階では、ルークはスコップをもった右手を背中にまわして土を掘り、腕が疲れたら左手にもちかえていた。現実では、そこまですんなりとはいかなかった。ルークは金網フェンスの真下の地面をスコップでくりかえし掻いたが、その音が静けさのなかでやけに大きく響き、作業がはたして進んでいるのかどうかを確かめることもできなかった。

　こんなの正気の沙汰じゃない――ルークは思った。

　ルークは監視カメラへの心配をかなぐり捨てて立ちあがり、地面に膝をつくと、砂利を右に左に跳ね飛ばしながら、フェンス下の地面を掘りはじめた。時間が引き延ばされているように感じた。数時間が経過したように思えた。まだ見たことのない監視室（見たことはなくてもありありと想像できた）でモニターを見ているスタッフは、不眠症をかかえたあの少年がどうしてまだ運動場から部屋にもどっていないのかと疑問を感じているのでは？　男女どちらともわからぬその人物は、確認のためにだれかを派遣するだろうか？　それにさ、ルーキー、監視カメラに暗視性能があったらどうするんだい？　そのことはどうする？

　ルークは掘った。顔を汗がぬらぬらと濡らしはじめ、夜勤の虫たちが汗に引き寄せられてあつまってきた。ルークは掘った。自分の腋の下のにおいが鼻をついた。鼓動はギャロップにまで加速していた。ふと背後にだれかが立っているような気がしてふりむいたが、星空を背景にバスケットボールのゴールポストが立っていただけだった。

　いよいよ金網フェンスの真下に塹壕ができつつあった。穴はまだ浅い。しかし、そもそも〈研究所〉へ来た時点で痩せっぽちだった体は、さらに体重を減らしている。だから、もしかしたら——

　しかし地面に腹ばいになって下に滑りこもうとしても、フェンスに阻まれて進めなかった。あと一歩のところにも近づけない。

　建物にもどれ。部屋にもどってベッドに横になれ——ここからの脱走を目論んで恐ろしいことをしている現場をあいつらに見つからないうちに。

　しかし、それはルークの選択肢になかった。ただの腰抜けになってしまう。いざ見つかったら、あいつらに恐ろしいことをされるに決まっている——映画、頭痛、〈シュタージライト〉……そして最後は、蜂の巣を思わせるあの音だ。

　ルークは呼吸を荒くしながら、前後左右に手を動かして掘りつづけた。フェンスの最下部と地面のあいだの隙間が、ほんの少しずつだが広がってきた。フェンスの両側を舗装しない状態で放置しておくとは、ここの連中も愚かそのものだ。また、フェンスの金網に——たとえ微弱なものであっても——電流のひとつも流していないとは愚かもきわまれりだ。しかし、あいつらはそんなことをしなかった。そしていま自分はここにいる。

　ルークはまた腹ばいで隙間を通りぬけようとしたが、今回もフェンスが体の邪魔をした。ふたたび地面に膝をつき、さらに深く、さらに手早く掘り進めた。右に左に、前にうしろに、そして四方八方に。そして鋭い音とともに、スコップのハンドルがついにへし折れた。折れたハンドルを投げ捨てて、さらに掘り進めていると、スコップの裂け目が手のひらに食いこむのを感じた。掘るのを一時中断して調べると、手のひらから出血していた。

　よし、これで通れるはず。今度こそは。

　しかし、やはり……ルークの体は隙間を……通れなかった。

　しかたなくスコップをつかっての作業に逆もどり。右に左に、右舷に左舷に。血が指先からしたたり、髪の毛は汗でひたいにべったり貼りつき、耳のなかでは蚊の羽音が歌っていた。スコップをわきに置いてうつぶせになり、フェンスの下をくぐろうとする。針金の端を縒りあわせた部分が下に突きでていて、ルークのＴシャツを横へ引っぱり、肌に食いこみ、肩胛骨のあたりからさらなる出血を招いた。ルークは先へ進みつづけた。

半分ほど這い進んだところで、先へ進めなくなった。ルークは地面の土砂を見つめた。荒く息を吐くたびに鼻孔の下で小さな土埃が渦を巻いた。引き返さなくては。引き返して土をさらに深く掘らなくては――ただし、あと少しでいいかもしれない。しかし、あとずさりして運動場へもどろうとしたところ、うしろへも進めなくなったことがわかった。前へ進めなくなっただけではなく、進退きわまった。このままではあしたの朝になって日がのぼっても、自分は罠にとらわれた兎よろしく、忌ま忌ましいフェンスで身動きを封じられたままになってしまう。

ふたたび粒々が目の前にもどってきた。赤、緑、紫の粒々が、ルークの目からほんの五センチと離れていない掘った穴の底から湧きあがってきた。粒々は猛然とルークにむかって突き進み、ばらばらに分かれ、ふたたび集結しては回転し、明滅をくりかえした。閉所恐怖が心臓を締めつけ、頭を締めつけた。両手は痛みにずきずきと鳴っていた。

ルークは腕を伸ばして土に両手の指を食いこませ、もてる力のありったけで体を引っぱった。一瞬、粒々は視界だけではなく脳内のすべてを満たし、その光のなかで自分の居場所もわからなくなった。ついでフェンスの最下部がわずかに上へせりあがったように思えた。純粋にただの思いすごしかもしれない。しかし、ルークはそうは思わなかった。フェンスがきしむ音が耳をついた。

もしかしたら注射とタンクのおかげで、ぼくはＴＫポジになったのかもしれない――ルークは思った。ジョージとおんなじような。

ただし、そんなことはどうだっていいと考えなおした。いま大事なことはただひとつ、自分がまた動けるようになったこと、それだけだ。

粒々が薄れはじめた。先ほどはフェンスの最下部が浮きあがったのかもしれない。しかし、また下がりはじめていた。金網の針金の端は、いままでは肩胛骨まわりだけでなく尻や太腿にも小さな刺し傷をつくっていた。またしても動きをとめたとき、フェンスがルークを離したくないとばかりに、がっちりと体をつかんでくる恐怖の瞬間もあった。しかし頭の向きを変えて砂利の多い地面に頬を押しつけると、くさむらが目にとまった。手が届きそうだった。ルークは腕を伸ばした。わずかに届かない。さらに体を伸ばしてやっとのことで手が届き、草をぎゅっとつかんだ。そのまま引っぱる。雑草の根が土から引き抜けそうになったが、完全に地面から抜けてしまう前に、腰で体を前へ押しだすと同時に足を突っぱることで、ふたたび前に進みはじめた。フェンス下部に突きでている縒りあわせた針金の端が〝さよなら〟のキスを見舞ってきて、片方のふくらはぎに熱い線を刻みつけた。次の瞬間、ルークは身をよじりながらフェンスの反対側に出ていた。

外に出られた。

ルークはふらつきながら膝立ちで上体を起こすと、大あわてで背後をふりかえった――建物内の明かりがすべてともっているにちがいないと思いながら。ラウンジの照明だけではなく、廊下やカフェテリアの照明も全部ともり、そこから投げかけられる光のなかをこちらへ走ってくる人影があるにちがいない。それも電撃スティックをホルスターから抜き、出力を最大にして用意をととのえた世話係たちが。

しかし、背後にはだれもいなかった。

ルークは立ちあがると、あたりのようすも確かめずに走りはじめた。パニックに陥ったせいで、次の段階のことを――進むべき方向を――完全に忘れてしまっていた。そのままだったら、理性がよみがえってくる間さえないまま森に突っこんでしまい、完全に迷ってしまったかもしれない。しかし、そこでとがった石を踏みつけてしまい、左の足裏に焼けるような痛みを感じた。それでようやく、先ほど最後のひと踏ん張りをして前へ進んだときに左のスニーカーが脱げていたことに気がついた。

フェンスまで引き返してかがみこみ、スニーカーを拾って履きなおす。背中や尻はひりひり痛む程度だったが、最後に負ったふくらはぎの傷は深く、熱線を当てられたように激しく痛んだ。鼓動がしだいにおさまり、明晰な思考がよみがえってきた。

《外へ出られたらトランポリンの真横まで進むこと》モーリーンの計画の各段階をリレー方式で伝えてきたとき、エイヴァリーはそういった。《トランポリンに背をむけ、普通の一歩の歩幅程度に右をむく。それが進むべき方向。そこから先は一キロ半ばかり進むだけでいい。そのあいだずっと直進しつづける必要はない。あんたの目的の場所はかなり大きいから。でも、できるだけ努力すること》

そのあと夜のベッドのなかでエイヴァリーは、星を道しるべにつかってもいいかもしれないとルークに伝えた。ただし、エイヴァリー本人は星のことをまったく知らなかった。

それならそれでいい。出発の時間だ。しかし、その前にやっておかなくてはならないことがあった。

右耳にまで手をもちあげて、そこに埋めこまれた小さな円板をさぐる。そういえばだれかが――アイリスだったかヘレンだったか――チップを埋めこまれるのは痛くなかった、すでに耳たぶにピアス穴をあけていたから、と話していた。ただしピアス穴に通した耳飾りなら、ひねってはずせばいい。母親がそうしている場面を見たことがあった。しかしこれはしっかりと固定されてしまっていた。

神さま、お願いです。ナイフをつかわなくてもいいようにしてください。

ルークは自分に活を入れると、追跡チップの上半分のカーブの下に爪を押しこめて、ぐいっと引っぱった。耳たぶが下へ伸び、痛みが――それも激しい痛みが――襲ってきたが、チップはその場に埋めこまれたままだった。ルークは手を離すと、深呼吸を二回くりかえし（それと同時に全身浴タンクの記憶がよみがえってきた）、ふたたび引っぱった。痛みは今回のほうがさらに激しかったが、チップは耳たぶにとどまったまま、時間だけが過ぎていった。居留エリアのある西翼棟は――いつもとちがう角度から目をむけているせいで建物が奇妙な形に見えた――まだ静かで暗いままだったが、これもいつまでつづくことか。

もう一度耳たぶを引っぱろうかと思ったが、そんなことをしても避けられない行為を先延ばしするだけだ。モーリーンにはわかっていた――だからこそ、果物ナイフを部屋に残していったのだ。ルークはポケットから（おなじポケットにおさめたＵＳＢメモリを落とさないように気をつけながら）ナイフをとりだすと、かすかな星明かりを頼りにして目のすぐ前にかまえた。鋭い刃に親指の付け根の丸くふくらんだ部分を滑らせる。それから左手を反対の右側に伸ばして耳たぶをつまみ、ぎりぎり限界まで引き延ばした——といっても、それほど伸びなかったが。

　ここでルークはためらい、自分が本当にフェンスの自由世界側にいると改めて確認するための時間をとった。またもや、ふくろうが鳴いた——眠そうな鳴き声だった。何匹もの蛍が暗闇に光の糸を縫いつけていくのが見えた。こんな危機一髪の場面にいるにもかかわらず、ルークはその光景を美しいと思った。

　ひと思いにやっちまえ——そう自分にはっぱをかける。ステーキを切ってるだけだと思いこめばいい。肝心なのは、どんなに痛くてもぜったい悲鳴をあげないことだ。悲鳴をあげてはいけない。

　ルークはナイフの峰を耳たぶの外側、いちばん上に触れさせ、そのままの姿勢で数秒ほど立っていたが、その数秒は永遠にも思えた。それからルークはナイフを下へおろしはじめた。

　無理だ。

　やるんだ。

無理だよ。

やれ、やるしかないんだ。

ルークはナイフの刃を柔らかく無防備な肉体の一部にふたたび触れさせ、一気にナイフを引き下ろした——必要な仕事を一回の動きでこなせるほどナイフの刃が鋭ければいいと祈る。祈り以外のことをする時間を自分に与えないためだった。

　ナイフの刃はたしかに鋭かった。しかし最後の一瞬、ルークの手が本人に逆らってほんのわずか手加減した。その結果、耳たぶはすっぱり切り落とされず、ぬらぬらした細い糸のような組織だけでぶらさがった状態になった。最初だけは痛みは感じなかった。ただ、鮮血のぬくもりが首の右側をつたって流れ落ちていく感触があっただけだ。一拍おいて痛みが襲いかかってきた。たとえるなら、ビール瓶サイズの巨大スズメバチが針で刺して毒を注入してきたかと思えたほどだ。ルークは長く尾を引く〝しゅううっ〟という音を発しながら息を吸いこみ、垂れ下がっている耳たぶをつかむと、チキンのドラムスティックから鶏皮（とりかわ）を引き剝がす要領で一気に引きちぎった。ついで顔をそれに近づけた。忌ま忌ましい耳たぶが手のなかにあることはわかっていたが、目で見て確かめずにはいられなかった。確認する必要があった。そして――まちがいなくそれはあった。

ルークは自分がトランポリンの真横にいることを確かめた。トランポリンに背中をむけ、右に一歩分――中程度の一歩であることを望みながら――体の向きを変えた。前方にはメイン州北部の森林が黒々とした塊になって、この先どこまでつづくとも知れないままに広がっていた。夜空を見あげると北斗七星が見えた――柄杓（ひしゃく）の角をつくる星のひとつがまっすぐ前方にあった。あの星を目指して進みつづけるんだ、とルークは自分にいいきかせた。おまえはそれだけすればいい。それに夜明けまでずっと歩きつづけるわけではない。せいぜい一キロ半ほどだ、とモーリーンはエイヴァリーに話していた。肩胛骨まわりの痛みは忘れろ。それより激しいふくらはぎの痛みも忘れろ。なかでも最悪最大の痛み、ファン・ゴッホそっくりになった耳の強烈な激痛も忘れてしまえ。両腕と両足の震えも忘れろ。とにかく進みつづけろ。しかし、その前に……。

ルークはぎゅっと握りしめた右手を大きく肩のうしろに引き、追跡チップが埋めこまれたままの肉体の一部をフェンスの反対側にむけて力いっぱい投げた。運動場にある名ばかりも同然のバスケットボール・コートを囲むアスファルト舗装に、自分の耳たぶが落ちたときの小さな音がきこえた（いや、きこえたと思いこんだだけかもしれない）。ルークは目を空へむけ、ひとつの星に視線をしっかり固定させて歩きはじめた。

21

ルークがその星を道しるべにしていたのは、それから三十分にも満たないあいだだけだった。木立に足を踏み入れると、すぐに星が見えなくなったからだ。ルークはその場で足をとめた。背後をふりかえると、森林地帯のいちばん外側に立ちならぶ木々の交差しあう枝ごしに、まだ〈研究所〉の建物の一部が見えていた。

たった一キロ半だ――ルークは自分にいいきかせた。それに少しばかり直線コースからはずれても、目標は見つけられる、モーリーンがエイヴァリーに話していたところによれば目標は大きいからだ。かなり大きいという話だった。だからゆっくり歩け。おまえは右ききだ。つまり体の右側が優位だということ。だから、その補正を心がけろ。しかし、補正もやりすぎればコースから左にそれてしまう。くわえて歩数をかぞえておくこと。一キロ半なら二千から二千五百歩のあいだだ。もちろん、この数字は概算だし、地形にも左右される。それから木の枝に目を刺されないように気をつけること。それでなくたって、体のあちこちに充分な数の穴をあけられてるんだ。

ルークは歩きはじめた。救いだったのは、かきわけずには進めないような藪がなかったことだ。あたりに立ちならんでいるのは老齢の樹木であり、上方の葉叢（はむら）がたっぷりとした日陰をつくるうえに、地面に大量に積もった松葉が下生えの育成を阻害していた。樹齢を重ねた木を迂回するたびに（おそらく松だろうが、こう暗くてはだれにも正確なところはわからない）、ルークは進行方向を設定しなおすことを心がけ、直進しつづけていたが、いまとなってはそれが頭のなかでの仮定にすぎなくなっていることを認めざるをえなかった。たとえるなら、ろくに形も見さだめられない多くの品々が置かれた広大な部屋を横切ろうとして道をさがしているようなものだった。

ルークの左側でいきなりなにかがうなり声をあげ、小枝をへし折り、別の枝を騒がせながら走っていった。都会っ子のルークはその場で棒立ちになった。いまのは鹿か？ いやいや、熊だったらどうする？ 鹿なら逃げていくだろうが、腹をすかせていて真夜中のおやつを欲しがっている熊だったら？ いまこの瞬間にも、そんな熊が血のにおいに引かれて、ぼくに迫っているのかもしれない。いま着ているTシャツの首まわりや右肩部分に血がしみていることは確実だった。

ついで物音は消えていき、ふたたび耳をつくのは蟋蟀（こおろぎ）のすだく声と、ときおり響いてくるふくろうの〝ほーほー〟という鳴き声だけになった。先ほどの正体不明の音を耳にしたときは、歩きだしてから八百歩めだった。ふたたび歩きはじめたルークは、目がよく見えない人のように手を前に突きだし、頭のなかで歩数をかぞえていた。一千歩……一千二百歩……そして一本の木、いちばん下の枝でも、ぼくの頭よりずっと上にある本物の大樹が生えていて……ぐるりとよけて……千四百歩……千五百歩……

そこでルークは落ちていた幹に足をとられ、地面にばったりと倒れこんだ。なにかが——折れて短くなった枝だったかもしれない——左足の付け根に近いあたりにぐさりと刺さり、ルークは痛みにうめき声をあげた。松の落葉の上に横たわったまま息をととのえようとしているあいだ、なぜか——これ以上ないほど不可解きわまりないことに——〈研究所〉の自室にもどりたいという思いがこみあげてきた。あらゆる品々に決まった場所があり、あらゆる品々が決まった場所にあり、体の大きさのわからないけだものが木立のあいだを徘徊していることもない部屋。安全な場所。

「ああ。でも、そうじゃなくなった」ルークはささやいて体を起こすと、ジーンズに新しくできた破れ目とその下の皮膚に新しくできた裂け目をさすった。あの連中のもとに犬がいなかったことは、ともかく救いだ——ルークは昔の刑務所もののモノクロ映画を思い出しながら考えた。映画では鎖でつなぎあわされたふたりの囚人が自由を求めて刑務所から逃げだすのだが、ふたりを猟犬の群れが走って追いかけていた。おまけに、ふたりの囚人が逃げていたのは沼地だった。それもアリゲーターがうようよいる沼地。

わかったでしょ、ルーキー？　カリーシャがそう話していた。万事順調。進みつづけること。まっすぐ。とにかく、できるかぎり直線コースで。

歩数が二千になったところで、ルークは前方の木立のあいだから見えてくるはずの光をさがしはじめた。《いつだって三、四個は光が見える》モーリーンはそうエイヴァリーに話していた。《でもいちばん明るいのは黄色の光よ》

二千五百歩になると、ルークは不安になりはじめた、三千五百歩になると、自分はどこかでコースをはずれたにちがいない、それも大幅にはずれてしまったにちがいないと思うようになった。

あの倒木で転んだときだ、とルークは思った。あのクソな木。あのあと立ちあがったときに、方向をまちがったにちがいない。いまカナダ方面にむかっていてもおかしくないぞ。これじゃ〈研究所〉のやつらに見つからずにすんでも、この森で死んでしまいそうだ。

しかし引き返すという選択肢はそもそもありえないの

で（たとえ引き返したくても、ルートを逆もどりすることは不可能だ）、ルークはそのまま歩きつづけた――進行方向を変えさせようとしてくる木の枝を警戒して、前に突きだした両手をふり動かしながら。

　歩数をかぞえるのはもうやめていたが、五千歩前後になったはずだと思えたころ――三キロをゆうに越えて歩いた計算になる――木の間ごしに黄色がかったオレンジ色のかすかな光が目に飛びこんできた。最初ルークはその光を目の錯覚か、さもなければ例の粒々だと思いこみ、ほどなく多数の光の群れが寄り集まってくるのだろうと考えた。さらに数十歩進むと、そういった懸念はきれいさっぱり拭い去られた。黄色がかったオレンジの光が一段と鮮明になったばかりか、おなじ色でもっと薄暗いふたつの光がさらに見えてきた。そのどれもが電気の光だった。まばゆい光は大きな駐車場などにつかわれるナトリウム灯だろう。以前ロルフの父親がルークとロルフを、ショッピングモール内のシネコン、〈サウスデール〉に連れていってくれたことがあり、そのとき父親から、あの手の照明は強盗や車上荒らしを防ぐ効果があるという触れこみだ、と話してくれた。

　ひと思いに前方めがけて走りだしたい衝動を、ルークはかろうじてこらえた。いまなにをおいても歓迎できないのは、またしても倒木に足をとられて転ぶとか穴に落ちて足の骨を折るとか、そういった事態だ。見える光の数は増えていたが、ルークは最初に見えた光に視線を集中させていた。北斗七星はあまり長く見えてはいなかったが、それ以上の道しるべとなる新しい光がここにあらわれた。そして最初に光を目にしてから十分後、ルークは木立のへりから外に出た。なにもなくひらけた土地の五十メートル弱先に、またもや金網フェンスが見えていた。こちらのフェンスは上部にカミソリ鉄条網のロールが設置され、ほぼ十メートルの間隔で照明灯が立っていた。モーションセンサー式だ――モーリーンはそうエイヴァリーに話していた。ルークに伝えておくれ、照明灯に近づくなと。あえていわれる必要もないアドバイスだった。

　フェンスの先には小さな家々が立ちならんでいた。かなり小さな家だった。ルークの父親なら、猫一匹入れるだけの広さもない、と評しただろう。多くても三部屋、せいぜい二部屋といったところか。家々はすべて同一のつくりだった。エイヴァリーは、モーリーンがここを〝村〟と呼んでいたと話していたが、ルークの目には陸軍の兵舎のように見えた。家は四軒を一単位のブロックで配置され、それぞれのブロックの中央に芝生があった。ちらほらと窓から明かりの洩れている家があった。おそらく、夜中にトイレで目が覚めても、なにかにつまずいたりしないようにという用心から、バスルームの明かりをつけっぱなしにしておく人が住んでいるのだろう。

道路が一本だけあった。その突きあたりに、家々よりも大きな建物があった。この建物の左右には狭い駐車場があり、どちらにもバンパーを接するようにして乗用車やピックアップトラックがとめてあった。全部で三、四十台というところか。そういえば以前、〈研究所〉スタッフはどこに車を置いているのかという疑問を感じたことがあった。どうやらその答えに行き着いたらしい。しかし食料品をどうやって調達しているのかは、まだ謎のままだ。この大きな建物正面に立っている一本の柱の上にはナトリウム灯があり、その光が二基のガソリン給油機を照らしていた。この〝村〟に、〈研究所〉の売店コーナーのような施設があるのはまちがいなさそうだ。

ルークの理解がいくらか進んでいた。スタッフには休暇が与えられる——たとえばモーリーンは、一週間の休暇をもらってヴァーモント州へ帰った。しかし大半のスタッフは〝村〟にとどまり、あの安普請の小さな家で過ごすのだ。スタッフの出勤シフトが交替制だとすれば、住居設備が共同利用されていてもおかしくない。レクリエーションが必要になると、彼らはそれぞれの車に飛びのって、最寄りの町へいく。それがすなわちデニスンリバー・ベンドだ。

地元民はここに住む男女が山中でいったいなにをしているのかと好奇心に駆られ、質問を口にしていることだろう。となれば、彼らをあしらうための作り話の用意もあるはずだ。作り話の内容はルークには見当もつかなかったが（そしていまの時点では知りたいとも思わなかったが）、これだけ長いあいだ効き目をもっていたのだから、それなりにもっともらしい話にはちがいない。

《フェンスに沿って右に進め。スカーフを見つけること》

ルークはフェンスと〝村〟を左に、森のへりを右に見て歩きはじめた。今回もルークは——あたりが前よりも多少よく見えていることもあって——もっとペースを速めたい衝動を抑えなくてはならなかった。ルークたちがモーリーンと話す時間は短く切りつめる必要があった。ひとつには、おしゃべりの時間があまり長くなれば疑惑を招きかねないからだし、またひとつには、エイヴァリーがあまりにも頻繁に鼻をつまむという目立つしぐさをすれば企みが露見するのではないかという恐れがあったからだ。そのためルークはスカーフのありかを知らず、見落としてしまうのが怖くもあった。

結局、スカーフの件は問題にならなかった。保安フェンスが森と反対方向の左に曲がっている角の少し手前に松の木があり、モーリーンはその松の低い枝にスカーフを結びつけていた。ルークはスカーフをほどいて手にとると、腰に巻きつけた。ほどなく来るに決まっている追っ手のために、ここまであからさまな手がかりを残していきたくはなかった。そこからルークは、ミセス・シグスビーとスタックハウスがルークの脱走に気づくまでに、さらにだれがルークの手助けをしたのかを察するまでに、どのくらいの時間が残されているのかと考えていた。

やつらにありったけを打ち明けてしまえ、モーリーン。そうすれば、やつらに拷問されずにすむ。秘密を守ろうとすれば、あいつらはあんたを拷問するに決まってる。あんたは年をとってるし、病気もかかえてるんだから耐えきれっこない。

ここの売店かもしれない建物の明るい光は、もうだいぶ後方に遠ざかっていた。あたりを注意深く見まわすと、ようやくふたたび森へ引きかえしていく旧道の入口が見つかった。ひと世代前に、パルプ材を伐採する森林作業員がつかっていた道なのかもしれない。入口はぎっしりとからみあっているブルーベリーの茂みに隠されていた。急がなくてはならないと頭ではわかっていたが、ルークはちょっとだけ足をとめ、両手いっぱいにブルーベリーの実を摘んで口にほうりこんだ。甘くておいしかった。外の世界の味がした。

ひとたび見つけたあとは、あたりが暗闇でも道をたどって進むのはたやすかった。かつては轍だったところが二本の雑草のラインになっており、左右が浸食されて盛りあがった中央部分にも灌木がたっぷりはびこっていた。倒木をまたぎこえる必要がある場所もあったが（またがなくては足をとられたはずだ）、また森に迷いこんでしまう心配はもうなかった。

ルークはふたたび歩数をかぞえることを心がけ、なんとか四千歩まではそれなりに正確にかぞえたが、そこであきらめた。山道は、ときおり登り坂になることもあったが、おおむね下り坂だった。二度ほど倒木が道をふさいでいる箇所に行きあたり、また一度は灌木がかなり密集して生えているせいで、旧道が行きどまりだと思いこんでしまった箇所もあった。しかし、力ずくでかきわけて進んだ先に道があり、さらに進むことができた。ただし、どれだけの時間がたったのかはわからなかった。一時間かもしれなかった。いや、むしろ二時間のようにも思えた。確実にいえるのは、いまがまだ夜だということであり、大自然の暗闇のなかに身をおくのは――都会っ子ならなおさら――怖くてたまらないのに、夜が暗いまま、もっと長く長くつづけばいいと自分が願っているということだった。ただし、そんなことにはならない。一年のこの時期、午前四時には空がじわじわと白みはじめる。

ルークはまた登り坂を最後まであがりきり、しばし足をとめて体を休めた。といっても、立ったまま体を休めたのだ。地面にすわりこんでも自分が眠りこむとは思えなかったが、うっかり寝てしまうことを考えただけでも恐怖に身がすくんだ。ルークがフェンス下の地面の土を必死に掘って通り抜け、そのあと森を通って〝村〟にたどりつけたのはアドレナリンの力だったが、アドレナリンはもうとっくに尽きていた。背中と足の傷や耳たぶの出血はおさまっても、そういった箇所すべてがずきずきと激しく痛んでいた。なかでも群を抜いて痛みが苛烈だったのは耳だ。おそるおそる触ってみたが、激痛に食いしばった歯のあいだから〝しゅっ〟という音をたてて息を吐きだすと同時に、手を引っこめた。ただしその一瞬のあいだだけ、なにやら不規則な形に固まった血の塊や半乾きの生傷などの感触を指先がとらえていた。

ぼくは自分で自分の体の一部を切り落としたんだ――ルークは思った。耳たぶが自然にまた生えてくることはぜったいにない。

「そんなことをしたのも、あのクソ野郎どものせいだ」ルークはささやいた。「あのクソ野郎どもがぼくにあんなことをさせたんだ」

すわりこみたくなかったので、ルークは上体をかがめて両膝をつかんだ――モーリーンがおなじ姿勢をとっているところは何度となく目にしていた。フェンスで背中に負った切り傷やひりひりと痛む尻や切り落とした耳たぶにはなんの効き目もなかったが、疲れた筋肉をわずかなりとも休める効能はあった。ついで体を起こし、いざ先へ進もうとしたところで、ルークはふっと動きをとめた。松林を風が吹き抜けて葉がさやいでいるような、そんな感じの音がする。しかし、いまルークが立っている小高い丘のてっぺんには、そよりとの風も吹いてはいなかった。

お願いだ、これが幻覚なんかじゃありませんように。ルークは念じた。お願いです、現実でありますように。

そこから五百歩進んだところで——このときは歩数をかぞえていた——この音が本当に水の流れる音だったことがわかった。山道は広がって、どんどん勾配がきつくなった。しまいにはかなりの急勾配の下り坂になり、木の枝をつかんで横歩きで坂道をくだっていかないことには、尻もちをついたまま滑り落ちてしまいそうだった。やがて道の左右から木がなくなった箇所で、ルークは足をとめた。森がただ伐採されただけではなく、切り株になるまで刈りこまれて森のなかに空地がつくられていた。ただし、いまはすっかり藪に覆われてしまっていた。空地のさらに先の下方には、幅の広い黒々としたシルクの帯のような川が見えた。川の流れは穏やかで、頭上の星々のきらめきが水面に反射してさざなみが見えるほどだった。ルークはずっと昔の樵夫(きこり)たち——第二次大戦前に州北部の森林地帯で働いていた男たち——がぽんこつのフォードやインターナショナル・ハーベスターの木材運搬用トラックで、あるいは数頭の馬が牽く荷車で、切りだした丸太をここまで運んできたところを想像した。この空地はトラックや荷車の折り返し地点だった。彼らはここでパルプ材用の丸太をおろし、斜面を滑らせてデニスン川に落とした。落とされた丸太は、そこから下流各地に点在する製紙工場の町への旅についたのだ。

ルークはこの最後の斜面を、痛みを訴えて震えている足でおりていった。最後の六十メートルほどはこれまででいちばん急勾配、しかも大昔にここを滑り落ちていった丸太のせいで表層の土がすっかり抉られ、基盤岩が剝きだしになっていた。ルークは地面に尻をつけた姿勢で体が滑るにまかせ、ときおり草をつかんで速度をゆるめたものの、最後に川面から一メートルばかり離れた岩だらけの土手で体がとまったときには歯ががたがた鳴るほどの衝撃を受けた。そしてここでは——モーリーンの約束の言葉どおり——松の落葉といっしょに水面に浮かんでいる緑の防水シートの端から、材木の表面が粗くなった古い手漕ぎボートの船首がのぞいていた。ボートは、木が折れたあとのぎざぎざになった切り株にロープで舫ってあった。

モーリーンはどうやってこの場所のことを知ったのだろう？　人から話をきかされたのか？　それはどうにも怪しく思えた——なにせここは、少年ひとりの命があの頼りないおんぼろのボート一艘にかかっている場面だ。あるいは病気になる前のモーリーンが、散歩の最中にでも偶然ここを見つけたのかもしれない。あるいはモーリーンがだれかと——親しくしているように見えたカフェテリアのふたりの女性スタッフあたりだろうか——と、あの軍事施設っぽい村からここへピクニックにでも来たおりに見つけたのか。サンドイッチとコーク、それにワインの一本ももって。そんなことはどうだっていい。とにかく、ボートはそこにあった。

ルークは川の水にわけいっていった。水は脛のあたりまで来た。上体をかがめて両手に水をすくって口にいれる。川の水は冷たく、ブルーベリーよりもなお甘く感じられた。こうしてのどの渇きを癒すと、ルークはボートと切り株をつなぐロープの結び目をほどこうとした。しかし結び目はこみいっていて、時間ばかりがいたずらに過ぎた。最後には果物ナイフをつかってロープを断ち切ったが、そのせいで右の手のひらがふたたび出血しはじめた。しかも間のわるいことに、たちまちボートがただよって岸から離れはじめた。

あわててボートを追いかけて舳先をつかみ、引きもどす。これで両方の手のひらから血が流れだした。つづいて防水シートを剝がそうとしたが、舳先から手を離すなり、川の流れがまたしてもボートを押し流しはじめた。こんなことなら最初に防水シートを剝がしておくのだったと自分を呪う。岸にはとてもボートを引きあげられる幅はない。結局ルークは自分にできる唯一のことをした——ボートの船縁から上半身をまず乗りこませ、どこともなく魚くささが残る大昔のキャンバス地でできた防水シートの下にもぐりこんだ。それからボート中央のささくれだった木のベンチに手をかけて引っぱるようにして、下半身を船内に引きあげた。ルークの体が船底の水たまりと、なにやら細長く角ばったものの上に落ちた。そしてこのころにはボートは進行方向に船尾をむけたまま、穏やかな川の流れに乗って下流へ進みはじめていた。

ぼく、いま大冒険してる——ルークは思った。そうだよ、これってぼくにはとびっきりの大冒険だ。

ルークは防水シートの下で上体を起こした。シートがまわりでばたばた波打って、これまで以上の悪臭をふりまいてきた。シートを引っぱってから、血が出ている両手でたぐりながらずらしていくと、やがてシートは船縁から川に落ちていった。最初は手漕ぎボートの横に浮かんでいたが、すぐ沈みはじめる。先ほど体の下敷きにした角ばったものは、ボートを漕ぐオールだった。ボートとは異なり、比較的新しい品に見えた。モーリーンはあのスカーフを結んでくれた——だとしたら、このオールも用意してくれたのか？　いまの体調のモーリーンでは、最後の急勾配の斜面をおりてくることはもちろん、丸太運搬用のあの旧道を歩いてここまで来ることすらおぼつかないだろう。もし本当にモーリーンがそれだけのことをしたのなら、少なくともその偉業を叙事詩で讃えられる資格がある。それもこれも、ルークがインターネットでモーリーンのためになる情報を——さらにいえば、病身でなければモーリーン本人でも見つけられたはずの情報を——見つけたことの返礼なのか？　それなりに理解することはおろか、どう考えればいいかさえわからなかった。わかっているのはオールがいまここにあり、疲れていようといまいと、両手が血を流していようといまいと、そのオールで水をかくしかないということだった。

すくなくともオールの漕ぎ方は知っていた。都会っ子ではあってもミネソタ州は一万の湖の地であり、ルークも父方の祖父と何度となく釣りに出かけていたからだ（ちなみに祖父は、〝マンケイト出身の珍しくもない釣り馬鹿じいさん〟を自称していた）。ルークは中央ベンチに腰かけてオールを手にすると、最初はボートの船首を下流方向へむける作業に手をつけた。それがすむとオールをつかってボートを川——この時点での川幅は七十メートル弱ほどだった——の中央まで進め、それから漕ぎはじめた。途中で乾かそうと思ってスニーカーを脱ぎ、切り株の形をした前の座席に置こうとしたところで、そこに黒いペンキの薄れかけた文字があることに気がついた。顔を近づけると〈蒸気船チッポケ号〉と読めた。思わず口もとがほころんだ。ルークは肘をついて仰向けになり、頭上に広がる常識はずれな星空を見あげ、これは夢ではないぞと自分を納得させようとした——自分は本当にあそこから外へ出てきたんだ、と。

　背後の左側から電気式の警笛が二回つづけて響いてきた。ふりかえると、ひとつだけのまばゆいヘッドライトが木立のあいだをちらちら明滅しながら走っていた。ライトはボートに追いつき、追い越していった。機関車本体も、その機関車が牽いている車両もまったく見えなかったが——そのあたりに生えている木が多すぎたからだ——貨車のたてる〝がたごと〟という音や鉄のレールを鉄の車輪が走っていく耳ざわりな金切り声はきこえた。最終的に決定打となったのはこの列車の音だった。これは西翼棟の自室ベッドで眠りながら見ている夢、脳内で展開されている信じられないほど詳細な幻想などではない。あっちを走っているのは現実の列車だ。デニスンリバー・ベンドの町へむかっているのだろう。ゆったりとしたすばらしい流れに乗って南へむかっているボート、自分が乗っているこのボートも現実だ。頭上に広がっているのも本物の星空。どうせミセス・シグスビーの手下どもは追いかけてくるに決まっている。しかし——

「〈バックハーフ〉なんかに行くもんか。ぜったいに行くもんか」

　片手を〈蒸気船チッポケ号〉の船縁から垂らして指を広げると、水面にできた四本の小さな航跡が背後の闇に吸いこまれて消えていった。おなじことは前に何度も、祖父のアルミニウム製の小さな釣り用のボート——〝ぱたぱた〟という音をたてる2サイクルエンジンが搭載されていた——に乗せてもらったときにやったことがある。しかし、指が水に刻むうたかたの溝を目にしてここまで胸がいっぱいになったためしは一度も——それこそ、世界のなにもかもが目新しく驚異に思える四歳のときですら——なかった。ひとつの思いが、啓示にも匹敵する勢いで頭に浮かびあがってきた。自由がなにかということを本気で理解したかったら、牢屋に閉じこめられる必要があるという思いだった。

「あいつらに連れもどされるくらいなら死んだほうがましだ」

　これに嘘がないことは自分でわかっていたし、いずれはその言葉どおりになるのかもしれなかった。しかし一方では、現時点でそうなっていないこともわかっていた。ルーク・エリスはぽたぽた水が垂れる切り傷だらけの手を夜空にむけてかかげ、指のあいだを吹きすぎていく自由の風を感じながら、声をあげて泣きはじめた。

22

ルークはボート中央のベンチに腰かけたまま居眠りをしていた——あごが胸につくほどどうなだれ、両手を足のあいだに力なく垂らし、裸足の足を船底に溜まっている浅い水たまりにつけた姿勢で。このときもまた列車の警笛が鳴りわたったからよかったが、そうでなければ、この現実とは思えない巡礼の旅の次のステップを〈蒸気船(SS)チッポケ号〉が素通りしているあいだも眠りこけたままだったかもしれない。今回の警笛は川の土手からではなく、前方の上方からきこえてきた。しかも、今回のほうがずっと大きな音だった。うら寂しい警笛ではなく、いやおうもない強引な〝**わあああっ**〟という命令のような音で、ルークは驚きのあまり飛びあがりかけ、そのままのけぞって船尾のほうへひっくりかえりそうになった。反射的に身を守りたい一心で両手をもちあげたが、それが情けないほど役に立たない行為であることもわかっていた。警笛は鳴りやみ、金属があげる金切り声と大きくうつろに響く〝がたがた〟という音にとって代わった。ルークは、ボートの幅が船首へむけて狭まりだしている箇所を両手でつかみ、かっと見ひらいた目を前方へむけた——いますぐ列車に轢かれるにちがいないと思いこみつつ。

日の出はまだだったが空は白みはじめ、川幅がずいぶん広がった川の水面を明るくさせていた。ボートから下流に四百メートルばかり行った先で、貨物列車が徐行しながら鉄橋をわたっていた。目を凝らすと、側面に《ニューイングランド・ランドエクスプレス》や《マサチューセッツ・レッド》などの社名が書かれた貨車が見えたほか、自動車を運ぶ車運車が二両とタンク車が二両見えた——片方には《カナディアン・クリーンガス》、もう片方には《ヴァージニア・ユーティルX》という社名があった。鉄橋の下を通過するときには、ルークは片手をあげて、舞い降りてくる煤を払った。ボートの左右の水面に石炭滓が落ちて水音をたてた。

ルークはオールをつかんで、手漕ぎボートを方向転換させ、右手側の川岸へとむけた。川岸には、窓を板でふさがれたみすぼらしい建物が数棟見えたほか、長いことつかわれていないように見える錆だらけのクレーンもあった。土手には紙屑や古タイヤ、投げ捨てられた空き缶などが散乱していた。先ほどルークのボートの上を通過した列車は、すでにそちら側の川岸に達し、きしみ音や衝突音をあげながらなおも減速しているところだった。以前友人ロルフの父親のヴィク・デスティンが、鉄路による輸送ほど汚らしく騒がしい輸送手段はないと話していたことがある。といっても、その口調は決して鉄道を蔑むものではなく、満ち足りた思いがにじんでいて、それもロルフやルークにとっては意外ではなかった。ミスター・デスティンは大の鉄道ファンだったからだ。

いよいよモーリーンの計画の最終段階に近づいていた。いまさがすべきなのは、段階ではなくその逆、階段だった。赤い階段。

《でも本当は赤くない》エイヴァリーはそうルークに教えた。《もう赤くなくなった。モーリーンがいってたけど、近ごろでは赤よりピンクに近い色になってるって》

しかも鉄橋下を通過して五分後にルークがその現物を見つけたときには、もうピンクとすらいえないほど色褪せていた。蹴込み板にはちらほらピンクに近い赤が残っていたものの、階段そのものはおおむね灰色になってしまっている。階段は川べりから堤防のてっぺんに通じていた。高さは四、五十メートルほどか。ルークは階段を目指してボートを漕ぎ進めた。やがて舳先の竜骨が水面に隠れている段に乗りあげて、ルークを乗せた小さな船はそこでとまった。

ルークは慎重な身ごなしでボートをおりた。体じゅうが老人のようにきしんでいた。〈蒸気船(SS)チッポケ号〉をロープで繋留しておくことを考えないではなかったが――階段の左右にある手すりのポールの錆がこすり落とされていることからも、ロープをここに結びつけた人たち（おそらくは漁師たち）が大勢いたことが察せられた――船尾に結びつけてあるロープは繋留用には短すぎた。

ルークはボートから手を離した。穏やかな水の流れに乗って遠ざかりはじめたボートに目をむけると、置き忘れていた靴が目に飛びこんできた。靴には靴下が突っこんである。水面下の段に降りると膝まで水につかったが、なんとか間にあってボートに手をかけることができた。船縁にかけた手を交互に動かして船首をたぐり寄せ、スニーカーをつかみあげると、ルークは「ありがとう、〈チッポケ号〉」と小さく声をかけて手を離した。

それから階段を二、三段のぼって腰かけ、靴下とスニーカーを履いた。どちらも充分乾いていたが、反対にルークのほうはびしょ濡れだった。声をあげて笑うと傷だらけの背中が痛んだが、それでもルークは笑った。それから、おりおりに立ち止まって足を休めながら、かつては赤く塗られていた階段をあがっていった。腰に巻きつけていたモーリーンのスカーフ――朝の光で見ると紫色だった――がゆるんできた。このまま捨てることも考えたが、ふたたびきつく巻きなおした。連中がこんな遠くまで自分を追ってくるとは考えられなかったが、理屈で考えれば逃亡者は町を目指すものだし、偶然にでも連中に見つかるような逃走ルートの手がかりを残したくはない。それに、いまではこのスカーフがかけがえのない品に思えた。なんというか……ルークは、自分がいいたいことに近い言葉をさがした。幸運のお守り(チャーム)ではない――むしろ魔除けの護身符(タリスマン)。モーリーンから譲られた品だからだし、モーリーンはルークの救い主だからだ。

階段をあがりきったころには太陽はもう赤く大きな姿で地平線から顔をのぞかせ、複雑にもつれあった多くのレールの上にまばゆい光を投げかけていた。先ほどルークの頭上を走っていた貨物列車は、いまここ、デニスンリバー・ベンド操車場に停車していた。これまで貨物列車を牽引していた機関車が低速で離れていき、まばゆい黄色の構内用入換機関車が列車の最後尾に連結されていた。ほどなく貨物列車はこの機関車で斜面を利用したハンプ操車場まで牽引され、車両ごとに切り離され、再編成されるのだろう。

列車による貨物輸送の裏表のあれこれは、ブロデリック校で教わった知識ではなかった。あの学校の教師たちの関心は、むしろ高等数学や気候学、そして現代に近い時代の英国の詩人たちといった秘教めいた分野にむけられていた。列車について講義してくれたのはヴィク・デスティンだ――筋金入りの鉄道マニアであり、地下室という男の隠れ家につくりあげたライオネル社製の鉄道ジオラマの誇り高き所有者でもあった。ルークとロルフは、ミスター・デスティンの熱心な弟子として、地下室で何時間も過ごしていた。ロルフは模型列車を走らせるのが好きで、現実の鉄道についての知識はきいてもきかなくてもいいという姿勢。ルークはどちらも好きだった。ヴィク・デスティンが切手蒐集家だったら、ルークはおなじような熱意で郵趣の世界へ乗りだしたことだろう。それが生まれついての性格なのだ。その性格ゆえに、自分がいささか不気味なほうに足を突っこんでいる自覚はあったが（ロルフの母のアリシア・デスティンが、ときおり不気味に思っているような目つきで自分を見てくることには気づいていた）、いまこの瞬間にかぎっては、ミスター・デスティンの興奮まじりの講義を受けてきたことが心底ありがたかった。

モーリーンはその正反対で列車にまつわる知識はないも同然、知っていたのはデニスンリバー・ベンドの町に操車場があるということだけだった。またモーリーンは、この操車場にやってきた列車は、ここからありとあらゆる土地へむかうものだと思っていた。ただし、どんな土地が行先なのかはまったく知らなかった。

「操車場まで行き着くことさえできれば、そこで貨物列車に飛び乗れる――モーリーンはそう思ってるよ」エイヴァリーはいっていた。

たしかに、ここまでたどり着くことはできた。しかし貨物列車にこっそり飛び乗れるかどうかは、また別の問題だ。映画でそのたぐいの場面を見たことはあるし、みんな簡単そうにやってのけていたが、そもそも映画なんて嘘だらけだ。それくらいなら、この州北部の田舎町でダウンタウンの役目を果たしているところを目指したほうがいいかもしれない。地元の警察署があればそこへ行き、警察署がなければ州警察に通報する。しかし、なにをつかって通報する？　携帯電話はもっていないし、公衆電話はいまや絶滅危惧種だ。運よく見つかったとして、硬貨投入用のスロットになにを入れればいい？〈研究所〉のトークンを入れる？　緊急通報の911なら無料でかけられるだろうとは思ったが、はたしてそれが賢明な行動だろうか？〝ノー〟と答える声がきこえた。

ルークは日ざしに照らされているいまの場所で立ちあがり――ちなみに日ざしは、ルークの好みからするとあまりにも急速に強くまぶしいものに変わりつつあった——腰に巻きつけたスカーフを引いて締めた。〈研究所〉からあまり離れていないここで警察に通報したり署に駆けこんだりするのは悪手だ。恐怖と疲れにとらわれているいまでさえ、警官たちの姿がありありと見えた。警察はルークの両親が殺された事実をたちどころに割りだすだろうし、ルークがその事件の最重要容疑者であることもつかむだろう。悪手だというもうひとつの理由は、デニスンリバー・ベンドの町自体だ。町が町でありつづけるためには、とにかく金が流れこんでこなくてはならない。金は町にとって命に必要な血液だ。そしてデニスンリバー・ベンドの金はどこから出ている？　この操車場はほぼ自動化されているので、金の出どころではない。あの建物もなにかの工場かもしれないが、決してそれ以上ではない。その一方では、どこの自治体にも属さない山奥になにかの施設のようなものがあり（地元の人々ならば、理髪店や町の広場で顔をあわせたおりに心得顔でうなずきあっては、〝政府関係のあれ〟などと呼ぶのだろう）、そこで働いている人々は金をもっている。町へやってくる男女……しかもその男女は、〝ど〟の字がつく田舎のどんくさいバンドが演奏する夜に〈アウトロー・カントリー〉の店へやってきて金を落としていくだけではない。現金をもたらす。また〈研究所〉は、町の福祉のために寄付金を出しているかもしれない。コミュニティーセンターやスポーツ施設の建設資金を提供したかもしれないし、道路補修工事を援助していてもおかしくない。こうした資金提供が疑いや不興の目で見られることを阻むためならなんでもしているのだろう。歓迎できない人々が〈研究所〉に関心をむけることを未然に防ぐために、町の役人たちが定期的に金を受けとっていてもおかしくはない——ルークにはそう思えた。疑心暗鬼の度がすぎるだろうか？　そうかもしれない。しかし、そうではないかもしれなかった。

ミセス・シグスビーとその手下一党をまとめて通報したくてたまらなかったが、その願いをもっとも安全に実行するための最善の策は、〈研究所〉からできるだけ早く、少しでも遠くへ逃げることだとわきまえてもいた。

構内用入換機関車がひとつらなりに連結された貨物列車を押して、〝こぶ（ハンプ）〟と呼ばれる小さな丘の上にある操車場へとむかわせていた。操車場の事務所とおぼしき小ぎれいな建物のポーチには、二脚の揺り椅子が置いてあった。その片方に、ジーンズとまぶしいほど赤いゴムのブーツという服装の男がすわって、新聞を読みながらコーヒーを飲んでいた。入換機関車の運転士が警笛を鳴らすと、男は新聞をわきへ置いてポーチの階段を降りていき、いったん立ちどまって鉄塔の上にあるガラス張りの小屋に詰めている係員に手をふって合図した。小屋内の男が手をふりかえした。鉄塔の上にいるのが操車場全体の指令係なのだろう。赤いゴムのブーツを履いた男は、車両を連結したり切り離したりする連結手のようだ。

友人ロルフの父であるヴィク・デスティンは、アメリカの鉄道輸送が衰退の一途をたどっていることを嘆き悲しんでいたが、いまルークにもヴィクのいいたかったことが理解できていた。操車場からは四方八方へむかって線路が伸びてはいるものの、現在もなお利用されているのはそのうちわずか四、五本にすぎなかった。残っている線路ではレールが錆びていたり、レールにはさまれたところに雑草が茂ったりしていた。こうした線路には普通の貨車や屋根も側壁もない長物車がそこかしこに放置されており、ルークはそういった貨車で身を隠しながら操車場の事務所へと近づいていった。というのも、ポーチの支柱の一本に打ちつけられた釘にクリップボードが吊り下げてあるのが見えたからだ。そこにあるのがきょうの列車運行表だとしたら、ぜひとも見ておきたかった。

ルークは鉄塔の裏側に近い廃車にされた貨車の陰にしゃがみこみ、ハンプへむかう線路のほうに歩いていく連結手を車体下の隙間から目で追った。新たに到着した貨物列車はすでに丘のてっぺんに達し、指令係の注意はあらかた貨物列車にむけられていた。万一ルークの姿を見とがめても、あっさりと——ヴィク・デスティンと同様の——筋金いりの鉄道マニアの少年だろうと片づけてくれるかもしれない。もちろんふつうの子供は、どれほど筋金入りのマニアでも、朝の五時半に操車場へやってきて列車を見たりはしない。川の水で体を濡らし、片耳に無残な傷を負っている少年ならなおさらだ。

ほかの道はひとつもない。あのクリップボードになんと書いてあるかを確かめなくては。

ミスター赤ブーツは、列車の先頭車両がゆっくりと動きはじめるのにあわせて前に進みでていき、次の車両をつないでいる連結器をはずした。先頭だった貨車――側壁を赤と白と青の三色からなる《**メイン州特産品**》という文字が飾っていた――は重力の力で斜面をくだりはじめた。列車のスピードは、鉄塔上から遠隔操作されている減速装置で制御されている。鉄塔上の指令係がレバーを手前に倒すと、《**メイン州特産品**》の貨車は進路を四番線路に変えて進んでいった。

ルークは貨車を迂回し、両手をポケットに入れた姿で操車場の事務所にむかって歩いていった。鉄塔の真下にたどりついて、上にいる指令係の死角にはいるまでは、まともに息もできなかった。そうはいっても――ルークは考えた――指令係が仕事をきっちりと進めているのなら、目下の課題に視線を集中させているはずで、ほかを見る余裕はないはずだ。

二両めはタンク車で、三番線路に進んでいった。つづく二両の車運車も三番線路。車両はぶつかりあい、派手な金属音をあげながら進んでいった。ヴィク・デスティンが走らせていたライオネル社製の模型列車はかなり静かだったが、現実の操車場は騒音のるつぼだった。半径一キロ半以内の家では、毎日三、四回はこのやかましい音をきかされているにちがいない――ルークは思った。そういった騒音にも、人は慣れていくのかもしれない。とうてい信じられない話だが、〈研究所〉で子供たちが毎日どんなふうに過ごしているかを思い出すと、考えが変わった――三食たらふく食べ、酒を飲み、たまにタバコを吸い、運動場で時間をつぶし、夜になれば走りまわっては、頭がふっ飛ぶほどの奇声をあげているのだ。してみると、人間はどんなことにも慣れてしまうものらしい。考えれば恐ろしい話だ。

事務所のポーチにたどりつく。ここでも鉄塔上の指令係の死角にはいったままだったし、連結手はルークに背中をむけていた。あの男がふりむくとは思えなかった。あるときミスター・デスティンがふたりの少年にむかって、「あの手の仕事をしているときに集中力をなくせば、次は手をなくしかねない」と話してくれたことがあった。

クリップボードのいちばん上にはさみこまれていたコンピューターのプリントアウトには、たいした情報は掲載されていなかった。二番線路と五番線路の欄には、そっけなく《予定なし》と書いてあるだけだった。一番線路に予定されていたのは、カナダのニューブランズウィック州へむかう貨物列車で、出発予定は午後五時――これではつかえない。四番線路の列車はバーリントンを経由し、やはりカナダのモントリオール行きで、こちらは午後二時半出発予定だった。前者よりは好条件だが、それでも充分とはいえない。午後二時半までここにとどまっていれば、厄介なことになるのは火を見るよりも明らかだ。そして三番線路――ちょうどいま連結手が、先刻鉄橋をわたるところをルークが見ていたニューイングランド・ランドエクスプレス社の貨車を進めている線路――はよさそうに見えた。四二九七号貨物列車のための切り離し予定時刻は午前九時――九時を過ぎても動かなければ、駅長は（少なくとも理論上は）これ以上の貨物列車を受け入れられなくなる。この貨物列車は午前十時にデニスンリバー・ベンド駅を出発し、メイン州ポートランドとニューハンプシャー州ポーツマス、およびマサチューセッツ州スターブリッジへむかう予定になっていた。三つめのスターブリッジは最低でもここから五百キロ弱離れているはずだ。いや、ことによったらそれ以上かも。

　ルークは廃車された貨車まで引き返し、車両が次々にハンプをくだってはさまざまな線路へ進入していくさまを見物した。きょうじゅうにここを出発する列車がある一方、ふたたび必要とされるまで、あちこちの待避線にただ置かれている車両もあった。

　連結手は仕事をおわらせると、入換機関車のステップをあがって運転士に話をしにいった。鉄塔の上から指令係が降りてきて、ふたりにくわわった。笑い声があがった。笑い声は静かな朝の空気をつたってルークの耳にはっきりと届いた。その声に好感をいだいた。レベルCの休憩室からも、しじゅう大人の笑い声が響いていたものだ。しかし、あそこで耳にする笑い声は、トールキン作品の悪鬼（オーク）の笑い声とおなじく、ルークにいつも決まって背すじの寒くなる思いをさせた。いまきこえる笑い声は、子供の集団をどこかに閉じこめたり、子供たちを全身浴タンクに沈めたりしない男たちが発した笑い声だ。電撃スティックという通り名をもつ特殊なテイザー銃をもち歩くことのない男たちの笑い声だった。

　入換機関車の運転士が紙袋をさしだした。連結手が袋を受けとって、ステップをおりてきた。機関車がハンプをゆっくりとくだりはじめると、連結手と指令係のふたりは紙袋からドーナツを手にとった。砂糖がまぶしてあって、おそらくジャムが詰まっている大きなドーナツ。ルークの腹がごろごろと鳴った。

ふたりの男はポーチの揺り椅子に腰をおろし、ドーナツを食べはじめた。そのあいだルークは、三番線路で待機している列車へ注意をふりむけた。編成は十二両で、半分が貨車だった。はるばるマサチューセッツまで行く列車にしては編成が短いように思えたが、あとでほかの待避線から車両が送られてくるのかもしれない——見たところ、ほかの待避線にはざっと五十両ほどのさまざまな貨車がとめてあった。

一方、十六輪の大型のセミトレーラーが操車場に乗り入れ、がたごと音を立てながら数本の線路を横切って、《**メイン州特産品**》と書かれた貨車に近づいていった。大型のあとからパネルトラックがつづいた。パネルトラックから数人の男たちが降りたち、貨車から樽を運びだしてはセミトレーラーに積みこみはじめた。男たちがスペイン語でかわしている会話がきこえてきた。いくつか、ききとれる単語もあった。樽のひとつが倒れて、じゃがいもが転がりでてきた。和気藹々とした笑い声がたっぷりとあがって、じゃがいも投げによる戦争ゲームがひとしきりつづいていた。ルークは憧れとともに男たちをながめていた。

指令係と連結手のふたりはポーチの揺り椅子からじゃがいも戦争を見物し、そのあとで事務所へはいっていった。セミトレーラーが採れたてのじゃがいもを満載して走り去った——行く先は〈マクドナルド〉か〈バーガーキング〉あたりか。セミトレーラーのあとからパネルトラックも出発した。操車場はひととき静まりかえった。しかし、この状態も長くはつづかないだろう。ほかにも荷物の積み降ろし作業があるだろうし、午前十時に出発する予定の貨物列車に貨車を追加で連結するのに、入換機関車の運転士は忙しく立ち働くことになりそうだ。

ルークはこのチャンスを利用しようと思いたった。無人の貨車の裏から外へいったん出たのだが、すぐにあわてて引き返した。入換機関車の運転士が電話を耳に押し当てながら、ハンプをのぼってくる姿が見えたからだ。運転士がふっと立ちどまったのを見て、ルークは自分の姿を見られたのかと恐れた。しかし、運転士はどうやら通話をおえただけのようだった。そのあと着ているオーバーオールの大きな胸ポケットに携帯をしまいこみ、ルークが隠れている貨車には一瞥もくれないまま先へ進んでいった。見ているると運転士はポーチの階段をあがって事務所へはいっていった。

ルークは時間を無駄にはしなかったし、今回は漫然と歩いたりもしなかった。背中の痛みも足の疲れも無視して、ルークはハンプを駆け降り、線路や線路にとりつけられている軌道貨車制動装置（カーリターダー）を飛び越え、速度検知機のポールを迂回して進んだ。ポートランドおよびポーツマス経由のスターブリッジ行きの待機中の貨物列車には、赤い有蓋貨車が連結されていた。貨車の側壁には《**サウスウェイ・エクスプレス**》と運輸会社の社名らしき文字があったが、長年にわたって運行されてきた結果といえるおびただしい落書きのせいで、ほとんど判読不可能になっていた。汚れきった貨車は、これといった特徴もなく実用一点張りの外見だったが、否定しようもない魅力がひとつあった。引き戸が完全には閉まっていなかったことだ。車内に身を滑りこませたいという思いに身を焦がしている痩せっぽちの少年なら、あの隙間をなんとか通り抜けられるかもしれない。

ルークは錆だらけの手すりをつかんで、自分の体を引っぱりあげた。隙間には、本当に充分な幅があった。それどころか、〈研究所〉でルークがフェンスの真下に掘った穴よりもまだ広いくらいだった。それにしても、穴を掘ったのがずっと昔の出来事に思えた——それこそ、別世界での出来事にさえ思える。隙間を通り抜けるときには、ただでさえ痛みがあった背中と尻を扉の側面がこすって新たな出血を招いたが、とにもかくにも貨車に乗りこむことはできた。内部には四分の三ほどの荷物が積みこまれていた。車体は汚れてみすぼらしかったが、車内にはすばらしい香りがただよっていた——材木、ペンキ、家具の艶出しオイルとエンジンオイルの香りだった。

積まれている荷物は種々雑多な寄せあつめで、そのようすにルークはレイシー伯母の家の屋根裏を連想した。ただし伯母の屋根裏に積みあげられていた品はどれも古かったのにひきかえ、ここは新品ばかりだった。左には芝刈機や草刈機、落葉あつめにつかう送風機、チェーンソー、それに自動車部品や船外エンジンがおさまった木箱があった。右側には家具類。箱に収納してある家具もあったが、大半は何メートルにもおよぶ保護用ビニールをミイラのようにまとっていた。また、三つひと組で緩衝用のエアパッキンを巻かれてテープで固定され、横倒しにして積みあげられたフロアスタンドのピラミッドもあった。椅子やテーブルやふたり掛けの椅子、さらにはソファまであった。ルークは完全には閉まっていないドア近くのソファに歩みより、エアパッキンにテープで留めてある送り状に目を通した。それによれば、このソファは（おそらく、ほかの家具すべても）マサチューセッツ州スターブリッジの〈ベンダー＆ボウエン高級家具店〉という店に送られることになっていた。

ルークはにんまりとした。四二九七号の貨物列車は途中のポートランドやポーツマスの操車場で何両かを切り離す予定かもしれないが、ルークが乗っているこの貨車は路線の終点まで走る。どうやら幸運はまだ尽きていないらしい。

「天にいるだれかさんは、ぼくのことが好きなんだ」ルークは小声でつぶやき、母親も父親も死んでいることを思い出して、こう思った。でも、そのだれかさんはぼくのことがそこまで好きじゃないみたい。

〈ベンダー＆ボウエン〉行きの家具の箱をいくつか押して、貨車の奥の壁と荷物のあいだに隙間をつくったルークは、そこに家具運搬用の保護毛布が積んであるのを見てうれしい気持ちになった。毛布は埃っぽかったが、黴（かび）くさくはなかった。ルークは隙間にもぐりこむと、荷物の箱をできるだけ自分に引き寄せた。

これでようやく、比較的安全な場所に身を落ち着けることができた。おまけにとことん疲れきっていた。疲れの理由があり、身を横たえることができる柔らかな毛布は夜間の逃亡行だけではなく、脱走の決行日が近づくにつれ、夜はこま切れでしか眠れずに恐怖の念がひたすら膨れあがっていく日々を過ごしてきたせいだった。それでも、いまのところ眠気はそれほど感じなかった。一度うとうとしかけたが、そのときには入換機関車が近づいてくる物音がきこえたかと思うと、〈サウスウェイ・エクスプレス〉の車両ががくんと揺れて動きはじめた。ルークは起きあがり、細くあいたままのドアの隙間から外を見た。操車場が後方へ動いていた。そのあと貨車が急停車し、ルークはあやうく足をすくわれて倒れかけた。金属同士がぶつかりあう〝がちゃん〟という音が響き、ルークは自分が乗っている貨車がほかの車両に連結されたのだろうと思った。

それから一時間ほどは、まもなく貨物列車四二九七号になる列車にほかの車両が連結されるたびに、大きな物音や衝撃が伝わってきた。いざ編成ができあがれば、この列車はニューイングランド地方南部を目指して走りだし、〈研究所〉からどんどん離れることになる。

どんどん離れるんだ——ルークは思った。どんどん離れて、どんどん遠くなる。

二度ばかり、男たちの会話がきこえてきた。一回はかなり近いところの会話だったが、周囲がやかましくて会話の内容はききとれなかった。ルークは耳をそばだてながら、すでに深く噛んでいる爪をまた噛んでいた。もしあれがぼくについての会話だったらどうしよう？　入換機関車の運転士が携帯電話でだれかと話していたことが思い出された。モーリーンがしゃべってしまったとしたら？　ミセス・シグスビーの手下のだれか——いちばんの候補はスタックハウスだろう——が操車場に電話をかけ、出発する列車すべてを調べてくれと指令係に要請していたら？　そんなことが現実になれば、男たちはこの貨車の扉が完全に閉まっていない状態で出発させるだろうか？　これは〝熊は森でクソをするか？〟とおなじくらいの愚問だ。

それから会話の声はだんだん小さくなって、きこえなくなった。大きな物音や衝撃がなおもつづき、四二九七号にはさらに貨物が積まれ、貨車が連結されていった。ときおり警笛が鳴りわたった。そのたびにルークは驚きに飛びあがった。いまの時刻がわかればいいのにと、ルークは神にも祈る気持ちになっていた。しかし、いまの時間はわからず、ルークには待つことしかできなかった。

永遠にも思える時間ののち、大きな物音や衝撃がやんだ。なにも起こらなかった。ルークはまたしても微睡み（まどろみ）かけ、いよいよ本格的に眠りに落ちかけたそのとき——これまでで最大の衝撃が襲ってきて、体が横へ突き飛ばされた。一拍の間ののち、貨物列車はふたたび動きはじめた。

ルークは体をくねらせて隠れ場所から出ると、閉まりきっていない扉に近づいた。外をのぞくと、ちょうど緑のペンキで塗られた事務所の建物が背後に滑って遠ざかるところだった。指令係と連結手のふたりは、それぞれが新聞を手にして揺り椅子にもどっていた。四二九七号はがくんと揺れて最後の分岐点を通過し、また一群の荒れた建物の前を通りすぎた。次に見えてきたのは雑草だらけになった野球のグラウンド、ごみの処分場、そして二カ所のなにもない空地。列車は、子供たちが遊んでいるトレーラーハウス団地の横を通って先へ進んだ。

数分後、ルークはデニスンリバー・ベンドのダウンタウンを眺めていた。商店や街灯、斜め枠の駐車場、歩道、それに〈シェル〉のガソリンスタンドが見えた。貨物列車の通過待ちをしている汚れた白いピックアップ・トラックも見えた。こういった景色を見ていると、川の上に広がる星空を見あげたときと同様の驚嘆の念がこみあげてきた。自分は外の世界にいる。ここには医療技師も世話係もいないし、子供たちがトークンで酒やタバコを買うことができる自販機もない。ゆるいカーブで貨車が揺れて傾き、ルークは内壁に両手を突っぱって体をささえ、足を小刻みに動かした。疲れすぎていて足をもちあげる力もなかったので、勝利のダンスというにはあまりにもお粗末だったが、それでもこれはルークの勝利のダンスだった。

23

町が過ぎ去って、景色が深い森にとってかわると、疲れが本格的に襲いかかってきた。雪崩に埋もれたような気分だった。ルークはふたたび木箱の裏に這いこんだ。最初は仰向けで寝ていたが——いつも寝つくときの姿勢だ——肩胛骨まわりや尻に負った切り傷が抗議の声をあげたので、腹ばいになった。姿勢を変えるなり眠りこんでいた。ポートランドに停車したときも、ポーツマスに停車したときも、四二九七号貨物列車から数両の古い車両が切り離されては新しい車両が連結されて、そのたびに列車ががくんと揺れたが、それでもルークは目覚めなかった。列車がスターブリッジで停車したときにもまだ眠っていたばかりか、貨車の扉ががたがた音をたててひらき、車内を七月の夕方近くの日ざしで満たしたときにさえ、なんとか意識をはっきりさせようと悪戦苦闘している始末だった。

ふたりの男が貨車に乗りこんできて、ひらいた扉の前にバックで寄せたトラックに家具を積み替えはじめた。最初はソファ、つぎは三基ごとに束ねられたフロアスタンド、そのあとは椅子。もうじき男たちは木箱を運びだしにかかる。そうなれば姿を見つけられてしまう。反対側にはエンジンやら芝刈機やらがあって裏側に身を隠すこともできなくはなかったが、いまここで動けばやはり見つかってしまうだろう。

荷おろし担当の男のひとりが近づいてきた。ルークにもアフターシェイブローションの香りが嗅ぎとれるほど男が近づいてきたそのとき、外からだれかの声がした。

「おおい、おまえたち。機関車の交換に予定より時間がかかるってさ。なに、そんなに長くかかるわけじゃないが、飲みたければコーヒーを飲むくらいの時間があるぞ」

「いっそビールじゃだめか？」あと三秒もすれば、家具運搬用の保護毛布をベッドにして横になっているルークを見つけてもおかしくない男がそう応じた。

この発言が笑いで迎えられ、男たちは貨車から立ち去っていった。ルークは狭い隙間から這いでていき、こわばって痛みが残る足を引きずって扉を目指した。荷物を積み替えられているトラックのへりから先を見ると、三人の男たちが駅舎にむかって歩いていた。ここの駅舎は緑ではなく赤のペンキで塗られ、デニスンリバー・ベンドの駅舎の四倍の大きさがあった。建物の前にかかげられた看板には《**マサチューセッツ州　スターブリッジ**》とあった。

ルークは扉の隙間をすり抜け、さらに貨車とトラックのあいだを通って出ていくことを考えたが、この操車場はいま大忙しで、大勢の作業員たち（そのなかには女性の姿もあった）が徒歩や乗り物であちこちへ移動しているところだった。外へ出れば確実に見つかる。見つかれば質問されるはずだし、いまの自分が首尾一貫した受け答えのできる状態でないのはわかりきっていた。空腹は漠然と意識できていたし、耳がずきずき痛んでいるのももう少しはっきり意識できたが、自分にはもっと睡眠が必要だという事実の前に空腹も痛みも薄れてしまった。ひとたび家具類が運びだされれば、この貨車は待避線に移動させられるかもしれない。そして夜になってあたりが暗くなれば、駅からいちばん近い警察署を見つけることもできそうだ。そのころになれば、頭がおかしい人だと思われない口ぶりで事情を説明できるようになっているだろう。いや、頭が完璧におかしい人だとは思われない程度か。話を信じてもらえないかもしれないが、それでも食べ物くらいは出してくれるだろうし、ずきずき痛む耳のために鎮痛剤のタイレノールをくれるかもしれない。こちらのとっておきの切り札は両親についての話だ。あの話なら、警察の人たちも真偽を確かめられる。ひょっとするとミネソタへ送り返されるかもしれない。たとえ送還されて児童養護施設に収容されることになっても、あの州へ帰れるのはうれしい。施設では部屋のドアは外から施錠されるかもしれないが、少なくとも全身浴タンクはないはずだ。

マサチューセッツ州なら出発点として申しぶんがないし、ここまで来られたのは幸運というほかはないが、それでもまだ〈研究所〉に近すぎる。一方、ミネソタ州ミネアポリスなら故郷だ。知りあいもたくさんいる。ロルフの父親のミスター・デスティンなら話を信じてくれるかもしれない。それからブロデリック校のグリア先生も。それから……。

しかし、それ以上は考えられなかった。あまりにも疲れていた。こんな状態で考えようとするのは、一面グリースまみれのガラス窓から外を見ようとするようなものだった。ルークは膝立ちになり、そこから〈サウスウェイ・エクスプレス〉の貨車のいちばん右側へ移動して二台の回転耕耘機のあいだから周囲をうかがいつつ、男たちが帰ってきて、〈ベンダー&ボウエン高級家具店〉に送られる家具をすっかり運びだしていくのを待っていた。まだ男たちに見つかる可能性が消えていないことはわかっていた。あいつらは一人前の男たちだ。一人前の男たるもの、エンジンを利用している品を検分せずにはいられないものである。だから、ふたりは座席つき芝刈機や草刈機を調べたがるかもしれない。あるいはエヴィンルード社の新型船外エンジンの馬力数をチェックしようとするかもしれない――エンジン本体は木箱におさめられているが、諸元はすべて納品書に記載されているはずだ。ここでなるべく身を小さく縮めながら時間をやり過ごし、自分の幸運が――もう引き延ばされてだいぶ細くなっている幸運が――あと少しだけ長く延びることを願っていよう。そして運よく見つからずにすんだなら、ふたたび眠りの淵に沈みこもう。

　しかしルークは時間をやり過ごすことも、あたりのようすをうかがうこともなかった。片腕を枕代わりにして床に横たわると、数分もしないうちに眠りこんでしまったからだ。ふたりの男が引き返してきて、家具の積み替え作業をおわらせてもまだ眠っていた。男のひとりが上体をかがめて、丸くなって熟睡していたルークから一メートル半も離れていないガーデニング用トラクターを検分しているときにも、ルーク本人は眠ったままだった。ふたりが車外へ出ていき、操車場スタッフのひとりが〈サウスウェイ〉の貨車のドアを——このときには完全に——閉めたときにも、まだ眠ったままだった。あらたな貨車が連結される大きな騒音と衝撃が響くあいだも眠ったままだったが、四二九七号貨物列車に新しい機関車が連結されたときには、わずかに身じろぎした。しかし、またすぐに眠りこんだ——幾多の苦しみを経験し、傷つき、怯えきってもいるこの十二歳の逃亡者は。

　四二九七号貨物列車には、四十両という牽引上限があった。ヴィク・デスティンなら、新しく連結された機関車がGE社のAC六〇〇〇CWだと見抜いたはずだ。ちなみに型番の六〇〇〇は、機関車の出力が六〇〇〇馬力であることに由来する。アメリカで動いているディーゼル機関車のなかでも最高にパワフルな機関車で、長さにして一キロ半以上もの列車を牽引できる。そしていまスターブリッジを出発して最初は南東へ、やがて、まっすぐ南を目指して走っていく特急貨物列車の九九五六号は、七十両の貨車を牽引していた。

　ルークが乗っている貨車は、いまではほとんど空になっていた。九九五六号がヴァージニア州リッチモンドに到着するまで、この状態がつづくはずだった。リッチモンドの駅では、二十台のコーラー社の自家用発電機が積荷に追加される予定だ。二十台の大多数はウィルミントンまで運ばれることになっていたが、二台だけは——加えて、いまルークが身を隠して眠っている小型エンジン機器やあれこれの小物類も——サウスカロライナ州デュプレイという小さな町の小型エンジンの販売と修理の店、〈フロミーズ〉に送られることになっていた。九九五六号はこの小さな町に週に三回停車していた。

　大きな出来事でも、動きの軸になるのは小さな蝶番だ。

（下巻に続く）

異能機関　上

二〇二三年六月三十日　第一刷

著　者　スティーヴン・キング
訳　者　白石朗
発行者　大沼貴之
発行所　株式会社文藝春秋
〒102−8008　東京都千代田区紀尾井町三−二三
電話　〇三−三二六五−一二一一
印刷所　凸版印刷
製本所　加藤製本

万一、落丁乱丁があれば送料当方負担でお取替えいたします。小社製作部宛お送りください。

定価はカバーに表示してあります。

ISBN978-4-16-391717-7

スティーヴン・キングの本

ＩＴ　全4巻
スティーヴン・キング
小尾芙佐訳
少年の頃に出遭った恐るべきものと再び対決すべく彼らは故郷へ……。キングの集大成、歴史にその名を刻む永遠の名作。

ザ・スタンド　全5巻
スティーヴン・キング
深町眞理子訳
ウィルス兵器により死滅したアメリカで、善きものと悪しきものの闘争が……あらゆる物語を詰め込んだ感動の超大作。

1922
スティーヴン・キング
横山啓明ほか訳
妻を殺した男を徐々に蝕む黒い罪悪感。田舎町の父子を襲う底なしの破滅を容赦なく描いた表題作ほか一編。最新中編集。

ビッグ・ドライバー
スティーヴン・キング
高橋恭美子ほか訳
山道で暴漢に襲われて九死に一生を得た女性作家の復讐行、夫が連続殺人鬼だと知った女性の恐怖。中編2編を収録する。